Terug naar jou

Robyn Carr
TERUG NAAR JOU

TORONTO NEW YORK LONDEN AMSTERDAM PARIJS SYDNEY HAMBURG STOCKHOLM ATHENE
TOKIO MILAAN MADRID PRAAG WARSCHAU BOEDAPEST RIO DE JANEIRO ISTANBOEL

HQN™ Roman

© 2014 Robyn Carr
Oorspronkelijke titel: The Homecoming
Vertaling: Titia van Schaik
Eerste druk maart 2015

ISBN 978 90 347 5688 6

Zetwerk: Mat-Zet B.V., Soest
Omslag: Véronique Cornelissen/Peter Verwey
Druk: Rotolito Lombarda Spa, Italië

Originele uitgave verschenen bij
Mira Books, Toronto, Canada
Deze uitgave is uitgegeven in samenwerking met
Harlequin Books SA
© Nederlandse uitgave: Harlequin Holland
Antwoordnummer 17526
1000 TN Amsterdam
Tel. lezersservice 0348-478019
Webwinkel www.harlequin.nl

HQN™ is een merk van Harlequin Enterprises Ltd.

Niets uit deze uitgave mag worden verveelvoudigd en/of
openbaar gemaakt door middel van druk, fotokopie,
microfilm of op welke andere wijze dan ook zonder
voorafgaande schriftelijke toestemming van de uitgever.
Alle in dit verhaal voorkomende personen zijn ontleend
aan de fantasie van de schrijver. Elke gelijkenis
met bestaande personen berust op toeval.

Alle Harlequin-uitgaven worden gedrukt op chloorvrij papier.

Hoofdstuk 1

Thunder Point was de speeltuin van de kleine Seth Sileski geweest. Als klein jochie al, met sproeten en piekhaar, had hij het stadje in zijn zak gehad. Hij kon het hardst lopen, het verst gooien en de strengste meesters en juffen om zijn vinger winden. Zijn twee oudere broers, Nick en Norm junior, liefkozend Boomer genoemd, hadden het wat dat betreft ook niet slecht gedaan, maar Seth had toch met kop en schouders boven hen uitgestoken. Hij veranderde van een geweldig kind in een bewonderde puber en een mateloos populaire tiener die het louter voor de wind ging: geweldige cijfers, een kei in sport, knap om te zien en een goede en loyale vriend. Hij had alles mee gehad. En toen, op zijn twintigste, had zijn leven een dramatische wending genomen en leek dat alles hem in één keer te worden afgenomen.

Je zou ook kunnen zeggen dat Seth dat alles zélf vergooide, als je tenminste zijn vader, Norm Sileski, mocht geloven.

En nu was hij dus terug in Thunder Point, ietwat beschadigd weliswaar, maar meer niet. Een stuk nederiger, dat wel. Hij had een lange weg afgelegd sinds hij op zijn achttiende vertrokken was, en als je vijf of tien jaar geleden tegen hem had gezegd dat hij er ooit terug zou keren, zou hij je voor gek hebben versleten. Toch was hij er nu, en nog wel uit vrije wil. Deze keer droeg hij het uniform van hulpsheriff. Hij was vierendertig jaar en hij had een lange, zware strijd gevoerd om iets van zijn trots en eigenwaarde te hervinden. Hij was gekomen om de leiding van het politiebureau van Thunder Point over te nemen van Mac McCain, die benoemd was tot inspecteur op het hoofdbureau van politie in Coquille.

De afgelopen zestien jaar was Seth ettelijke malen teruggekeerd naar zijn geboortestad. Hij had zijn moeder opgezocht en pogingen gedaan het contact met zijn vader te herstellen. Elke keer opnieuw verraste het hem hoe weinig het stadje veranderd was. Mensen veranderden, de economie veranderde, de wereld veranderde, maar in Thunder Point, Oregon, leek alles altijd hetzelfde te blijven. Het linoleum in de snackbar was al oud en gebarsten geweest toen hij een jongen was, alle winkels waren er nog, Waylan's Bar was nog steeds de enige uitgaansgelegenheid en ook die leek bevroren in de tijd. Waylan zette zelfs nog steeds een pot verf tegen de deur om te zorgen dat die open bleef staan, alsof hij de boel morgen wilde schilderen. Dat was nog steeds niet gebeurd.

Het was de tweede week van september en de school was nog maar net begonnen. Onder de leerlingen heerste dan ook nog steeds een uitgelaten stemming. Ze fietsten onbekommerd midden op de weg, maar na een lichte stoot op de claxon van de SUV die dienstdeed als patrouillewagen van de politie schoten ze gierend van het lachen naar de kant.

Seths blik bleef even rusten op Iris McKinley, zijn vroegere buurmeisje en speelkameraadje. Ze fietste net als vroeger naar school, maar nu droeg ze een rok en lag er een leren tas in haar fietsmand. Toen de wind haar rok liet opwaaien, zag hij dat ze er een strak zwart fietsbroekje onder droeg. De leerlingen fietsten haar voorbij. De schoolbussen passeerden haar luid toeterend en kinderen hingen uit de raampjes om te zwaaien. Ze belde met haar fietsbel en zwaaide vrolijk terug. Toen een van de chauffeurs extra lang bleef toeteren schaterlachte ze het uit. Nog steeds lachte ze op die wilde, onbezorgde manier die hij zich herinnerde. Voordat ze hem in de gaten kreeg, sloeg hij de zijweg in die hem terug zou brengen naar het politiebureau.

Dat politiebureau was een van de weinige tekenen dat er in Thunder Point wel degelijk dingen veranderden. Als instituut had het bij gebrek aan andere justitiële voorzieningen altijd al een grote rol gespeeld, maar het gebouw zelf was pas een jaar of tien oud. De naastgelegen kliniek was nieuw, vandaar dat hij besloot daar eerst maar eens kennis te gaan maken. Toen hij naar binnen liep, zag hij een mooie vrouw bij de balie staan. Met haar steile donkere haar en bruine ogen kon ze moeiteloos voor Catherine Zeta-Jones doorgaan.

'Hallo,' zei hij. Met een glimlach stak hij zijn hand uit. 'Ik ben Seth Sileski, jullie nieuwe buurman. De plaatsvervanger van Mac.'

'Prettig kennis te maken,' zei ze. 'Peyton Lacoumette, doktersassistente. En dit is Devon Lawson, onze administrateur. Scott?' riep ze. 'Kun je even komen?'

De dokter kwam aanlopen in de plaatselijke dracht: spijkerbroek en denim overhemd. 'Hallo, ik ben Scott Grant. Dus jij bent de nieuweling.'

Seth stak hem de hand toe. 'Seth Sileski. Nou, niet echt een nieuweling hier. Ik ben hier opgegroeid. De zoon van Norm.'

'Dat meen je niet. Welke precies? Hij vertelde dat hij er drie had en dat geen van hen hier woont.'

'Ik ben de jongste. Sinds ik ben weggegaan om te studeren ben ik alleen af en toe teruggekomen voor een bezoekje.'

'In dat geval, welkom terug. We zijn heel blij met je komst. En we zijn verdomd trots op Mac met zijn promotie.'

'Ik zal het nog moeilijk krijgen om zijn plaats in te nemen.'

'Kende je Mac al langer?' wilde Peyton weten.

'Jazeker, ik denk al een jaar of acht. We zijn tenslotte collega's, al werkte hij in een ander deel van het district. Hij heeft een erg goede naam. Maar voordat het alleen nog maar over mij gaat... zijn er bepaalde dingen die ik moet weten of waar jullie je zorgen om maken?' Hij grijnsde even. 'Als buurman en als dienaar van de wet?'

'Woensdags worden de vuilniscontainers achter de winkels geleegd,' zei Scott. 'Voor de rest schiet me op dit moment niks te binnen.'

'Vuilnis,' zei Seth. 'Goed om te weten. Iets anders dan. Hoe is de verhouding met de plaatselijke jeugd? Zijn er problemen waar ik van op de hoogte zou moeten zijn?'

Scott schudde zijn hoofd. 'Op de Spoedeisende Hulp in North Bend heb ik een paar wilde knapen moeten hechten na een vechtpartijtje op een feestje waar geen toezicht was. Het afgelopen jaar heb ik in Thunder Point denk ik niemand hoeven behandelen aan verwondingen door misdragingen. Ik weet wel dat Mac te maken had met pesterijen voordat wij hier neerstreken, maar details daarvan weet ik niet. Wij hebben alleen de gebruikelijke dingen gehad en de plaatselijke jeugd hier is de beroerdste niet.'

'Strenge ouders, dat scheelt een stuk,' zei Seth. 'En bemoeizuchtige inwoners.'

'Heb je zelf kinderen in die leeftijd?' vroeg Peyton.

Seth schudde zijn hoofd. 'Ik ben niet getrouwd en ik heb geen kinderen. Maar ik informeer altijd naar de plaatselijke jeugd wanneer ik ergens aan de slag ga. De stad is weliswaar bekend terrein voor me, maar de mensen niet – de gezichten zijn na zestien jaar veranderd. Op dit moment zit ik nog in een verkennende fase met Mac als toezichthouder en onderdeel daarvan is dat ik mezelf bij inwoners introduceer. De winkels zijn niet veel veranderd, maar de eigenaars, bedrijfsleiders en verkopers wel.' Hij keek over zijn schouder naar de snackbar. 'Daar gingen wij na schooltijd heen en ik heb gehoord dat Stu nog steeds de eigenaar is maar dat Gina er nu de scepter zwaait. Toen ik jong was, deed Gina's moeder dat.'

'En nu heeft Carrie hiernaast haar delicatessenzaak geopend, waar ze de lekkerste broodjes en afhaalmaaltijden verkoopt,' zei Peyton. 'Ik heb in geen tijden zelf gekookt.'

'Ik ga later bij beide zaken even langs.'

'En Cliffhanger's?' vroeg Peyton. 'Was Cliff daar in die tijd ook al eigenaar van?'

'Nee, vijfentwintig jaar geleden is zijn vader met de zaak begonnen. Ik weet niet precies wanneer Cliff het heeft overgenomen. Nadat ik was vertrokken in elk geval. Cliffs familie bezit heel wat onroerend goed bij de jachthaven. Mijn vader zei altijd dat het nooit iets zou worden – te chic voor hier.'

'Het zit vrijwel elke avond vol,' zei Scott. 'Mensen gaan daar naartoe wanneer ze behoorlijk uit eten willen gaan.'

'Ik ben er een of twee keer geweest,' zei Seth. 'Lekker eten, prima sfeertje. Goed, het was leuk om kennis met jullie te maken.' Hij haalde zijn kaartje tevoorschijn. 'Ik ga nu verder met mijn ronde, maar hierop staan het nummer van het bureau en mijn privénummer. Aarzel niet om er gebruik van te maken.'

Lachend nam Peyton het kaartje aan. 'Ongelooflijk dat iedereen hier zomaar zijn mobiele nummer geeft! Iedereen kent dat van Scott en Mac, en nu ook van jou. Ik ben gewend aan de grote stad, waar je dat wel uit je hoofd laat.'

De dokter sloeg een arm om de schouder van zijn assistente en drukte haar even tegen zich aan. 'Ik heb haar mobiele nummer ook en als je maar hard genoeg aandringt, zou je dat van me kunnen krijgen. Bel me ondertussen als je me nodig hebt, en ik zal hetzelfde bij jou doen.'

'Als dit mijn stad is, wíl ik gewoon gebeld worden als er iets aan de hand is. Jullie kunnen me op drie manieren bereiken: via het bureau, via mijn mobiel en in noodgevallen via het alarmnummer. Als je dat belt, krijg je nooit de voicemail en de dienstdoende agent zal direct actie ondernemen. Aarzel niet.' Hij glimlachte en knikte. 'Tot ziens.'

Hij liep naar de overkant om Gina gedag te zeggen. Ze kenden elkaar van vroeger, al hadden ze niet bij elkaar in de klas gezeten en hadden ze een eigen vriendenkring gehad. Wat dat betreft kende hij Carrie veel beter. Carrie en zijn moeder, Gwen, waren jarenlang bevriend geweest.

Na een kort bezoekje aan Gina liep hij naar Waylan's. Hij had durven zweren dat hij daar nog steeds dezelfde koppen zag die hij er tijdens zijn laatste bezoek had gezien, zo'n tien jaar geleden.

Zijn volgende doel was de bloemenzaak, die nog dezelfde naam had als vroeger, al zat er inmiddels een nieuwe eigenaar in. Pretty Petals was vroeger van zijn buurvrouw Rose McKinley geweest, een alleenstaande moeder die goed bevriend was met Gwen. Haar enige kind, Iris, was indertijd innig bevriend geweest met Seth. Toen Rose een paar jaar geleden was getroffen door een beroerte had Iris de winkel verkocht. Niet lang daarna was haar moeder overleden.

Seth sprak zijn moeder minstens eens per week, zo niet vaker, en zij hield hem op de hoogte van het reilen en zeilen in de stad. De dood van Rose was een grote schok voor haar – ze waren ongeveer even oud geweest. Rose was te jong gestorven en daardoor had Gwen het gevoel gekregen dat ze in geleende tijd leefde. Ze was nu vijfenzestig.

Norm was tweeënzeventig en nog net zo nors en onverzoenlijk als altijd. Hij mocht zijn benzinestation dan eindelijk verkocht hebben, stilzitten kon hij niet. Nog steeds werkte hij er, nu voor de nieuwe eigenaar. Gwen wilde niets liever dan leuke dingen doen nu ze daar de tijd en het geld voor hadden, misschien een cruise maken, maar daar wilde Norm niets van weten. Waarom Gwen überhaupt haar tijd wilde doorbrengen met dat ouwe stuk chagrijn was Seth een raadsel, maar hij had niettemin medelijden met haar. Ze was gedwongen haar laatste jaren in het stadje te slijten met als enige afleiding de kerk, haar kaartclub en de bingo, en nu ook nog zonder haar beste vriendin Rose.

Hij liep de bloemenzaak in en nam zijn hoed af. Hij begroette Grace Dillon, de nieuwe eigenaresse. Zijn moeder had het een paar keer over haar gehad. Ze was een aantrekkelijke jonge vrouw van een jaar of dertig, misschien iets jonger nog, die haar droom had laten uitkomen. Ze had Pretty Petals overgenomen van Iris en was er dolblij mee. Om zich heen kijkend, zag hij dat er heel wat veranderd was sinds vroeger.

'En, Seth, blijf je deze keer voorgoed?' vroeg ze.

'Voorlopig wel. Ik ben nu bezig bij mensen langs te gaan om kennis te maken of om de kennismaking te hernieuwen. Hoe gaan de zaken in bloemenland?'

'Die floreren.'

'Zijn er dingen die ik alvast moet weten? Over minder dan een week neem ik Macs plaats in.'

Ze schudde haar hoofd. 'Ik heb geen last van bloemendieven of zo. Kom je hier weer wonen nu je hier gaat werken?'

'Dat weet ik nog niet,' zei hij met een aarzelend lachje. 'Mijn moeder heeft gezegd dat ik mijn oude kamer terug kan krijgen, maar ik weet niet... het lijkt me geen goed idee om weer bij mijn ouders in te trekken.' Om maar te zwijgen over het feit dat zijn vader niets had gezegd. 'Al zou ik over het eten niets te klagen hebben, dat staat vast!'

'Misschien dat je dan aan het eind van de dag even bij je moeder kunt aanwippen voor een hapje voordat je vertrekt naar je eigen onderkomen.'

'Goed idee. Eigenlijk zou ik dat nu even moeten doen... Heb je nog een mooi boeket om mee te nemen? Daar is ze altijd zo blij mee.'

Grace draaide zich om en pakte een prachtig bloemstuk van een tafel. 'Vind je dit herfststuk wat? Ik kan je er een flinke korting op geven – ik heb het een paar dagen geleden gemaakt en het is nog niet verkocht.'

'Korting is altijd welkom.' Hij trok zijn portemonnee. 'Zie je Iris trouwens nog wel eens?' vroeg hij zonder op te kijken.

'Ik zie Iris elke week minstens één keer. Ze houdt van verse bloemen in huis – als je dat eenmaal gewend bent, kun je moeilijk zonder. Soms komt ze hier om haar eigen boeket te schikken. Ik wou dat ze hier wilde werken; ze heeft echt talent. Goed, dat is dan tien dollar.'

'Tien? Dat begint verdacht veel op slijmen met de arm der wet te lijken.'

'Hopelijk hoef ik mijn krediet nooit in te zetten,' zei ze. 'Welkom terug, Seth. Fijn om te weten dat je ons komt beschermen.'

'Ik zal mijn best doen. Laat maar weten als ik iets voor je kan doen. Zolang het maar geen bloemschikken is.' Hij gaf haar zijn kaartje met alle telefoonnummers erop en meteen daarna een tweede. 'Eentje voor hier, eentje voor thuis,' zei hij, al hoopte hij stiekem dat het tweede kaartje zijn weg zou vinden naar Iris.

Was er maar een manier om weer met haar in contact te komen. Als kind waren ze onafscheidelijk geweest. Ze sportten samen, gingen samen vissen, lagen op het strand of zaten bij een van hen thuis urenlang computerspelletjes te spelen. Op de middelbare school waren ze meer hun eigen weg gegaan; hij zat in alle sportteams terwijl zij meisjesdingen deed en haar moeder hielp in de zaak. Maar ze was altijd zijn allerbeste vriendin gebleven, al had hij dat in gemengd gezelschap niet openlijk gezegd. Hij kon Iris alles vertellen... álles. Problemen op school, frustraties bij een sport, moeilijkheden met huiswerk en zelfs verliefdheid op een meisje dat niet verliefd was op hém. Ze hadden lange gesprekken gevoerd op de veranda, via de telefoon, overal waar ze elkaar maar tegenkwamen. Als de ramen van hun slaapkamer zich tegenover elkaar hadden bevonden, zouden ze zelfs uit het raam hangend hebben gekletst.

In het laatste schooljaar was er opeens een misverstand ontstaan. Het had iets te maken met het eindexamenfeest, al wist hij de details niet precies meer. Ze was kwaad geweest dat hij haar niet had gevraagd om mee te gaan naar het feest, maar hij had in die tijd verkering met een meisje en dus wilde hij haar vragen. De dag voor het feest had hij ruzie gekregen met het vriendinnetje, waarop ze hem dumpte. Hij had een paar biertjes gehad en was zoals gewoonlijk naar Iris gegaan om zijn hart te luchten. Het was het laatste schooljaar, hij had een fantastische tijd achter de rug, hij zou in het najaar met een volledige beurs naar de universiteit van Oregon gaan en hoe waagde die griet het om hem vlak voor het grote feest te dumpen. Precies wist hij het niet meer, maar hij meende zich te herinneren dat hij iets stoms tegen Iris had gezegd in de trant van dat hij beter háár had kunnen vragen. Maar de volgende dag had hij het weer goed gemaakt met het vriendinnetje. Hij had gedacht dat Iris blij zou zijn voor hem. Hij had verwacht dat ze het zou begrijpen. Dat het een stomme ruzie was geweest en dat hij het weer bijgelegd had met haar.

Alleen had Iris het níét begrepen. Kennelijk herinnerde hij het zich anders dan zij, want het voorval betekende het eind van hun vriendschap. Er moest iets speciaal zijn met meisjes en examenfeesten want hij kon zich niet herinneren haar ooit zó kwaad te hebben gezien. Toen ze klein waren, hadden ze een paar keer gevochten, maar zelfs toen was ze niet zo boos geweest. Hij had wel honderd keer zijn excuses aangeboden, maar ze was er klaar mee. Ze ging hem niet meer helpen met zijn huiswerk, luisterde niet meer naar zijn geklaag en gezucht over zijn liefdesleven, prees hem niet meer de hemel in over wat hij allemaal bereikt had om vervolgens in haar eentje thuis te zitten op de avond van het feest. Over en uit. Klaar. Zoek daar maar een andere sukkel voor.

Vanaf die dag waren ze alleen nog maar beleefd tegen elkaar. Toen hij op zijn twintigste dat auto-ongeluk had gehad, had ze hem een kaartje gestuurd. Toen haar moeder overleed, was Seth teruggekomen voor de begrafenis. Hij had het grootste boeket gekocht dat hij zich kon permitteren. Ze waren elkaar de afgelopen jaren bij andere gelegenheden enkele keren tegen het lijf gelopen. Ze hadden een paar beleefdheden uitgewisseld en dat was het dan.

Hij had de eerste stap gezet. 'Iris, worden we ooit weer vrienden?'

'We zijn vrienden,' had ze gezegd.

'Ik bedoel echte vrienden. Zoals vroeger.'

Ze had geen moment geaarzeld. 'Nee. Ik ben bang van niet.'

'Waarom niet?'

Ze had een diepe zucht geslaakt. 'Omdat jij altijd op mij kon rekenen en ik kennelijk niet op jou. Aan zulke vriendschappen begin ik niet meer.'

En nu was hij terug. Het zou een helse klus zijn om de wet in het stadje te vertegenwoordigen. Mac had gezegd dat hij erop voorbereid moest zijn dat hij altijd dienst had, ook buiten diensttijd. Er zouden weliswaar vier hulpsheriffs aanwezig zijn, plus een hoofdbureau van politie niet al te ver weg, maar als coördinator zou hij altijd klaar moeten staan om in te springen. Dat begreep hij; dat wist hij toen hij tekende.

Naast deze grote verplichting stonden er nog twee onmogelijke projecten op hem te wachten. Op een of andere manier moest hij het goed zien te maken met zijn vader. En hij moest Iris terug zien te krijgen. Hij moest een manier vinden om hen beiden te laten zien dat hij als tiener misschien een onverschillige luie donder was geweest, maar als man niet meer.

Iris kwam zaterdag om een uur of een de snackbar in lopen, gekleed in een joggingbroek, hardloopschoenen, een fleecevest en een T-shirt met lange mouwen. Haar dikke kastanjebruine haar had ze samengebonden in een paardenstaart en door de opening van haar pet getrokken. Ze ging aan de bar zitten.
'Een rondje aan het lopen?' vroeg Gina.
'Zoiets. Ik heb tegen Spencer gezegd dat ik hem dit weekend kwam opzoeken en hij zei dat hij er de hele dag zou zijn. Vandaar dat een eindje hardlopen langs het strand een goed idee leek. Daar ben ik hongerig van geworden en opeens kreeg ik enorm veel zin in patat, een baconsandwich en een chocoladeshake. Ik weet dat ik eigenlijk voor kwark en fruit moet gaan, maar dat zou Stu me nooit vergeven.'
'Stu maakt fantastische BLT's.' Gina legde de bon op Stu's werkblad. 'Heb je veel contact met Spencer?'
'Dit is pas zijn tweede seizoen, maar als hij me eerder ziet als vriendin dan als docent of decaan, kunnen we het hele footballteam bij elkaar houden. Als ik weet hoe de jongens er op school voor staan, kan ik studiebegeleiding regelen voordat ze het verkeerde pad opgaan vanwege slechte cijfers.'
'Hoe kom je aan studiebegeleiders? Van de school zelf?'
'Ja, ook. En ook uit de stad. Scott neemt minimaal één leerling voor wiskunde of natuurwetenschappen. Ik

kan er een paar nemen, Laine Carrington kan bijles geven in diverse vakken waaronder Spaans. Lou McCain is lerares Engels, dus die kan daarmee bijspringen; ze is bereid om er een paar onder haar hoede te nemen. Verder zijn de docenten er nog. Sommigen zijn een beetje pissig vanwege de aandacht die de sporters krijgen, maar dat slaat nergens op; ik besteed aandacht aan elke leerling. Studiebegeleiders zijn overal te vinden, ook onder de leerlingen zelf. Ik zou jou kunnen vragen, maar met een kersverse echtgenoot en vier kinderen...' Ze lachte. 'En natuurlijk heb ik de gebruikelijke verzoekjes gekregen van footballspelers om een knap meisje als studiebegeleider te regelen. Ik ben bang dat ik ze moet teleurstellen.'

'Halen ze over het algemeen een beetje goede cijfers?' wilde Gina weten.

'Dat wel, maar één vak waar ze moeite mee hebben, kan de boel al verpesten. Als ik íets heb geleerd over zulke jongens is dat ze liever doodgaan dan om hulp vragen. Daarom houden we hun cijfers zo nauwlettend in de gaten. Op die manier zien we veel eerder welke spelers gevaar lopen uit het team te worden gezet vanwege slechte cijfers.'

'Wat heeft jou er eigenlijk toe gebracht om schooldecaan te worden?'

'Ik heb het zelf niet echt makkelijk gehad op de middelbare school, en daarom dacht ik dat ik anderen misschien kon helpen. Met name meisjes.'

'Haalde je slechte cijfers?'

'God nee,' zei ze met een lach. 'Er waren veel belangrijker dingen... je haar bijvoorbeeld.' Ze zuchtte. 'Ik was verlegen, niet echt populair, eenzaam... zoals zoveel meiden. En jongens. Zelfs footballspelers.'

'Slim van je om te gaan werken op een terrein waar je ook iets terugkrijgt.'

'Slim was ik altijd al. Dat was het probleem niet. Zoals ik al zei, ging het om ergens bij horen, om zelfvertrouwen, om eigenwaarde – net als bij negentig procent van de meiden die ik ken. Het is ontzettend dankbaar werk.'

Toen de bel klonk, wendde Gina zich even af om Iris' sandwich met bacon, sla en tomaat te pakken. 'Over footballspelers gesproken, een van de sterren van vroeger is terug. Seth Sileski.'

'Hmm,' zei Iris, kauwend op haar eerste hap. 'Dat had ik al gehoord. En toen kwam ik hem tegen bij de benzinepomp.'

'Had jij vroeger op school geen verkering met hem?'

'Ik? God, nee! Hij was de populairste jongen van de hele school! Ster van het bal en het footballteam. Hij kon de mooiste meisjes krijgen.' Ze nam nog een hap.

Gina begon te lachen. 'Nou, je mag er anders zelf ook wezen, Iris.'

'Doe niet zo idioot. Nu zie ik er misschien niet zo gek uit, maar toen? Brr. Seth was mijn buurjongen en we waren bevriend. Ik hielp hem met Engels en biologie. En ik heb hem ook geholpen met zijn toelatingstest voor de universiteit. Daar maakte hij zich trouwens absoluut niet druk om, aangezien hij zijn hele toekomst op het football richtte.'

'En, hoe heb je die test gemaakt?'
'Topscore.'
'Geweldig! Grote domme spierbundels. Wat is er trouwens van die fantastische footballcarrière terechtgekomen? Wat ik me ervan herinner, was die al voorbij voordat hij goed en wel begonnen was.'

'Auto-ongeluk,' zei Iris met volle mond. 'Hij heeft een prima jaar gehad bij de Ducks, is vervolgens van de universiteit gegaan om een contract te tekenen bij de Seahawks en heeft daar een seizoen gespeeld. En toen kreeg hij dat ongeluk. Hij is daarbij ernstig gewond geraakt en dat was het einde van zijn carrière als prof.' Ze nam nog een hap en spoelde die weg met wat chocolademilkshake. 'Wij proberen die jongelui ervan te doordringen dat het altijd loont om een opleiding te volgen. Een carrière als profsporter is heel onzeker en kan in een oogwenk voorbij zijn.'

'Ik heb daar ooit iets over gehoord, maar de details kende ik niet.'

'Voor zover ik weet, was het een ongeluk. Domme pech.'

'Dus daar heeft hij dat trekken met zijn been en dat litteken aan overgehouden?'

Iris knikte. Ze keek naar haar bord en speelde met de frietjes. 'Zo erg trekt hij daar niet mee,' zei ze ten slotte. 'Hij heeft me nooit precies verteld wat er is gebeurd.'

Gwen Sileski daarentegen wel. Gwen had Rose en Iris alles verteld. Seths rechterbeen was verbrijzeld en er waren schroeven, platen en stangen nodig om de boel bij elkaar te houden. Ook de rest van zijn lichaam was er beroerd aan toe; eigenlijk was het een wonder dat hij nog leefde. Hij was verscheidene keren aan zijn rechterbeen geopereerd. Door alle operaties was dat been nu iets korter dan het andere en moest hij aan zijn rechtervoet een aangepaste schoen dragen. Volgens zijn moeder had hij er geen pijn meer aan, maar er was heel wat therapie en oefenen voor nodig geweest om zover te komen. Iris wilde er niet aan denken hoe zwaar de medische keuring voor de politie voor hem geweest moest zijn.

'Een auto-ongeluk. Een verbrijzeld been,' zei Iris. 'Maar dat litteken... dat maakt hem bijna nog knapper, vind je niet?'

'Er zou heel wat meer voor nodig zijn om van Seth Sileski een lelijke vent te maken dan dat litteken.' Met haar vinger trok ze een denkbeeldige streep over haar wang.

'Vertel mij wat.' Iris veegde haar mond af met een servetje. 'Herinner je je hem nog van school? Wat een hartenbreker!'

'Ik ben op mijn vijftiende van school gegaan vanwege zo'n hartenbreker, weet je nog?' zei Gina. 'In die tijd liepen ze bij bosjes rond. Maar ik geef toe dat ik weinig belangstelling had voor jullie jonkies. Ik herinner me Seth meer van de afgelopen tien of twaalf jaar, van de keren dat hij in de stad was en even langskwam voor een hamburger of een kop koffie. Gwen vindt het vast geweldig dat haar zoon terug is.'

'Dat denk ik wel. Kan ik trouwens de rest meenemen? Ik denk niet dat ik alles nu op krijg.'

'Natuurlijk. Ik zal de milkshake in een kartonnen beker doen.'

'Dat hoeft niet, die drink ik hier nog wel op. Dan kun jij me ondertussen mooi vertellen hoe het nieuwe leven als echtgenote en moeder bevalt.'

'Het is vooral ingewikkeld,' zei Gina. 'We hebben twee eerstejaars studentes, mijn dochter en die van Mac, die allebei nog thuis wonen en allebei een bijbaan hebben en die volgend jaar het huis uit gaan. Mac krijgt een heel ander rooster; hij gaat minstens een jaar nachtdiensten draaien. En dan hebben we nog twee tieners van elf en dertien die op ik weet niet hoeveel clubs en sporten zitten, dus we rijden heel wat af. De meiden helpen, maar die hebben natuurlijk weinig tijd door hun studies en baantjes. Maar het leven als Mrs. Mac?' Ze schonk Iris een stralende lach. 'Ik wist niet dat een mens zo gelukkig kon zijn.'

Iris zoog het laatste restje milkshake uit de beker, wat een gorgelend geluid maakte. 'Je hebt wel de tijd genomen om de ideale vent te vinden.'

'Ik weet het. Of misschien heeft hij de tijd genomen om mijn pad te kruisen. Wat maakt het uit? Hij was de moeite van het wachten waard. Hoe zit dat trouwens bij jou? Is er op dit moment een speciaal iemand in je leven?'

'Nee. Op dit moment niet. Ik heb wel een paar keer gedacht dat ik de ware had gevonden, maar uiteindelijk gaf ik toch de voorkeur aan mijn eigen gezelschap.' Ze ging staan en zocht in haar zak naar geld, terwijl Gina de rest van haar maaltijd in een kartonnen bakje deed.

'En het gezelschap van scholieren,' zei Gina plagend.

'Die houden me scherp. Maar ik hou mijn ogen open voor een wat ouder model met wat meer rust in zijn lijf – pakweg vijfendertig, single, sexy en die totaal voor me valt...'

De deur van de snackbar ging open en Seth Sileski kwam als op afroep binnen. Knappe Seth. Hoge jukbeenderen, uit steen gehouwen kin, geloken ogen, witte tanden en een dunne streep dwars over zijn wang. Iris' mond viel open en Gina schoot in de lach.

'Goeiemorgen, dames.' Hij nam zijn hoed af. 'Iris, enige kans dat ik je op een kop koffie kan trakteren?'

'Jammer genoeg heb ik geen tijd. Ik heb een afspraak waar ik misschien al te laat voor ben.' Ze pakte haar kartonnen bakje. 'Bedankt, Gina. Tot gauw.'

'Hoe komt het dat je er altijd snel vandoor moet zodra we elkaar tegenkomen?' wilde Seth weten.

'Dat is puur toeval. Volgende keer, Seth. Ik moet nu echt gaan.' Met een verontschuldigend glimlachje liep ze naar buiten. Daar zette ze een rustig drafje in de heuvel op, huiswaarts. Waarom, dacht ze. Waarom moest hij terugkomen? Heeft een of andere wraakzuchtige engel het plan opgevat me een langzame en ellendige dood te laten sterven? Wat heb ik misdaan dat dit me overkomt? Wie weet hoelang hij hier blijft. Hoe moet ik hem in vredesnaam ontlopen? Vooral als hij de man is met wie ik moet overleggen als er tieners in de problemen komen?

Had ze vroeger op school al niet genoeg moeten doorstaan?

Hoofdstuk 2

Iris hield al van Seth sinds ze een jaar of vier was. Hij had haar een kusje gegeven toen ze zes waren, waarop ze hem een klap had verkocht. Vanaf dat moment had ze geweten dat ze waarschijnlijk voor altijd van hem zou houden. Wanneer kinderen haar plaagden omdat ze naar een bloem was genoemd, kwam hij voor haar op. Hij had Robbie Delaney op zijn neus geslagen omdat die had gezegd dat ze op een vogelverschrikker leek. Natuurlijk had ze Robbie zelf ook wel eens geslagen, maar het was een fijn gevoel dat Seth haar verdedigde. Toen haar krullende haar aan één kant helemaal plat had gezeten, had Seth haar uitgelachen maar daarna sorry gezegd. Toen was hij opnieuw in lachen uitgebarsten en had weer sorry gezegd. Ze speelden samen vadertje en moedertje tot zijn oudere broers hen betrapten en plaagden; daarna had hij alleen nog maar cowboytje willen spelen.

Toen ze ouder waren, maar niet veel ouder, hadden ze allebei geholpen in het bedrijf van hun ouders – Seth bij de benzinepomp en Iris in de bloemenwinkel. Omdat Rose en Iris maar met zijn tweeën waren, kwam Seth soms helpen met het zware werk als hij even weg kon van de benzinepomp van Sileski, waar Norms zoons alle drie hun bijdrage moesten leveren. Seth had uit gesprekken onder het eten thuis op kunnen maken dat Rose geen al te dik belegde boterham haalde uit de bloemenwinkel en daarom wilde hij niet dat ze hem betaalde voor zijn hulp. Hij bracht het afval weg en dat was elke dag weer een flinke hoeveelheid. Hij veegde, dweilde, nam schappen af, bezorgde bestelde bloemen op de fiets en hielp Iris soms zelfs met het maken van boeketten, maar hij zorgde wel altijd dat niemand hem zag. Hij beweerde altijd dat hij Iris hielp met haar klusjes, zodat ze des te eerder Doom of Super Mario Bros konden gaan spelen.

Op de middelbare school voerde hij als excuus aan dat hij Iris hielp in ruil voor haar hulp met zijn huiswerk. Op school was ze altijd net iets beter dan hij. Toen ze in de bovenbouw niet werd gekozen in het cheerleaderteam was ze ten einde raad geweest en had ze zijn T-shirt mogen doorweken met haar tranen, zonder dat hij er iets van zei. In feite was hij daar enorm door geschokt: Iris huilde eigenlijk nooit. Zelfs niet die keer dat ze een bal in haar gezicht kreeg.

De familie Sileski ging het financieel voor de wind. In een klein stadje was er echter weinig klandizie voor bloemenwinkels. Benzine was een noodzaak, bloemen waren een luxe. Bovendien telde de familie McKinley geen mannelijke leden... behalve Seth dan. Hij maaide hun gras en hij was degene die ze belden als er iets zwaars getild moest worden. Aangezien beide moeders hartsvriendinnen van elkaar waren, juichten ze dat alleen maar toe.

Iris was degene met wie Seth kon praten. Zijn broers hadden weinig tijd voor hun kleine broertje; alleen wanneer hij weer een geweldige prestatie leverde in het footballteam bazuinden ze dat vol trots rond.

Toch liepen Seth en Iris nooit samen naar school, en daar gingen ze alleen met hun eigen seksegenoten om. Maar buiten schooltijd, vriendjes en vriendinnetjes en trainen om, waren ze vrijwel altijd bij elkaar. Dan waren ze vrienden, goede vrienden, buren. Iris had meer vriendinnen dan gebruikelijk doordat Seth naast haar woonde en alle meisjes een oogje op hem hadden. Seth had zijn vrienden, maar voor de echt belangrijke en vertrouwelijke dingen hadden ze elkaar. En dus vertelde Seth haar alles over de meisjes op wie hij verliefd werd. Voortdurend vroeg hij haar advies. Soms koppelde hij haar aan een vriend, zodat ze met zijn vieren konden uitgaan, wat een extra grote kwelling voor Iris betekende.

En toen, in het voorjaar van het laatste schooljaar, toen de tot schoolkampioen verkozen Seth plannen had om de tot schoolkampioene uitgeroepen Sassy mee te vragen naar het examenbal, was er iets voorgevallen. Sue Marie Sontag, door iedereen Sassy genoemd omdat die naam beter bij haar paste, bedonderde Seth. Ze was met Robbie Delaney weggeglipt en had hem aan haar borsten laten zitten. Seth en Sassy kregen een knallende ruzie en maakten het uit.

Seth, tot op het bot gekwetst door haar verraad, was naar een feestje zonder supervisie gegaan en had een paar biertjes gedronken, iets wat hij normaliter nooit deed. Door een speling van het lot was ook Iris aanwezig geweest op het feest. Voor dit soort toffe party's werd ze praktisch nooit uitgenodigd. Ze dronk niet, niet omdat ze een suffe trut was, maar omdat ze bang was wat de populaire jongens en meiden met haar zouden doen als ze dronken was. Ze had verhalen gehoord. En aangezien ze geen ervaring had met alcohol, durfde ze nog geen slokje te nemen.

Toen was Seth daar opeens, wankelend op zijn benen, lallend over Sassy die hem had bedrogen en gedumpt, en Iris was hem te hulp geschoten. 'Jezus, je bent walgelijk,' zei ze. 'Kom mee, dan gaan we hier weg. Je bent straalbezopen.' Ze loodste hem naar de bestelbus van de bloemenwinkel en wist hem op de passagiersstoel te krijgen.

'Nog niet naar huis,' mompelde hij. 'Krijg ik problemen.'

'Ja, logisch, je bent ladderzat,' zei ze. 'Slim van je.'

En toen stortte hij zijn hart bij haar uit. Hij kon niet geloven dat Sassy met een andere gozer was meegegaan en zich had laten betasten en alles. En nog wel met een gast die Seth als zijn vriend beschouwde!

Iris kon niet geloven dat Seth niet had geweten dat bijna alle jongens uit de examenklas aan Sassy's borsten hadden gezeten. En Seth ging maar door, alsof hij dacht dat Iris het leuk vond om alles over andere meiden te horen. Midden in zijn betoog zakte hij zelfs zo nu en dan even weg.

Hij was stomdronken en zoals gewoonlijk redde ze zijn huid. Ze reed naar een populair vrijplekje, een uitkijkpunt dat bijna onzichtbaar was vanaf de weg, en parkeerde daar het busje, waar met grote letters Pretty Petals op stond. Vervolgens luisterde ze naar zijn geweeklaag over de pech die hij altijd met meisjes had.

Toen kwam er een opeens een ommekeer in zijn relaas.

'Waarom ben jij mijn vriendinnetje eigenlijk niet, Iris? Waarom niet jij en ik? Wij zouden dat elkaar nooit aandoen. En jij bent trouwens het enige meisje van wie ik ooit echt gehouden heb. In elk geval het enige meisje dat ik vertrouw. Of geloven kan. Je bent mijn hele leven al mijn beste maatje. Weet je, ik neem jou mee naar het examenbal. Ja, dat ga ik doen. Ik had jou meteen moeten vragen.'

Hij drukte zich tegen haar aan en begon haar te zoenen. Eerst wilde ze hem wegduwen, maar aan de andere kant was dit het eerste verstandige wat hij had gezegd. Ze wáren al jarenlang beste maatjes geweest. Ze hadden altijd al beter met elkaar kunnen opschieten dan met anderen. En het was waar; ze zouden elkaar nooit bedriegen. Als zij samen naar het feest gingen, zou hij niet bang hoeven zijn dat ze met anderen zou flirten of gaan zitten pruilen of zo. Ze zou zich elke seconde amuseren en hem de hele avond aan het lachen maken. Ze wist natuurlijk niet zeker of ze zich wel een avondjurk kon permitteren, maar dat was van later zorg. Hier zat ze met de liefde van haar leven die haar vertelde dat hij eindelijk het licht had gezien en besefte dat zij de ware voor hem was. Eindelijk.

Hij kuste haar. Het waren geen onschuldige liefkozingen meer, maar echte kussen. Ze werd helemaal week vanbinnen. Hij probeerde haar letterlijk te beklimmen, maar er zat een stuur in de weg.

'Kom,' zei hij. Hij trok haar van de bestuurdersstoel af over de middenconsole heen naar zich toe, terwijl hij opzijschoof zodat ze onder hem kwam te liggen. Over haar heen hangend probeerde hij de rugleuning zo ver mogelijk naar achteren te duwen, en al die tijd bleef hij haar overladen met hete, natte, verrukkelijke kussen. Hij duwde zijn onderlijf hard tegen haar aan en dat voelde zo goed dat ze hetzelfde deed. Intuïtief begon ze cirkelvormige bewegingen met haar bekken te maken.

Misschien moest ze hem stoppen. Misschien moest ze tegen hem zeggen dat hij deed wat hij deed omdat hij dronken was. Maar dat weke gevoel had zich inmiddels door haar hele lijf verspreid en ze was overweldigd door verlangen.

'Jij bent de enige voor me,' zei hij, haar hals kussend en toen haar schouder. Hij schoof haar blouse opzij zodat hij haar borst kon kussen, en voordat ze wist wat er gebeurde, was hij al bezig haar tepel te likken. Zodra hij hem in zijn mond nam, werd ze helemaal gek. Ze had geen idee gehad dat borsten zoiets magisch waren. Het was alsof er een zijden draad liep tussen haar tepel en haar intieme delen, waar nu aan werd getrokken. Het was fantastisch!

Nog nooit was ze zo ver gegaan met een jongen. Dat maakte haar waarschijnlijk tot een uitzondering, maar zo vaak had ze geen date gehad, en zeker geen date die zich kon meten met Seth. Nooit zou ze de avond vergeten dat de jongen die ze al jaren liefhad eindelijk besefte dat ze voor elkaar bestemd waren.

Hij frunnikte aan de sluiting van haar short. Ze had werkelijk geen idee wat hij wilde, wat hij van plan was. Ze dacht dat hij misschien zijn hand erin wilde steken, maar eerlijk gezegd wilde ze liever doorgaan met dat heerlijke tegen elkaar wrijven waar ze nu mee bezig waren.

'Toe nou, schatje,' zei hij, haar kussend. 'Ik heb je nodig.'

Tja, ze was er altijd voor hem geweest. Door dik en dun. Dus als hij haar nodig had, dan zou ze er voor hem zijn. Ze kuste hem terug en voelde haar short over haar benen schuiven, even later gevolgd door haar slipje. Toen drukte hij zich tegen haar aan, drong bij haar binnen, al kreunend en dingen zeggend als o, god en goeie god... En toen hield hij zijn adem in, sidderde een paar keer en werd slap.

Het duurde een hele tijd voordat hij zich had hersteld. Toen legde hij een grote hand tegen haar wang, kuste haar teder op de lippen, liet zich van haar af rollen en kwam overeind. Met zijn ene knie op de zitting naast haar trok hij zijn broek omhoog en knoopte hem dicht. Hij hielp haar om haar short omhoog te trekken en maakte toen ruimte zodat ze weer achter het stuur kon kruipen. Zodra ze weer aan de andere kant van de middenconsole zat, begon ze haar kleding in orde te brengen, ondertussen druk babbelend. 'Wauw, niet te geloven dat we dat gedaan hebben. En nog wel zonder condoom of zo. Nooit gedacht dat zoiets zou kunnen gebeuren. Ik weet niet goed wat ik moet zeggen...' Maar ondertussen kon ze alleen maar denken hoe gelukkig ze was nu ze wist dat Seth hetzelfde voor haar voelde als zij voor hem. En hoe graag ze nog wat meer met hem wilde kussen en strelen en alles.

Ze had haar short inmiddels weer goed aan en knoopte haar bloes dicht. Toen keek ze opzij. Seth was in slaap gevallen.

Iris wilde het verleden van zich afzetten, Seth uit haar hoofd verjagen. Ze belde Grace. 'Heb je zin om mee te gaan naar North Bend? Even lekker dansen?'

'Om te beginnen zou ik nog geen stap kunnen verzetten als je touwtjes aan mijn armen en benen bond – ik ben de hele dag op de been geweest en ik moest naar Bandon om bloemen voor twee bruiloften te verzorgen. En ten tweede zijn twee vrouwen die zich op zaterdagavond in de kroeg laten zien of op zoek naar een kerel of ze willen aangezien worden voor een stel.'

'Die eerste optie wil ik nog niet uitsluiten.'

'Ik wel,' zei Grace. 'Beetje ongedurig vanavond?'

'Ik heb gewoon zin om iets te doen, meer niet. Vroeger was je veel leuker.'

'Dat weet ik nog zo net niet. Ik denk dat jij vroeger wat minder leuk was.'

Grace had de indeling van de bloemenwinkel veranderd. Ze had dingen gedaan waar Rose nooit aan gedacht had. Ze maakte reclame in omliggende plaatsen met kortingsbonnen en advertenties op internet. Ze had een reclamebureau uit North Bend in de arm genomen, ze had een prachtige portfolio van de bloemist voor wie ze in Portland had gewerkt, en nadat ze een paar huisvrouwen had opgeleid in de kunst van het bloemschikken, beschikte ze over de nodige mankracht om de bloemen bij grote evenementen te verzorgen. Iris was blij dat Grace en niet zij in de bloemenbusiness werkzaam was.

'Ik zal je vertellen waar ik wel zin in heb,' zei Grace. 'Samen met jou naar Cooper's gaan om met een drankje naar de zonsondergang te kijken. Zo vaak zal dat dit jaar niet meer gebeuren...'

'Het is pas september!'

'En ik heb het druk met de herfstcollectie en het samenstellen van de kerstcatalogus. Voordat je het weet, is het al donker wanneer ik klaar ben met mijn werk. Oké, ik ben zelfs bereid om op de terugweg even bij Cliff's te stoppen voor een kom vissoep, maar dwing me alsjeblieft niet om te dansen.'

'Wat een watje ben je ook. Ik heb vandaag hardgelopen en alles.'

'Volgens mij heb je niet genoeg gelopen...'

Dus gingen ze op weg naar Cooper's. Dat was waarschijnlijk beter ook, dacht Iris. Het was er gezellig en relaxed. Troy Headly, een collega van school met wie ze een korte relatie had gehad, stond achter de bar. Hij werkte parttime in de kroeg. Hij vertelde dat Cooper er zelf niet was omdat de Oregon Ducks vandaag tegen Californië moesten spelen en hij samen met Sara naar Eugene was gegaan om de wedstrijd te zien. Er waren redelijk wat mensen maar niet te veel – voor een zaterdagavond was het nogal rustig. Iris en Grace gingen aan de bar zitten, in de startblokken om een tafeltje buiten te veroveren zodra er eentje vrij kwam. Net toen ze ieder een glas wijn voor hun neus hadden, stootte Grace Iris aan en snel liepen ze naar een leeg tafeltje.

Iris legde haar benen op de leuning. 'Ik vraag me af wat de arme mensen aan het doen zijn.'

Grace schoot in de lach. 'Die zijn een glas wijn aan het drinken bij Cooper's.'

Grace was jong voor iemand met een geslaagd eigen bedrijf. Ze had voor een bekende bloemist gewerkt toen ze een of andere erfenis had gekregen en op zoek was gegaan naar een winkel die te koop stond. Voor een vrouw zo jong als Grace was het behoorlijk gewaagd om al haar geld in een eigen zaak te steken. Maar ze wist wat ze deed: ze had ervaring in de detailhandel, hield de administratie bij, deed de inkoop en zorgde dat contracten voor evenementen werden nagekomen. Ze had haar reserves nog verder uitgeput door de ruimte boven de winkel om te laten bouwen tot een bescheiden appartement. En Iris was blij dat Grace degene was die de winkel had gekocht, omdat ze bijna meteen vriendschap hadden gesloten. Ze hadden veel met elkaar gemeen: ze namen hun werk allebei heel serieus, gingen weinig uit en waren allebei alleen, zonder familie.

Thunder Point was Iris' familie; de kinderen voor wie ze verantwoordelijk was, waren haar familie.

Ze vond het heerlijk om een vriendin te hebben die niet per se hoefde te praten – het was bijna of Grace haar zus was. Stilzwijgend keken ze samen naar de ondergaande zon, slechts af en toe een opmerking plaatsend over gebeurtenissen van de afgelopen week. Dat ze zich verheugden op de zondag. Tot het uiteindelijk helemaal donker werd, keken ze naar de oranjerode collage van zon, zee en rotsen die zich voor hun ogen ontvouwde.

'Wilde je ergens een hapje gaan eten?' vroeg Grace.

'Ik heb niet heel veel trek. Een kom vissoep bij Cliff's is wat mij betreft genoeg.'

'Wat zou je zeggen van nog een wijntje en een van

Carries pizza's? Cooper heeft een voorraadje in de vriezer en Troy kan er zo twee in de oven schuiven.'

'Vind ik ook best.'

'Oké, dan ga ik nog twee wijn halen en wat tortillachips. Hé, is dat die nieuweling niet?' zei Grace.

Iris keek en zag Seth beneden op het strand langs de vloedlijn joggen. Wat deed die hier nou? Hij woonde hier niet in de buurt. Maar het was hem wel degelijk. Ze herkende hem aan zijn enigszins scheve pas door zijn te korte rechterbeen. Hij droeg een strakke joggingbroek en een mouwloos T-shirt, en had een jack rond zijn middel geknoopt. 'Ja, dat geloof ik wel.'

'Ik ben zo terug,' zei Grace.

Dus hij is een stuk gaan hardlopen, dacht ze. Wat moest dat moeilijk zijn, lichamelijk in topconditie blijven ondanks de beperkingen die zijn rechterbeen hem oplegde. Al was dat natuurlijk de reden dat hij het deed. Hij was politieman. Hij kon zich niet permitteren om de langzaamste of de zwakste te zijn als het erop aankwam. En aan zijn armen en schouders te zien bleef het niet bij hardlopen alleen. Hij leek in topconditie.

Ze had gehoord dat hij in de buurt van Bandon woonde; misschien waren daar geen geschikte routes om te hardlopen. Hij was inmiddels bij het plankier voor Cooper's aangekomen en ze verwachtte dat hij daar om zou draaien en terug zou joggen naar de stad. Maar nee. Met zijn handen op zijn heupen liep hij langzaam een paar rondjes bij wijze van coolingdown. Toen keek hij omhoog en glimlachte.

Shit, dacht ze. Wat zullen we nou krijgen?

Hij liep nog een rondje en veegde toen zijn gezicht droog met de handdoek die om zijn nek hing. Daarna liep hij de trap op naar het plankier. Net op het moment dat hij boven kwam en koers zette naar Iris' tafeltje, kwam Grace terug met een glas wijn voor Iris en een bakje met maïschips.

'Ha, Seth,' zei Grace.

'Ook gegroet. Is die stoel nog vrij?' Hij wees naar een van de stoelen bij hun tafeltje.

'Ja, ga toch zitten. Kan ik iets voor je halen van de bar nu ik toch sta?'

'Water graag. Dank je wel.'

Grace verdween weer naar binnen en Iris fronste haar wenkbrauwen. Wat haar het meeste stoorde, was de lach op Seths gezicht. Een lach die ze zich maar al te goed herinnerde. De lach die zei: 'Hebbes!'

Grace kwam terug met het water, zette de salsa op tafel en verdween weer. Seth trok zijn jack aan en ritste het dicht. 'Ik denk niet dat dit je gaat lukken, Iris.'

'Hoe bedoel je?'

'Mij ontlopen. Doen alsof je elders iets belangrijks te doen hebt of zeggen dat je een afspraak hebt waar je toch al laat voor bent. Al die excuses van je. Vroeg of laat zul je toch met me moeten praten.'

'O, heeft niemand nog gezegd dat ik ga verhuizen?'

Hij barstte in lachen uit, maakte het flesje water open en dronk het in een paar teugen half leeg. 'Nee, dat heeft niemand gezegd.'

'Waarom moet je overal zijn?' vroeg ze op gedempte

toon. 'Je woont hier niet eens. Wat doe je hier op een zaterdagavond? Hardlopen op het strand?'

'Ik moest vandaag nog wat papierwerk doen en ik had mijn sportkleding meegenomen. Ik wilde zien wat er op zaterdagavond op het strand gebeurt.'

'De jeugd gaat er na de wedstrijden meestal naartoe,' zei ze, alsof ze dacht dat hij dat misschien zou zijn vergeten.

'Weet ik. Gisteravond heb ik naar ze gekeken vanaf het parkeerterrein van Cooper's. Het kwam me allemaal bekend voor. En eigenlijk heel braaf. Als ik me goed herinner, is het er elke vrije avond feest.'

'En jij besloot om ze te bespioneren?'

'Nou, het leek me goed om even een kijkje te nemen. En te zorgen dat ze me zagen... voor het geval iemand iets nodig had. Iris, we moeten echt even over die wrok praten die je nu al vijftien jaar tegen me koestert.'

Ze boog zich naar hem toe. 'Twee dingen, agent. Ten eerste... we hebben gepraat. Verscheidene keren. En ten tweede... koester ik helemaal niets. Ik bemoei me gewoon met mijn eigen zaken.' Ze pakte een chip uit de schaal en vermaalde die tussen haar kiezen.

'Onzin. Je vergeet dat ik je ken. Er is heel wat voor nodig om jou kwaad te maken en dit is iets wat je al sinds het eindexamenfeest dwarszit. Ik heb minstens honderd keer mijn excuses aangeboden. Ik was een ongevoelige stomkop en het spijt me verschrikkelijk dat ik je gevoelens heb gekwetst. Ik had geen idee wat mijn gedrag me ging kosten. Of jou.' Hij dronk het flesje water verder leeg.

Ze keek om en zag dat Grace binnen op een kruk aan de bar was gaan zitten, in een geanimeerd gesprek verwikkeld met Troy. Waarschijnlijk wilde ze Iris de kans geven om een en ander uit te praten met Seth terwijl ze wachtte tot de pizza's klaar waren. Grace kende het verhaal van het feest, wist dat Iris nijdig was. Maar ze kende niet het hele verhaal.

'Ik weet niet wat dat is met meisjes en eindexamenfeesten,' zei hij. 'Je draaide helemaal door. Nooit geweten dat jij zo'n meisje was dat gaat huilen en maar blijft doordrammen. Je sloeg me verdomme altijd in elkaar!'

'Niet vaak genoeg kennelijk.'

Hij grijnsde. 'Geen dreigementen tegen een dienaar der wet uiten, *ma'am*.'

'Waarom ben je niet op stap met een of andere blonde bimbo? Zoals gewoonlijk?'

'Ik geloof niet dat ik die hier ken. Woont Sassy hier nog steeds?'

'Ja, inderdaad. Moet ik een date voor je regelen?'

'Nee, bedankt,' zei hij. 'Is ze altijd hier gebleven? Dat verbaast me. Ze was klaar om haar vleugels uit te slaan. Hoe gaat het met haar?'

Iris nam een slokje wijn. 'Ze schijnt wat aangekomen te zijn.'

'Dat moet jou plezier doen.'

'En ze is een tand kwijt,' vervolgde ze, op een van haar voortanden tikkend. 'Deze.'

Hij begon zo hard te lachen dat mensen zich omdraaiden en naar hem keken.

'Hou daarmee op!' siste ze. 'Je zet jezelf volkomen voor schut!'

'Dus je hebt nog steeds de pest aan haar? Ik voel me gevleid.' Hij schoof zijn stoel naar achteren en ging staan. 'Ik ga maar eens een biertje halen en een pizza bestellen.'

'Moet jij niet naar huis of zo?'

Hij boog zich naar haar toe en schudde zijn hoofd. 'Nee.'

Daarop verdween hij naar binnen om zijn bestelling te doen. Veel te snel naar haar zin was hij terug, met een biertje. Hij ging weer zitten en schurkte behaaglijk heen en weer. 'Ik wilde graag een paar dingen met je bespreken,' begon hij. 'Je bent er kennelijk nog niet aan toe om je woede los te laten, maar er zijn nog een paar andere dingen. Allereerst... je bent geweldig geweest voor mijn moeder. Een goede buurvrouw en een echte vriendin. Het verlies van Rose was denk ik voor mijn moeder net zo moeilijk als voor jou. Ze is zo dankbaar dat ze jou in haar leven heeft, en datzelfde geldt voor mij. Je hebt je boosheid op mij in elk geval niet tussen jullie in laten komen. Daarvoor wil ik je bedanken.'

'Je moeder is een geweldig mens. Ik hou gewoon van haar.'

'Echt aardig van je om dat te zeggen, Iris,' zei hij. 'Verder wilde ik het er ook met je over hebben hoe we met elkaar speciale schoolprojecten op poten kunnen zetten. Ik heb wel een paar ideeën.'

'Ik verwacht van jou dat je me laat weten of er ellende op komst is op mijn school. En omgekeerd doe ik hetzelfde. We laten die afgrijselijke films over afschuwelijke auto-ongelukken niet meer zien vlak voor het eindexamenfeest en de diploma-uitreiking. Je kent die dingen wel, die de kids de stuipen op het lijf proberen te jagen zodat ze niet met drank op achter het stuur gaan zitten...'

'Dat was niet wat ik in gedachten had, maar als je wilt kan ik een afspraak maken.'

'Wat had je dan in gedachten?'

'Misschien een paar succesverhalen om te slagen in het leven. Hoe je moet zorgen dat je niet voor je eenentwintigste dood of gehandicapt bent.' Hij trok zijn wenkbrauwen op. 'Hoe je moet zorgen dat je elke dag lol hebt? Hoe je miljonair wordt in drie simpele stappen? Als ik eerst hun aandacht maar heb. Die vasthouden is denk ik geen probleem.'

Ze leunde achterover. 'Ik zie je voorstel met belangstelling tegemoet, agent.'

'Prima,' zei hij. 'En verder wil ik het graag proberen goed te maken met jou.'

'Dat hoeft niet.'

'Ik wil het graag proberen,' hield hij vol. 'Wat is daarvoor nodig, Iris?'

'Een wonder.'

Zijn mond vertrok in een scheef lachje. 'Daar moest ik dan maar gauw werk van maken.'

Grace kwam terug, op de voet gevolgd door Troy, die twee pizza's droeg. 'Die van jou is zo klaar, Seth,' zei hij.

Nu ze met zijn drieën rond het tafeltje zaten, verplaatste de conversatie zich naar algemenere onderwerpen. Troy keerde terug met de pizza voor Seth en een biertje voor zichzelf. Gevieren wisselden ze verhalen uit over de stad en de inwoners, over vroeger en nu. Troy vond het geweldig om verhalen over Iris als kind te horen omdat hij een oogje op haar had, iets waar Iris zich goed van bewust was. Binnen de kortste keren zaten ze met elkaar te lachen alsof ze al jarenlang de beste vrienden waren. Hun gelach klonk bijna hysterisch.

Later die avond, toen Iris alleen in haar bed lag in het huis waar ze was opgegroeid, huilde ze voor het eerst in lange tijd. Ze huilde om alles war ze had gemist, alles wat ze was verloren, alles wat voor haar gevoel voor altijd buiten haar bereik lag.

Ze had Seth zo vreselijk gemist.

Die cruciale vrijdagavond, al die jaren geleden, had Iris Seth iets na middernacht gewekt en hem naar huis gebracht. Hij verdween naar binnen nadat hij haar had bedankt voor de lift. Ze had wel iets meer verwacht dan dat, maar ze liet het gaan. Per slot van rekening was hij niet helemaal toerekeningsvatbaar. Maar ze maakte wel haar moeder wakker om haar te vertellen dat Seth het uitgemaakt had met zijn vriendin en nu haar had gevraagd om mee te gaan naar het grote feest.

'Als vrienden?' had Rose gevraagd.

Iris wist dat het beter was om op je woorden te passen wanneer je moeder en de moeder van je vriendje niet alleen buren, maar ook hartsvriendinnen waren. 'Misschien wel als meer,' zei ze, verlegen haar ogen neerslaand. Niemand zou haar trouwens verlegen noemen, want op school had ze wel geleerd die verlegenheid te verbergen onder een gespeeld zelfvertrouwen.

Ze wist dat alleen de aanschaf van een jurk voor het feest al een zware belasting voor Rose was. De grote avond naderde snel en Pretty Petals was alleen op zondag gesloten, vandaar dat ze er meteen opuit gingen. Ze waren van plan alleen maar even rond te kijken om te zien of ze überhaupt kans van slagen hadden in North Bend. Maar ze vonden bijna meteen een jurk waar ze op slag verliefd op werden. Iris had niet gedacht ooit een jurk te vinden waarin ze zich niet pafferig of bleek of stom in voelde, maar dat was een vergissing. De jurk was donkerpaars en nauwsluitend en flatteerde haar lengte enorm. Ze kon zich er amper van weerhouden om naar de buren te hollen om Seth er alles over te vertellen.

Stralend liep ze die maandagochtend naar school en zette met haar boeken tegen haar borst geklemd linea recta koers naar zijn kluisje. 'Hoi,' zei ze.

'Iris! Je zult het niet geloven, maar Sassy en ik hebben het goed gemaakt! We hebben er lang en breed over gepraat en besloten dat we het nog een keer willen proberen. Dus gaan we samen naar het feest.'

Ze bleef als aan de grond genageld staan. Haar mond viel open, de tranen sprongen haar in de ogen en ze voelde haar gezicht wit wegtrekken.

'Wat kijk je nou?' zei Seth. 'Ik bedoel, ze heeft de jurk en alles al. En ze wil echt een tweede kans.'

'Weet je het niet meer?' had ze al gefluisterd voordat ze zichzelf kon tegenhouden. 'Je bent het vergeten!'

'Wat ben ik vergeten?'

'Je zei dat je met mij naar het feest wilde. Dat wij sowieso samen meer lol zouden hebben,' antwoordde ze zacht.

Hij wreef met zijn hand over zijn nek en schudde toen zijn hoofd, duidelijk niet op zijn gemak. 'Er staat me wel iets van bij. Ik weet nog dat ik razend was. En een beetje dronken...'

'Een beetje?'

'Oké, ik was dronken. Waarschijnlijk heb ik heel wat dingen gezegd die ik niet had moeten zeggen. Maar dat begrijp je toch, hè? God, Iris, wat een geluk dat je mij daar hebt weggehaald voordat er iets ergs zou gebeuren.'

En toen, als bij toverslag, stond Sassy opeens naast hem. Knappe, slanke, sexy Sassy die haar arm door die van Seth stak en hem met een stralende lach en glinsterende blauwe ogen aankeek.

'Goed, ik zie je nog wel, Iris,' zei hij. 'De les begint zo, maar we spreken elkaar later nog wel.'

Ze gaf geen antwoord. Ze stond daar maar. Seth legde een hand op Sassy's schouder en liep samen met haar weg. De bel ging – nog één minuut voor de lessen begonnen. Precies genoeg tijd voor Seth om Sassy naar haar lokaal te brengen en dan naar zijn eigen klas te spurten.

Iris ging niet naar haar lokaal. Ze liep naar de toiletten en ging het laatste hokje binnen. Daar hoorde ze de definitieve bel gaan. Er stond hem nog wel iets van bij? Kennelijk niet veel. Hij herinnerde zich niet dat hij haar nodig had gehad, dat ze het hadden gedaan, dat hij haar ontmaagd had. Hij herinnerde zich vaag dat ze het over het feest hadden gehad, maar hij was dronken geweest, aan het raaskallen, ergens tussen woest en zielig in en kennelijk niet nuchter genoeg om serieus te zijn. Ze haatte hem. Alleen niet zo erg als ze zichzelf op dit moment haatte. Waarom had ze niet beseft dat hij nauwelijks had geweten wat hij zei, wat hij deed?

Misschien wist hij niet eens meer dat zij bij hem was geweest. Misschien kon hij zich niet alleen niet meer herinneren wat hij had gezegd, maar ook niet met wie hij was. Er waren heel wat leerlingen die zich op elk feest lieten vollopen, maar Seth hoorde daar niet bij.

Ze bleef een halfuur op het toilet. Toen liep ze naar haar kluisje om haar boeken te pakken en ging naar huis. Hij zou haar ongetwijfeld op komen zoeken. Zo ging het altijd; als hij niet bij haar kwam, ging zij naar hem toe. Maar ze had zich iets voorgenomen. Het was afgelopen met praten. Niemand zou het ooit te weten komen. Tuurlijk, ze kon kwaad worden, ruzie met hem maken, maar dat zou er alleen maar toe leiden dat ze nog verder vernederd werd. Als iemand erachter kwam, zou er gezegd worden: 'Heb je dat gehoord over Iris? Dat ze dacht dat Seth met haar naar het feest zou gaan in plaats van met die sexy Sassy?'

Nee, dat ging niet gebeuren. Ze zou tegen hem zeggen dat hij een eikel was, zijn excuses aanvaarden en het er verder nooit meer over hebben. Ze had altijd gedacht dat Seth speciaal was. Anders. Maar hij was gewoon een klootzak.

Hoofdstuk 3

Seth maakte lange dagen, maar dat was zijn eigen keus. Thunder Point was zijn stad en hij was als de dood dat hij iets belangrijks zou missen. Het waren geen zware dagen, ze waren alleen lang. Officieel werkte hij vijf dagen per week van negen tot vijf, maar hij begon veel eerder. Gewoonlijk zat hij om zes uur al achter zijn bureau terwijl de rest pas om acht uur kwam. En hij vertrok nooit voor zeven of acht uur 's avonds uit Thunder Point. Hij was van plan dat vol te houden tot hij de stad in zijn vingers had en wist wanneer de drukke tijden waren, wanneer de kans op problemen het grootst was. Niet altijd in uniform, wel altijd op alles voorbereid. Het bureau was in het weekend gesloten; de bezetting bestond dan uit een paar hulpsheriffs die 's avonds op afroep beschikbaar waren. In de avonduren beschikbaar zijn op afroepbasis was in een rustig stadje zo slecht nog niet – je kon gewoon met je gezin naar de film gaan omdat de kans dat je opgeroepen werd maar heel klein was. En je kreeg nog doorbetaald ook.

Seth was in het weekend ook vaak in de stad te vinden, soms voor een paar uur, soms wat langer. Hij probeerde niet alleen de stad te doorgronden, maar wilde ook een vertrouwd gezicht worden. Om dat te bereiken liet hij zich overal zien. Zo'n vijf uur per dag hield hij zich bezig met administratieve zaken en de rest van de tijd reed hij rond, dronk hier een kop koffie, haalde daar een broodje, maakte een praatje met mensen op straat. Hij kwam mensen tegen bij de strandtent van Cooper's, bij Waylan's, bij Cliffhanger's, bij Carrie's, bij de snackbar en de benzinepomp.

Het benzinestation heette inmiddels Lucky's en de nieuwe eigenaar, Eric Gentry, was een fantastische vent die de ouderwetse benzinepomp had getransformeerd tot een modern servicestation. Er waren nieuwe pompen geplaatst en er was niet alleen een goed geoutilleerde shop gekomen, maar ook een werkplaats om klassieke auto's te restaureren, compleet met spuitcabine. Alles nieuw en brandschoon. Het leek in de verste verte niet meer op de smerige ruimte vol olievlekken uit Seths jeugd.

'Elke keer dat ik hier kom, vraag ik me af wat er is gebeurd. Het lijkt totaal niet meer op de werkplaats waar ik mijn halve leven heb doorgebracht. We hielpen vroeger allemaal mee bij mijn vader. Niks wet op de kinderarbeid; toen ik tien was, duwde hij me al een bezem in de hand.' Seth lachte bij de herinnering. 'Hij zei dat het niet tegen de wet was zolang hij me niet betaalde en dat hij er de man niet naar was om de wet te overtreden.'

'Dat klinkt echt als Norm,' zei Eric. 'Hij zal wel blij zijn dat je terug bent.'

Seth trok een wenkbrauw op. 'Ziet hij er zo uit?'

'Nou, dat niet. Maar hij is vast –'

'Nou, ik dacht het niet. Mijn vader en ik hebben wat je noemt een getroebleerde relatie.'

'Hij kan in elk geval goed opschieten met de klanten,' zei Eric. 'Hoe gaat het tussen hem en je broers?'

'Die hebben minder problemen met hem. Maar ik was een enorme teleurstelling voor Norm. Er lag een grootse sportcarrière voor me in het verschiet, ik zou een smak geld gaan verdienen...'

'Ging het Norm om jouw geld?' vroeg Eric verbaasd.

'Nee, hij heeft zelf geld. Niemand weet hoeveel, maar hij is altijd nogal gierig geweest en hij was er echt trots op dat het pompstation was afbetaald toen hij het verkocht.'

'Waar hij overigens een beste prijs voor vroeg. Er moest hier heel wat gebeuren, maar de grond ligt op een toplocatie. Het had indertijd veel weg van een vuilnisbelt, maar het bood me gelegenheid om uit te breiden. Maar als het niet om het geld was, waar dan wel om?'

'Ik denk dat het pure snoeverij was,' zei Seth. 'Op de middelbare school blonk ik uit in sport, ik kreeg een volledige beurs voor de universiteit van Oregon, ik stond op de nominatie voor de Heisman-trofee, tekende een profcontract bij de Seahawks, heb daar in het eerste seizoen ongeveer een uur gespeeld en toen, bám. Autoongeluk. Einde footballcarrière.'

'Hoe kan hij nou kwaad zijn om een auto-ongeluk? Was het jouw schuld of zo?'

'Wonder boven wonder was het niet mijn schuld, maar ik reed wel te hard. Daar heb ik ook een bon voor gekregen. Maar die andere vent reed door rood. Hoe dan ook, misschien zouden we minder ernstig gewond zijn geraakt als ik niet zo hard had gereden, dus ook al heb ik het ongeluk niet veroorzaakt, ik voel me toch verantwoordelijk. Verkeerde tijd, verkeerde plaats, jonge gozer die zich onkwetsbaar voelde in zijn snelle sportwagen. Dat was ik. Als ik niet zo hard had gereden, had ik die andere auto misschien nog kunnen ontwijken. Of waren we misschien minder ernstig gewond geraakt. We zullen het nooit weten.'

Eric schudde spijtig zijn hoofd. 'Norm zou blij moeten zijn dat je nog leeft.'

'Dat is hij ergens onder dat roestige uiterlijk misschien ook wel.'

'Ik weet hoe je je voelt, maat. Ik heb mijn ouders ook teleurgesteld. Misschien hoort dat wel bij jong zijn.'

'Hoe dan?'

Eric keek hem verrast aan. 'Bedoel je dat je dat niet weet? Heeft zelfs Mac dat niet aan je verteld?'

'Me wat verteld?'

'Dat is dan een opluchting. Dat betekent dat ik hier niet als de bonte hond bekendsta.' Hij liet een hand op Seths schouder vallen. 'Broeder, ik heb in de bak gezeten. Dat was een zware tijd.'

'Dat meen je niet,' zei Seth, oprecht geschokt.

Eric knikte en even verscheen er een harde blik in zijn ogen. 'Met een paar makkers die bier gingen halen terwijl ik in de auto bleef wachten. Eentje stak zijn wijsvinger naar voren in de zak van zijn hoody en zei: "Hier met dat geld", waardoor het een gewapende overval heette ook al was er geen sprake van een wapen. Tien minuten later werden we aan de kant van de weg gezet en gearresteerd. Die twee sukkels met wie ik was, hadden of een betere advocaat of een luiere rechter. Ik had geen idee wat er precies speelde tot mijn pro-

Deoadvocaat het me vertelde. Die bleek niet zo goed. Ik kreeg vijf jaar.'

'Allejezus.'

'Stommiteit kan duur zijn. En veel tijd kosten.'

'Die heb je goed besteed, geloof ik.'

'De bajes heeft me slim gemaakt. Dit is mijn tweede garage. De eerste in Eugene heb ik met een leuke winst kunnen verkopen. Het geld heb ik hierin geïnvesteerd en het loopt als een trein. Een deel van mijn oude klanten is me trouw gebleven, we doen meer onderhoudswerk en zijn langer open.'

'En zijn je ouders nu over hun teleurstelling heen?'

'Ik denk dat er een paar jaar zijn die ze liever willen vergeten. Maar er is nu een goede vrouw in mijn leven. Laine. Dat alleen al heeft de grootste plooien gladgestreken. Ze kunnen het vast nauwelijks geloven – Laine is pienter en mooi en heeft bij de FBI gewerkt. Mijn vader is sneller bijgetrokken dan mijn moeder, maar eerlijk gezegd was die toch al nooit zo blij met me. En hoe zit het met Norm?'

'O, Norm was altijd al een stuk chagrijn. Dat is alleen maar erger geworden toen ik mijn carrière als profspeler vergooide.'

'Wat ga je daaraan doen?'

Seth lachte. 'Ik ga hem uitputten.'

Seth dacht dat een goede vrouw in zijn leven hem ook zou kunnen helpen, maar de enige die hij kon bedenken was nog steeds pissig om het eindexamenfeest, al was ze inmiddels dan ook vierendertig.

Raar, die gevoelens die hij voor Iris koesterde. Die waren de afgelopen jaren gegroeid, en grotendeels in afwezigheid. Hij had altijd al geweten dat Iris zijn beste kameraad was, al had hij dat toen hij jong was niet willen toegeven tegenover zijn vrienden. Ze leken elkaar altijd precies te begrijpen en stonden op volkomen gelijkwaardige voet. Omdat hun vriendschap nooit was uitgegroeid tot een romantische relatie was hij met andere meisjes omgegaan. En Iris met andere jongens... toch? Hij had haar altijd knap gevonden. Het was nu allemaal irrelevant omdat er een misverstand was geweest waardoor er een einde aan de vriendschap was gekomen. Seth was vertrokken naar de universiteit, waar het wemelde van de gewillige meiden. Een tijdlang had hij zich prima geamuseerd, dat kon hij niet ontkennen, maar hij had altijd het gevoel gehad dat er iets ontbrak. Om te beginnen begrepen die meiden hem niet. Iris had hem altijd begrepen, ook in tijden dat hij dat liever niet had gehad.

In de jaren daarna, nadat hij van het ongeluk was hersteld, waren er af en toe vrouwen geweest. Tot zijn verrassing hadden ze zich niet laten afschrikken door het litteken in zijn gezicht of zijn ongelijke tred. Er waren een paar vrouwen bij wie hij zich een tijdlang op zijn gemak had gevoeld, een paar met wie hij lekkere seks had gehad, een paar met dezelfde interesses als hij en ook een paar die samen met hem een toekomst hadden willen opbouwen. Maar er was er nooit eentje geweest die Iris' plaats kon innemen. En daar snapte hij niets van.

Hij dacht dat hij het raadsel kon oplossen door terug te keren naar Thunder Point. Als hij de vriendschap met

Iris maar kon herstellen tot de vroegere band, dan zou hij hun relatie wel in het juiste perspectief zien, net als toen ze nog jong waren. Ze waren goede vrienden, en dat was genoeg. Op een dag zou hij trouwen en hopelijk kinderen krijgen. En datzelfde gold voor Iris. Hun kinderen zouden met elkaar spelen. Het leven zou weer zin hebben, weer zijn zoals het hoorde.

Alleen hield dat scenario geen rekening met een klein dingetje. Soms droomde hij dat hij met Iris naar bed ging. Oké, twee kleine dingetjes dan; Iris was altijd al knap geweest, maar de afgelopen tien jaar was ze uitgegroeid tot een ware schoonheid. Het was duidelijk dat ze dat zelf niet besefte, maar het leed geen twijfel dat ze een beauty was. Misschien droeg ze haar haar nu anders of had ze meer zelfvertrouwen gekregen, maar dat deed er ook eigenlijk niet toe; wat telde, was dat het meisje dat hij als kind voor lief had genomen, het vriendinnetje dat een voetbal net zo ver kon trappen, een honkbal verder kon gooien, was uitgegroeid tot de mooiste vrouw van Thunder Point.

Dan die dromen. Hij geneerde zich ervoor en hij had er de afgelopen vijftien jaar heel wat gehad. Waarom Iris? Het enige meisje van de hele school dat hij níét had geprobeerd te versieren. Omdat hij eerlijk gezegd als de dood was om een poging te wagen; tien tegen een dat ze hem bewusteloos had geslagen! Hij had haar een paar keer uitgetest door zijn verlangen naar andere meiden uitgebreid met haar te bespreken. Meteen nadat ze hem te verstaan had gegeven dat hij een zwijn was, had ze hem tips gegeven over dingen die hij wel en niet moest zeggen, waar hij zijn date het beste mee naartoe kon nemen, wat hij moest doen om haar aandacht te krijgen. Als Iris ook maar enige interesse in hem had gehad, zou ze dat nooit gedaan hebben. En toch... droomde hij over haar. Hij moest een manier vinden om van die dromen af te komen.

Uiteindelijk trok hij zijn hardloopkleding aan en zette koers naar het strand. Dat gaf hem altijd weer een goed gevoel over de keuze die hij had gemaakt wat betreft zijn positie hier. Vervolgens pakte hij zijn plunjezak en ging naar het huis van zijn moeder om te douchen. Normaliter zou hij naar zijn eigen huis zijn gegaan om zich om te kleden, maar deze avond had hij een soort van date. Aangezien Mac geen dienst had en zijn vrouw het druk had met hun meiden, had hij voorgesteld om samen een biertje te drinken en een hapje te eten en wat te kletsen over Seths ervaringen in zijn nieuwe baan.

Seth kuierde naar Cliffhanger's. Hij kwam er graag; de inrichting was strak en modern en de eetzaal was ronduit chic. Een plek waar je een vrouw mee naartoe kon nemen zonder je geïntimideerd te voelen. Zo'n vrouw als hij nu aan de bar zag staan, een aantrekkelijke blondine met een glas wijn in haar hand die hij op de rug keek. Mooi haar had ze, al waren de punten dan roze. Lekker lijf ook. Misschien zou blijken dat ze een gezicht als een paard had als ze zich omdraaide, maar zo van achteren gezien...

'Seth?' De vrouw draaide zich om. Kennelijk was ze een betere speurneus dat hij en had ze zijn gezicht al gezien in de spiegel. 'Ben jij het echt?'

Hij lachte naar haar. 'Sassy?'

'Sue alsjeblieft. Ik kan die afschuwelijke bijnaam niet meer horen.'

'Sue,' zei hij, breed grijnzend. Aangekomen? Ontbrekende voortand? Iris had hem zitten stangen. Dat gaf hem een bemind gevoel, al wist hij niet precies waarom. 'Hoe is het ermee?'

'Wat doe jij hier?'

'Ik ben de nieuwe politiechef hier. Mac heeft promotie gemaakt en werkt nu in Coquille.'

'Werkelijk? Dat is fantastisch! We moeten gauw eens een afspraak maken.'

Hij piekerde er niet over. 'Je bent getrouwd, toch?'

'Niet meer. Maar als jij dat wel bent, regel ik gewoon een date en kunnen jij en je vrouw...'

Hij kreeg meteen nachtmerries. Ook al was Sassy dan niet dik geworden en miste ze geen voortand, hij had absoluut geen zin om een avond met haar door te brengen. 'Ik ben niet getrouwd, maar ik werk op de gekste uren,' zei hij.

'Wat doe jij hier bij Cliff's?'

Opeens zag hij Sassy voor zich als dikke dertiger met een ontbrekende voortand en begon onbedaarlijk te lachen. Hij probeerde zich te beheersen, maar dat leek onbegonnen werk. Die verrekte Iris! Die had hem maar mooi in de problemen gebracht.

'Mag ik weten wat er zo grappig is?' Verstoord nipte Sassy van haar wijn.

'Het spijt me.' Met duim en wijsvinger wreef hij in zijn ogen terwijl hij probeerde zichzelf weer onder controle te krijgen. Ze had roze haar! En hij kon zich niet herinneren dat ze zulke grote borsten had, al was ze nu natuurlijk een stuk ouder. Zouden borsten almaar doorgroeien? 'Ik heb een afspraak met Mac,' zei hij, nog nalachend. 'Min of meer zakelijk, omdat ik zijn functie overneem.'

'Sue,' zei een stem. 'Vis met friet, koolsla en knoflookbrood.' Cliff zette een enorme zak op de bar.

Met een boze blik op Seth overhandigde ze hem een creditcard. 'Lach je me soms uit? Om mijn háár?'

Hij bedaarde op slag, al voelde hij dat er maar weinig voor nodig was om opnieuw in lachen uit te barsten. Snel verzon hij een excuus. 'Je haar? Nee, natuurlijk niet. Ik moest er opeens aan denken toen we zestien waren en jij op het ijs het ijshockeyteam stond aan te moedigen. En dat je toen achteruit schaatste en geramd werd door Robbie Delaney, weet je nog? En dat je toen met een noodgang over het ijs zeilde?' Dat ze hem later met diezelfde gozer had bedonderd zei hij er niet bij.

'Zo leuk was dat anders niet,' zei ze, waarna ze zich over de bar boog en de rekening tekende.

'Sorry,' zei hij. 'Voor degene die zoiets overkomt, is het veel minder leuk. Sorry.'

'Ik heb nog jarenlang last gehad van mijn stuitje en –'

'Kijk, daar is Mac,' zei hij, haar onderbrekend. 'Je kent Mac toch, hè?'

'Ik breng weinig tijd door met de politie,' zei ze stijfjes.

Zich nog steeds met moeite beheersend, stak hij zijn hand uit. 'Ha, Mac. Je kent Sassy... ik bedoel Sue Marie Sontag toch, hè?'

'Delaney,' corrigeerde ze hem. Met een zuinig lachje schudde ze Mac de hand.

'Ben je met Robbie Delaney getróúwd?' vroeg Seth. 'Wauw.'

'Ik ga nu maar. De kinderen zitten te wachten.' Ze goot het laatste restje wijn in haar keelgat.

'Kinderen?' herhaalde Seth. En toen barstte hij opnieuw in lachen uit toen hij haar zonder voortanden voor zich zag. Hij kon er niets aan doen. Iris was nog niet jarig.

'Drie,' zei ze, zichtbaar geïrriteerd. 'Ik zie je nog wel.'

Toen ze weg was, ging hij op een kruk zitten en begon weer te lachen. Hij zette zijn elleboog op de bar, liet zijn hoofd erop rusten en schudde zijn hoofd.

'Dat moet heel grappig geweest zijn,' zei Mac.

'Die verrekte Iris.'

'Is Iris hier?'

'Nee. Nee, dat niet. Iris en Sassy – ik bedoel Sue Marie – waren vroeger op school concurrentes. Het is een lang en ingewikkeld verhaal, maar het komt erop neer dat ik per ongeluk zowel Iris als Sue had gevraagd om met me naar het eindexamenfeest te gaan en dat ik uiteindelijk met Sue ben gegaan. Het was een afschuwelijke avond, maar ik heb nooit zo'n goede antenne voor dat soort dingen gehad. Kennelijk heeft Iris nog steeds de pest aan haar. Het verbaasde me dat Sue in Thunder Point is blijven hangen en Iris vertelde me...' Hij schoot weer in de lach. 'Ze vertelde me dat Sue dik was geworden en een voortand miste. Over dat roze haar heeft ze niets gezegd.'

'Cliff, twee tapbiertjes graag,' zei Mac, waarna hij zich tot Seth wendde. 'Je bent een stommeling.'

'Weet ik.'

Hij herinnerde zich de laatste keer dat hij zo'n onbedaarlijke lachbui met Iris had gehad. Dat was toen ze zeventien waren, onder Engels. Ze hadden samen aan een tafeltje gezeten. Hun lerares, de slecht geklede, onaantrekkelijke Ms. Freund, had alleen maar oog gehad voor Mr. Gaither, de nieuwe, iets jongere en knappe wiskundeleraar in het lokaal ernaast. Ze had aan één stuk door naar hem gestaard en leek totaal van slag. En toen kwam ze op een gegeven moment op school met blonde plukjes in haar haar of liever gezegd dikke gele strepen, in een of andere bij elkaar geraapte outfit die geen enkele samenhang vertoonde. Haar oogleden waren blauw en ze droeg zulke hoge hakken dat ze bijna bezweek. Ze droeg een rok die zo strak zat dat ze er amper in kon lopen en een nauwsluitend truitje dat zo diep uitgesneden was dat haar decolleté zichtbaar was. De vulling piepte er praktisch bovenuit. Halverwege de les was de linkerborst van Ms. Freund door alle actie bij het schoolbord afgezakt naar haar ribben. Iris en Seth hadden het niet meer. Ze moesten zo hard lachen dat ze het klaslokaal bijna niet meer op eigen kracht konden verlaten. Ook op het matje bij de directeur bleven ze maar lachen. Het was zo erg dat ze weken later nog de slappe lach kregen als ze het erover hadden. En het was elk uur nablijven meer dan waard geweest.

Verdomme, wat had hij haar gemist.

Sinds John Garvey, de vorige schooldecaan, met pensioen was, had Iris de leiding over de afdeling Begeleiding van de middelbare school. Garvey zei dat hij met vervroegd pensioen was, maar volgens de meeste leraren en ook volgens Iris had dat beter verlaat pensioen kunnen heten. Garveys opvattingen over de behoeften van scholieren waren nogal gedateerd en vaak deed hij meer kwaad dan goed. Vooral zijn gewoonte om tegen vrouwelijke leerlingen te zeggen dat ze niet voor studeren in de wieg gelegd waren, had hem berucht gemaakt. Alsof die meiden al niet genoeg problemen met eigenwaarde hadden!

Iris had daardoor meer werk dan ze aankon. Er werd druk gezocht naar een tweede decaan om haar taak te verlichten, en ondertussen kreeg ze hulp van een ouderejaars. Het zou wel even duren voor er een tweede decaan gevonden was: de lat lag hoog en het werk werd slecht betaald. De vorige dag had ze wel wat assistentie kunnen gebruiken. Het was tentamentijd en ze had het razend druk met de planning voor de eindexamens. Zonder hulp daarbij bleef er bar weinig tijd over voor de daadwerkelijke leerlingenbegeleiding. En ze hoefde maar om zich heen te kijken om te zien hoe zeer die nodig was. Leerlingen met gedragsproblemen, leerlingen die worstelden met de lesstof, leerlingen met zo weinig eigenwaarde dat het resulteerde in anorexia, boulimia of pesten – en dat laatste niet alleen tussen leerlingen onderling. Leraren gingen soms ook verbaal of fysiek ver over de schreef, en omgekeerd hadden ze soms ook heel wat te verduren van hun leerlingen. Ze was voortdurend alert op tekenen van depressie, angst, drugs- en alcoholgebruik, allesbehalve ideale thuissituaties. Ze maakte lange dagen en 's avonds en in het weekend werkte ze thuis gewoon door – alle hersencellen werden gebruikt.

En ze vond het heerlijk.

Op school had ze niet geweten dat ze dit werk wilde gaan doen, maar dat had er waarschijnlijk vooral mee te maken dat haar decaan John Garvey heette. In die tijd had Iris noch haar moeder enig idee gehad wat een decaan zou kunnen betekenen voor een leerlinge die cum laude geslaagd was voor haar eindexamen en haar toelatingsexamen bijna foutloos had gemaakt. Gelukkig liepen er op de universiteit betere decanen rond en daar kreeg ze dan ook pas goed de smaak van sociaal werk te pakken. Daar ook ontstond de dringende behoefte om haar masters te halen en als decaan terug te keren naar haar oude middelbare school om daar voor leerlingen en docenten te doen wat John Garvey had nagelaten. Sinds haar komst naar Thunder Point High was er een preventieprogramma voor drugs en alcohol ingevoerd en een programma om pesten tegen te gaan. En hoewel creatief omgaan met de lesstof niet echt een probleem was geweest, was er ook een programma opgezet om dingen als spieken en afkijken te ontmoedigen. Drie noodzakelijke en nuttige programma's die Garvey lelijk had laten liggen.

Haar bureau lag bezaaid met papierwerk dat ondanks de uren dat ze al bezig was maar niet minder leek te worden toen Troy Headly een roffel gaf op de openstaande deur van haar kantoor en zijn hoofd om de hoek stak. 'Hallo,' zei hij. 'Heb je even?'

Ze legde haar pen neer en schonk hem een glimlach. 'Kom je op werkbezoek?'

Hij glimlachte niet terug, wat heel ongewoon was voor hem. Zijn bezoekjes aan haar kantoor hadden vaak een flirtend karakter; afgelopen voorjaar waren ze korte tijd een stel geweest, tot Iris daar tot zijn grote verdriet een eind aan had gemaakt. Troy was een fantastische vent, maar niet iemand voor haar. Sindsdien probeerde hij het steeds weer opnieuw. Hij verwachtte serieus dat ze uiteindelijk wel zou bijdraaien en inzien dat ze voor elkaar waren geschapen.

'Vind je het goed als ik de deur even dichtdoe?' vroeg hij.

'Werkbezoek dus.'

Hij ging op de stoel tegenover haar bureau zitten. 'Hoe goed ken jij Rachel Delaney?'

Ze haalde haar schouders op. 'Ik weet wie ze is. Ze is nooit naar me doorverwezen. Haar moeder zat bij mij op school.' Ze grijnsde. 'Haar moeder werd vroeger Sassy genoemd. In de bovenbouw was ze denk ik het populairste meisje van de hele school.'

'Ik denk dat de appel dan niet ver van de boom valt.'

'Sassy was nogal doortrapt.'

'Rachel lijkt net zo populair te zijn, al zit ze nog maar in de onderbouw. Knappe meid en volgens mij zit er geen greintje kwaad in haar. Integendeel, ze is heel lief. Weet jij iets over haar familie? Haar thuissituatie?'

Iris vouwde haar handen samen op de stapel paperassen. 'Waar gaat dit heen?'

'Misschien nergens. Ik heb alleen een gevoel... het kan zijn dat ze mishandeld wordt.'

'In welk opzicht? Waardoor kreeg je dat gevoel?'

'Ze is of het onhandigste kind wat ik ooit heb meegemaakt of iemand slaat haar. Een paar weken geleden zag ik dat ze blauwe plekken in haar hals en op haar schouder had en ik vroeg wat er gebeurd was. Ze zei dat ze getackeld was bij softbal. Een paar weken later kwam ze met een blauw oog op school; ze had een volleybal in haar gezicht gekregen, zei ze. Sindsdien draagt ze bijna altijd coltruitjes en lange mouwen.'

'Het begint ook weer kouder te worden.'

'Dat is waar. Gisteren raakte ik even haar arm aan om haar aandacht te trekken bij het verlaten van het lokaal. Ik wilde haar proefwerk teruggeven, dat ze erg goed gemaakt had, en haar een pluim geven. Maar ze trok haar arm weg alsof ze zich gebrand had. Ik vroeg of er iets gebeurd was en ze zei dat ze flinke spierpijn had van de training. Ze was heel nerveus en absoluut niet geloofwaardig.'

'Heb je ervaring met dit soort dingen?' wilde Iris weten.

'Ik weet uit ervaring hoe mensen lichamelijk geweld proberen te verbergen. Toen ik jong was, hadden we een buurman die zijn gezin mishandelde. Een echte gladjanus die altijd liep te glimlachen, altijd het beste van het beste had. Alleen hadden zijn vrouw en kinderen geen enkele vrijheid en moest alles perfect zijn. Zijn vrouw...

ze mocht niet eens even koffiedrinken bij ons. Mijn moeder hield vol dat er iets niet klopte bij de buren, maar mijn vader zei dat ze zich dingen in haar hoofd haalde en zich met haar eigen zaken moest bemoeien. Op een dag kwam de politie. De oudste dochter werd per ambulance naar het ziekenhuis vervoerd, de anderen zaten onder de kneuzingen en waren doodsbang, en hij werd gearresteerd. Later hoorden we dat het al een hele tijd aan de gang was. Mijn moeder had vermoedens, mijn vader wilde dat ze zich erbuiten hield. Dat is het,' zei hij. 'Meer heb ik niet te bieden. Misschien is ze echt gewoon onhandig, misschien slaat haar vader haar.'

'Om je de waarheid te zeggen is haar vader buiten beeld op dit moment. Het meisje woont met haar moeder en haar twee jongere broers bij de zus van haar moeder en haar gezin. Het huis is niet groot en ze zitten er op elkaars lip. Dat zou problemen kunnen geven, maar Sassy en haar zus waren altijd heel dik met elkaar. En als je Sassy kent... dat is niet iemand die over zich laat lopen. Door niemand.'

'Kun jij misschien iets doen?'

'Ja, heel wat zelfs. Ik zou de gymleraar kunnen vragen of Rachel soms problemen heeft die haar blauwe plekken kunnen verklaren. Ik kan bij haar docenten van vorig jaar informeren of ze ooit iets gemerkt hebben aan haar. Ik kan nagaan of ze absent of ziek is geweest, hoe haar cijfers zijn, wat er op het schoolplein gebeurt. Als iemand haar slaat of anderszins mishandelt, moeten er meer signalen zijn. En ik kan natuurlijk ook een praatje met haar maken.'

'Ze is een goede leerlinge,' zei Troy. 'En ze staat niet buiten de groep. Pestkoppen isoleren hun boksballen vaak van de rest. Maar Rachel is populair en heeft heel wat vrienden.'

'Waarom haal jij je graad niet,' zei ze met een glimlach, 'zodat je hier bij me kunt komen werken? Je hebt er echt gevoel voor.'

'Waarom zou ik met mijn neus in de boeken gaan zitten wanneer ik ook kan surfen en skiën en duiken in mijn vrije tijd?'

Dat was Troy, dacht ze. De getapte jongen. Actief, altijd bezig, altijd op pad, duiktripjes naar exotische wateren, skireisjes naar verre oorden, heel sportief en vooral met een hang naar extreme sporten. Het was een van de dingen waardoor ze zich tot hem aangetrokken had gevoeld, al deelde ze zijn passie ervoor niet; hij was een ongetemd wild dier. Avontuurlijk. Hij was ook iets jonger dan zij, net dertig. En hij was een uitzonderlijke geschiedenisdocent.

'Laat het verder maar aan mij over,' zei ze. 'Mocht je meer te weten komen, dan hoor ik het wel.'

Hoofdstuk 4

Seth had niet verwacht dat hij na zijn terugkeer naar Thunder Point zoveel tijd met zijn moeder zou doorbrengen, maar niettemin ging hij een paar keer per week bij haar langs. Het was zijn bedoeling geweest om meer tijd met zijn béíde ouders door te brengen, om Norm op die manier murw te maken. Elke week peuterde hij wel een uitnodiging voor het eten los. 'Niet tegen pa zeggen dat ik kom eten, anders verzint hij wel een smoes om weg te blijven,' zei hij tegen zijn moeder.

'O, ik denk dat ik je vader inmiddels wel ken,' zei ze dan. En Seth zag aan het verraste gezicht van Norm altijd dat hij niet verwacht had zijn jongste zoon aan zijn tafel te zien.

Hoewel Seth weinig vooruitgang boekte met zijn vader, gebeurde er bij zijn moeder iets wat hij niet had verwacht. Ze werd sterker, kreeg meer zelfvertrouwen en oogde gelukkiger omdat hij zo vaak langskwam. Hij bracht altijd bloemen mee, soms wat lekkers. Hij at met smaak de restjes die waren overgebleven van de vorige avond: gebraden vlees en aardappelen met jus, kip, gehaktbrood, lasagne... al het calorierijke voedsel waarmee hij was opgegroeid. Hij kon die calorieën wel gebruiken omdat hij zoveel trainde. Norm was nog altijd graatmager maar zo sterk als een paard, terwijl Gwen steeds ronder en zachter werd; haar lichaamsbeweging bestond uit huishoudelijk werk en koken. Maar op haar wangen lag weer een blos en haar ogen straalden.

De eerste keer dat de glans uit haar ogen was verdwenen was toen hij na het ongeluk was opgenomen in het ziekenhuis van Seattle, vechtend voor zijn leven, voor het behoud van zijn been. En toen een paar jaar geleden haar buurvrouw en beste vriendin Rose stierf, was dat opnieuw gebeurd. Gwen was sterk – ze had de draad weer opgepakt. Maar het was duidelijk dat ze ervan genoot dat Seth weer thuis was en dat hij pogingen deed om zich te verzoenen met de vader die eens zo trots op hem was geweest.

Tijdens zijn lunchbezoekjes praatte ze honderduit over haar mahjongclubje, winkelen, zijn broers, Nick en Boomer, en over de kleinkinderen. Ze informeerde belangstellend naar zijn werk – ze wilde alles weten over de problemen waar hij mee te maken kreeg, van het bekeuren van snelheidsduivels tot de incidentele arrestatie. Ondertussen liep ze druk te redderen en zorgde dat het hem aan niets ontbrak. Wanneer ze uiteindelijk bij hem aan tafel kwam zitten, at ze niet; ze keek alleen maar naar hem en luisterde naar wat hij tussen twee happen door te vertellen had.

'Zie je Iris nog wel eens?' vroeg ze.

Hij knikte en nam nog een grote hap van zijn broodje met gehakt. 'Ik kom haar af en toe tegen. Waarschijnlijk zie jij haar vaker dan ik.'

'Door de week lijkt ze het altijd heel druk te hebben.'

'Dat is logisch,' zei hij.

'Ik zou haar te eten kunnen vragen. En dan kom jij ook!'

Hij liet zijn broodje zakken. 'Laten we dat maar niet doen, mam.'

'Heb je al eens met haar gepraat?'

'Zeker. Een paar weken geleden eindigde mijn rondje hardlopen bij Cooper's en daar heb ik samen met Iris en Grace een biertje gedronken en een pizza gegeten. We hebben oude herinneringen opgehaald. Maar je kunt je de moeite besparen om te proberen ons te koppelen, want daar heb ik geen zin in.'

'Maar Seth, Iris en jij konden het samen altijd zo goed vinden en ik –'

'Mam, het maakt niet uit om wie het gaat, ik wil gewoon geen date aan wie ik door jou gekoppeld ben!' Hij vernauwde zijn ogen enigszins. 'Begrijp je dat?'

'Ja, natuurlijk!'

'Zweer dat je geen trucjes gaat uithalen.'

'Nou... vooruit dan maar.'

'Gedraag je, anders koop ik nooit meer bloemen voor je.'

'Seth...'

Hij nam nog een hap. 'Ik vroeg me trouwens af... wie maait haar gras tegenwoordig?'

'Soms een van haar leerlingen, maar meestal doet ze het zelf. Je zou dat huis eens moeten zien, Seth. Wat er vanbinnen allemaal niet gedaan is sinds Rose' dood – het kan zo in een tijdschrift. Het was altijd al een mooi huis, maar Iris heeft het nog veel mooier en moderner gemaakt.' Toen dempte ze haar stem en vervolgde ze, met haar hand voor haar mond alsof ze een geheim vertelde: 'Ik denk dat de verkoop van de bloemenwinkel haar geen windeieren heeft gelegd.'

Seth schoot in de lach. Dit was Thunder Point op zijn best: iedereen wist alles van iedereen, van de date die iemand had tot en met zijn of haar financiële positie. En daarnaast wilde zijn moeder echt dat hij dat huis een keer vanbinnen zou zien.

Elke dinsdag- en vrijdagavond werden er footballwedstrijden gespeeld en wanneer die thuis werden gespeeld, zoals vanavond, wilde Seth daar per se bij zijn. Omdat hij nog relatief nieuw was, droeg hij zijn uniform. Twee hulpsheriffs hadden dienst en er was ook beveiliging vanuit school, maar de bedoeling van het dragen van een uniform was dat de stad hem ging herkennen als dienaar van de wet. Over een paar weken zou hij dat uniform bij belangrijke wedstrijden inruilen voor burgerkleren, net als Mac placht te doen. En met een vuurwapen in een enkelholster en een mobiele telefoon in zijn broekzak zou hij in noodgevallen net zo snel kunnen ingrijpen als in uniform.

Hij liep niet tussen de kraampjes door, maar koos positie aan het einde van de onoverdekte tribune. Vanaf die plaats had hij goed zicht op het hele gebeuren: op de kraampjes, het parkeerterrein, het veld en alles daartussenin. Football speelde een grote rol in Thunder Point en bijna de hele stad was dan ook aanwezig. In het voorbijgaan groetten mensen hem: 'Ha, Seth.' Sommigen bleven even staan om hem de hand te schudden. Hij zag bekende gezichten: Mac, Gina en Macs jongere kinderen, die even zwaaiden, de vrouw van de trainer, Devon, en hun kinderen, Austin en Mercy, er pal achter. Zoals te verwachten waren er ook mannen met wie hij vroeger zelf football had gespeeld, maar dit was niet de eerste keer dat hij hen zag; het ijs was al gebroken voordat hij zijn aanstelling had gekregen.

Hij zag Iris tussen de tribunebanken door naar boven lopen met Troy en Grace in haar kielzog. Ze keek over haar schouder, lachte om iets, en onwillekeurig begon hij te glimlachen. Dat had hij misschien nog wel het meest gemist: haar onbekommerde lach. Wanneer ze vergat dat ze kwaad op hem was, lachte ze net als vroeger. Zoals bijvoorbeeld die avond dat ze pizza hadden gegeten bij Cooper's.

'Hallo,' zei een stem.

Hij draaide zich om en daar, met een wat melancholiek lachje, stond Sassy. Eh, Sue Marie. Hij lachte naar haar, zichzelf dwingend om níet te denken aan een gapend gat in haar mond.

'Ik heb het gevoel dat we een beetje een valse start hebben gemaakt,' zei ze.

'Ga je nog steeds naar alle wedstrijden toe?' vroeg hij, omdat hij dacht dat ze niet geweten kon hebben dat hij er zou zijn. Hij woonde hier niet eens.

'Jarenlang niet, maar mijn dochter is nu een van de cheerleaders.' Ze wees naar de rij meisjes in hun korte rokjes. 'Rachel, derde van links.'

Wauw, dacht Seth. Glaasje wijn voor de wedstrijd

gehad, Sassy? Hij rook de alcohol in haar adem.

'Ze lijkt precies op jou,' zei hij. 'Moeilijk te geloven dat je zo'n grote dochter hebt. Je lijkt zelf geen dag ouder dan zestien.'

'Dat zeg je alleen om me te vleien. Maar zo ken ik je het beste – je was vroeger al een echte gentleman. Waarom geven we het niet nog een kans, Seth. Laten we een keer ergens wat gaan drinken. Herinneringen ophalen aan vroeger. Lachen.'

Hij keek haar met een geduldige glimlach aan. 'Weet je, Sassy, ik denk dat we dat beter niet kunnen doen.'

'Kom op,' zei ze. 'We waren nog zo jong toen. Die dingetjes die gebeurd zijn...'

Hij schudde zijn hoofd. 'Die tijd hebben we achter ons gelaten. Ik in elk geval wel. En als we herinneringen gaan ophalen aan vroeger, zou er niet veel te lachen vallen. Maar ik kom je vast nog wel eens tegen.'

'Dat is dus een nee?'

'Maar toch bedankt voor de uitnodiging.'

'Je hebt zeker al iemand anders.'

'Nou, dat niet, Sassy, maar ik –'

'Sue Marie, zei ik toch!'

'Sorry,' zei hij grijnzend. 'Oude gewoonten zijn moeilijk te veranderen. Nee, er is op dit moment niemand in mijn leven. Maar we hebben het samen al een keer geprobeerd en dat is niets geworden. Ik betwijfel of het deze keer wel zou lukken.'

'Is het ooit bij je opgekomen dat ik het misschien wel goed wil maken?'

Hij keek haar geduldig aan. Of misschien wel eerder

verdraagzaam. 'Ook dat hebben we geloof ik al een keer geprobeerd.'

'O! Vergeet maar liever dat ik zei dat je een gentleman bent!'

Over dat ene grote ding dat speelde, daarover zouden ze het niet hebben, dacht hij. Ze hadden verkering, ze bedroog hem, ze legden het weer bij, het was weer aan tussen hen en ze bedroog hem opnieuw. En toen trouwde ze met een van de jongens met wie ze hem bedrogen had – Robbie Delaney. Robbie, die eens Seths beste vriend en teamgenoot was geweest, al had er altijd competitie tussen hen bestaan. Pas sinds kort, nu hij weer terug was, was hij erachter gekomen dat Robbie had gewonnen.

En dat hij de dans was ontsprongen.

'Het was absoluut niet mijn bedoeling om onbeschoft tegen je te zijn, Sue. Nogmaals bedankt voor de uitnodiging, maar die kan ik niet aannemen. Ik wens je het allerbeste. Echt waar.'

Tot zijn verrassing stak ze haar hand uit en liet die over zijn biceps glijden. 'In dat geval moet ik maar wat geduld hebben. Uiteindelijk zul je wel inzien dat ik niet zomaar een meisje ben.'

Hij zei niet dat ze ook dat al eerder had geprobeerd. In plaats daarvan zei hij: 'We zijn allebei veranderd, denk ik. Er is heel wat gebeurd tussen toen en nu.'

Ze schonk hem een stralende lach en draaide zich toen om. De jeans die ze droeg, kon onmogelijk strakker hebben gezeten. Ook vroeg hij zich af of laarzen met plateauzolen en naaldhakken van tien centimeter hoog werkelijk zo lekker liepen in de modder of tussen de tribunes, maar voorlopig leek ze zich er aardig op te redden.

Hij draaide zich om en keek omhoog naar de plek waar hij Iris het laatst had gezien. Hun blikken kruisten elkaar. Ze had naar hen gekeken. Ze oogde niet bepaald vrolijk. Hij glimlachte.

Dat was het probleem als je nooit over datgene heen kwam waar je overheen wílde komen. Iris zag Sassy op Seth aflopen en haar hersenen schakelden meteen in de achteruit, zich elk detail van haar laatste schooljaar herinnerend. Sassy in haar korte rokje met haar pompons, haar wapperende blonde haar, haar ogen stralend naar elk mannelijk individu in een straal van dertig kilometer, haar hoge, wijdbeense sprongen waarbij haar minieme slipje zichtbaar werd. Sassy was al sinds de eerste klas cheerleader geweest, terwijl Iris amper kon dansen, laat staan hoge luchtsprongen maken. Waarschijnlijk zou ze haar benen breken als ze het probeerde.

'God, val je soms op hem?' vroeg Troy.

'Wat?' Ze draaide zich naar hem om.

'Die nieuwe politieman. Je lijkt alleen maar oog voor hem te hebben. Volgens mij val je op hem.'

'Hoe kom je erbij? Hij is mijn oude buurjongen, dat heb ik toch verteld? Ik ken hem praktisch mijn hele leven al. We zijn niet eens vrienden meer, hooguit kennissen. Ik heb hem in geen jaren gezien. Maar die vrouw... dat is Rachels moeder.'

Troy tuurde naar de plaats waar Seth stond en keek

toen Sue na terwijl ze wegliep. 'Het konden wel zusjes zijn.'

'Ze is van onze leeftijd. Van dichtbij kun je wel zien dat ze geen tiener meer is, ook al kleedt ze zich nog wel zo. Kennelijk valt zíj wel voor hem. Seth.'

'Zat je naar haar te kijken?' vroeg Troy.

'Sst,' zei ze waarschuwend. 'Laten we het daar in het openbaar maar niet over hebben.'

Ze had natuurlijk naar Seth gekeken, maar tot ze Sassy heupwiegend naar hem toe zag lopen, had ze dat vanuit haar ooghoeken gedaan. Ook al stonden ze op flinke afstand van waar zij zat, het had er alle schijn van dat Sassy met adorerende blikken naar hem opkeek terwijl hij met een lieve glimlach op haar neerkeek. En toen had ze ook nog liefkozend over zijn arm gestreken. Dit heb ik eerder meegemaakt, dacht ze vol afschuw. Eigenlijk verbaasde het haar niet echt dat het haar nog net zo stoorde als toen.

Thunder Point won de wedstrijd en na afloop verlieten Iris, Troy en Grace het terrein. 'Laten we ergens een hapje eten,' stelde Troy voor.

'Je hebt net twee hotdogs op!' zei Iris.

'Ik ben nog in de groei, dus ik moet goed eten. En jullie vergaan van de honger, dat zie ik zo.'

'Ik ga niet mee,' zei Grace. 'Zaterdag is voor mij gewoon een werkdag. En morgen heb ik een bruiloft; om negen uur sta ik tot over mijn oren in de bloemen en de bruiloft is in Coos Bay. Ik zie jullie nog wel.'

Grace zette koers naar het parkeerterrein maar Iris en Troy werden opgehouden door leerlingen en leraren die even bleven staan om hallo te zeggen en wat na te praten over de wedstrijd. Vanuit haar ooghoeken zag ze Seth het veld verlaten en het viel haar op dat hij nauwelijks mank liep. Zou hij die steunzool alleen in zijn gewone schoenen dragen en niet in zijn sportschoenen? Toen luisterde hij even naar zijn portofoon en holde weg in de richting van het parkeerterrein.

'Kom op, Iris, laten we een hapje gaan eten. Wat zou je zeggen van pizza?' zei Troy.

'Heb je enig idee hoe druk het daar is na de wedstrijd? Het zal uren duren voor we aan de beurt zijn.'

'Dan gaan we naar Cliff's. Gewoon een klein hapje – oesters of krabkoekjes of zoiets. Kom op.'

Ze bleef abrupt staan. Seth en een van de andere hulpsheriffs hadden drie jongens met gespreide benen en hun armen wijd uit elkaar tegen de SUV van de politie gezet. Seth stond te bellen terwijl de andere man de jongens fouilleerde. 'Zijn dat leerlingen van ons?' vroeg ze.

Troy tuurde met samengeknepen ogen naar de jongens. 'Ik herken ze niet. Misschien zijn ze van de andere school.'

Iris beende naar de SUV. Toen ze er bijna was, botste ze zo'n beetje tegen de adjunct-directeur aan, die ook poolshoogte kwam nemen. 'Wat is er aan de hand, Phil?'

'Vechtpartijtje. Twee jongens van Canton en eentje van ons. Het lijkt erop dat het twee tegen een was.'

'Wat gaat er met ze gebeuren?'

'Seth neemt die twee van Canton mee naar het bureau en Charlie ontfermt zich over die van ons. Op het bureau zoeken ze het verder wel uit.'

'Maar als die van ons niks verkeerd deed...'

'Als dat zo is, en ik denk dat het zo is, dan komt dat wel goed.' Hij knikte. 'Ik ben ervan overtuigd dat Seth en Charlie weten wat ze doen.'

'Vast wel,' zei ze. Niettemin bleef ze toekijken toen de jongens in twee verschillende politiewagens werden gezet. Rekenen kon ze als de beste; dit betekende dat de beveiliger in dienst van de school er alleen voor stond terwijl het stadion leegliep, en dat er nog maar één agent over was om een oogje in het zeil in de stad te houden. Aan de andere kant zou Seth Thunder Point vast niet verlaten voordat hij zeker wist dat alles onder controle was.

Ze draaide zich om en botste pal tegen Troy aan. 'Oeps, sorry. Misschien heb je toch gelijk en moesten we maar een pizza gaan halen.'

'Het kan lang duren voor we aan de beurt zijn,' zei hij. 'Tenzij je helemaal naar Bandon wilt rijden...'

'Nee, ik dacht dat het misschien een goed idee was om een beetje in de buurt te blijven voor het geval er nog meer leerlingen van Canton zijn die niet zo blij zijn met de uitslag van de wedstrijd.'

'Wat was je van plan, Iris? Het uitknokken?'

'Ik merk wel dat jij nog nooit kennis hebt gemaakt met mijn rechtse.'

'Het ultieme bewijs van mijn goede manieren. Goed, dan zie ik je daar.'

In de stad was het niet tot problemen gekomen, maar het bezoek aan de pizzatent zorgde wel dat het een latertje werd. Troy was een bijzonder populaire leraar – en surfer, skiër, duiker, wildwaterkanoër – en bij leerlingen met soortgelijke interesses een ware legende. Hij trok tieners aan als een magneet. Iris was op haar eigen manier populair. Haar officiële functie was decaan, maar ze beschouwde zichzelf liever als een aan een school verbonden maatschappelijk werkster. Als ze dus samen met Troy na een belangrijke wedstrijd in de stad bleef hangen, werden ze steevast omringd door leerlingen. Iedereen wilde weten wie er door de politie waren meegenomen, ze wilden over de wedstrijd praten of over leraren, leerlingen of wie dan ook roddelen. En natuurlijk vroegen de meiden aan Iris: 'Hebt u verkering met Mr. Headly? Dat is toch zo'n lekker ding!'

De avond eindigde net als soortgelijke avonden. Troy reed achter haar aan naar huis en stapte daar snel uit om haar tegen te houden voordat ze naar binnen ging. Hij pakte haar hand en trok haar naar zich toe. 'De hele school wil dat wij weer een relatie krijgen.'

'Ze weten toch niet dat wij vroeger iets met elkaar gehad hebben?' zei ze. Ze hadden toen samen besloten dat ze dat pas bekend zouden maken als het serieus werd. In elk geval hadden hun collega's er dan recht op om het te weten.

Voor Troy was het serieus geweest. Iris was na lang beraad tot de conclusie gekomen dat ze niet echt bij elkaar pasten. Niet dat er iets mis was met Troy, zeker niet. Maar ze hoorde gewoon geen klokken luiden.

'Geef me een kus, misschien dat je dan opeens van gedachten verandert,' smeekte hij.

Lachend legde ze een vinger tegen zijn lippen. 'Je bent mijn favoriete leraar van de hele wereld. Er is niemand op school voor wie ik meer respect heb. En je bent ook zo leuk! Ik wil bij je zijn, lol maken met je, je kameraad zijn, maar dat is alles wat ik kan bieden. Maar als je dat niet respecteert, Troy, dan kunnen we zelfs geen vrienden meer zijn.'

'Ik denk dat je een grote vergissing begaat, Iris,' zei hij. 'Wie weet geef je het allerbeste op wat je ooit is overkomen.'

'Misschien wel. Maar ik moet op mijn gevoel afgaan. Kun je daarmee leven of moet ik voortaan alleen naar school lopen?'

'Wat je wilt,' zei hij, achteruitstappend. 'Weet je, ik zou denk ik liever hebben dat je de pest aan me hebt dan me zo leuk vinden op elk vlak behalve dat ene.'

'Niks geen behalve,' zei ze. 'Ik vind je op elk vlak leuk, punt. Maar ik denk dat we geen toekomst samen hebben omdat ik niet verliefd op je ben. Uiteindelijk vind je vast wel iemand die dat wel is en dan realiseer je je dat ik gelijk heb. Iemand die alle bellen tegelijk laat rinkelen. Maar niet als je je op mij blijft fixeren en je ogen niet openhoudt voor degene die je gelukkig zal maken.'

'Je tijd is bijna om,' waarschuwde hij. 'Nog even en ik geef het op.'

Ze gaf hem een zusterlijke zoen op zijn wang. 'Ik hou van je op alle mogelijke manieren behalve de goede. De manier waarnaar je op zoek bent. Heb je je trouwens wel gerealiseerd dat ik het hart van talloze meiden op school zou breken als ik ja tegen je zei?'

'Nou, dat is een hele troost, zeg,' zei hij smalend. 'Je krijgt er spijt van dat je me hebt afgewezen.'

Ze wist dat dat heel goed zou kunnen. Het was iets waar ze 's nachts wakker van lag. Ze kenden elkaar ongeveer een jaar toen hij had gevraagd of ze meeging op een trektocht door de bergen, laat in het voorjaar. 's Zomers waren ze wezen kanoën op de rivier. Ook waren ze talloze keren naar de film geweest, hadden pizza en popcorn gegeten, op het strand gezeten om de zon te zien ondergaan. En ze hadden met elkaar geslapen. Ja, na de derde of vierde date waren ze in bed beland en het was fijn geweest. Uiterst bevredigend en minstens vijf sterren. Maar dat had niet met haar hart gedaan waar ze naar op zoek was, wat ze nodig had. Ze had vaak tegen zichzelf gezegd dat ze zich aanstelde; er was niets aan Troy dat haar afstootte of alarmbellen liet rinkelen. Maar er was ook niets dat haar hart liet openbarsten of haar totaal van de kaart veegde. Ze dacht niet voortdurend aan hem, ze wilde hem niet om drie uur 's nachts bellen, miste hem niet verschrikkelijk wanneer hij op reis was om ergens te duiken of te raften. Ze kon met hem trouwen en waarschijnlijk voor vijfenzeventig procent tevreden zijn.

Maar als ze nu voor vijfenzeventig procent gelukkig was met een man met wie ze nog niet eens was getrouwd, hoe groot was de kans van slagen van dat huwelijk dan? Zou ze niet minstens eerst op honderd procent moeten zitten? En nadat ze getrouwd waren en de sleur zijn intrede deed en de nodige onenigheid zou ontstaan, ja, dan zou vijfenzeventig procent een mooi percentage zijn...

Opeens realiseerde ze zich iets. O, god, dat is vast precies zoals Seth over mij denkt! Hij mag me graag. Hij mist me en wil me terug, maar als zijn maatje, zijn kameraad, niet als de liefde van zijn leven. Dat probeert hij me al minstens twintig jaar duidelijk te maken en het dringt gewoon niet tot me door! Troy is niet geschikt voor mij op precies dezelfde manier waarop ik niet geschikt ben voor Seth!

Het duurde heel lang voor ze daarna in slaap viel en toen, gewoon omdat ze soms de grootste pechvogel op aarde was, besloot Norm Sileski dat het een perfecte zaterdagochtend was om zijn gras te maaien. Ze ging op haar zij liggen en duwde haar hoofd onder het kussen. Door de week moest ze vroeg op, fris en fruitig, klaar om driehonderdvijftig leerlingen tegemoet te treden met een positieve houding en een creatief oplossingsvermogen. In het weekend sliep ze graag uit.

Het kussen bood niet genoeg bescherming om Norms lawaai buiten te sluiten en kreunend rolde ze op haar andere zij. Een blik op de wekker vertelde haar dat het negen uur was. Toen ze om drie uur eindelijk in slaap was gesukkeld, had ze zich voorgenomen niet voor elven op te staan en te lunchen bij wijze van ontbijt. Hij had haar beroofd van die twee kostbare uurtjes!

Toen hoorde ze de maaier tegen de muur onder haar slaapkamerraam schuren en met een ruk schoot ze overeind. Wat deed hij in vredesnaam in háár tuin?

Ze pakte een flanellen overhemd van de haak in haar kast en trok dat aan over het dunne topje dat ze 's nachts droeg. Op blote voeten stoof ze de kille oktoberochtend in om hem te vertellen dat hij daarmee op moest houden, dat hij zich maar druk moest maken om zijn eigen gras, dat haar gazon trouwens nog maar één keer gemaaid hoefde te worden voor het winter werd. Maar toen ze in de achtertuin arriveerde, werd ze bijna overreden door Seth. Hij zette de maaier in zijn vrij zodat het geronk veranderde in een zacht gesnor. 'Morgen.'

'Waar ben jij mee bezig?'

'Ik maai het gras voor je. Ik gedraag me als een goede buur.'

'Een goede buur zou me laten uitslapen!'

'Laat gemaakt vannacht, Iris?'

'Zoiets, ja. Daarna kon ik niet in slaap komen en zaterdag is mijn uitslaapdag. Goed, zet je moeders grasmaaier nu maar terug en ga naar huis.'

'Kom op, Iris, ik wil alleen maar helpen. Nu hoef je niemand te betalen om het voor je te doen en hoef je het zelf ook niet te doen. Kun je lekker gaan vissen of zo.'

'Ik wil alleen nog een paar uur slapen!'

Hij lachte. 'Jee, wat een humeur heb jij 's ochtends, zeg. Ik ben hier zo klaar...'

'Het is goed zo. Ik maak het zelf wel af. Ga weg. Ik slaap!'

'Dat zie ik,' zei hij, naar zijn haar gebarend.

Ze had niet in de spiegel gekeken. Haar haar placht 's nachts in een wilde pluizenbos te veranderen, vooral als ze had liggen woelen. Ze keek hem nijdig aan. 'Ik. Zei. Weg. Wezen.'

'Kom op, Iris,' zei hij op vleiende toon. 'Maak een

kop koffie. Dan voel je je een stuk beter en tegen die tijd ben ik hier klaar.'

Ze deed een paar stappen in zijn richting. 'Waar ben je in godsnaam mee bezig?'

Hij glimlachte vriendelijk. 'Ik ben je aan het paaien. Ik maak je murw. Ik wil je terug.'

'Wat een flauwekul allemaal,' zei ze, waarna ze zich omdraaide en wegliep.

'Toe nou, Iris. Ik heb je nodig.'

Ze dacht niet na. Ze was niet uitgeslapen en nog doodmoe. En hij had haar echt al het bloed onder de nagels gehaald voordat hij dat ene zei wat een rood waas voor haar ogen toverde, als een sluier van bloed. Ze draaide zich met een ruk om, liep terug en plantte haar vuist zo hard als ze kon tegen zijn kaak, waarna ze woest weg beende.

Net als toen ze acht waren.

Seths hiel bleef haken achter het wiel van de grasmaaier; hij wankelde naar achteren en belandde onzacht op zijn billen. Het ging door hem heen dat hij haar daarmee niet weg had laten komen als hij het had voorzien, en op hetzelfde moment besefte hij dat hij dat al had gedaan. Dus greep hij naar zijn knie en begon luidkeels te kreunen. 'O, nee! O, god! Au!'

Vanuit zijn ooghoeken zag hij dat ze zich omdraaide en met een geschrokken gezicht en open mond naar hem keek.

'Seth!' Ze haastte zich naar hem toe. 'O, god, heb je je slechte been bezeerd? Het spijt me verschrikkelijk. Ik weet niet wat me –'

Ze slaakte een gil toen hij haar opeens vastgreep, op de grond trok en onder zich rolde. Daar hield hij haar in bedwang terwijl hij haar met glinsterende ogen en een duivels lachje aankeek. 'Nee, dat is mijn rechterbeen. Maar je hebt een politieman geslagen. Dat is een overtreding. Misschien zelfs wel een misdrijf. Dat hangt ervan af of er sprake is van verzachtende omstandigheden.'

'Bijvoorbeeld dat jij een eikel bent?' vroeg ze, worstelend om los te komen.

Moeiteloos hield hij haar in bedwang. 'Bijvoorbeeld een vlaag van verstandsverbijstering. Bij jou dan.'

'Ga van me af, barbaar. Of anders ga ik zo hard gillen dat je moeder er met de bijl aan komt.'

'Je hebt al gegild. De maaier staat nog aan. Waarom heb je me geslagen? Ik wilde alleen maar iets aardigs doen.'

'Nee, helemaal niet! Je was me weer aan het manipuleren, zoals gewoonlijk.'

Beledigd pakte hij haar armen vast. 'Manipuleren? Hoezo? Dat doe ik nooit. Alleen in mijn werk, maar daar is het ook de bedoeling.'

'Meen je dat nou? De laatste keer dat je zei dat je me nódig had, beroofde je me van mijn maagdelijkheid en ging je met iemand anders naar het feest. En laat me nu lós!'

Hij verstijfde en keek haar verbijsterd aan. En hij woog opeens veel zwaarder doordat hij zijn gewicht niet meer op zijn ellebogen liet rusten. Ze hapte naar adem en probeerde hem uit alle macht van zich af te duwen, maar hij was meer dan twintig kilo zwaarder. Hij duwde zich een klein stukje omhoog, net genoeg voor haar om wat lucht te krijgen. Kennelijk was hij niet van plan haar te laten gaan voordat hij antwoorden had. 'Wat?' vroeg hij.

Ze haalde diep adem. Tranen sprongen haar in de ogen. 'Je hebt me wel gehoord. Die nacht. Toen je het uitgemaakt had met Sassy, het op een zuipen zette en ik je van dat feest heb weggehaald voordat je echt in de problemen kwam. Ik nam je mee naar de uitkijkplek om wat te ontnuchteren. Je zei: "Toe nou, schatje, ik heb je nodig". En toen wurmde je me uit mijn short en...'

'Nee,' zei hij.

'Ik weet het. Je weet er niets meer van, hè? Naderhand besefte ik het pas – je realiseerde je waarschijnlijk niet eens dat ik het was. Klootzak!'

'Nee,' zei hij opnieuw. 'Waarom heb je niets gezegd?'

Ze lachte. 'Zodat ze op school en in de stad dingen konden zeggen als: "Wat denkt die Iris wel niet? Dat hij iets met háár zou willen"? Denk je niet dat ik al genoeg gekwetst was?'

'God,' zei hij, nog steeds bijna in shock. 'Iris...'

'O, flikker toch op en ga van me af!'

Hij liet zich van haar af rollen en ging op het gras zitten, trok zijn knieën op en sloeg zijn armen eromheen. 'Jezus, wat moet ik een eikel zijn geweest.'

Ze kwam overeind. 'Zeg dat wel.'

'Het spijt me echt verschrikkelijk, Iris. Ik heb misbruik van je gemaakt. Heb ik je pijn gedaan?'

Toen ze haar hoofd schudde, drupten er een paar tranen vanuit haar ooghoeken op haar wang, die ze ongeduldig wegveegde. Op dat moment was het geweest alsof een droom was uitgekomen! 'Niet fysiek. Ik denk dat je gewoon je instinct volgde en ik hield je niet tegen. Ik wist niet dat je geen idee had wat je aan het doen was. Of met wie,' voegde ze er met verstikte stem aan toe. Ze wendde haar ogen af.

'Ik mocht dan niet geweten hebben wat ik deed, maar ik weet zeker dat ik wist met wie ik was.' Hij schudde zijn hoofd. 'Vandaar die rare dromen, denk ik.'

'Welke dromen?'

'Dromen over... Laten we het daar nu maar niet over hebben. Het is al gênant genoeg. Weet je zeker dat ik mezelf niet aan je heb opgedrongen? Als een dronken stomkop van zeventien?'

'Nou,' zei ze zwakjes, 'ik moet toegeven dat ik al tijden als een dom schaap zat te wachten tot jij erachter zou komen dat al die magere, lenige cheerleaders eigenlijk niks voor jou waren en dat jij bij mij hoorde, dus...' Ze haalde haar schouders op. 'Vandaar mijn gebroken hart. En later mijn boosheid. Misschien is het goed dat je het nu weet. Kunnen we het nu van ons afzetten. En kun jij mij voortaan met rust laten.'

'Weet je zeker dat ik je geen pijn heb gedaan?'

Ze schudde alleen haar hoofd maar.

Hij keek naar zijn knieën. 'Het moet een geweldige ervaring voor je zijn geweest,' zei hij spottend. 'Een dronken puber die zich aan je vergrijpt.'

'Ach ja... ze zeggen toch dat de eerste keer nooit een pretje is?'

'Jezus, Iris, ik heb geen idee hoe ik dit weer goed moet maken. Soms heb ik het gevoel dat er, waar ik ook kijk, steeds weer iets opduikt wat ik goed moet maken. En hierover moet ik eens heel goed nadenken.'

'Is dat zo? Oké, Seth. Ik zal het je gemakkelijk maken want ik héb hier al lang en breed over nagedacht. Het is het beste als je het verder laat rusten, doorgaat met je leven en niet van mij verwacht dat ik dat meisje van vroeger weer ben. Dat ben ik namelijk niet, snap je? Ik ben je beste vriendje niet meer. Ik ben niet degene die je elke keer komt redden als je in de problemen zit. Je staat er nou alleen voor. En laat me nu met rust, oké?' Ze ging staan.

'Ik snap best dat je kwaad bent.'

'Het was niet alleen dat feest, stomme eikel dat je bent,' zei ze rustig, op hem neerkijkend. 'Het was alles. Je gebruikte me als je lerares, je vertrouwelinge met wie je zo lekker kon kletsen over de problemen die je met alle knappe, populaire meiden had, je speelkameraad als je je verveelde. Die nacht zei je dat ik het enige meisje was van wie je ooit had gehouden, en toen gebruikte je me en smeet me de volgende dag weg.'

'Iris –'

'Het is voorbij, Seth. Ik ben over je heen. En mocht je denken dat ik ooit het risico wil lopen om nog een keer zo gekwetst te worden, dan ben je niet goed bij je hoofd.'

Toen liep ze weg zonder nog om te kijken.

Hoofdstuk 5

Iris droogde haar tranen en snoot haar neus. Toen ze uit het keukenraam keek, zag ze hem naast de grasmaaier op de grond zitten, als de grote stomme oen die hij was. Nou, ze was blij dat ze het had gezegd. Nu wist hij waarom ze zo nijdig was. Nu kon hij vertrekken; ze was er overheen. Over hem heen.

Ze controleerde of alle deuren op slot waren en wierp zich toen languit op haar bed, haar snikken smorend in haar kussen, alle emoties de vrije loop latend.

Niet lang daarna hoorde ze de maaier zijn werk hervatten. Na een minuut of tien hield het geluid op en bleef ze in diepe stilte achter. Alleen het lawaai in haar hoofd was oorverdovend.

Het was toch goed zo? Het er allemaal uit gooien, alles. Alle verdriet en boosheid en gevoelens van verraad. Omdat hij me zo diep heeft gekwetst. Omdat hij het niet eens geweten had, de ongevoelige klootzak!

Hij was zeventien en stom. En jij was ook zeventien en niet veel verstandiger, voegde de vierendertig jaar oude Iris eraan toe. Logisch dat die gedachte vroeg of laat bij haar opkwam. Ze was maatschappelijk werkster, een vertrouwelinge voor jonge mensen. Jonge mensen die elke dag weer fouten maakten die soms heel moeilijk te herstellen waren, soms bijna onmogelijk om te vergeten.

Ze stond op en zette niet de televisie of de radio aan,

maar ging schoonmaken. Van onder tot boven ruimde ze het hele huis op. Ze maakte kasten en kastjes schoon, waste kleren, boende de badkamer en de keuken, gooide oude etenswaren uit de koelkast weg, vulde zakken en dozen met spullen die ze al heel lang kwijt wilde. Kleding voor het goede doel deed ze in zakken, keukenspullen die er al waren vanaf haar tienertijd deed ze in dozen – deels om weg te geven, deels om op te bergen. Ze vouwde haar ondergoed netjes op, maakte nette rolletjes van haar handdoeken en deed ze in een leuke rieten mand, verschoonde haar bed en deed de vloerkleedjes die in de wasmachine pasten in de was. Toen de middag vorderde en het buiten warmer werd, zette ze de ramen open om te luchten.

's Avonds schonk ze een rood wijntje in bij een lichte maaltijd en keek naar een oude film – een van haar favoriete meidenfilms waarbij ze steevast een traantje wegpinkte. Lang geleden had ze al ontdekt dat er niets boven een ouderwetse tranentrekker ging als verdriet je borst en keel dichtkneep; zo kwam het er allemaal uit zonder dat je in de echte oorzaak van je verdriet bleef hangen.

Stel dat ze zwanger was geraakt van die spontane dronken vrijpartij, dacht ze. Wat zouden ze gedaan hebben? Zouden ze erover gepraat hebben? Getrouwd zijn of zo? Getrouwd zijn en van school zijn gegaan? Getrouwd zijn en misschien die te hard rijdende auto hebben gemist die een einde maakte aan een veelbelovende sportcarrière? Getrouwd zijn omdat dat moest en later gescheiden omdat Seth nog niet aan het huwelijk toe was geweest, dat hij alleen nog beroemd wilde worden?

Toevallig was ze de dag erna ongesteld geworden en had ze zichzelf voorgenomen Seth te mijden. Ongeveer een week na zijn verzoening met Sassy was hij naar haar toe gekomen en had hij gevraagd: 'Ga jij eigenlijk nog naar het feest?'

Vol afkeer had ze hem aangekeken. 'Je weet best van niet, idioot. Jij zei dat je er met mij naartoe wilde, en toen opeens weer niet omdat je het had bijgelegd met Sassy.'

'Maar ik zou er anders echt met jou naartoe zijn gegaan, Iris! Het spijt me, maar ik wist ook niet dat je het zo serieus op zou vatten. Ik was gewoon pissig.'

'Fijn voor je,' had ze gezegd. 'En nu ben ik gewoon pissig. Ik hoop dat je een rotavond hebt.'

'Wat moet ik dan doen, Iris? Tegen Sassy zeggen dat ik al beloofd heb om er met jou heen te gaan?'

'Ik zou er nog niet met jou naartoe willen als je op sterven lag!'

Dat was een rotopmerking geweest, dacht ze nu. Maar ze was ook zó kwaad geweest. Het was niets voor haar om dat soort akelige opmerkingen te maken. Ze hadden niet meer met elkaar gepraat, maar ze had gehoord dat hij een rotavond had gehad op het feest en dat het opnieuw tot een breuk met Sassy was gekomen. En daar was ze niet bepaald rouwig om.

Het hele weekend bracht ze alleen door. Pas zondagmiddag om een uur of drie verliet ze haar nu brandschone huis en reed naar een inzamelingsdepot waar ze haar volgepakte auto uitlaadde. Vervolgens vulde ze de afvalcontainer achter de bloemenwinkel met alle rotzooi die afkomstig was uit haar huisje.

Die avond ging ze uitgebreid in bad. Ze stak kaarsjes aan in de badkamer. Ze trok een schone, zachte pyjama aan en nestelde zich op de bank met haar favoriete boek vol inspirerende citaten – iets om haar geest te voeden en haar weer in de juiste stemming te brengen. Na een uur bladeren vond ze een citaat dat haar aansprak. *Wrok is als het drinken van gif en hopen dat je vijanden eraan doodgaan.* Het was een citaat van Nelson Mandela.

'Genoeg,' zei ze hardop. 'Dat is genoeg. Hoogste tijd om verder te gaan!'

Ze deed het boek dicht en ging naar bed. Ze sliep tien uur aan een stuk door.

Seth had het de hele week lang niet druk genoeg om zijn gedachten af te leiden van het voorval in Iris' achtertuin. Hij kon zich de gebeurtenissen die ze had beschreven met geen mogelijkheid herinneren, maar onwillekeurig vroeg hij zich af hoe nauw haar beschrijving aansloot bij zijn dromen. Hij had gedroomd dat hij haar in het bloemistenbusje had genomen. In zijn droom was het er onhandig en beschamend aan toegegaan. Uit haar woorden maakte hij op dat dat in werkelijkheid ook het geval was geweest.

Hij had ook andere dromen over haar gehad, maar dat waren fantasieën geweest die zich hadden afgespeeld in fantasiedecors: bedden met satijnen lakens, hellingen begroeid met zijdezacht gras, en zelfs de motorkap van een sportwagen. Van die dromen had hij genoten. Iris had in de loop der jaren misschien een tiental keer de hoofdrol gespeeld, maar aangezien hij ontelbare keren over allerlei vrouwen had gedroomd, had hij aan de dromen met Iris geen speciale betekenis gehecht. De afgelopen zeventien jaar had hij maar enkele serieuze relaties gehad. Die hadden niet bijzonder lang geduurd en waren ook niet echt bevredigend geweest. De juiste vrouw had hij nooit kunnen vinden, al had hij dates genoeg gehad. Waarschijnlijk omdat ze in Thunder Point woonde, en hem niet kon luchten of zien.

Hij zag Iris die week twee keer. De eerste keer had hij haar op een zonnige ochtend naar school zien fietsen, lachend en zwaaiend naar leerlingen. De tweede keer was vanuit zijn kantoor toen ze een hapje ging eten. Hij had de moed niet gehad om haar achterna te gaan om haar aan te spreken. Nee, dat ging hij niet doen voordat hij wist waar hij mee bezig was. En dat wist hij niet. Nog niet.

Het volgende weekend stond een bezoek aan zijn oude vriend Oscar Spellman in Seattle op het programma. Hij was van plan vrijdagmiddag te vertrekken, de zaterdag met Oscar door te brengen en dan op zondag weer terug te rijden naar zijn woning in Bandon, om maandagochtend zijn werk in Thunder Point te hervatten. Hij had geen beter moment kunnen uitkiezen voor een lange autorit in zijn eentje.

Vrijdagavond was het helder en er was een zonnig weekend voorspeld; niet ongewoon voor de kuststreek van Oregon in oktober maar een zeldzaamheid in Washington. De hele weg had hij genoeg om over na te denken. Berouw betekent hard werken en dat betekende dat hij heel wat werk te verzetten had.

Tijdens zijn eerste jaar op de universiteit was hij gerekruteerd door de Seahawks. Hij hoorde dat het hen verbaasde dat hij beschikbaar was, maar ze wilden hem dolgraag inlijven omdat hij snel en sterk was en de kans groot was dat hij flink wat geld in het laatje zou brengen. Hij huurde een spelersmakelaar in om er een goede deal uit te slepen. Het eerste jaar speelde hij heel weinig, maar verdiende niettemin vierhonderdduizend dollar. Geld dat hij voornamelijk besteedde aan belastingen en een nieuw model Ferrari. Gezien het feit dat hij tot dan toe alleen nog maar in de oude sleepwagen van zijn pa had gereden, voelde hij zich heel wat. En op een avond, vlak voordat het trainingskamp van de Seahawks begon, stapte hij in zijn nieuwe auto om de kleine weggetjes rond Washington eens uitgebreid te verkennen. Een aftands karretje reed pal voor hem langs door het rode licht en Seth kon niet meer stoppen. Hij probeerde een botsing te vermijden, maar zijn auto boorde zich bijna dwars door de oude Chevrolet heen.

Dat was Oscar geweest.

Vastgesteld werd dat Oscar achter het stuur in slaap was gevallen nadat hij een dubbele dienst had gedraaid in een fabriek nabij Seattle. Hij was een monteur van vijfenveertig met een vrouw, Flora, en twee kinderen. Er waren twee getuigen van het ongeluk geweest die de gang van zaken konden bevestigen. Oscar was degene die het ongeluk had veroorzaakt. Maar Seth had tachtig gereden waar vijftig was toegestaan. En dat was terwijl hij net vaart had geminderd voor de bocht. Waarschijnlijk had hij vlak daarvoor nog honderd gereden. Hij kreeg een bon wegens overschrijding van de maximumsnelheid.

Beide chauffeurs werden uit hun auto gehaald en met spoed naar het ziekenhuis gebracht. Seth had zich aan de bestuurderskant in Oscars auto geboord. Ze waren allebei ernstig gewond, maar Seth herstelde. Het duurde lang, er waren heel wat operaties en nog meer doorzettingsvermogen voor nodig, maar Seth kwam er langzaam maar zeker weer bovenop. Oscar liep een dwarslaesie op.

Ongeveer een jaar na het ongeluk spanden de advocaten van Oscar Spellman een proces aan. Ze claimden dat Oscars verwondingen veel minder ernstig zouden zijn geweest als Seth zich aan de snelheidslimiet had gehouden, als hij beter had opgelet bij het naderen van de kruising. Seth had alleen zijn tekengeld nog, maar voor een joch uit Thunder Point was dat een enorm bedrag... net als voor een gehandicapte zwarte man uit Seattle en zijn gezin. Seths verzekering had de ziekenhuisopname, de operaties en de revalidatie betaald, maar Oscar, echtgenoot en vader, zou de rest van zijn leven in een rolstoel moeten doorbrengen, zonder werk, zonder inkomen. En dat allemaal omdat Seth wel eens wilde zien hoe hard zijn zilveren sportwagen kon gaan.

'Maak je geen zorgen. Dit gaan we winnen,' had Seths advocaat hem verzekerd.

Maar dat was in Seths ogen niet relevant. 'Dat wil ik helemaal niet.'

Hij had alles in een fractie van een seconde verloren. Zijn opleiding, zijn carrière, zijn spaargeld, zijn mogelijkheid om op het hoogste niveau te spelen. Allemaal door een domme vergissing.

Ongeveer een jaar na het proces had hij Oscar voor het eerst opgezocht. Hij liep nog met een stok en het litteken op zijn gezicht stak nog felroze af tegen zijn huid. De eerste vijf bezoekjes waren ultrakort en ongemakkelijk geweest, maar later zuchtte Oscar alleen diep wanneer Seth voor de deur stond. 'Wat moet je eigenlijk van me, jongen?' had hij gezegd. 'Alsof ik nog niet genoeg problemen in mijn leven heb.'

In de loop der tijd kreeg Oscar gedeeltelijk de macht over zijn linkerarm terug. Hij had er nog steeds weinig kracht in, maar hij kon nu in elk geval zelf eten en hij kon dammen. Aan zijn hersens mankeerde niets en Seth leerde hem schaken. Oscar had meer tijd dan Seth om het spel goed te leren en te oefenen, en gaandeweg won hij hun partijtjes steeds vaker.

'Je hebt in elk geval je verstand nog,' zei Seth. 'Ooit gedacht dat dat iets is om dankbaar voor te zijn?'

'Ooit gedacht dat dat misschien wel een vloek is?' antwoordde Oscar.

De afgelopen tien jaar was Seth ongeveer eens per twee maanden bij Oscar en Flora langs gegaan. Hij ging naar de diploma-uitreiking van hun kinderen en nam een nieuw kleinkind op schoot. Hij belde van tevoren altijd om te horen of ze geen bezoek hadden van familie of vrienden; hij wilde niet in de weg lopen. Oscar was inmiddels zestig en zijn gezondheid was niet al te best; het feit dat hij tot een rolstoel was veroordeeld betekende dat hij kampte met uiteenlopende medische klachten. Hij gebruikte nog steeds de elektrische rolstoel met neksteun waarin hij al jaren rondreed, maar zijn kinderen hadden er samen met de kerk voor gezorgd dat hij de beschikking kreeg over een computer, zodat hij alles kon leren en opzoeken wat hij maar wilde. Hij typte met zijn linkerhand en hij had een heel netwerk van vrienden buiten zijn woonplaats opgebouwd.

Die zaterdagochtend deed Flora de deur voor Seth open. Ze was in de loop der tijd wat zachter geworden en ze werd prachtig ouder. Ze kreeg hulp van haar zoon en dochter bij de verzorging van Oscar, en er kwam een paar keer per week een verpleegster langs om hem te wassen en zijn ledematen te oefenen. Flora kampte in haar leven met veel uitdagingen, maar het was geen kwelling voor haar. Ze kon Oscar rustig een paar uur alleen laten en soms kon ze hem meenemen. Zodra ze Seth zag, glimlachte ze, en hij keek bewonderend naar haar knappe gezicht. Flora was eveneens zestig, maar haar gezicht was glad en rimpelloos. Ze had kort haar dat ze zwart hield; ze was slank en gespierd, een aanblik die hem zowel goed deed als verdriet bezorgde. Ze moest elke dag in haar leven hard werken.

Ze omhelsde hem. 'Hoe is het met je, jongen?' vroeg ze, terwijl ze hem stevig vasthield.

'Prima, Flora,' loog hij. 'Moet je toevallig ergens naartoe? Dan hou ik die ouwe knar van je ondertussen wel gezelschap.'

'Wie noem je hier oud?' riep Oscar. Zijn stem werd begeleid door het gezoem van zijn rolstoel en een paar seconden later dook hij zelf op.

'Niets dringends,' antwoordde ze met een lach. 'Maar ik denk dat ik eerst een lunch voor jullie ga maken en dan even op stap ga. Gewoon omdat het kan. Blijf je een poosje?'

'De hele dag,' zei Seth. 'Moet er hier nog iets gedaan worden? Dan kan ik dat mooi doen terwijl jij weg bent.'

'Er hoeft helemaal niets te gebeuren, Seth. Alleen Oscar gezelschap houden en dat is op zich al een hele taak.'

Ze aten gegrilde sandwiches met kaas en patat. Flora kon geweldig koken en in de loop der jaren had hij heel wat heerlijke gerechten gegeten, zowel traditionele als moderne. Soms stond Oscar erop dat Flora iets speciaals voor Seth klaarmaakte zodat hij eens lekker kon buffelen. Zelf nam hij altijd een broodje, iets dat hij goed kon vasthouden zonder te knoeien. Seth wist dat Oscar en Flora, wanneer ze met zijn tweeën waren en Oscar tot zijn kin was ingepakt, soep aten en groene bonen met ham en nog andere van haar heerlijke maar glibberige specialiteiten. Alleen vond Oscar het verdomd vernederend om in gezelschap na afloop van de maaltijd van top tot teen onder het eten te zitten.

Na het eten deed Seth de afwas en haalde het schaakbord tevoorschijn. Net als Oscar was hij niet opgegroeid met een schaakbord in huis. Hij had het spel geleerd gedurende zijn lange revalidatieperiode. Meestal was Oscar degene die pas na lang nadenken een zet deed, en dan ook nog langzaam doordat zijn linkerarm niet mee wilde werken. Maar deze keer was het Seth die de tijd nam.

'Enige kans dat je vandaag of morgen nog vertelt wat er met je aan de hand is?' vroeg Oscar.

Seth haalde diep adem, keek in die tranende bruine ogen en vertelde Oscar over Iris. Alles over haar. Alles over dat ene. Alles.

'Poe,' zei Oscar toen hij klaar was. 'Dat zit je vast helemaal niet lekker.'

'Helemaal niet,' gaf hij toe.

'Weet je zeker dat het niet was om jou geen rotgevoel te geven, dat ze zei dat ze niet had geprobeerd je tegen te houden?'

'Nee, Oscar, je kunt een hoop van Iris zeggen, maar niet dat ze liegt. Het is geen vrouw die een man probeert te paaien. En trouwens, ze wilde me helemaal niet beter laten voelen over mezelf. Ze heeft me goddomme gevloerd!'

Oscar schoot in de lach. 'Ik moet zeggen dat me dat wel bevalt, een vrouw die zich niets laat wijsmaken. Neem Flora nou. Die is het beste wat me ooit is overkomen, maar er is een grens. Ze begrijpt het wanneer ik met mezelf te doen heb en dan is ze lief genoeg, maar als ik me wat ondankbaar gedraag of chagrijnig ben, dan zet ze me op mijn nummer. Ze vindt het geen probleem om met een invalide man samen te wonen, maar kapsones pikt ze niet. Dat is voor mij een echte vrouw.'

'Flora is een dijk van een wijf,' beaamde Seth.

'Precies,' zei Oscar. 'Meer vrouw dan ik verdien. Heb je er spijt van, jongen?'

'Wat heet,' zei Seth met een hol lachje. 'Ik denk wel eens dat er niets is waar ik géén spijt van heb. Maar dat geldt voor iedereen toch?'

'Dat denk ik wel. Dacht je dat ik niet wou dat ik die tweede dienst niet had gedraaid? Maar het was overwerk en we hadden altijd meer maand over aan het eind van mijn loon. Ik had het al honderd keer gedaan. Er nooit bij stilgestaan dat ik misschien een prijs zou moeten betalen. Hoe zit dat bij jou?'

Seth zuchtte. 'Nou, natuurlijk spijt het me dat ik te hard reed, ook al heb ik inmiddels vrede met de veranderingen die daardoor hebben plaatsgevonden in mijn leven. Maar ik vind het vreselijk dat ik Iris al kwijt was voordat ik besefte hoe ik haar nodig had. Het was zo vanzelfsprekend dat ze er altijd voor me was, en dan bedoel ik niet specifiek die ene nacht. Ik heb het haar hele leven al normaal gevonden dat ik altijd bij haar terecht kon. Geen wonder dat ze de pest aan me heeft.'

'Dat heeft ze niet, jongen. Grote kans dat ze om je treurt. Toen ze vertelde wat jij had gedaan die avond, was ze toen overstuur? Moest ze huilen?'

'Oscar, ze vloerde me! Toen huilde ze wat, schreeuwde wat, stoof naar binnen en zei dat ik haar nooit weer lastig moest vallen.'

Oscar begon te lachen. 'Je bent een grote idioot. Dacht je dat een vrouw treurt om iemand die haar koud laat? Jij was haar grote liefde en je was niet slim genoeg om dat door te hebben. Je wou dat je anders was geweest, net zoals ik wens dat ik niet gewoon een arbeider was die wat wilde overwerken. Maar het is zoals het is. We kunnen proberen iets te doen aan de dingen waar we spijt van hebben of we kunnen in het verleden blijven hangen en zwelgen in zelfmedelijden.'

'En hoe moeten we volgens jou iets doen aan de dingen waar we spijt van hebben?'

'Nou, ik weet niet hoe het met jou zit, maar ik ben diezelfde man van vroeger niet meer, jongen. Ik ben milder geworden. Vroeger was ik altijd moe en knorrig. Driftig ook. Ik kan niet meer lopen of spelen of ploegendiensten draaien, en dus praat ik met mijn vrouw en kinderen. Goeie gesprekken zijn dat. Mijn kleinkinderen zijn dol op me, al komt jou dat misschien vreemd voor. Bradley is pas tien en die kan al schaken als de beste. Heb ik hem geleerd. En wat jou betreft, jij bent geen *tight end* meer. Hoogste tijd om dat meisje te laten weten wie je nu bent. Ik zeg niet dat dat makkelijk zal zijn. Wie weet verkoopt ze je weer een dreun. Maar je bent nu slimmer en beter. Dat moet ze weten voordat ze je helemaal opgeeft. Laat haar zien dat je niet die stomme puber van zeventien meer bent. Al zal dat moeilijk zijn omdat je medelijden met jezelf hebt.'

'En hoe zou ik dat moeten doen? Haar laten zien dat ik veranderd ben?'

Oscar haalde een schouder op. 'Geen idee. Maar gelukkig ben je nog niet dood. Je verzint wel wat.'

Seth hield van de man. Daar zat hij in zijn rolstoel, zijn hoofd rechtop gehouden door zijn neksteun, nauwelijks in staat te bewegen en in relatief slechte gezondheid. Toch was het hem gelukt zijn invaliditeit om te buigen tot iets positiefs. Hij was dichter naar zijn vrouw en kinderen toe gegroeid, had een goede relatie met zijn kleinkinderen ontwikkeld. Als hij dat kon met een lichaam dat niet meer functioneerde, zou Seth het dan durven opgeven?

'Sinds wanneer ben jij zo verstandig? Zo wijs?' vroeg hij.

'Wat zou ik anders moeten doen met al die vrije tijd die ik heb?' zei Oscar. Toen glimlachte hij.

Iris zag Seth de hele week niet en dat deed haar goed. Jarenlang had ze de woede in stand gehouden die ze tegenover hem voelde, en nu was het enige gebeurd wat ze niet had verwacht: dat hij zo van zijn stuk zou zijn door de waarheid. Ze kon het niet ontkennen. Hij vond het verschrikkelijk wat hij haar had aangedaan. Om een of andere reden had ze gedacht dat hij het weg zou wuiven, net zoals hij had gedaan met het gebeuren rond het eindexamenfeest, toen ze zeventien waren.

Wat ze wél had verwacht was dat hij contact zou opnemen om zich nog maar een keer te verontschuldigen, maar dat gebeurde niet. Het kostte haar de grootste moeite om niet te gaan kijken of ze hem ergens zag. Ze wist dat hij elke dag tot na vijven op het bureau zat, en er waren plekken genoeg waarop ze hem daarna tegen het lijf kon lopen. En al wilde ze het niet, ze wierp steeds maar weer steelse blikken op zijn moeders huis om te kijken of zijn auto er stond. Dat was niet het geval. Vooral het weekend was moeilijk omdat ze zich dan niet in de drukte op school kon onderdompelen. Het enige wat haar ervan weerhield om contact met hem te zoeken, was dat ze niet goed wist wat ze moest zeggen. Geeft niks, het is goed zo? Ik ben er overheen, we waren jong en onnozel? Laten we doen alsof we elkaar pas ontmoet hebben en kijken of we vrienden kunnen zijn?

Ze had geen idee wat ze na hun confrontatie moest doen. De woede vasthouden? Het laten gaan en er nooit meer over spreken? Zich verontschuldigen voor de eerlijkheid?

Toen ze maandagmiddag thuiskwam uit school, stond er een mand met de grootste, mooiste appels die ze ooit had gezien op de veranda voor haar deur. Bovenop lag een grote strik maar geen briefje. De volgende dag lag er een krans van herfstbladeren, dennenappels, gedroogde bloemen en tarwehalmen voor haar deur. Op woensdag een doos met een mooie, witte gebreide sjaal. Donderdag een blik met koekjes in de vorm van herfstbladeren, bestreken met geel, oranje, rood en bruin glazuur. Op vrijdag een hoorn des overvloeds gevuld met kalebassen, sinaasappelen, druiven en noten. Deze keer zat er een briefje bij. Ze maakte het envelopje open en las het netjes geprinte kaartje. 'Vanavond om zeven uur eten bij Cliffhanger's. Ik trakteer.'

Ze had het al vermoed, maar nu wist ze het zeker. Seth probeerde het goed te maken. Misschien zelfs meer dan dat. Nee, dat niet, dacht ze. Hij voelt zich alleen schuldig en probeert zijn schuldgevoel af te kopen.

Ze was doodsbang voor haar eigen gevoelens.

Vrienden had ze genoeg, maar weinig vertrouwelingen. De enige die bij haar opkwam, was Grace. Dus reed ze naar de bloemenwinkel. Toen ze naar binnen liep, stak Grace haar hoofd om de hoek van de deur van de werkruimte achter de winkel, duidelijk blij om Iris te zien, in haar handen een bloemenschaar en groen tape. Ze droeg haar groene werkschort en haar vingers waren vuil. Je kon onmogelijk met bloemen en planten werken zonder vies te worden. Handschoenen waren geen optie, dan voelde je niet goed wat je deed. De bloemenbusiness was hard en smerig werk. 'Wie ik ook verwacht had, jou zeker niet. Hoe is het?'

'Ik zit met een probleem. Ik heb echt een vriendin nodig.'

'Dan ben je hier aan het goede adres, dat weet je. Kom mee naar achteren.'

De winkel was leeg. Grace was alleen; haar hulptroepen waren er vandaag niet. Het meeste bloemschikwerk werd door Grace zelf gedaan. Ze ging meteen verder, knikkend naar een lege kruk aan de werktafel. Zo te zien was ze bezig met een romantisch arrangement, misschien voor een bruiloft of een zoveeljarig huwelijksfeest – wit met groene en rode accenten. Lelies, rozen, gipskruid, schuimige witte hortensia's in een grote glazen vaas.

'Je kijkt zo ernstig,' zei Grace. 'Wat is er aan de hand?'

'Het gaat om Seth. Ik heb het verteld. Kaarten op tafel. Ik was het niet van plan, maar opeens gooide ik het er allemaal uit. Ik heb het op een confrontatie aan laten komen en hem de wind van voren gegeven.'

'Nou, Iris, dat werd tijd ook, denk ik. Dit hele gedoe vreet al jaren aan je en sorry dat ik het zeg, maar ik vond dat je wel wat overtrokken reageerde op die toestand met dat feest.'

'Het ging om wel iets meer dan alleen het feest,' zei ze. 'Dit blijft onder ons, oké?'

'Ja, natuurlijk. Wat was er nog meer dan?' Grace knipte rustig door en stak nieuwe bloemen in het arrangement.

'Nou, weet je nog dat ik je vertelde dat ik hem heb weggehaald van dat feest toen hij zo dronken was?'

'Ja. En dat hij kwaad was op zijn vriendin en dat hij toen jou meevroeg naar het feest en het de volgende dag weer goedmaakte met zijn scharrel en toen toch maar met haar naar het feest wilde en –'

'We hebben seks gehad.'

Grace bevroor en staarde Iris over de hortensia's heen aan. 'Séks?'

Ze knikte. 'Hij werd helemaal sentimenteel en handtastelijk, zei dat ik het enige meisje was van wie hij ooit had gehouden en begon me te kussen, en van het een kwam het ander. We trokken onze kleren uit. In de bestelbus. Alleen was hij dronken en ik was een jong meisje dat er al jaren van droomde dat hij me zou zien als een vrouw en niet als een maatje. Ik had niet door dat het gewoon een van die stomme, platvloerse –'

De bel van de winkeldeur tingelde. Grace keek Iris met open mond en grote ogen aan. 'Wacht, ik ga die klant even vermoorden. Verroer je niet, ik ben zo terug.' Ze haastte zich naar voren.

Verdorie, ook dat nog, dacht Grace toen ze zag wie de klant was. Ouwe Barney Wilcox. Die kwam zo'n beetje elke week langs, schuifelde langs de bloemen, maakte een praatje en vertrok nadat hij een paar centen had uitgegeven aan een enkele bloem voor de vrouw met wie hij al tweeënvijftig jaar getrouwd was. Hij kwam net zo goed langs uit verveling als uit liefde voor zijn bruid.

Ze vatte de koe bij de hoorns. 'Leuk je te zien, Barney. Luister, ik ben bezig met een opdracht en ik moet mijn uiterste best doen om de deadline te halen. Kan ik je blij maken met een prachtige hortensia in een vaas voor drie dollar?'

'Dat lijkt me wel wat,' zei hij. 'Maar ik –'

Grace draafde naar de werkruimte, plukte een hortensia uit haar arrangement in wording, schoof die in een vaasje, bond er een wit lint om en draafde terug naar haar klant.

'Denk je dat je Mrs. Wilcox hier blij mee kunt maken?'

'Dat denk ik wel. Bedankt.'

'Dat is dan drie dollar.'

Toen hij betaald had, haastte ze zich terug naar de werkruimte. 'Goed, ik geloof dat we bij "platvloerse seks" waren,' zei ze.

'Ik had geen idee dat hij het allemaal niet meende,' zei Iris. 'Ik was zo naïef. Ik was nog maagd. Ik kwam er pas achter toen bleek dat hij er zich niets meer van kon herinneren. Tegen de tijd dat ik mijn kleren weer aanhad, was hij buiten westen. En toen hij me later vroeg of ik dat hele gedoe met dat feest niet wat erg opblies, toen wist ik het. Hij had een black-out gehad en wist van niets.'

'O, Iris. En dat heb je al die tijd voor je gehouden?'

'Ik weet niet wat meer pijn deed, dat hij het gewoon niet meer wist of dat ik het gewoon heb laten gebeuren.

Maar een paar weken geleden was hij op een zaterdagochtend mijn gras aan het maaien en toen ben ik naar buiten gegaan om te zeggen dat hij weg moest gaan omdat ik wilde uitslapen. Ik ben wel eens wat knorrig als ik te vroeg wakker word,' zei ze. 'En toen zei hij precies hetzelfde als wat hij die nacht in de bestelbus zei. "Toe nou, Iris, ik heb je nodig". Opeens kreeg ik een rood waas voor mijn ogen. Ik heb hem gevloerd.'

Grace' mond viel open. 'Je bedoelt dat je hem een dreun hebt verkocht?'

Ze knikte. Haar kin trilde.

'Je hebt een politieagent geslagen?'

Ze knikte weer. 'Een rechtse vol op zijn kaak. Een misdrijf. Toch?'

De winkelbel tingelde weer. Grace keek hulpzoekend omhoog. 'Word ik ergens voor gestraft?' zei ze, waarna ze zich weer de winkel in haastte.

'Jeremy,' zei ze. Ze zuchtte. Nog een klant die weinig kwam, weinig kocht en veel praatte. Jeremy was een van de dertigers die bij de jachthaven woonden, smoorverliefd op zijn knappe vrouwtje maar zonder veel geld aan haar te spenderen. Meestal bleef het bij een enkele bloem. 'Hoe is het?' vroeg ze.

Hij stak zijn borst naar voren. 'Je zou kunnen zeggen dat het niet beter gaat. Janie is bevallen! En het is een jongen! Net zoals we dachten! En hij is groot! Bijna negen pond en zestig centimeter lang. We zijn de hele nacht opgebleven en toen eindelijk kwam hij. Je zou zijn voetjes moeten zien! Die zijn enorm. Ik was er de hele –'

'Wacht,' zei Grace. Ze spurtte terug naar achteren,

doorzocht haastig haar voorraadje accessoires, vond een paar blauwe babyschoentjes, sneed een lang stuk lint van de rol, stopte de schoentjes in het arrangement waar ze mee bezig was geweest, strikte het lint om de vaas , vulde die voor de helft met water en draafde terug naar de winkel. 'Alsjeblieft, met de hartelijke gelukwensen.'

'Wauw, wat een groot boeket. Ik weet niet of ik me dat kan –'

'Ik doe het je cadeau,' zei Grace. 'Ter ere van de geboorte van je zoon.'

'Je weet niet hoe zwaar die weeën waren en wat ik allemaal heb gedaan om haar te helpen,' zei hij, de vaas tegen zich aan klemmend. 'De dokter zei nog –'

'Ik kan niet wachten om er alles over te horen, Jeremy. Beloof dat je snel terug komt en me er álles over vertelt als we allebei wat meer tijd hebben. Ik heb nogal haast en ik denk dat jij die bloemen zo snel mogelijk aan je vrouw wilt geven.' Ze liep om de toonbank heen, escorteerde hem naar de deur, probeerde hem niet al te opvallend naar buiten te duwen en draaide het bordje om waarop stond dat de winkel open was. Toen draaide ze de deur op slot en liep op een holletje terug naar achteren. 'Oké, je was net gebleven bij het gedeelte waarin je een misdrijf bekende. Ik heb trouwens de winkel gesloten.'

'Echt waar?'

'Die deur gaat niet open voordat ik alles te horen heb gekregen. Heb je hem echt knock-out geslagen?'

'Dat niet, maar het verraste hem wel. Hij had geen

idee waarom ik hem een dreun verkocht.'

Er liep een grote spin over het werkblad; waarschijnlijk een verstekeling die was meegekomen in een partij bloemen. Grace schrok en viel bijna van haar kruk in een poging bij het beest uit de buurt te komen; Iris bedacht zich geen moment en liet haar vuist op de spin neerkomen. Ze veegde haar hand af aan haar rok.

'En dus moest ik het hem wel vertellen,' zei ze.

Grace pakte een tissue om met een vies gezicht de geplette spin op te ruimen. 'Kennelijk ben je iemand die snel fysiek geweld gebruikt.'

'Heeft niemand je ooit verteld dat je niet in de bloemenbusiness moet gaan als je bang bent voor spinnen en torren en zo?'

'Ik ben er niet bang voor. Ik wil ze alleen hier niet hebben. Dus je hebt het hem verteld.'

'Ja, en toen bleek wat ik altijd al had gedacht: dat hij het compleet vergeten was. Hij had geen idee. Hij deed het in feite in zijn slaap. Ik had iedereen kunnen zijn.'

'Ja, dat ken ik van mannen. Heeft hij gezegd dat het hem speet?'

'Ja, natuurlijk. Hij was ten einde raad. Hij was bang dat hij me pijn had gedaan, wat niet zo was. In elk geval niet totdat hij me negeerde en me vergat. Hét vergat. Hij dacht dat ik kwaad op hem was vanwege het feest en daarop werd hij kwaad op mij. Hij zei dat ik stom en melodramatisch deed, dat ik wist dat hij een vriendinnetje had en dat ze ruzie hadden gehad en... Nou ja, dat weet je allemaal al.'

'Oké, hij heeft dus spijt, en dat moet ook, maar wat

verwacht je nu verder van hem? Moet hij meer dan spijt hebben?'

'Hij stuurt me de hele week al cadeautjes en vandaag zat er een briefje bij de hoorn des overvloeds die voor mijn deur lag. Prachtig ding trouwens. Staat vast heel mooi op mijn eettafel.' Ze haalde het briefje uit haar zak en overhandigde het aan Grace.

Die las het. 'Echt lief,' zei ze, en ze gaf het briefje terug. 'Waarom ben je daar zo van streek door?'

'Daar moet je Seth voor kennen. En ik ken hem als geen ander. Ook al was hij toen nauwelijks meer dan een kind en wilde hij het helemaal niet doen, hij voelt zich toch schuldig en daarom is hij bereid alles te doen als ik hem maar vergeef. Hij zou nooit opzettelijk iemand kwetsen. En nu hij de oorzaak weet van mijn boosheid en mijn verdriet, is hij bereid alles te doen om het maar weer goed te maken. Hij zou nog met me trouwen om te laten zien hoeveel spijt hij van zijn daad heeft.'

'Jeetje,' zei Grace. 'Er zijn slechtere kandidaten...'

'Hij zou alles willen opofferen... alles wat maar kan om zijn daad ongedaan te maken. Eerst wilde ik hem niet vertellen waarom we geen beste vrienden meer konden zijn omdat ik die vernedering niet kon verdragen. En toen heb ik het toch maar verteld omdat ik niet wilde dat hij uit schuldgevoel aardig tegen me zou zijn.'

'Niet doen,' zei Grace. 'Niet voor hem denken. Je weet helemaal niet of zijn gevoelens voor jou alleen uit schuldgevoel voortkomen.'

'Dat is waar. Maar ook niet of dat niet zo is.'

'Iris,' zei Grace, zich naar haar toe buigend. 'Je zou toch denken dat jij als decaan wel over dat jeugdtrauma heen zou zijn.'

'Daarom ben ik dit werk gaan doen,' zei ze. 'Je hebt geen idee hoe moeilijk het is om over een jeugdtrauma heen te komen.'

'Jawel, dat heb ik wel, maar dit gaat niet over mij. Je zou open kaart met hem moeten spelen. Nog een keer. Hem vertellen waarom zijn aandacht je niet lekker zit.'

'Geen sprake van!'

'Pak het als volgt aan. Ga naar huis. Trek iets aan wat je geweldig staat, maak je op, zorg dat je om zeven uur bij Cliff's bent en zeg tegen de man dat je hem vergeeft. Hij wist niet wat hij deed, hij was pas zeventien en hij heeft vreselijk veel spijt. Trouwens, wat kan hij verder nog doen? Wat wíl je dat hij verder nog doet?'

'Ik wil helemaal niets. Ik wil verder, dat is alles. Ik ben hier niet sterk genoeg voor. Ik wil niet het kruis zijn dat hij moet dragen.'

'Iris, laat hem zijn verhaal doen, accepteer zijn verontschuldigingen en verlos hem uit zijn lijden.'

'Ik ben bang, Grace.'

'Waarvoor?'

'Sinds mijn achttiende probeer ik wanhopig om verliefd te worden. Elke keer dat ik een leuke vent ontmoette, wilde ik niets liever dan verliefd worden. Bemind worden. Maar dat lukte maar niet. Omdat Seth de enige is van wie ik ooit gehouden heb. Ik wil niet naar hem verlangen en hem dan weer uit mijn leven zien verdwijnen. Niet nog een keer! Ik wil zijn verzoeningspogingen niet verwarren met liefde en nog een keer met een gebroken hart blijven zitten!'

Grace staarde haar sprakeloos aan. Ten slotte zei ze: 'Wauw. Nooit geweten dat jij zo ingewikkeld in elkaar stak.'

'Wat moet ik nou doen?'

'Ga naar Cliff's. Praat met hem.'

'Maar ik weet niet wat ik moet zeggen!'

'Praat met hem. Vertel hem de waarheid. Dat het veiliger leek om hem op afstand te houden dan het goed te maken om hem vervolgens uit je leven zien verdwijnen. Speel open kaart met hem. Wees voor de verandering een keer eerlijk tegen hem. Zeg dat je erop rekent dat hij ook eerlijk tegen jou is.'

'Dat kan ik niet. Dat kán ik gewoon niet.'

'Iris, luister. Wil je je nog een keer zeventien jaar lang zo voelen? In de war en hoopvol en kwaad en weer hoopvol? Er is maar één manier om daar een eind aan te maken. Scheur die pleister eraf! Zeg tegen hem dat je als meisje van hem hield. Je bent nu geen meisje meer – je bent een vrouw. Te oud om spelletjes te spelen. Te oud om te doen alsof. Zeg tegen hem dat je wilt dat hij belooft dat hij je niet op het verkeerde been zet met zinloze gebaren. Maar zeg vooral tegen hem dat je hem alle misverstanden en domme daden van vroeger vergeeft en dat hij het kan loslaten. Ik meen het, Iris. Regel het!'

Iris snifte. 'En verder?'

'Verder kan ik de krabkoekjes van harte aanbevelen. Nergens kun je zulke lekkere krabkoekjes krijgen als bij Cliff's.'

Hoofdstuk 6

Iris kleedde zich weloverwogen. Ze probeerde haar motieven daarvoor naar eer en geweten te analyseren en ze wist niet zeker of ze Seth wilde kwellen voordat ze hem vertelde dat ze voorgoed klaar was met zijn dubbelzinnige berichten of dat ze wilde dat hij onder de indruk van haar was en zijn ogen niet van haar af kon houden. Ze koos voor een goudkleurige broek die haar lange benen accentueerde. Niet glimmend goud, maar eerder iets van goudgeel. Daarop een dunne zwarte trui met een lage rug die haar figuur flatteerde. Ze maakte het plaatje compleet met een lange gouden halsketting. Ze riskeerde een hoop door haar schouderlange haar los te dragen; een onverwachte windvlaag en het zou naar alle kanten uit staan.

Vol zelfvertrouwen liep ze het restaurant binnen en keek om zich heen. Seth zat aan de bar. Hij draaide zich om, zag haar en glimlachte.

Troy, naast hem, ging ook staan. Glimlachte ook.

O jongens. Dit kon wat worden.

Voor de zekerheid keek ze even rond om te zien of er nog andere begeerlijke vrijgezellen opstonden en naar haar lachten. Goddank was dat niet het geval en bleef het bij deze twee. Maar waarom moesten dat uitgerekend de twee mannen zijn die ze probeerde weg te duwen? Ze deed zo haar best om van Troy een goede vriend zonder romantische verwachtingen te maken en te voorkomen dat Seth haar opnieuw diep zou raken. Ze maakten het haar niet bepaald gemakkelijk. Haar geduld raakte op. Als Troy een intiem, romantisch dinertje voor ogen had, was Cliff's een verkeerde keuze. Als Seth nog een keer dingen wilde uitpraten, dan moest hij oppassen dat ze hem niet nogmaals een dreun verkocht.

Het drong tot haar door dat ze daar maar wat stond terwijl beide mannen wachtten.

'Je ziet er beeldschoon uit, Iris,' zei Seth.

'Dat is een ding wat zeker is,' zei Troy.

'Dank je. Ik voel me alleen wat in het nadeel omdat ik niet weet wie me vanavond voor een etentje heeft uitgenodigd.'

Troy deed zijn mond open om iets te zeggen, maar Seth was hem voor. 'Bedoel je dat je hier met iemand hebt afgesproken zonder te weten met wie? Dat is behoorlijk riskant, Iris.'

'In Thunder Point?' vroeg ze, er geheel bezijden de waarheid aan toevoegend: 'Ik ging ervan uit dat het Troy was.'

De man in kwestie straalde van plezier. 'We kunnen meteen aanschuiven.'

God, het wás Troy. Zou de boodschap dan nooit tot hem doordringen? Even stak een duiveltje de kop op. Ze kon natuurlijk net doen of ze interesse had in Troy en zien hoe Seth daarop reageerde. Dat idee verdween net zo snel weer toen ze zich realiseerde dat dat zou betekenen dat Troy zijn inspanningen om haar ervan te overtuigen dat ze bij elkaar hoorden dan waarschijnlijk zou verdubbelen. Al zou het hun verdiende loon zijn.

'Wat een leuke verrassing, Troy!' zei ze.
'Ik ben weer eens te laat, zoals gewoonlijk,' zei Seth.
'Hè?' zeiden Iris en Troy in koor.
'Ik was van plan om hier na het werk een hapje te komen eten, min of meer in de hoop dat ik met een beetje geluk vrienden tegen zou komen die datzelfde plan hadden. Maar ik wil natuurlijk geen romantisch dinertje verstoren.'

'Dat is het ook niet,' flapte Iris eruit voordat ze zich ervan kon weerhouden. Nou ja, ze had ook niet anders gekund. Ze had er een dagtaak aan om Troy duidelijk te maken dat ze graag bevriend met hem wilde zijn, maar meer ook niet. Het zag ernaar uit dat ze daar serieus werk van moest gaan maken. 'Troy is een heel goede vriend van me, een collega met wie ik veel optrek. We zijn geen stel of zo.' Ze bloosde licht, durfde niet naar Troy te kijken. Als hij erg beteuterd keek, zou ze misschien ter plekke in tranen uitbarsten.

'O, in dat geval vind je het vast wel goed als ik erbij kom zitten,' zei Seth lachend.

'Jee, dat weet ik niet, hoor. Misschien dat Troy samen iets wil bespreken.'

'Vóór het dessert ben ik weer weg,' zei Seth, elke vluchtmogelijkheid afsnijdend. 'Ga maar voor,' zei hij tegen Troy, achter Iris aansluitend. 'Waren de appels lekker?' vroeg hij.

Ze bleef abrupt staan en keek hem over haar schouder aan. 'Wat? Waren die appels van jou? Er zat helemaal geen briefje of zo bij.'

Seth liep om hen heen zodat hij Iris' stoel kon aanschuiven. 'Ik was het weekend in het noorden en het was daar appeltijd. Ongelooflijk wat een vruchten. Ze groot als meloenen! Stom van me dat ik er niet even een kaartje bij heb gedaan.'

Ze ging zitten en keek van de een naar de ander. 'Koekjes? Sjaal? Krans? Hoorn des overvloeds?'

'Koekjes,' bekende Seth. 'Ik dacht dat je die wel zou herkennen. Ma heeft ze gemaakt. Dezelfde die ze vroeger altijd voor ons bakte.'

'Sjaal, krans en hoorn,' zei Troy, duidelijk niet blij. 'Misschien dat jullie nog meer verhalen over vroeger kunnen uitwisselen. Die vind ik geweldig.'

Jee, hij vraagt er gewoon om, dacht Iris. Prima dat hij voorkomend en attent probeerde te zijn, maar dat hij zich bezitterig gedroeg terwijl ze hem duidelijk had gezegd dat ze zelfs geen vrienden meer konden zijn als hij zijn houding niet veranderde, was een tweede.

Cliff kwam aanlopen om de bestelling op te nemen. Iris aarzelde geen moment. 'Chardonnay. Snel graag.'

De twee mannen bestelden een biertje en bekeken de menukaart die Cliff achterliet.

'Even zien of ik het goed begrijp. Jullie hebben allebei attenties voor mijn deur achtergelaten, zonder briefje erbij.'

'Dat ben ik gewoon vergeten,' zei Seth. 'Ik dacht serieus dat je er wel achter zou komen – vooral door de koekjes.'

'Ik wilde het spannend maken,' zei Troy. 'En de uitnodiging voor dit etentje was uiteraard van mij. Het was míjn handschrift.'

'Die uitnodiging was geprínt,' voerde Iris ter verdediging aan. Toen begon ze te lachen. 'O, hemel,' zei ze, opnieuw in lachen uitbarstend. 'Nou, daar zitten we dan.'

Seth glimlachte, maar Troy niet.

'Wat nou?' zei ze, naar Troy kijkend. 'Alles goed en wel, Troy, maar we gaan niet met elkaar. Daar hebben we het al over gehad. We zijn collega's.' Ze hoorde een gesnuif uit Seths richting komen en toen ze naar hem keek, zag ze dat hij grijnsde. 'En haal jij je maar niets in je hoofd, want wij hebben ook niets met elkaar. Al zijn appels en koekjes wel heel aardig als buren onderling.'

Cliff kwam hun drankjes brengen, als een man met een missie. Toen ze alle drie een glas voor zich hadden staan, pakte Iris het hare en hief het omhoog. 'Op twee superleuke mannen,' zei ze. 'Vrienden,' voegde ze eraan toe.

Seth keek Troy vol sympathie aan. 'Geloof het of niet, maar dat is progressie. Voor mij in elk geval.'

Iris verwachtte half en half dat Troy zou zeggen dat het voor hem juist een stapje terug was. Ze nam een slokje wijn om haar lachen te verbergen. Deze twee ontzettend knappe, sexy kerels hadden geen idee dat ze hen allebei gekend had, in de bijbelse zin des woords. Een van hen kon zich dat niet meer herinneren, terwijl de ander het zich maar al te goed herinnerde.

Ze bestudeerde de menukaart. Wat erop stond, drong amper tot haar door. Dat was niet erg; ze kende hem uit haar hoofd. Ze dacht aan de twee mannen. Oppervlakkig gezien was er niets dat de een begeerlijker maakte dan de ander. Wat er in haar hart was gebeurd, daarin zat het verschil tussen de twee. Na een meer dan bevredigende vrijpartij met Troy voelde ze zich niet anders dan daarvoor. Ze verlangde niet naar meer. Na een volkomen ónbevredigend samenzijn met Seth, een onhandige en onervaren minnaar, had ze hem zeventien lange jaren niet uit haar hoofd kunnen zetten. Hoe kon zoiets worden besloten door een hart? Het was zeker geen doelbewuste keuze. Als dat wel het geval was, zou ze Troy nemen en Seth zeggen dat hij de pot op kon. Troy was veiliger, minder gecompliceerd en hij had zijn zinnen op haar gezet vanaf het moment dat ze elkaar voor het eerst zagen.

Toen Cliff weer aan kwam lopen, klapte ze de kaart dicht. Maar Cliff was niet gekomen om de bestelling op te nemen. 'Agent Sileski,' zei hij formeel. 'Het spijt me dat ik moet storen, maar in het café vindt een nogal onplezierig incident plaats waar ik hulp bij nodig heb.'

'Vertel,' zei Seth, overeind komend.

'Een of ander stel dat ruzie kreeg, begon te schreeuwen en vervolgens handtastelijk te worden. Duwen. Trekken. Ik kan de kok er natuurlijk bij halen om te helpen, maar aangezien jij er toch bent...'

Seth liep door de poort naar het bargedeelte en keek naar twee forse knapen die aan weerskanten van een frêle blonde vrouw stonden. Een van de mannen had haar bij de linkerarm vast, de ander bij de rechter. 'Dronken?' vroeg hij aan Cliff.

'Ik heb alleen die man links wat gegeven,' zei hij. 'De andere knaap kwam even later binnen, zag die twee en begon heibel te schoppen. Ik ken die lui niet, Seth. Ze zijn niet van hier.'

'Heb je Pritkus gebeld? Die heeft vanavond dienst.'

'Die is onderweg, maar het kan nog een kwartier duren voor hij hier is.'

'Oké. Stuur de klanten weg en ga zelf achter de bar staan.' Hij wendde zich tot Iris. 'Ik ben zo terug.'

Hij liep de bar in, naar de twee mannen toe. Forse kerels, allebei. Hij had zijn vuurwapen in zijn enkelholster zitten, iets wat hij nooit had verwacht te moeten gebruiken, maar in geval van nood was het onder handbereik. Als dit elders was gebeurd, zou hij op versterking hebben gewacht. Maar dit was zijn stad. De mensen hier waren zijn vrienden en hij wilde niet dat Cliff schade aan zijn inventaris zou oplopen.

'Heren,' zei hij bedaard, en hij liet zijn penning zien. 'Ik ben agent Sileski. Ik verzoek u om de dame los te laten en opzij te gaan. Nu meteen. *Ma'am*, ik wil graag dat u naar dat tafeltje bij het raam loopt en daar plaatsneemt.'

'Dat is mijn vrouw! Ze gaat nergens heen, alleen met mij mee naar huis!' zei een van de mannen.

'Jullie zijn uit elkaar!' schreeuwde de ander. 'We kwamen hier gewoon een hapje eten!'

'Carl, hou alsjeblieft op,' zei de vrouw. 'Paul, laat me los.'

'Laat de dame los, heren. Nú!'

Carl was degene die de fout inging. 'We zitten niet op een of ander dorpsagentje te wachten dat zijn neus in onze zaken steekt!' schreeuwde hij, waarna hij uithaalde naar Seth.

Hij greep de pols vast van de man, draaide hem razendsnel op zijn rug en klemde hem stevig tegen de bar. Toen keek hij de andere man aan. '*Sir*, ik wil dat u aan de andere kant van de bar gaat zitten,' zei hij met een hoofdknikje. 'Zo ver mogelijk bij de dame uit de buurt graag. *Ma'am*, ga aan dat tafeltje zitten. Nu.'

'Maar mijn man en ik zijn uit elkaar!' zei ze. 'We hebben niets verkeerds gedaan. En mijn man is dronken!'

'Zodra agent Pritkus arriveert, gaan we uitzoeken hoe het zit. Nu gaat iedereen zitten waar ik zei.'

'Ja, we zijn sinds twee dagen uit elkaar – omdat ik die hoer betrapte met die klootzak daar!' zei de echtgenoot vanuit zijn beklemde positie tegen de bar.

Seth voelde de telefoon in zijn broekzak trillen. 'Verroer je niet,' zei hij tegen zijn gevangene. Hij wierp een boze blik op de andere man en toen op de vrouw. 'Spreek ik een vreemde taal of zo?' vroeg hij. Gehoorzaam liepen ze naar de hun toegewezen plaats.

Zonder Carls arm los te laten, haalde hij met zijn vrije hand de telefoon uit zijn zak. 'Sileski.'

'Ik ben onderweg. Wat is er loos?' vroeg Pritkus.

'Een drie-zestien in de bar, twee mannen en een vrouw,' zei hij, het incident bestempelend als huiselijk geweld. 'Schiet wat op, wil je? Dit is geen lolletje in mijn eentje.' Hij liet de telefoon weer in zijn zak glijden en boog zich naar de man toe die hij vasthield. 'Wij gaan samen naar buiten om op mijn collega te wachten.'

'Dat dacht ik niet,' zei Carl. 'Ik neem mijn vrouw mee naar huis en jij kunt in de stront zakken.' Hij draaide zich met een ruk om en ramde zijn elleboog tegen Seths mond. Die drukte hem met een vloeiende beweging terug tegen de bar, met zijn gezicht naar beneden en trok beide handen van de man op zijn rug. Hij gaf er een flinke ruk aan, waarop Carl een kreet van pijn slaakte.

Het werd doodstil in de bar. Seth bracht een hand naar zijn mond en proefde bloed. 'Gefeliciteerd, je hebt net een nachtje cel gewonnen.' Hij hield Carl met zijn ene hand in bedwang terwijl hij met de andere zijn wapen uit zijn enkelholster plukte en dat tussen zijn riem stak. Toen ging hij rechtop staan en keek naar de man die Paul genoemd was. 'Wil jij misschien ook mee?'

Paul, die met grote ogen had staan toekijken, schudde langzaam zijn hoofd.

'Goede beslissing. Leg je handen op je hoofd en loop voor mij uit naar buiten. Geef me twee meter zodat ik al je bewegingen kan zien en als je wegloopt, zal ik je moeten neerschieten. Ik heb schoon genoeg van jullie gedoe. Ben ik duidelijk?'

De man stond op en legde beide handen boven op zijn hoofd. 'Zo?' vroeg hij beleefd.

'Heel goed, Paul. Na jou.'

Seth sleurde zijn arrestant overeind bij de kraag van zijn jas en met een flinke ruk aan zijn polsen. 'Gedraag jezelf, Carl, anders ben je er geweest.'

Paul gebruikte, heel creatief, zijn achterste om de deur open te duwen. Seth gebruikte Carl. Eenmaal buiten in de koude avondlucht van oktober dirigeerde Seth Paul naar zijn auto. 'Beide handen op de motorkap en benen uit elkaar.'

'Zit ik in de problemen?' vroeg Paul.

'Dat valt nog mee. Voorlopig. Maar pas heel goed op je tellen.' Hij opende het portier en klapte de bergruimte tussen beide voorstoelen open om er een stel handboeien uit te halen. De ene helft klapte hij om Carls pols, waarna hij hem meetrok naar de achterkant van de auto en de andere helft aan de trekhaak bevestigde. Al die tijd hield hij Paul zo goed en zo kwaad als het ging in de gaten. Paul leek zich niet te verroeren.

Hij liep naar hem toe. 'Ik ga je nu fouilleren,' deelde hij mee. Voordat hij dat deed, nam hij even een moment om zijn bloedlip af te vegen aan zijn mouw. Hij had alleen maar een oogje op Troy willen houden en een hapje willen eten met Iris. Hij werd hoe langer hoe geïrriteerder. 'Heb je scherpe of gevaarlijke dingen bij je?'

'Nee!'

'Mooi zo,' zei hij. 'Benen wijder.' Hij liet zijn handen over Pauls bovenlichaam, heupen en benen naar zijn enkels glijden. Toen hij overeind kwam, zag hij de vrouw in de deuropening van de bar staan. 'Jij daar!' schreeuwde hij. 'Wou je nog meer problemen? Ga weer op je plaats zitten voordat ik je in de boeien sla!'

Ze verdween.

Hij richtte zijn aandacht weer op Paul. 'Je boft dat ik geen tweede stel handboeien bij me heb. Maar je hebt mijn etentje verpest en dat bevalt me niks. Als je nog eens een keer elders een hapje gaat eten om de echtgenoot te ontlopen, doe dat dan niet in mijn stad. Ben ik duidelijk?'

'Goed, *sir*,' zei Paul meegaand.

'Blijf je daar netjes staan met je handen op de motorkap in de hoop dat je niet de bak indraait of ga je herrie schoppen?'

'Ik blijf zo staan,' antwoordde de man.

'Goed besluit. Ik schiet liever geen mensen neer. Te veel rompslomp naderhand.'

Seth liep naar Carl, die noodgedwongen half gebogen stond omdat hij vastzat aan de trekhaak. 'Goed, Carl. Heb je vuur- of steekwapens bij je? Of iets anders waar je me mee kunt prikken zodat ik nog kwader word dan ik al ben?'

'Nee,' gromde hij.

'Heel goed. Leg je vrije hand tegen de auto en spreid je benen.' Hij liet zijn handen over het lichaam van de man gaan. Toen hij zich weer oprichtte, keek hij Carl strak aan. 'Je bent een stuk ellende, Carl. En je draait de bak in. Je hebt me echt kwaad gemaakt.'

'Loop naar de hel.'

'Zou best kunnen gebeuren,' zei Seth. 'Maar niet voor jou.'

Iris wachtte nog geen tien seconden voordat ze zich naar de doorgang naar het bargedeelte haastte om te zien wat er aan de hand was.

'Iris, bemoei je er niet mee,' commandeerde Troy.

'Sst,' zei ze, om het hoekje kijkend. Ze voelde dat Troy achter haar kwam staan, niet van plan zich buiten te laten sluiten. Op het moment dat ze een blik in de bar wierp, werden de gasten net naar het eetgedeelte gedirigeerd.

Seth was geweldig. Hij was niet langer haar jeugdvriendje, hij was een echte politieman. Een grote, sterke, knappe politieman. Hij had te maken met tweeëneenhalve ruziezoeker; die halve was de vrouw, die de zaak er ook niet beter op maakte. Maar Seth wist kennelijk precies wat hij deed. Hij had macht zelfs. En wie wist dat hij een vuurwapen had? Zou hij dat altijd bij zich hebben, voor het geval dat?

Ze kromp ineen toen ze de elleboog zijn mond zag raken, maar toen ze zag dat hij zijn gevangene daarop alleen maar vaster omklemde en hem zelfs met maar één hand in bedwang hield, glimlachte ze. Ze zag hem langzaam rood worden van woede, eerst zijn nek en toen zijn gezicht. En toen zag ze hem met zijn gevangenen naar buiten vertrekken.

'Wauw,' zei ze zachtjes.

'Wedden dat het acteurs zijn?' bromde Troy. 'Wedden dat hij ze heeft ingehuurd om heibel te trappen zodat hij de kans heeft om de held uit te hangen?' Hij pakte haar bij haar elleboog om haar mee terug te nemen naar hun tafeltje.

Iris schoot in de lach. 'Misschien ben je het vergeten, maar hij wist niet dat ik hier zou zijn, dus dan zou de voorstelling in elk geval niet voor mij bedoeld zijn. Maar misschien wilde hij Cliff imponeren?'

Troy vouwde zijn servet open en legde het op zijn schoot. 'Ik had dat zonder bloedvergieten afgehandeld,' bromde hij zachtjes.

De barbezoekers liepen weer terug de bar in; sommigen kozen ervoor om naar huis te gaan. Iris wilde even buiten kijken om te zien hoe Seth de zaak verder afhandelde, maar dan zou hij haar zien en wie weet wat Troy zou doen. Misschien kon ze helpen, dacht ze met een flauw lachje.

Een paar minuten later kwam Cliff melden dat Seth nog steeds buiten stond te wachten op back-up om alle herrieschoppers af te voeren. Hij was vol lof over Seth, zei dat hij altijd dacht dat Mac de enige was die in zijn eentje een bar vol rouwdouwers kon ontruimen, maar dat Seth er zijn hand evenmin voor had omgedraaid. En dat terwijl dit soort dingen vrijwel nooit voorkwamen. En dat als Seth er niet geweest was, hij en Ram het alarmnummer gebeld zouden hebben en zelf de ordeverstoorders buiten de deur zouden hebben gezet, dus dat Troy en Iris niet het idee moesten hebben dat ze nooit meer rustig konden eten bij hem.

Iris lachte maar wat en bestelde een caesarsalade. Troy deed hetzelfde. Hij was heel stil. Een beetje chagrijnig. Daar had ze alle begrip voor. Dit had zíjn avond moeten worden en die was hem ontstolen door een politieman met een mank been.

Iris daarentegen voelde zich een stuk beter. Na alle spanningen en druk van die middag was het haar duidelijk geworden dat ze met Seth zat opgescheept. Hij was gekomen om te blijven. Ze zou hem overal tegen het lijf lopen, of ze dat nu leuk vond of niet. Ze kon kwaad zijn, een wrok koesteren, weigeren over de slechte ervaring van toen heen te stappen, of ze kon dit gewoon laten gebeuren en ondertussen meer leren over zichzelf en over Seth.

Zeventien jaar. Nou, de manier waarop ze het tot nu toe had aangepakt had niet erg geholpen om over haar gevoelens heen te komen. Of over hem. Elke keer dat zijn naam viel, ervoer ze een intens gevoel. Ze had nooit geprobeerd erachter te komen hoe ze een en ander achter zich kon laten. En stel dat ze zich openstelde voor hem en hij haar opnieuw pijn deed? Dat zou niet makkelijker zijn dan toen, maar ook niet moeilijker. En als hij haar weer iets verschrikkelijks aandeed, zou de boodschap misschien eindelijk doordringen tot haar hart...

Een glas wijn en de situatie op een andere manier bekijken, zorgde voor rust, al had ze geen idee welke kant het allemaal op zou gaan.

Twee salades en een mandje brood werden op tafel gezet. Iris gaf het brood door aan Troy. 'Ik vond het best lastig om hier vanavond naartoe te gaan. Omdat ik geen idee had van wie die cadeautjes afkomstig waren of wat me precies te wachten zou staan.'

'Nou, ik heb hem anders niet uitgenodigd.'

'Je weet best dat ik dat niet bedoel. Wil je alsjeblieft even naar me luisteren? Ik ben redelijk assertief. Als mijn gevoelens voor jou veranderen of groter worden, dan vertel ik je dat. Ik zou geen moment aarzelen om jou te bellen of mee uit te vragen. Ik kan heel direct zijn. De waarheid is dat ik van je hou als van een broer.'

Hij boog zich naar haar toe en fluisterde: 'Je hebt ontzettend stoute dingen gedaan met je broer!'

Ze sloeg een hand voor haar mond om haar lachen in te houden. 'Geef me een beetje krediet, Troy... ik heb het gepróbéérd! Ik wilde verliefd op je worden. Je bent de meest fantastische vent die ik ken.'

Hij smeerde boter op een stukje brood. 'Dus jij vond het niet zo geweldig, is dat het?'

'Geen woorden in mijn mond leggen. Het was heerlijk, maar het had niets met liefde te maken. Het viel niet mee om ermee te stoppen. En hou nu maar op met dat zielige gedoe – je bent pas dertig, je bent een stuk, je bent leuk en aardig, je hebt relaties genoeg gehad die niet eeuwig duurden en tien tegen een dat jij meestal degene was die er een punt achter zette. Niet omdat er iets aan die meisjes mankeerde, maar omdat ze het gewoon niet waren. Ik denk zelfs dat jij vaak een einde aan een relatie hebt gemaakt omdat zij gekker op jou was dan jij op haar, en dat wilde je niet. Dat is oneerlijk. Scheef.'

'Dus dat is het dan?'

'Hoe zie jij het dan voor je?'

'We zouden op de oude voet door kunnen gaan, zien of het nog beter wordt dan perfect, want voor mij was het al zo'n beetje perfect...'

'Dat wil ik niet,' zei ze.

'Waarom niet?'

Ze legde haar vork neer. 'Omdat ik echt om je geef, daarom niet. Omdat ik hoop dat je nog heel lang deel uitmaakt van mijn leven. Een vriendje voor de seks?' Ze schudde haar hoofd. 'Ik zeg niet dat ik me daar te goed voor voel of zo. Maar zo'n relatie zou ik nooit met jou willen hebben, Troy. Ik zou geen misbruik van je willen maken. Ik heb je veel liever als mijn beste vriend.'

'Ik vind het geen probleem om door jou misbruikt te worden,' zei hij.

Ze glimlachte naar hem. Ze wist dat hij het als grap bedoeld had. Dat hoopte ze tenminste.

'Nee,' zei ze.

'Zou je dat wel met hem kunnen? Met Seth?'

Ze schudde haar hoofd. 'Nee, nooit,' zei ze. 'Troy, ik wil graag vrienden zijn, maar als dat niet kan, dan is het niet anders. Zeg alsjeblieft dat we vrienden kunnen blijven.'

'Dat kunnen we. Al zou het makkelijker zijn zonder oom agent die overal opduikt.'

Ze schoot in de lach en wijdde zich weer aan haar salade. 'Mag ik de shawl houden? Die vind ik echt zo mooi.'

'Je zou mij veel cadeautjes kunnen geven,' stelde hij voor. 'Ik ben niet alleen goed in geven maar ook in ontvangen.'

Ze waren terug op vertrouwd terrein, samen lachend, grapjes makend, al wist Iris dat zijn gevoelens voor haar niet anders waren. Dat had tijd nodig, dacht ze.

Ze bestelden krabkoekjes, en al wilde Iris dolgraag weten hoe het met Seth ging, ze zei daar niets over.

Het duurde minstens een halfuur voordat Seth terugkwam. Hij hield een doek met ijsklontjes tegen zijn onderlip gedrukt. De gasten applaudisseerden voor hem en hij knikte hen even toe terwijl hij linea recta naar het tafeltje liep waar Iris en Troy zaten. Er werd een vers biertje voor hem neergezet en het oude, warme en dode biertje weggehaald.

'Laat eens zien,' zei Iris, waarop hij zijn hand liet zakken. 'Oef, pijnlijk.'

'Sinds mijn komst naar Thunder Point heb ik vaker klappen gehad dan in de vijf jaar ervoor. Vooral met jou in de buurt heb ik het zwaar te verduren.'

'Ik had niets te maken met die ruzie van net,' voerde ze ter verdediging aan. 'Moet je dat trouwens niet even laten hechten?'

'Ja, man,' zei Troy. 'Je zou naar de Spoedeisende Hulp of zo moeten gaan.'

'Nergens voor nodig.' Hij nam een slok van zijn koude biertje en kromp ineen.

'Ik denk zelfs dat je er even naar moet laten kijken door een plastisch chirurg,' zei Iris.

'Hoezo?'

'Je zou er een lelijk litteken aan kunnen overhouden.'

Hij zette zijn glas neer en keek haar aan. 'Iris, ik heb een tien centimeter lang litteken op mijn wang. Wat voor verschil maakt een klein litteken erbij dan uit?'

'Nou ja, dat litteken staat helemaal niet zo gek. Het staat eigenlijk wel stoer, vind ik.'

Hij trok een wenkbrauw op.

'Ik vind het erg ontsierend. Waarom laat je er niet iemand naar kijken?' zei Troy. 'Het stoot vrouwen af, denk ik.'

'Onzin,' vond Iris. 'Maar net als met tattoos moet je er niet helemaal onder zitten.'

'Hou je niet van tattoos?' vroeg Seth.

'De juiste tattoo op de juiste plaats vind ik prachtig,' zei ze. 'Maar wanneer iemand eruit gaat zien als een stripboek haak ik af. Wat vind jij?'

Hij glimlachte flauwtjes. 'Eigenlijk heb ik geen mening over tattoos, tenzij het om gevangenistatoeages gaat. Dan is het handig om te weten wat ze betekenen.'

'Hoelang ben je al bij de politie?' wilde Troy weten.

'Zeven jaar.'

'Ik dacht langer,' zei Iris.

Hij schudde zijn hoofd. 'Ik heb elke keer aan de toelatingstest meegedaan als ze nieuwe mensen zochten, al was dat niet zo vaak. De eerste drie keer ben ik niet aangenomen.'

'Had je moeite met de test?' vroeg ze.

'Nee, ik had er geen problemen mee. Maar ik heb te kampen met een lichte handicap. Mijn ene been is wat korter dan het andere en soms loop ik een beetje mank ondanks de steunzool in mijn schoen. En soms ben ik wat stram. Niet dat dat me belemmert, hoor. Maar goed, ook al slaagde ik voor de intelligentie- en de inspanningstest, ik werd niet aangenomen. Ik denk dat ze dat uiteindelijk toch maar hebben gedaan om van me af te zijn. Ze wisten dat ik niet op zou geven.'

'Is dat zo?' vroeg Troy, wat hem een boze blik van Iris opleverde.

'Was het moeilijk? De test, bedoel ik,' vroeg ze.

'Ja, eigenlijk wel. Ik heb vier jaar lang gestudeerd en getraind.'

'Wilde je altijd al bij de politie?'

'Nee,' zei hij. 'Ik wilde topsporter zijn. Toen dat niet langer tot de mogelijkheden behoorde, raakte ik geïnteresseerd in politiewerk. Maar het heeft me heel wat moeite gekost om ze ervan te overtuigen dat ik geen blok aan het been zou zijn. God, er werken dikke mensen bij de afdeling die ik met mijn ogen dicht nog versla.'

Moeilijk te geloven dat zijn vader daar geen bewondering voor had, dacht ze, naar zijn onderlip kijkend, die weer was opengespleten. 'Um,' zei ze, wijzend. Hij depte. 'We kunnen Scott Grant maar beter even bellen. Die kan er op zijn minst een pleister op plakken die de boel bij elkaar houdt.'

'We?' zei hij.

'Nou ja, aangezien we met zijn drieën uit eten zijn...'

'Hij kan zelf wel voor zijn lip zorgen, Iris,' zei Troy geïrriteerd.

'En ik kan pleisters plakken als de beste. Bovendien wil ik eten,' zei Seth.

'Ik kan je de krabkoekjes aanbevelen, al zijn die behoorlijk pittig,' zei Troy. 'Misschien kun je beter iets zachters nemen. Puree of zo.' Hij tikte meelevend tegen zijn onderlip. 'Of mosselsoep.'

'Doe je nou aardig tegen me omdat ik een bloedlip heb?'

Troy schudde zijn hoofd. 'Ik ben gewoon attent. Mensen die voor mijn neus zitten te bloeden hebben dat effect op me.'

Seth bette zijn lip weer. 'Ik begrijp het best als je liever weggaat, man,' zei hij.

'Nee, nee, eet nou maar wat. Als je daar zin in hebt.'

Seth bestelde koppig een kom mosselsoep en krabkoekjes. Het eten viel hem zwaar tegen. De hete soep brandde op zijn lip en toen hij een hap brood nam, kwam er allemaal bloed op. 'Fuck,' zei hij, naar het roodgevlekte stukje brood kijkend, dat hij teruglegde op het bord.

'Je bloedt op het brood, man,' zei Troy, die de voldoening in zijn stem amper kon verbergen.

'Ja, dat doet vast pijn,' zei Iris. Ze haalde haar telefoon tevoorschijn en belde Scott.

'Wat doe je?' vroegen Seth en Troy tegelijkertijd.

'Ik ga je helpen, Seth. Want dat kun je kennelijk zelf niet.' Toen zei ze in de telefoon: 'Scott? Kun je me horen? Waar ben je?' Er was nogal wat lawaai op de achtergrond.

'Ik ben in Bandon met het team,' riep Scott in de telefoon.

'Ik had geen idee dat je meeging met uitwedstrijden,' zei ze.

'Zo beter?' vroeg Scott. 'Ik sta nu te bellen met mijn jasje over mijn hoofd.'

'Stukken beter. Maar goed, je bent er dus niet.'

'Peyton is in Thunder Point,' zei hij, doelend op zijn assistente. 'Die past vanavond op mijn kinderen, maar dat geeft niet. Ze zijn draagbaar. Wat is er aan de hand?'

'Nou, ik ben uit eten met Seth en die heeft een gebarsten lip opgelopen toen hij een paar ruziemakers uit elkaar haalde bij Cliff's.'

'Kun je misschien wat zachter praten? Alsjeblieft?' vroeg Seth.

'O ja, natuurlijk,' zei ze. 'In elk geval denk ik dat zijn lip misschien gehecht moet worden. Het blijft maar bloeden. Niet dat het eruit spuit of zo, maar het is best wel een fikse snee. Het drupt zelfs in zijn eten.'

'Geen probleem. Ik zal Peyton bellen om te vragen of ze naar de kliniek wil gaan. Wanneer kunnen jullie er zijn?'

'Over een kwartier.'

'Prima. Peyton kan hechten als de beste.'

'Geweldig, Scott. Dank je wel. O, hoeveel staat het trouwens?'

'Eenentwintig-veertien... voor ons! En dat in een uitwedstrijd!'

Ze schoot in de lach. 'Drie hoeraatjes voor Thunder Point!' Ze verbrak de verbinding en had het gevoel dat alle ogen op haar gericht waren. 'Eenentwintig-veertien, Thunder Point,' zei ze tegen de gasten, een mededeling die gevolgd werd door zacht gelach en tevreden gemurmel. Ze glimlachte naar Seth.

'Ik wil geen hechtingen.'

'Misschien zegt ze wel dat het niet gehecht hoeft te worden,' zei Troy.

'Nee, vast niet. Dat doen dokters nooit. Die willen alleen maar snijden en zagen.'

'Het zijn er maar een paar, Seth,' zei Iris.

'Ik heb een hekel aan naalden,' zei hij zacht, maar enorm geïrriteerd.

'Logisch,' zei Troy.

'Na alles wat je hebt meegemaakt? Na al die operaties? Je bent bang voor naalden?' vroeg Iris.

'Ik ben er niet bang voor! Ik zei dat ik er een hekel aan heb! En waarom denk je dat dat is? Misschien omdat ik ontelbare keren ben geprikt?'

'Maak je geen zorgen. Ik ben bij je. Peyton is heel aardig en kan geweldig goed prikken. En mocht je licht in het hoofd worden, dan ga je gewoon liggen en doe je je ogen dicht.' Ze keek naar Troy. 'Troy komt ook mee. Wij zorgen voor de morele ondersteuning.'

'Hoe aanlokkelijk dat ook klinkt, ik geloof dat ik het wel gehad heb voor vanavond,' zei Troy. 'Jullie redden je vast wel zonder mij. Ik blijf hier nog even zitten om mijn biertje op te drinken. Geen zorgen, ik reken wel af.'

'Doe niet zo idioot,' zei Seth, een hand opstekend om een kelner te wenken. 'Weet je dat je ontzettend bazig bent, Iris? Altijd al geweest ook trouwens.'

'Nou, ik geloof niet dat dat zo is, Seth.'

Hij vroeg de kelner om de rekening en de jongeman schudde zijn hoofd. 'Alles is op rekening van de zaak, agent. Om te laten zien dat we de hulp op prijs stellen.'

Troy leunde achterover en nam een slokje bier. 'Dan is het dus toch voordelig om mijn date met jou te delen.'

'Misschien, maar laten we daar maar geen gewoonte van maken.' Seth stond op en haalde een briefje van twintig uit zijn zak dat hij aan de jongeman gaf. 'Bedank Cliff voor het gebaar en stop dat maar in de fooienpot.'

Toen drukte hij het laatste restje ijs tegen zijn lip en begeleidde Iris naar buiten.

'Zul je als een brave jongen achter me aan rijden naar de kliniek?' vroeg ze.

'Stel dat ik gewoon de andere kant uit rij?'

'Dan bel ik je moeder,' dreigde ze.

'Weet je Iris, ik had stille hoop om mijn mond vanavond te gebruiken...'

'Dan heb je pech, Seth. Je had geen schijn van kans om die op mij te gebruiken, dus rij nou maar gewoon naar de kliniek, dan kom ik wel achter je aan. Daarna staat het je vrij om naar huis te gaan. Hopelijk heb je wat ijs in voorraad.'

Hoofdstuk 7

Peytons auto stond voor de kliniek geparkeerd; ze was toch sneller geweest. Binnen brandde het licht en de deur was open. 'O, hemel, dat doet vast pijn. Heb je ook loszittende tanden?' waren de woorden waarmee ze Seth en Iris begroette.

'Nee,' zei Seth.

'Nou ja, zolang ze er nog in zitten, groeien ze doorgaans wel weer vast. Loop maar even mee naar achteren. Iris, zou jij de deur even op slot willen doen? Laat dat bordje Gesloten maar hangen.'

Seth volgde Peyton en Iris volgde Seth. Peyton bracht hen naar een van de spreekkamers. Er was een behandeltafel, een wastafel en een kast die tot aan het plafond reikte en tot de nok toe gevuld was met medische artikelen. Er waren ook twee kindjes in pyjama. Het jongetje zat op de behandelkruk en het meisje op de enige gewone stoel die er stond.

'Will en Jenny, wat doen jullie hier?' vroeg Peyton. 'Jullie zouden in de wachtkamer wachten.'

'We willen kijken,' zei Jenny.

'We zullen heel stil zijn,' voegde Will eraan toe.

'Tja, ik weet het niet,' zei ze, Seth vragend aankijkend. Die haalde zijn schouders op.

'Vooruit dan maar. Ga daar maar even zitten, Seth. Het zal niet lang duren. Over tien minuten sta je weer buiten.' Ze trok een paar latex handschoenen aan en onderzocht zijn lip. 'Het valt mee, maar er moeten wel een paar hechtingen in. Vijf of zes misschien...'

'Zes?' vroeg hij nogal luid.

'Ik ga het volgende doen. Om te beginnen ga ik de wond schoonmaken met een desinfecterend middel. Dan hecht ik eerst de binnenkant van je lip, waar je tanden doorheen zijn gegaan, en daarna de buitenkant. Op die manier geneest de wond aan de buitenkant niet als eerste en ontstaat er geen ontsierend littekenweefsel. Je wilt per slot van rekening niet de rest van je leven met een pruillip lopen, toch?'

'Maakt me niets uit,' zei hij met een pruillip.

Iris sloeg haar armen over elkaar en keek hem aan. Ze probeerde de boodschap door te geven dat hij niet zo kinderachtig moest doen, maar ze had geen idee of die doorkwam. Mannen waren in veel opzichten allemaal hetzelfde. Seth draaide zijn hand niet om voor een confrontatie met een paar beren van kerels die hem het liefst in elkaar zouden slaan, maar bij de gedachte aan een paar kleine hechtinkjes brak het zweet hem uit.

Peyton legde een doek om Seth heen en bette zijn lip met een roodbruine vloeistof. Toen ze een injectiespuit pakte, trok hij wit weg. Iris was niet de enige die dat zag. Peyton zag het ook. Iedereen zag het.

'Ik ga het alleen even verdoven,' zei Peyton.

'Het is maar een klein prikje,' zei Jenny.

'Een vliegenprikje,' zei Will.

'Weet je,' zei Peyton. 'Eigenlijk kan ik er beter bij als je even gaat liggen. Toe maar, ga maar even liggen.' De injectiespuit hield ze achter haar rug terwijl ze tegen hem praatte. Ze duwde hem zachtjes achterover en haalde toen met een snelle beweging de spuit tevoorschijn. Terwijl ze met haar ene hand zijn hoofd vasthield, gaf ze hem met de andere een klein prikje.

'Au!' zei hij.

Zonder te aarzelen gaf ze hem nog twee prikjes, trok toen zijn lip naar voren en stak nog twee keer toe voordat hij kon protesteren. Daarna legde ze de spuit in een bakje. 'Je staat in een mum van tijd weer buiten,' zei ze, terwijl ze een steriele verpakking opende die de materialen bevatte die ze nodig had. Ze haalde er een naaldvoerder uit en tikte even tegen zijn lip. 'Voel je dat?'

'Wat?'

'Nee, laat maar. Als je je hoofd nog even stilhoudt...' Ze pakte een kromme naald op met de naaldvoerder en bracht een paar hechtingen aan aan de binnenkant van zijn lip, legde er een knoopje in en knipte de draadjes af. Toen deed ze hetzelfde aan de buitenkant. Een knoopje erin, afknippen, klaar. Tot slot dekte ze de hechtingen af met een verbandje, trok haar latex handschoenen uit, legde alles netjes terug in het bakje en dekte dat af met de doek waarmee ze zijn kleding had beschermd. 'Klaar. Morgenochtend mag dat verband eraf. Voorzichtig met scheren. Over een week tot tien dagen terugkomen om de hechtingen eruit te halen.' Ze raakte bijna nadenkend het litteken op zijn wang aan. 'Ik weet niet wie dit heeft gehecht, maar dat is echt mooi gedaan.'

Seth ging rechtop zitten. 'Ja, zeker gezien het feit dat mijn wang zo ver open lag dat je mijn kiezen zag.'

Will kwam voor Seth staan en reikte hem een lolly aan. 'Als het klaar is, krijg je altijd wat lekkers.'

'Heb je hulp nodig om de boel op te ruimen?' vroeg Iris. 'Of af te sluiten?'

'Nee, het is goed zo. Het kost me niet meer dan vijf minuten. Dan gaan we met zijn drieën terug naar huis, kijken de film af en stop ik deze boefjes in bed,' zei Peyton.

'Dank je wel dat je hierheen wilde komen,' zei Seth.

'Jij zou hetzelfde voor mij doen, toch?'

Even later stonden Iris en Seth buiten voor de kliniek. 'Je bent heel flink geweest,' zei ze, waarna ze begon te lachen.

Seth peuterde de lolly uit de verpakking en stak hem in zijn mond. 'Ik had heel andere verwachtingen van deze avond.'

'Dat kan ik moeilijk geloven,' zei ze. 'Kom op, ik trakteer op een ijsje. Laten we teruggaan naar Cliff's, daar krijgen we er vast wel eentje gratis.'

'Ik ga niet terug daarheen.' Hij keek op zijn horloge. 'McDonald's is nog open. Laten we daarheen gaan. We kunnen het in de auto opeten. Jij rijdt.'

'Dat lijkt me een goed plan. Dan zet ik je daarna hier af bij je auto. En agent, gedraag je een beetje, want anders moet je de andere kant van je mond ook nog laten hechten.'

'Waar zie je me voor aan? Ik heb geen zin om nog een keer een dreun van een of andere vechtersbaas te krijgen.'

Nadat ze bij de drive-in waren geweest, zette Iris de auto op het parkeerterrein van het fastfoodrestaurant. Seth had een vanille-ijsje, zelf had ze een vanille-ijsje met chocola, aardbeien, gekleurde hagelslag en slagroom. Aangezien er vanavond geen thuiswedstrijden waren, was het parkeerterrein vrijwel verlaten.

'Troy hoopte op een gezellig avondje met jou alleen,' zei Seth.

'Nee,' zei ze.

'Jawel. Ik gooide roet in het eten.'

'Tegen een behoorlijke prijs,' zei ze. 'Waarom ben je eigenlijk teruggekomen?'

'Hoe bedoel je?'

'Naar Thunder Point,' verduidelijkte ze.

'Afgezien van het feit dat ik hier geboren ben? Tja, er zijn nogal wat losse eindjes hier.'

'O? Ben ik daar ook een van?'

'Jazeker, al had ik geen idee hoe los tot die keer dat ik het gras bij je maaide. Een andere reden is mijn vader. Die is inmiddels tweeënzeventig en nog geen greintje milder geworden. Integendeel zelfs, denk ik. Hij is nog steeds kwaad op me, maar om heel andere redenen. Ik wil proberen hem zover te krijgen dat hij die woede loslaat, omwille van mijn moeder. Ze vindt het vreselijk dat Norm me afwijst en zich zo vijandig naar me opstelt.'

'Ik begrijp niet waarom hij zo kwaad is.'

'Hij denkt dat ik de wereld bij de ballen had en alles weggooide met dat ongeluk. Norm was enorm teleurgesteld – hij had zulke hoge verwachtingen van me. Heel Thunder Point was trots op me toen ik vertrok om te gaan studeren. Ik had een fantastisch eerste jaar en werd als klap op de vuurpijl ook nog eens gerekruteerd door een van de betere profclubs. Ik denk dat het nooit bij mijn pa is opgekomen dat ik dan weliswaar op school en in mijn eerste jaar een topspeler was, maar dat er geen enkele garantie bestond dat ik zou worden geselecteerd voor de nationale competitie. God, ik had dat eerste seizoen mijn knie wel aan poeier kunnen spelen, of iets aan mijn hoofd kunnen krijgen. Football is een ruige sport.'

'Je had in Seattle ook aangereden kunnen worden door een bus. Zou hij dan ook zo kwaad zijn geweest?'

'Waarschijnlijk wel. Ik heb geprobeerd om het zijn probleem te laten zijn, maar ik denk dat hem dat geen goeddoet, en mijn moeder al helemaal niet. Mijn broers hebben er ook genoeg van. Familiebijeenkomsten zijn daardoor nooit echt gezellig. Ik wil er alles aan doen wat ik kan om de situatie te veranderen, maar het wordt me steeds duidelijker dat ik dat misschien niet kan.'

'Maar je gaat het wel proberen.'

'Ja, dat zeker,' zei hij. 'Ik hou van mijn vader. Hij mag dan geen prettig gezelschap zijn, maar hij is wel mijn vader. En mijn grootste losse eindje.'

Daar moest ze even om lachen, maar meteen werd ze weer serieus. 'Hoe zit het met Sassy? Ook een los eindje?'

Hij keek haar verbaasd aan. 'Sassy?' vroeg hij vol ongeloof. 'Iris, ik wist niet eens dat ze hier nog woonde.'

'Ik geloof dat ze een paar keer is vertrokken en ook weer teruggekomen. Ze was wel klaar met dit gat.'

'Ik had geen idee dat ze met Robbie Delaney getrouwd was,' zei hij. 'Dat hoorde ik pas na mijn terugkeer.'

'Twee keer zelfs,' zei Iris. 'Ik weet geen details, want vriendinnen zijn we nooit geweest. Maar ze is korte tijd met hem getrouwd geweest toen ze nog heel jong waren, daarna van hem gescheiden, nog een keer met hem getrouwd en weer gescheiden. Ik meen dat er ook nog sprake was van een andere echtgenoot, maar dat weet ik niet zeker. Ik zag dat je laatst bij de thuiswedstrijd met haar stond te praten...'

'Ze kwam naar me toe,' zei hij. 'Ik val nogal op tegenwoordig. Vooral in uniform.'

'Je leek je anders goed te amuseren,' merkte ze op.

'Ik ben de lokale wetsdienaar,' zei hij, een paar schepjes softijs langs zijn hechtingen lepelend. 'Ik doe mijn best om vriendelijk te zijn tegen iedereen die me aanspreekt, hoe irritant die persoon misschien ook is. Maar ik heb wel tegen haar gezegd dat ik niet met haar uit wil, niet om over vroeger te praten, niet om koffie te drinken, helemaal nergens voor.'

'Dus ze heeft je wél uitgenodigd!'

'Iris, sinds de middelbare school heb ik geen moment meer aan Sassy gedacht. Ik heb vroeger een paar maanden verkering met haar gehad, en daar bewaar ik geen plezierige herinneringen aan.'

'Ik ook niet,' zei ze tamelijk beheerst. Ze schraapte haar keel. 'Ze is niet dik en ze mist geen voortand.'

Hij lachte. 'Ik stond mooi te kijk,' zei hij. 'De eerste keer kwam ik haar tegen in de bar van Cliff's. Ik had afgesproken met Mac en zij kwam iets te eten halen. Ik kon het beeld dat jij van haar had geschetst maar niet uit mijn hoofd krijgen, met als gevolg dat ik niet kon ophouden met lachen. Ze beschuldigde me ervan dat ik haar uitlachte en liep boos weg. Het was om je dood te schamen.' Hij wreef even in zijn ogen. Toen hij opkeek, zag hij Iris grijnzen. 'Ik bedoel, goddorie, ze heeft roze haar. En ze kleedt zich alsof ze nog op school zit.'

'Sorry,' zei ze.

'Daar meen je niets van. Je vond het altijd al leuk om mij in de problemen te brengen.'

'Dat valt wel mee. Wat had dat trouwens te betekenen, die attenties die je voor mijn deur zette?'

Hij liet het romige ijs op zijn tong smelten. 'Ik warm je op. Ik heb veel dingen fout gedaan, dat weet ik heus wel, maar jij bent net een blok ijs, Iris. En zo verdomd onverzoenlijk.'

'Ik vergeef je alles,' zei ze. 'En hou nu maar op.'

'Ik hou op wanneer ik overtuigd ben. Bovendien heb ik me niet zo uitgesloofd als Troy. Ik ga je laten zien dat ik niet meer die jongen van toen was. Ik ga proberen je terug te krijgen.'

'Dat is geen manier om tegen me te praten, Seth,' zei ze gemeend. 'Dat kun je niet doen. Je moet ermee ophouden. Anders zul je me verdriet doen.'

'Ik ga je geen verdriet doen. Ik wil dat je me weer vertrouwt.'

'En wanneer je van gedachten verandert? Weggaat en niet meer weet wat er is gebeurd of... of wie ik bén? Wanneer je weer een aanval van vergeetachtigheid krijgt?'

Hij schudde zijn hoofd. 'Je hebt geen idee hoe erg het me dwarszit dat ik alles ben vergeten, omdat ik altijd wilde dat...' Hij zweeg. 'Luister –'

'Stop.' Ze draaide zich naar hem toe. 'Ik wil een paar dingen tegen je zeggen. Dingen die gezegd moeten worden.' Ze haalde diep adem. 'Ik was nog maar een meisje, Seth. Inmiddels ben ik een expert geworden wat meisjes betreft en ik kan je wel vertellen dat ze niet zo makkelijk over zulke dingen heen stappen. Dat lukte mij ook niet. Ik ben bereid om je excuses te aanvaarden, bereid om door te gaan, bereid om te zeggen dat het vergeven en vergeten is. Ik ben inmiddels volwassen, maar ik reageer nog even slecht op misbruik of verwaarlozing. Hoor je wat ik zeg, Seth? Want als je nog een keer met mijn gevoelens speelt, is er geen garantie dat ik dat laat passeren. Dan is een simpel excuus niet voldoende. Integendeel, dat zou ons tot gezworen vijanden maken.'

Hij was even stil. 'Dat weet ik, Iris, en dat kan ik je niet kwalijk nemen. Al wil ik wel even zeggen dat ik je niet opzettelijk heb gekwetst. En dat zal ik ook nooit doen.'

'Mooi zo. Wees dan maar voorzichtig.'

'Beloofd.'

'Geen gekke fratsen,' zei ze, voordat ze een grote hap ijs nam.

'We gaan binnenkort een hapje eten samen. Niet in Thunder Point,' stelde hij voor.

'Nee,' zei ze. 'Dat zou onder het kopje Gekke fratsen vallen.'

'Nee, dat zou onder het kopje Eten vallen,' zei hij. 'Je bent uit eten geweest met Troy. Een vriendschappelijk, niet-romantisch etentje...'

'Troy is een ander verhaal.'

'Hij mag je wel cadeautjes geven en ik niet?'

'Dat klopt, en weet je waarom? Omdat Troy mijn maagdelijkheid niet heeft gestolen en mijn hart gebroken en omdat hij mijn vriend en collega is. Hij en ik hebben een volwássen relatie.'

'Troy is verliefd op je.'

'Dat is bespottelijk,' zei ze. 'Troy en ik hebben een overeenkomst.'

'Werkelijk?' vroeg hij. 'Vriendjes voor de seks?'

'Hé,' zei ze, en ze gaf hem een stomp. 'Ik heb met niemand seks!'

Met een pijnlijk gezicht wreef hij over zijn arm. 'Dat is bemoedigend,' zei hij. 'Waarom wil je me toch altijd slaan?'

'Geen idee. Dat heb ik verder met niemand. Net of ik weer acht ben of zo.'

'Probeer daar wat aan te doen, oké? Je bent sterker dan je lijkt.'

'Ik had je vanavond kunnen helpen,' zei ze. 'Ik had een van die knapen kunnen vasthouden terwijl jij je met die andere bezighield. Net als vroeger op het schoolplein. We kwamen altijd voor elkaar op.'

'Toen waren we nog heel klein, Iris. Ik zou nu niet meer willen dat je mijn eer verdedigt. Maar ik wil wel graag dat je ophoudt me te meppen!'

'Je was zo'n felle donder, maar ik kon je hebben,' zei ze. 'Trouwens goed dat je Keith Urban toen zijn kapsel hebt teruggegeven.'

'Lijkt het je echt verstandig om het onderwerp "haar" ter sprake te brengen, Miss Brillo?'

'Weet je, ik zou een trauma voor het leven kunnen

krijgen door dat soort ondoordachte opmerkingen.' Ze lachte er echter vrolijk bij. 'Je zag er echt heel wild uit toen. Met dat lange goudblonde haar terwijl de anderen allemaal een kort koppie hadden, leek je zo weggelopen uit de jungle...'

'Mijn moeder vond het mooi,' zei hij. 'En verder kun je me nu echt niet meer hebben, dus handen thuis graag voortaan.'

'Je hebt het vanavond uitstekend aangepakt, Seth. Ik heb staan kijken vanuit de eetzaal.'

'Heb je gezien dat ik een optater kreeg?'

'Een elleboogstoot,' zei ze. 'Min of meer per ongeluk. Maar je hebt het prima gedaan. Ik was echt onder de indruk. Volgens mij ben je ook langer dan vroeger. Hoe lang ben je precies?'

Hij keek haar aan. 'Een meter drieëntachtig of een meter vierentachtig, afhankelijk van het been waarop ik sta.'

Ze barstte in lachen uit.

Zo zaten ze op het parkeerterrein samen hysterisch te lachen. Het ijs was allang op of allang gesmolten toen Iris hem terugbracht naar zijn auto, die nog voor de kliniek geparkeerd stond.

Doordat Grace het zaterdag druk had met bruiloften, kreeg Iris de kans niet om haar alles te vertellen over de vrijdagavond die meer dan boeiend was uitgepakt. Toen belde Seth op zondagochtend. Hij lispelde zo charmant dat het haar moeite kostte om niet te gaan lachen. 'Zullen we vanavond ergenf een hapje gaan eten? Misschien ietf verderop waar niemand onf kent? Cooth Bay miffchien?'

Ze drukte een hand tegen haar mond. 'Hoe is het met je lip,' bracht ze met moeite uit.

'Die if dik. Maar wat vind je?'

'Prima. Over een paar weken. Ik ga het je niet al te gemakkelijk maken, Seth. Ik ben nog steeds op mijn hoede.'

'Tja, eigenlijk fnap ik dat beft.'

Ze kon haar lachen niet langer inhouden. Dat hele weekend verscheen er zelfs een glimlach op haar gezicht steeds wanneer ze aan hem dacht. Soms begon ze zelfs hardop te lachen. Van de knorrige koppigheid om gewoon door te eten al bloedde hij op zijn brood tot zijn angst voor naalden en het goedmoedige gekibbel bij een ijsje – stuk voor stuk dingen die haar eraan herinnerden hoe ze zijn gezelschap gemist had. Niettemin was ze vastbesloten haar hart tegen hem te wapenen. Hij had het haar al een keer ontstolen, ze was niet van plan mee te werken aan een herhaling.

Het goede gevoel hield ook die maandagochtend aan, al was het weer kil en nat en hingen de wolken laag boven de stad. Er zouden dit jaar niet veel dagen meer komen waarop ze op de fiets naar school kon. En vandaag was duidelijk een autodag.

Met een glimlach op haar gezicht stond ze voor de deur van haar kamer de leerlingen te begroeten. Hier voelde ze zich thuis; hier hóórde ze thuis, wist ze.

Rachel Delaney liep langs en groette in het voorbijgaan. Net als Seth had ze een dikke lip, alleen hoefde die van haar gelukkig niet gehecht te worden.

Iris trok even aan haar trui. 'Hé, hoe gaat het ermee?' vroeg ze.

Rachel lachte flauwtjes, een hand naar haar mond brengend. 'Goed hoor, Miss McKinley.'

'Tand door de lip?'

Rachel giechelde. 'Cammies schuld. We waren afgelopen weekend een paar sprongen aan het oefenen en daarbij kreeg ik een knie in mijn gezicht. Afschuwelijk gezicht, hè? Maar goed, ze had ook mijn neus kunnen breken. Dat was nog veel erger geweest!'

'Hopelijk hebben jullie die specifieke sprong eruit gehaald,' zei Iris.

'Volgens mij hebben we die nu aardig onder de knie,' zei Rachel. 'Al denk ik dat ik volgende keer spring en iemand anders maar laat vangen.' Ze probeerde nog een keer te glimlachen.

Brett Davis dook achter Rachel op met slaperige, sexy ogen. Hij liet zijn armen om haar middel glijden. 'Goeiemorgen, Miss McKinley.'

'Hoe is het ermee, Brett?' vroeg ze. Tenzij ze het laatste nieuws gemist had, was Brett de grote bink van de school. Hij was een populaire footballspeler in een stadje waar football koning was, een jaar ouder dan Rachel. Ze leken het ideale stel, Ken en Barbie maar dan sexy. Iris wist er alles van maar zou er nooit aan wennen, dacht ze, die kinderen met hun gierende hormonen.

'Prima. Afgelopen vrijdag hebben we Franklin High in Bandon compleet ingemaakt.'

'Dat heb ik gehoord. Gefeliciteerd!'

'Dank u wel. Het was geweldig.'

Toen nam hij zijn vriendinnetje mee, liefkozend zijn neus tegen haar slaap drukkend, zijn arm om haar middel. Hij leek zo op Seth vroeger – beleefd, knap, voorkomend. Voor zover Iris kon beoordelen was hij bovendien een goede leerling. Ze vroeg zich af of Rachel hem hielp met zijn huiswerk, net zoals zij bij Seth had gedaan.

Rachel leek een lieve en opgewekte meid. Haar moeder daarentegen was een verwaande ijdeltuit geweest, minachtend tegenover meiden die ze als inferieur beschouwde en alleen geïnteresseerd in jongens. In Rachel was niets van dat alles merkbaar – het strekte Sassy tot eer dat ze haar kennelijk goed had opgevoed.

Iris bleef op de gang staan tot de bel ging. Toen zocht ze haar bureau op. Elk najaar waren de eindexamenleerlingen druk met het kiezen van een studie, kijken welke beurzen beschikbaar waren voor getalenteerde sporters, leerlingen met hoge cijfers of leerlingen die geen geld hadden voor een universitaire studie, terwijl Iris het examenrooster opstelde. De leerlingen uit de onderbouw kregen een eerste toelatingstest voor de kiezen, en oudere leerlingen die de eerste keer gefaald hadden, kregen een herkansing. Ze had bijlessen ingeroosterd. Ze had bijeenkomsten met grotere groepen leerlingen die ze vragenlijsten liet invullen om te helpen bij het kiezen van een studierichting. Er waren toelatingsexamens voor universiteiten en selectiedagen. Afgezien van de examentijd was dit waarschijnlijk de drukste tijd van het schooljaar.

Halverwege de ochtend verscheen Troy in de deuropening. 'Heb je even?'

Ze keek op. 'Ja, natuurlijk.'

'Ze heeft een dikke lip,' zei hij.

Ze glimlachte naar hem. Er waren maar weinig docenten die zo met hun leerlingen begaan waren als hij. Hij probeerde zijn vrienden altijd wijs te maken dat hij leraar was geworden omdat hij op die manier genoeg vrije tijd had om zijn extreem dure hobby's uit te oefenen. Maar Iris beschouwde hem als een superleraar. Hij blonk in vrijwel elk aspect van het leraarschap uit.

'Ik heb Rachel vanmorgen gesproken. Ze vertelde me dat ze bij het trainen van een bepaalde sprong met haar vriendin Cammie een knie in haar gezicht had gekregen. Dat klonk heel aannemelijk.'

'Precies. Alleen heeft ze praktisch elke week dat soort akkefietjes.'

'Het zijn jonge meiden, Troy. Die zijn niet altijd even voorzichtig. Zijn je ook andere dingen opgevallen? Depressiviteit? Isolement? Strenge regels van thuis waardoor ze niet uit mag met vriendinnen of naar schoolfeesten gaan? Iets?'

'Nog niet,' zei hij. 'Maar er zit een luchtje aan.'

'Ik hou het in de gaten. En ik waardeer het zeer dat jij dat ook doet. Ik heb de gymlerares gevraagd een oogje in het zeil te houden – met gym hebben ze alleen zo'n miniem pakje aan en als er sprake is van blauwe plekken, dan ziet zij dat ongetwijfeld. Maar volgens haar is er tot nu toe niets aan de hand.'

'Hou je ogen open alsjeblieft,' zei hij. Toen haalde hij een stukje papier uit zijn zak en gaf dat aan haar. Er stond een enkele naam op geschreven. Misty Rosario. 'Ken je haar?' vroeg hij.

'Ik weet wie ze is maar ik geloof niet dat ik haar vaak gesproken heb.'

'Misty is een tweedeklasser. Ik heb maar één tweede klas en die beschouw ik als een ramp, maar Misty is een uitzondering. Ze is ontzettend pienter. Ik heb voorgesteld dat ze vast een universitaire toelatingstest gaat doen om te weten wat dat inhoudt en hem dan volgend jaar serieus te doen. Dat wilde ze niet. Verder is ze de laatste tijd erg stil en teruggetrokken. Ik heb geprobeerd met haar te praten maar ik moet erg op mijn tellen passen.'

'Uiteraard,' zei Iris.

'Het gaat om een meisje van vijftien,' voegde hij er ten overvloede aan toe. Hij kon niet onder vier ogen met haar praten, dat zou verkeerd kunnen overkomen. 'Maar ik kan haar wel naar jou sturen en dan kun jij haar vragen waarom ze die universitaire toelatingstest niet wil afleggen. En er misschien achter komen waarom ze zo somber is.'

'Somber, onhandig, gebrek aan zelfvertrouwen, nerveus, bang, eenzaam...' Iris somde het hele rijtje op. 'Slaan die begrippen niet op het merendeel van de tienermeiden?'

'Natuurlijk heeft elke tiener soms last van dat soort gevoelens,' zei hij, 'maar Misty heeft er bijna altijd last van. Ik zie haar vrijwel nooit meer lachen. Ze loopt alleen naar de volgende les.'

'Waarom zeg je niet wat je vermoedt in plaats van maar om de hete brij heen te draaien,' stelde Iris voor.

Langzaam schudde hij zijn hoofd. 'Ik vraag me af of

ze gepest wordt. Ik heb niets verdachts gezien, maar school is niet altijd de plaats waar dingen gebeuren. Het zou op het internet kunnen zijn. En natuurlijk kan er iets anders aan de hand zijn – ziekte in de familie, financiële problemen, haar eigen gezondheid. Ik heb geen idee, maar ze is beslist anders.'

'In welk opzicht?'

'Op zichzelf maar niet verlegen. Triest maar niet zwaar depressief. Haar geschiedenisklas zit vol herrieschoppers, daarom heb ik ze denk ik allemaal. Veel kinderen zijn ouder dan Misty. Maar ze beantwoordt vragen met zelfvertrouwen, zonder zelfs maar te blozen. Ze praat met medeleerlingen, maar is meestal alleen. Ze doet denken aan iemand die een hersentumor voor de buitenwereld verborgen wil houden.'

'Stuur haar maar langs,' zei Iris. 'Zeg maar dat ik die toelatingstest met haar wil bespreken. Ondertussen zoek ik haar dossier even op. Dan kunnen we van daaruit verder.'

'Vertel je me wat er uit dat gesprek komt?'

Ze lachte hem toe. 'Misschien. Hangt ervan af.'

'Zullen we na schooltijd een biertje gaan drinken?'

'Jee, Troy, het is pas maandag!'

'Ik hoef vanavond niet bij Cooper's te werken. En zo vaak komt dat niet voor.'

'Goed dan. Waar? Het strand?'

'Nee, veel te koud en te nat op om de steiger te zitten. Laten we maar bij Cliff's afspreken.'

Ze liep de deur bij Cliff's de laatste tijd bijna plat, dacht ze. 'Prima. Vijf uur?'

'Liever halfvijf. Om vier uur heb ik het hier echt wel gezien voor vandaag, maar ik kan natuurlijk nog even blijven om de borden schoon te vegen.'

'Goed dan,' zei ze lachend. 'Dan zie ik je daar.'

Meteen was hij verdwenen.

In een klein stadje als Thunder Point waren goede docenten dun gezaaid. Het salaris was aan de lage kant omdat de budgetten klein waren, en meer dan een ruige kustlijn en rustige inwoners had het stadje niet te bieden. Niettemin beschikten ze over een paar voortreffelijke, toegewijde leraren. Troy was een van de allerbeste. Hij had een paar jaar wiskunde gegeven aan een particuliere school, maar zijn hoofdvak was geschiedenis en toen die vacature een aantal jaar geleden vrijkwam aan de middelbare school in Thunder Point, had hij gesolliciteerd. Hij was behoorlijk door de wol geverfd voor zijn leeftijd en hij leek alle trucjes en smoesjes van de leerlingen te kennen. Hij was hun erg toegewijd; hij ontbrak bij geen enkele gelegenheid. Als het om de leerlingen ging, stonden ze helemaal op dezelfde lijn.

Waarom kon ze niet van hem houden? Dat zou alles zo'n stuk eenvoudiger maken. Ze wist bijna zeker dat Seth gelijk had; Troy was verliefd op haar. Hij zou een meer dan voortreffelijke partner kunnen zijn.

Haar grote pech was alleen dat ze nog steeds vastzat aan de jongen die jaren geleden haar hart had gebroken.

Hoofdstuk 8

Misty Morning Rosario was een klein, mager opdondertje van vijftien met nauwelijks borsten. Zoals ze daar stond met dat strakke gezicht was ze niet bepaald knap. Iris moest haar best doen om geen voorbarige conclusies te trekken over wat er mogelijk aan de hand kon zijn.

'Ik wed dat iedereen je vraagt hoe je aan die naam bent gekomen,' zei Iris.

'Zit ik in moeilijkheden?' wilde Misty weten.

'O, gos, nee. Helemaal niet. Maak je je ergens zorgen om?'

Misty schudde haar hoofd. Toen Iris bleef zwijgen, vervolgde ze uiteindelijk: 'Ik zet altijd Misty M. op mijn schoolopdrachten. Mijn ouders waren van die hippies en ik ben geboren op een... raad eens? Een mistige ochtend. Hebt u ooit zoiets stoms gehoord?'

'Tja, mijn moeder was bloemiste en die heeft me Iris genoemd. Inmiddels heb ik er vrede mee, maar als meisje vond ik het verschrikkelijk. Weet je wat me echt verbaasde? Dat zelfs meisjes met een gewone naam een hekel aan hun naam hadden! Ik denk dat elk meisje van twaalf of dertien fantaseert over een andere naam.'

'Echt waar?'

'Zelfs meisjes die Kate of Mary of Sue heten,' zei Iris. 'Hoelang woon je al in Thunder Point, Misty?'

'Iets van twee jaar. Sinds het begin van de brugklas.'

'Je hebt geweldige cijfers gehaald. Ben jij de oudste thuis?'

Ze knikte. 'Ik heb nog een jonger broertje. Die haalt niet zulke hoge cijfers doordat hij zijn huiswerk laat waaien.'

Iris lachte en zag dat Misty zich begon te ontspannen. 'Wist je dat oudste kinderen het vaak het verste schoppen in het leven, vooral qua leerprestaties? Ze beschikken over de meeste leiderscapaciteiten, wat misschien niet zo vreemd is.' Ze praatten een tijdje over de delicatessenzaak van Misty's ouders in Bandon. Die was wat groter dan de zaak van Carrie en er stonden ook tafeltjes waaraan gegeten kon worden. In het weekend hielp Misty mee in het bedrijf. Haar vader was Portugees en veel van de gerechten die ze verkochten waren recepten afkomstig uit zijn familie. Daarna spraken ze over alles wat Iris maar kon bedenken – van honden en grootouders tot babysitten.

'Ik had het eerder vandaag met Mr. Headly over jou. Hij vertelde dat je zulke hoge cijfers haalt dat het hem een goed idee leek dat je dit jaar de toelatingstest bij wijze van proef doet en...'

Misty sloeg haar ogen neer. Ze haalde haar schouders op en vouwde haar handen zo stijf in elkaar dat haar knokkels wit werden.

'Wat is er, Misty? Wat zit je dwars? Je komt er vast met gemak doorheen. En afhankelijk van je score zou je hem volgend jaar echt kunnen doen. Met wat training zou je dan met vlag en wimpel moeten slagen. En mocht je dit jaar al een uitstekende score halen, dan kun je die gewoon laten staan.'

Ze haalde haar schouders nog een keer op.

'Over studeren gesproken... maak je je zorgen over de kosten? Over het huis uit gaan? Ben je bang dat een studie te moeilijk voor je is?'

'Studeren interesseert me gewoon niet zo,' zei Misty zacht.

'Dat verbaast me echt. Maar goed, die beslissing hoef je nu nog niet te nemen. En volgend jaar ook nog niet. En zelfs als je al in je eerste jaar zit, kun je nog gewoon stoppen, mocht je tot de conclusie komen dat studeren niets voor je is. Maar het is altijd zinvol om voorbereid te zijn voor het geval je je bedenkt.'

'Op dit moment voelt dat niet zo.'

'Het lijkt vast allemaal nog heel ver weg,' zei Iris, waarna ze er vriendelijk aan toevoegde: 'Misty, kijk me eens aan.'

Misty hief haar ogen op en het verraste Iris niet te zien dat het meisje bijna in tranen was. Ja, Troy had gelijk. Er was beslist iets mis. 'Wat zit je toch dwars, liefje?' vroeg ze. 'Zeg het maar. Alles wat we bespreken, blijft tussen deze vier muren.'

'U zegt het zelfs niet tegen Mr. Headly?' vroeg het meisje zachtjes.

'Vooral niet tegen Mr. Headly,' verzekerde Iris haar. 'Dit blijft onder ons.'

'U snapt het vast niet.'

'Och, dat weet ik niet. Ik doe dit werk al een tijdje en ik denk dat ik het meeste wel heb gehoord. En nog wat... wedden dat ik me toen ik jonger was zorgen maakte over dezelfde dingen als jij?'

Het meisje aarzelde nog steeds. Ze beet op haar lippen en leek een afweging te maken. Toen zei ze bijna fluisterend: 'Op zo'n grote school zou ik helemaal alleen zijn.'

Wat Iris ook had verwacht, dat niet. 'Waarom denk je dat?'

Weer dat verlegen schouderophalen. 'Omdat ik daar geen vrienden heb.'

'Hoe weet je dat zo zeker?'

'Hebt u ooit een beste vriendin gehad?'

'Jazeker.'

'En heeft die u ook laten vallen?'

'Nou, om je de waarheid te zeggen, is me dat inderdaad overkomen. Dat was niet fijn. Is dat wat er gebeurd is?'

Misty knikte. Haar ogen stonden vol tranen. Het was een wonder dat ze niet over haar wangen liepen. 'Mijn beste vriendin sinds de brugklas heeft een nieuwe beste vriendin gevonden. En ze mogen me niet.'

'Word je misschien gepest, Misty?' vroeg Iris. 'Als dat zo is, kun je het gerust tegen me zeggen.'

Ze schudde haar hoofd. 'Ze... Stephanie... was mijn beste vriendin. We hadden wel meer vriendinnen, maar zij was echt mijn beste vriendin. Wel twee jaar. Nu is ze Tiffs beste vriendin en tel ik niet meer mee. Nou doet ze alles samen met Tiff – we bellen en sms'en elkaar niet eens meer. Ze lunchen samen en doen samen spelletjes. Als ik er dan soms bij kom zitten, dan lachen en praten ze gewoon door en doen net of ik niet besta. Na schooltijd doen ze samen leuke dingen en ik mag nooit meedoen.'

Iris fronste haar wenkbrauwen. 'Doen ze rot tegen je of zeggen ze nare dingen?'

'Tiff soms wel en dan zegt Stephanie dat ze dat niet moet doen, maar ze wil nog steeds beste vriendinnen met háár zijn en niet met mij. Ik baal ervan. Ik kom er vast wel overheen, maar nu baal ik ervan.'

'Omdat het je kwetst,' zei Iris. 'Wat spijt me dat voor je. Drie lijkt nooit te werken. Ik weet niet waarom, maar zo is het nu eenmaal. Is dat de reden dat je die test niet wilt doen?'

'Ja, eigenlijk wel. Mijn moeder zegt dat ik het me niet zo moet aantrekken, dat ik betere vriendinnen verdien, dat ik dit over vijf jaar waarschijnlijk helemaal vergeten ben.'

'Misschien heeft ze daar wel gelijk in, maar zulke dingen zijn altijd gemakkelijker gezegd dan gedaan. Het heeft tijd nodig. Ik begrijp het helemaal. En misschien kijk je over een tijdje heel anders naar vriendinnen en studeren en toelatingstests. Misschien volgend jaar al.'

'Ik hoef niet ergens naartoe waar ik toch niet pas.' Misty haalde haar neus op en veegde haar ogen af. 'Ik kan maar beter eerlijk tegen mezelf zijn. Ik zal nooit cool zijn.'

Iris schoof de doos met tissues naar haar toe. 'Dat is niet waar. Je hebt alles mee om leuk gevonden te worden. Je bent aardig, je bent pienter, je bent begaan met anderen.'

'Ik zie eruit als een lelijk basisschoolkind zonder borsten.'

'Wees eerlijk tegen me, Misty. Is er sprake van duwen, trekken, knijpen, boeken uit je armen slaan, online stalken, geroddel over je op internet? Pesterijen?'

Ze schudde haar hoofd. 'Nee. Steph wil gewoon geen vriendinnen meer zijn en Tiff heeft de pest aan me, dat is alles. Als u dit aan íémand vertelt, ga ik dood. Want ik ben géén baby meer!'

Iris had die meiden het liefst laten halen om ze eens goed de waarheid te zeggen. Misty had er niets aan, maar Iris wist dat Tiffany waarschijnlijk problemen had. Misschien was het onzekerheid. Misschien was ze verwend. Of kwam ze gewoon uit een gezin waar het normaal was om elkaar het leven zuur te maken. Valse meiden. Die zouden er altijd zijn. Een leven lang.

'Dit had ik echt niet verwacht,' zei Iris. 'Maar goed, terwijl jij aan de slag gaat om dit achter je te laten en nieuwe, betere vriendinnen probeert te vinden, heb ik een vraag voor je die hier helemaal niets mee te maken heeft.'

'Wat dan?'

'Heb je een studie-uur?'

'Vijfde uur, meteen na de lunchpauze. Hoezo?'

'Heb je die tijd nodig voor school? Voor huiswerk?'

'Soms maak ik mijn huiswerk in die tijd, maar ik lees ook vaak een boek. De lessen zijn pittig... ik zit eigenlijk niet te wachten op nog meer leerstof.'

'Nee, ben je gek! Ik heb je dossier bekeken – je volgt het programma voor hoogbegaafde leerlingen, zag ik.

Nee, ik vroeg me alleen af of je misschien liever op kantoor wilt werken tijdens je studie-uur. Dat wil zeggen... mijn kantoor.' Ze wees op de lage kast achter haar bureau waar notitieblokken, papieren en mappen hoog opgetast lagen. 'Dat is allemaal materiaal voor de training voor de toelatingstest, studie-eisen, informatie over de diverse universiteiten, beurzen – allemaal dingen die ik probeer bij te houden. Al dat materiaal moet uitgezocht worden, aan elkaar geniet en in aparte mappen gestopt. Op die manier zorg ik ervoor dat elke leerling toegang heeft tot alle informatie die hij of zij nodig heeft voor de latere studie. En omdat jij toch die training niet gaat volgen, hoopte ik dat jij me in je studie-uur een handje kon helpen.'

Misty fronste haar wenkbrauwen en keek haar achterdochtig aan. 'Wilt u me die manier zover krijgen dat ik alsnog die test ga doen?'

Iris schoot in de lach. 'Nee, ik wil dat materiaal op orde hebben! Ik zit te springen om een stagiaire en die heb ik nog niet. Er moet een tweede decaan komen en die heb ik ook niet. Ik werk heel wat avonden en weekenden over en ik zou veel liever wat lezen. In welk boek ben jij momenteel bezig?'

Misty keek haar wat schuw aan. 'Een of andere roman. The Rosie Project...'

'Dat vond ik echt een fantástisch boek!' zei Iris. 'Maar goed, als je er oren naar hebt dan zoek ik wel een plekje voor je. En mocht je je huiswerk in die tijd willen doen, dan gaat dat natuurlijk voor. Op dagen dat je tijd hebt om me te helpen, krijg je een opdracht. Voel je niet verplicht; het is aan jou om te beslissen. Maar als je het toch druk hebt met het negeren van je ex-vriendin en haar nieuwe kliek, dan kunnen we elkaar misschien uit de brand helpen.'

Daar dacht Misty even over na; toen begon ze te glimlachen. 'Ik zou het kunnen proberen. Zien of het werkt.'

'Goed idee. Ik heb nog twee leerlingen die me helpen. Een meisje uit de onderbouw dat hier in het tweede uur meehelpt, en eentje uit de bovenbouw die hier het zesde uur is. Het begint erop te lijken dat ik mijn stagiaireprobleem toch nog kan oplossen.'

'Is dit niet alleen omdat u iets aardigs wilt doen?'

'Alleen? Kom op, zeg, zie je niet dat ik erin verdrink? Maar goed, als je studie-uur je heilig is, dan kan ik wel iemand anders vragen. Je zegt het maar. En nog wat, Misty... het is toch prima als mensen iets aardigs voor je doen? Welk gevoel Stephanie en Tiffany je ook hebben gegeven, je bent gewoon een bijzonder slimme, leuke meid. Als ik weer vijftien was, zouden we vast vriendinnen kunnen worden.'

'Aardig van u om dat te zeggen.'

'Ik zal je iets laten zien wat weinig mensen weten.' Ze trok een la van haar bureau open en haalde er een foto uit van een alledaags meisje met een wilde, bruine pluizenbos die naar één kant piekte, borstelige wenkbrauwen, enorme tanden, een bril met dikke glazen en puistjes op haar neus en kin. 'Dit ben ik. In de brugklas.'

'Wauw,' zei Misty. 'U hebt nu heel ander haar.'

'Ik heb inmiddels wat meer over mijn type haar geleerd. En met die tanden kwam het ook vanzelf goed. Ik was niet klein, ik was juist groot. Groter dan alle jongens in de klas. En alsof dat nog niet erg genoeg was, had ik ook nog eens twee linkervoeten. Mijn bewegingen zijn niet echt gecoördineerd, om het zo maar te noemen. Ik heb een keer auditie gedaan voor cheerleaden... dat was een ramp. Het was hier op Thunder Point High. De valse meiden stonden me keihard uit te lachen.'

'Waren die er in uw tijd dan ook?'

'Misty, er zijn al valse meiden sinds God een jongen was. En meiden zoals ik, die nog wat moeten groeien, wijzer moeten worden, hun weg moeten vinden in een moeilijke wereld. Trouwens, ook als je later volwassen bent, zullen er valse meiden zijn. Maar elk jaar wordt het makkelijker om te zeggen: "Hé, jij bent niet leuk genoeg voor mij". Toen ik een paar jaar geleden naar een schoolreünie ging, waren die valse meiden er nog steeds. Ze waren nog steeds knap, kregen nog steeds veel aandacht, maakten nog steeds neerbuigende opmerkingen over andere mensen. Maar ik raakte aan de praat met klasgenoten met wie ik indertijd weinig opgetrokken was, meiden die inmiddels carrière hadden gemaakt of die of heel aantrekkelijk waren geworden of het zelfvertrouwen hadden ontwikkeld dat ze nodig hadden om aantrekkelijk te líjken. Ik bewaar deze foto in mijn bureau om mezelf eraan te herinneren wie ik was, wat ik sindsdien heb bereikt en wat alle meiden op school op een bepaald moment doormaken. Die foto houdt me bij de les.'

'Mijn moeder zegt dat dit op een dag niet meer belangrijk is.'

'Misschien niet,' zei Iris. 'Maar op dit moment is het voor jou wél heel belangrijk. En mocht je erover willen praten, dan weet je me te vinden. Maak je borst nat en kom gerust langs om je gevoelens hier te dumpen...'

Misty begon te lachen. 'Ik weet niet of ik veel nat te maken heb,' zei ze, naar haar bovenlichaam kijkend.

'Ook dat komt helemaal goed. Nou, heb je tijd om me te helpen? Als je denkt van niet, dan heb ik daar alle begrip voor. En mocht je na een tijdje merken dat het toch te veel is, dan stop je er gewoon weer mee.'

'Nou, ik denk dat het wel gaat lukken. Miss McKinley, wat hebt u gedaan toen u overkwam wat mij is overkomen?'

'De eerste tijd voelde ik me behoorlijk ellendig. Het heeft een hele tijd geduurd voordat ik er overheen was, en ook al denk ik er inmiddels lang niet elke dag meer aan, vergeten doe ik het nooit. Het heeft mijn kijk op vriendschap erg beïnvloed. Ik ben op mijn hoede – ik heb geen zin om weer gekwetst te worden. Maar het is allemaal goed gekomen – ik heb fantastische nieuwe vrienden gemaakt.'

'Bedankt,' zei Misty. 'Dus meteen morgen dan maar?'

'Dat kan ik wel regelen,' antwoordde Iris. 'Ben je ooit eerder assistente geweest?'

Misty schudde haar hoofd.

'Tegenwoordig maken we veel gebruik van assistenten. De schoolzuster heeft er drie. De adjunct-directeur heeft er minstens drie. En op de administratie werken er ook verscheidene. We vormen met zijn allen een goed team. Ik denk dat we het zonder de hulp van leerlingen niet zouden redden.'

'Stel dat Tiffany het plan opvat om zich op te geven als assistente?' vroeg Misty.

Slimme meid, dacht Iris. Nu al de mogelijkheid van een potentieel conflict onderkennend. Ze glimlachte. 'Zo te horen heeft Tiffany het veel te druk om te komen helpen.'

Om kwart voor vijf liep Iris Cliffhanger's in, wetend dat Troy er al zou zijn; hij bleef nooit zonder reden hangen op school. Ze bestelde een biertje en chips. 'Dit zou wel eens het avondeten kunnen zijn,' zei ze tegen Troy.

'Ik vind het best. Hoe ging het met Misty?'

'Wat een leuke meid is dat. Heel volwassen ook, vind je niet? Er ontgaat haar niet veel. Ik heb haar cijfers bekeken – geen wonder dat je wilt dat ze die test doet. Volgt al jaren het verzwaarde programma en haalt de hoogste cijfers.'

'En heb je haar kunnen overhalen om die test te maken?'

'Nee, daar is ze op dit moment niet in geïnteresseerd. Geen zorgen, ze heeft tijd genoeg. Het is nooit een goed idee om een tiener met te veel volwassen zorgen aan haar hoofd onder druk te zetten, vooral niet als ze het echt niet zien zitten.'

'Ik zag haar het laatste uur op de gang. Ze praatte met een paar medeleerlingen en leek in een prima humeur. Wat heb je precies gedaan?'

'Ik heb met haar gepraat, geen dingen gehoord die ik nooit eerder heb gehoord, haar gerustgesteld. En vervolgens heb ik haar een baantje aangeboden.'

'Een baantje?'

'Ik vroeg of ze zin had om me met mijn papieroerwoud te helpen in haar studie-uur. Daar leek ze wel oren naar te hebben – ze zei dat ze het wel een tijdje wilde proberen. Ik heb er natuurlijk wel bij gezegd dat haar studie voorgaat en dat ze het moet zeggen als ze die tijd wil gebruiken voor schoolwerk. We hebben een paar plekken waar leerlingen die meehelpen kunnen zitten.' Haar biertje arriveerde. 'Met Misty erbij heb ik drie assistenten. Dus ik ben blij. Dank je wel.'

'Dat is alles? Je hebt met haar gepraat en haar een baantje gegeven?'

'Yep. Ik denk dat ze zich gevleid voelde. En het helpt om haar emmertje te vullen.'

'Hè?'

'Je weet wel... het emmertje...'

'Ik weet echt niet waar je het over hebt.'

'Op de basisschool hebben ze het er vaak over. Iedereen heeft een emmertje. Wanneer mensen iets aardigs tegen je zeggen, iets leuks voor je doen, je een goed gevoel over jezelf geven, dan vullen ze je emmertje. Wanneer mensen lelijk of gemeen tegen je doen of je kwetsen, raakt je emmertje leeg en je wilt natuurlijk niet met een leeg emmertje rondlopen. Daar word je verdrietig en ontevreden van. En je wilt ook de emmertjes van andere mensen niet leegmaken – ook dat maakt je ongelukkig. Je zou altijd moeten proberen om zo veel mogelijk emmertjes te vullen en je eigen emmertje zo vol mogelijk te houden door op zoek te gaan naar positieve mensen en gebeurtenissen.' Ze glimlachte.

Troy zette zijn ellebogen op de bar en liet zijn kin op zijn handen rusten. 'Wat moet ik doen om een baantje bij jou te krijgen?'

'Sociale wetenschappen studeren.' Ze nam een slok. 'Appeltje eitje. Je zou het geweldig doen.'

Aan het eind van de maand sloeg het weer om. Het werd koud en nat en de bomen verloren hun kleurrijke herfstloof. Elke ochtend stond Iris op de gang voor haar kamer en hoorde de leerlingen in het voorbijgaan hoesten en proesten. Een week voor Halloween werd de reüniewedstrijd van het team in de regen gespeeld en Iris zat op de tribune met een plastic zeiltje over haar hoofd, net als de meeste toeschouwers. Troy zat dicht tegen haar aan genesteld en deed niets anders dan de regen prijzen. Zaterdagavond was iedereen weer droog en trok zijn mooiste kleren aan voor het grote bal.

Het verbaasde Iris niet om Seth daar te zien. Ze had wel gedacht dat hij er zou zijn, al dan niet in functie. Zijn hechtingen waren verwijderd en hij droeg een pak in plaats van een uniform. Er waren trouwens helemaal geen geüniformeerde agenten op het feest, maar wel op de parkeerplaats, ondanks het slechte weer. En doordat ze de nieuwe Seth nu iets beter kende, wist ze van dat pistool bij zijn enkel.

Iris had op schoolfeesten de taak om leerlingen die

voor problemen zorgden in de gaten te houden. Ze haalde een paar meiden uit het toilet die daar stonden te roken, nam iets in beslag wat verdacht veel weg had van sterke drank van een jongen van zestien, maakt een einde aan een ruzie tussen twee jongens om een meisje, en dat alles zonder dat er klappen vielen. Ze stak haar neus in de lucht en schonk Seth een superieur lachje.

Om een uur of tien, ruim twee uur voordat de doorgewinterde leerlingen zouden vertrekken, kwam Seth naar haar toe. 'De hechtingen zijn eruit. Heb je zin om na afloop ergens wat te gaan drinken?'

'Waar dan?' vroeg ze. 'Cliff is zo laat niet meer open. En ik heb geen zin om naar Waylan's te gaan, het strand is geen doen met dit weer... Ik heb een fles drank geconfisqueerd, maar zo gek ben ik zelfs niet.'

'Bij jou thuis dan maar?'

'Leuk geprobeerd,' zei ze. 'Maar eerlijk gezegd heb ik hoofdpijn.'

'Ben je vast aan het oefenen?'

'Ik heb echt hoofdpijn,' zei ze. 'Met dank aan het weer en de klas van 2015. Je dacht zeker dat jouw werk gevaarlijk is?'

'Zal ik je anders morgen bellen?'

'Kan zijn dat ik morgen de telefoon niet opneem. Ik heb een dagje voor mezelf nodig. Het is geen smoesje dat ik hoofdpijn heb. Die zit hier,' zei ze, even op haar slapen drukkend.

'Ik kan je natuurlijk naar huis brengen, je slapen masseren...'

'Nu doe je het weer,' zei ze. 'Je probeert me te versieren. Ik dacht dat ik je al uitgelegd had dat ik niet op die flauwekul zit te wachten.'

'Daarom let ik ook juist extra op mijn woorden. Ik wil dat je me weer vertrouwt, en vroeg of laat gebeurt dat ook.'

'Dan maar laat.'

Ze bleef tot middernacht op het feest, helemaal tot het eind. Eigenlijk hoorde ze bij de schoonmaakploeg, maar ze haalde Troy over die taak van haar over te nemen. Ze pakte haar spullen, reed naar huis, trok haar flanellen pyjama aan en kroop in bed. Haar kleren liet ze gewoon op de grond liggen. Om vier uur 's nachts begon ze wat te hoesten. Om zes uur zat haar neus verstopt. Om acht uur had ze het gevoel alsof ze scheermesjes had ingeslikt. Ze nam een aspirine en gorgelde haar keel. Daarna werd het alleen nog maar slechter.

Hoofdstuk 9

Seth belde Iris aan het begin van de zondagmiddag. Hij had haar mobiele nummer van zijn moeder en brak op die manier zijn eigen regel, dat hij haar buiten de relatie met zijn jeugdvriendinnetje wilde houden. Gwen zag ineens allerlei mogelijkheden en informeerde of ze dan eindelijk weer met elkaar aan het praten waren. 'Hou op,' zei hij. 'Ik wil haar gewoon iets vragen. Dus kappen nu, oké?'

Hij belde haar met zijn moeders vaste telefoon, dus haar naam zou op het display van Iris' mobiele telefoon verschijnen.

'Iris,' zei hij.

'Ga weg,' kwaakte ze. 'Ik ben ziek.' Ze verbrak de verbinding.

Er was absoluut geen reden om te lachen, maar hij deed het wel. God, wat had hij haar gemist. Ze had zoveel pit.

Maandagochtend belde hij naar de school en vroeg naar Ms. McKinley. Hij kreeg te horen dat ze er niet was. Om drie uur belde hij haar mobiele nummer weer. 'Nog steeds ziek,' piepte ze. 'Griep. Flikker op.' En ze verbrak de verbinding.

Weer moest hij lachen, en hij schudde zijn hoofd. Eerst liep hij bij de drogist binnen en daarna bij Carries delicatessenzaak. Hij kocht wat hij nodig had en vertelde Carrie dat Iris ziek was en dat hij kippensoep wilde hebben. Gwen zou zich vereerd hebben gevoeld en misschien een tikje te opgewonden om soep voor Iris te maken, vandaar dat hij het niet aan haar wilde vragen. 'Ik zou natuurlijk naar dat zaakje in Bandon kunnen rijden, maar ik kom liever bij jou,' zei hij tegen Carrie.

'Als je het maar uit je hoofd laat om mijn klanten soep uit Bandon te geven!' brieste ze bijna. Vervolgens liep ze naar achteren en haalde een geelachtig, in folie gewikkeld blok uit de vriezer. 'Doe dit maar in een pan met een kop water erbij en laat het op een laag pitje warm worden. En hier heb ik wat beschuitjes voor erbij. Is ze erg ziek?'

'Ik heb haar nog niet gezien,' zei hij. 'Ze was een paar keer heel kort aan de telefoon en dat klonk niet best. Misschien kun je beter maar extra soep gaan maken. Pritkus heeft zich ziek gemeld en twee van zijn drie kinderen voelen zich ook niet lekker.'

'O, hemeltje,' zei Carrie, zich omdraaiend om weer naar achteren te gaan. Even later overhandigde ze Seth nog een geelachtig blok. 'Wil je dit misschien even bij Pritkus afgeven, Seth? Hij heeft een schat van een vrouw, maar koken kan ze niet. En van soep uit een blikje word je niet beter. Dit is het echte werk. Ik ga maar snel meer soep maken. Zo te horen vallen ze bij bosjes.'

'Hoeveel ben ik je schuldig?'

'Niets. Red gewoon zo veel mogelijk.'

Hij maakte een laatste tussenstop bij Pretty Petals, waar hij om een fleurig boeket vroeg. 'Voor je moeder?' vroeg Grace.

'Deze keer niet,' zei hij. 'Ze zijn voor Iris. Die heeft griep.'

Grace deinsde met een angstig gezicht achteruit. Ze sloeg nog net geen kruisteken. 'Zeg maar dat ik hoop dat ze snel weer beter is en dat ze zich hier niet moet laten zien tot ze geen virus meer in haar lijf heeft. Als je slim bent, laat je dit voor haar deur achter.'

'Ik ben niet zo gauw bang.'

Gewapend met zijn inkopen ging hij naar Iris toe.

Ze deed natuurlijk niet open en daarom belde hij haar met zijn mobiele telefoon. 'Doe open, Iris. Ik heb medicijnen bij me.'

'Ga weg,' raspte ze, waarna ze de verbinding verbrak.

Gevangenisstraf riskerend, forceerde hij het slot van de achterdeur en liet zichzelf binnen. Ze had echt betere sloten nodig, ook al was dit Thunder Point. Hij keek om zich heen en floot zachtjes. Iris was niet op een nette manier ziek. Keuken en eetkamer waren een slagveld en een blik in de zitkamer onthulde een deken en kussen op de bank, gebruikte tissues op de salontafel, de vloer en een bijzettafeltje. Er stond een prullenmand boordevol tissues en wie weet wat nog meer. Er stond ook een emmer. Een émmer? Ze was er misschien nog erger aan toe dan hij dacht. De televisie stond aan al was er niemand die keek. Op de eettafel stonden gebruikte kommetjes en glazen met daartussen nog meer tissues. En toen kwam Iris de slaapkamer uit. Of liever gezegd, ze stormde de slaapkamer uit met haar dat woest alle kanten uit piekte en een geblokte flanellen pyjama die scheef was dichtgeknoopt. 'Wat moet je hier?' blafte ze voordat ze een hoestbui kreeg die de indruk wekte dat ze op haar laatste benen liep. Ze moest op de bank gaan zitten om bij te komen. De tranen stroomden over haar wangen. Haar rode wangen.

Ergens zat het hem dwars dat hij de oorzaak van die hoestbui was. Maar voor de rest was hij er nu helemaal van overtuigd dat hij hier goed aan deed. Ze had hem nodig.

Vanaf de bank keek ze hem aan. 'Wat kom je hier doen?' fluisterde ze.

'Ik ga zorgen dat je weer beter wordt.'

'Ga alsjeblieft gewoon weg.'

Hij zette zijn inkopen op de tafel en pakte een doosje uit een van de zakken. Er zat een thermometer in. Eentje die er heel anders uitzag dan de bekende uitvoering met een zilveren punt en kwik erin. 'Ik dacht dat je misschien geen thermometer had,' zei hij.

'Misschien wel,' zei ze met een slap armgebaar. 'Ergens.'

Hij liep behoedzaam naar haar toe, 'Niet slaan. Alleen even omhoogkijken.' Hij liet de rubberen punt over haar voorhoofd glijden. Ze begon opnieuw te hoesten en hij probeerde haar adem te ontwijken. 'Ja,' zei hij. 'Je hebt koorts.'

'Wat een verrassing.'

'Je bent ziek.'

'Dat probeer ik je al twee dagen duidelijk te maken.'

Hij boog zich over haar heen, luisterde. 'Wat is dat voor geluid? Hoor je dat? Alsof er een motor loopt.'

'Wat?'

'Zit er een kat of zo onder je pyjama? Die zit te spinnen of te brommen?'

'Nee, dat ben ík!' zei ze, hoestend.

'We hebben misschien versterking nodig.'

'Jezus, Seth, laat me met rust, wil je? Ik ben zíék!'

'Je hebt zeker niet iets in huis om je te helpen beter te worden, hè?'

'Zoals?' vroeg ze, opnieuw in een scheurende hoestbui vervallend.

Hij schudde zijn hoofd, liep naar de keuken en vond een bijna lege verpakking aspirine. Hij vulde een schoon glas met water. 'Wanneer heb je voor het laatst iets tegen de koorts en zo genomen?'

'Een tijdje geleden,' zei ze. 'Ik heb alleen maar aspirine in huis.'

'Hier, neem dit,' zei hij, haar een capsule overhandigend die claimde minstens zeven van de bekende symptomen van griep te genezen. 'En ga dan een tijd onder een hete douche staan – die damp verlicht ook. En trek daarna een schone pyjama aan. Die je nu aanhebt, kun je misschien beter verbranden. Ondertussen ga ik soep voor je maken en een beetje opruimen.'

'Als je aan mijn rotzooi zit, krijg je de griep ook.'

'Ik trek latex handschoenen aan.'

'Ik heb toch zo de pest aan je.'

'Tegen de tijd dat ik klaar ben, hou je van me.'

'Reken daar maar niet op.' Ze stond op en liep de kamer uit.

Zachtjes grinnikend keek hij haar na. Ze zag eruit om

op te schieten. Hij had nog nooit iemand ontmoet die hij zo aantrekkelijk vond en die er zo beroerd uitzag. Het leek wel of ze bijna doodging, zo beroerd zag ze eruit. En zachter dan nu had hij zich tegenover haar nooit gevoeld.

Toen hij het water hoorde stromen, belde hij Scott. 'Hallo, dokter, ik ben bij Iris. Die heeft de griep behoorlijk te pakken. Ik heb haar een middeltje gegeven dat ik bij de drogist heb gehaald en ik heb keelpastilles en soep voor haar meegenomen. Misschien zou je even bij haar langs moeten gaan om te zien of het alleen griep is of dat er meer aan de hand is.'

'Hm. Misschien wel. Ik heb haar een griepprik gegeven. Hoe hoog is haar temperatuur?' vroeg Scott.

'Negenendertigeneenhalf en stijgend.'

'Dat klinkt niet zo best. Ik moet hier nog een paar patiënten afhandelen en dan zal ik even poolshoogte bij haar nemen.'

'Het ziet er niet goed uit, dokter.'

'Dat is nooit het geval, Seth,' zei Scott. 'Moet ik nog iets meenemen?'

'Alle antilichamen die je hebt.'

Voordat de douchekranen werden dichtgedraaid, had Seth schone lakens gevonden en Iris' slaapkamer wat opgeruimd. Hij wist niet of dat effect had op het verloop van de griep, maar zijn moeder deed dat altijd voor hem toen hij klein was en op een of andere manier werkte het. Hij maakte zelfs een schoon bed op de bank. Toen liep hij naar de keuken om de soep zachtjes op te zetten en ging vervolgens puin ruimen in de eetkamer en de woonkamer. Hij zorgde wel dat hij de handschoenen aanhad. Hij wilde beslist niet krijgen wat zij had.

Tegen de tijd dat ze in een schone pyjama terugkeerde in de woonkamer, was het er netjes opgeruimd en dreef er een heerlijke geur die Iris waarschijnlijk niet kon appreciëren door het huis. Haar neus was verstopt en ze moest hem voortdurend snuiten, vandaar de zee van tissues. Hij begon zelfs bijna bang te worden dat haar rode, schilferende neus er elk moment af zou vallen.

'Ga hier maar zitten, Iris,' zei hij. Hij had een glas sinaasappelsap ingeschonken en zette dat voor haar neer op de lage tafel. Toen gaf hij haar een flinke lepel hoestsiroop, bedoeld om het slijm los te maken. Ze trok een gezicht en rilde. Alle spullen die hij had gekocht stonden uitgestald op de salontafel. 'Heb je deze dingen zelf niet in huis?'

'Ik ben eigenlijk nooit ziek, al werk ik dan in een petrischaaltje en hebben de leerlingen altijd van alles.'

'Je zou deze dingen eigenlijk wel in huis moeten hebben,' zei hij. 'Thermometer, hoestdrank, anti-griepmiddel, decongestivum, paracetamol, noem maar op.'

'Edelzalf?' vroeg ze, het ouderwetse potje oppakkend.

Hij tikte zachtjes tegen haar rode neus. 'Hiervoor. Een beter middeltje is er niet.'

'Vroeger had ik sommige dingen wel in huis,' zei ze. 'Maar ik heb net grote schoonmaak gehouden. Sommige dingen waren ver over de houdbaarheidsdatum heen. Misschien wel tien jaar.'

Lachend legde hij haar voeten op zijn dijbenen.

'En nu?' wilde ze weten.

'Dampo,' zei hij, haar sok uittrekkend. 'Dit vind je vast lekker.'

'Op mijn voeten?'

'Speciale truc,' zei hij, het spul zachtjes in haar voetzool masserend. Met een glimlach zag hij haar ogen wegdraaien. 'Lekker, hè?'

'O, ja,' beaamde ze.

Ze zakte weg in de kussens op de bank en bleef zachtjes kreunend en piepend liggen terwijl hij haar voeten masseerde. Toen hij het wel genoeg vond, wiebelde ze suggestief met haar voet, bedelend om meer. Hij gehoorzaamde lachend.

'Ik ga even wat soep voor je halen. En dan –'

Er werd op de deur geklopt. 'Wat nu weer?' vroeg ze.

'Even zien,' zei hij, terwijl hij haar sok weer aantrok. 'Dat is of mijn moeder die wil weten wat de politie hier overdag bij jou thuis doet, of het is dokter Grant, die ik een poosje geleden heb gebeld.'

'Waarom heb je dat in vredesnaam gedaan?'

'Omdat je ziek bent. Wie weet heeft hij een wondermiddel in die trukendoos van hem zitten.'

'Ik zou best nog een voetmassage kunnen gebruiken,' zei ze klaaglijk.

Met een glimlach liep Seth naar de deur. Wie weet liep de weg naar haar hart via haar voeten. Ze speelde trouwens wel met vuur. Als ze niet zo'n afgrijselijk virus had gehad, had hij zomaar misbruik van haar kunnen maken. Iets waar hij zich nu al op verheugde.

'Hallo, Scott,' zei hij, de deur openend.

'Hallo, Seth. Hoe is het met de patiënte?'

'Zo ondankbaar als maar kan. Ga maar vast naar haar toe, dan schep ik ondertussen wat soep op.'

'Doe ik,' zei Scott.

Terwijl hij in de keuken kastjes opende op zoek naar een kom, een dienblad en andere noodzakelijke voorwerpen, luisterde hij naar Scott en Iris.

'Je hebt het flink te pakken, hè?' zei Scott.

'Ik denk dat je een beter vaccin moet gebruiken, Scott. Die griepprik die je mij gegeven hebt, heeft duidelijk niet gewerkt.'

'Of misschien ook wel en had je het nog veel zwaarder te pakken gehad als je geen griepprik had gekregen.'

Ze hoestte en haalde piepend adem. 'Nog zieker dan dit en ik ben dood.'

'Ik wil even een kweekje van je keel hebben,' zei de dokter.

'Kijk alleen maar even naar die scheermessen. Dat zegt al genoeg.' Ze deed haar mond open en zei: 'Aaaa.' Toen begon ze te kokhalzen en werd ze overvallen door een nieuwe hoestbui.

'Jakkes,' zei Scott. 'Probeer niet op andere mensen te ademen. En vooral niemand kussen.'

'Kijk naar me,' zei ze. 'Denk je dat iemand zo gek zou zijn?'

'Je weet maar nooit,' zei hij. 'Hoe betrokken is de kok?'

'Ik zal haar echt niet kussen!' riep Seth vanuit de keuken.

'Mooi zo,' riep ze terug. 'Want dat zou ik nooit toelaten!' Uiteraard volgde er meteen weer een hoestbui.

'Nog even naar je hart en longen luisteren,' zei Scott. 'Adem maar diep in.'

Seth kwam met de kippensoep op het moment dat Scott zijn stethoscoop weer in zijn tas deed. 'Je rochelt aardig daarbinnen, maar ik denk niet dat het nodig is om foto's te maken. Als je keelkweekje positief is, kom ik langs met antibiotica. Maar voorlopig heb je zo te zien alles wat je nodig hebt. Eet wat soep en drink wat meer, Iris.' Hij kneep in de huid op de rug van haar hand. 'Ik weet dat slikken pijn doet, maar je hebt koorts en waarschijnlijk komt dat doordat je licht bent uitgedroogd. Dat gebeurt wanneer je keel ontstoken is. Probeer minimaal een paar liter water en sinaasappelsap te drinken, oké? En misschien wat thee. Ben je ook misselijk?'

'Nee. Alle ellende zit boven mijn maag.'

'Waar is die emmer voor?' vroeg hij.

'De afvalbak zat al vol met tissues en ik had de puf niet om die te legen. En de emmer stond vlakbij.'

'Aha. Neem zo vaak mogelijk een heet bad of een hete douche – damp is goed. En probeer te gorgelen met warm zout water. Dat doet wonderen voor je keel. Ik sta er elke keer weer van te kijken hoe goed dat werkt. Goed, heb je verder nog iets van me nodig?'

Ze schudde haar hoofd.

'Neem wat soep.' Scott gaf een klopje op haar knie. 'Ik laat je de uitslag van het kweekje nog weten, maar ik denk dat je keel gewoon geïrriteerd is door al dat hoesten.'

Seth liep nog even met hem mee naar de voordeur.

'Leuk van je om even bij Iris langs te gaan,' zei Scott.

'We proberen een beetje op elkaar te letten.'

'Dat zie ik.' Scott glimlachte. 'Die lip ziet er goed uit. Peyton heeft prima werk geleverd.'

Toen Seth even later terugkeerde naar de woonkamer, vond hij Iris op de bank met het dienblad balancerend op haar schoot en de lepel in haar hand terwijl de tranen over haar wangen liepen. 'Ach, nee toch,' zei hij meelevend. 'Doet je keel zo'n pijn?'

Ze schudde haar hoofd. 'Ik denk dat de paracetamol begint te werken. Het valt wel mee.'

'Maar je huilt, Iris, en dat doe je bijna nooit. Iets van twee keer in je leven en steeds wanneer ik er ben...'

'Ik voel me gewoon ellendig...'

'Maar je gaat soep eten, sap drinken, edelzalf op je neus smeren, door een hele lading vrouwenfilms heen slapen en je dan een stuk beter voelen.'

Ze nam nog een hap kippensoep en begon weer te huilen.

'Ik ben tot vanavond laat in de stad,' zei hij. 'Het halve bureau zit thuis met griep, dus alleen Charlie en ik zijn beschikbaar. Ik rij tussendoor even naar huis voor schone kleren en een ander uniform, maar ik slaap vannacht hiernaast. Ik laat mijn telefoon de hele nacht aanstaan. Ik kan later nog even langs komen om te kijken of je nog iets nodig hebt...'

Ze keek hem aan met betraande ogen en een knalrode, glimmende neus. 'Waarom kwam je eigenlijk langs?'

'Dat weet ik niet precies. Ik dacht dat je je moeder

misschien wel extra zou missen, nu je ziek bent en zo. Ik word gek van mijn moeder, maar ze doet wel al die dingen waardoor ik me beter ga voelen. Zodra ze weer vertrokken is tenminste.' Hij grijnsde. 'Dus ga ik er nu vandoor.'

'Dat is ook zo,' zei ze. 'Ik mis mijn moeder. Dat gebeurt niet vaak, maar er zijn momenten dat ik...' Ze bette haar ogen met haar servetje en hoestte.

'Dat je wat, Iris?'

Ze haalde diep adem. De tranen stroomden weer. 'Dat ik besef... dat ik helemaal alleen ben.'

Hij wist even niet wat hij moest zeggen. Hij had zijn moeder, zijn broers, zijn chagrijnige vader en Oscar. Er waren momenten geweest dat hij zich alleen voelde, dat hij het gevoel had dat hij iedereen had teleurgesteld en zich van hen had afgekeerd, maar op een of andere manier hadden ze hem altijd laten weten dat ze er nog waren. Toen hij praktisch op sterven lag in een ziekenhuis in Seattle was zijn moeder gekomen en had dag en nacht aan zijn bed gezeten; zijn vader en zijn broers waren hem komen opzoeken, al hadden ze niet bij hem gewaakt zoals zijn moeder, zijn teamgenoten van de Seahawks waren gekomen en zelfs zijn oude trainer van school was op bezoek geweest. Hij had familie, hoeveel er ook op hen aan te merken was.

Hij gaf een klopje op haar knie. 'Je hebt mij,' zei hij. 'Je zult me altijd hebben, al besef ik dat het niet veel is. En hou nu op met dat gejank, anders ga ik je knuffelen en dan word ik misschien ook ziek en wie moet er dan voor je zorgen?'

'Je hebt bloemen voor me meegenomen,' zei ze, haar ogen opnieuw bettend.

'Grace zei dat je gewend raakt aan bloemen. Ze zei ook dat je pas langs moest komen wanneer je virusvrij bent of zoiets.'

Daar moest Iris om lachen, wat haar prompt weer aan het hoesten bracht.

'Goed, dan ga ik maar weer,' zei Seth. 'Eet je soep op, drink wat sap en probeer dan wat te slapen. Vannacht ben ik hiernaast, mocht je me nodig hebben. Ik kan soep voor je opwarmen, vuilnis buiten zetten, wat dan ook. Zal ik gewoon maar even langskomen dan?'

Ze schudde haar hoofd. 'Vanavond niet, oké? Ik kruip in bed en probeer beter te worden.'

'Goed plan. Ik bel je morgen. Niet al te vroeg.'

Scott ging terug naar de kliniek. Het was net vijf uur maar het begon al schemerig te worden en het was ook nog eens een donkere dag geweest. Over een paar dagen was het Halloween en hij hoopte maar dat het die avond niet guur en nat zou zijn – dat stond garant voor nog meer griepgevallen. Hij liep naar binnen en hing zijn vochtige jas aan de kapstok.

'Hoe is het met Iris?' vroeg Peyton.

'Beroerd,' zei hij. 'Ik heb een kweekje gemaakt van haar keel maar ik weet vrijwel zeker dat ze gewoon een zware verkoudheid te pakken heeft. Net als de helft van de mensen die laatst in de stromende regen naar de footballwedstrijd zaten te kijken.'

'Net als jij,' merkte ze op.

'Ik heb het gestel van een paard,' zei hij. 'Al lijkt het me wel een idee om wat van Carries soep in te slaan.'

'Toch maar? Voor de zekerheid?'

'Dat niet, maar Iris had wat en mijn hemel, wat rook dat lekker!'

'Is al gebeurd,' zei Peyton. 'Ik was hiernaast om iets voor het avondeten te halen en ze was net bezig verse soep te maken. Ze heeft me meegegeven wat ze al had ingevroren. Goed, Scott, wat zou je zeggen van het voorjaar?'

'Ik kan niet wachten tot het weer zover is.'

Ze begon te lachen. 'Helemaal mee eens, maar ik bedoel voor een bruiloft. Op de boerderij van mijn familie. Begin mei staat alles in bloei. Alles is dan gezaaid. We kunnen het in de familie houden, de catering laten verzorgen door mijn Baskische verwanten...'

'Mei? Dan pas?' zei hij. 'Wat zou je zeggen van een Thanksgivingbruiloft?'

Ze trok hem in haar armen. 'Paco houdt zich kranig en hij doet net of hij niet weet dat we samenwonen,' zei ze, doelend op haar vader. 'Maar als het om de bruiloft gaat, gebeurt het zoals hij dat wil. Laten we niet te veel van hem vragen.'

'Ik geef toe dat hij zich niet laat kennen,' zei Scott. 'Elke keer dat we hem zien, begint hij over het feit dat we samenwonen. Nog even en hij schakelt de paus in! Of in elk geval een aartsbisschop. En wat onze bruiloft betreft, heeft je moeder daar niets over te zeggen? Of jíj?'

'Ik wil op de familieboerderij trouwen wanneer het

daar op zijn mooist is,' zei ze. 'Toen ik achttien was, kon ik niet wachten om weg te gaan. Nu wil ik er per se trouwen, een bruidsjurk dragen met de kleur van perenbloesem, eten tot ik geen pap meer kan zeggen en een heel weekend lang feestvieren. Iedereen die vervoer kan regelen, is welkom, wat vind je daarvan? En echt waar, Scott, je hebt niet geleefd tot je een Baskische bruiloft hebt meegemaakt.'

'Ik wil gewoon het bed induiken met een Baskische vrouw, hoe is dat? En hoe eerder hoe liever.' Hij keek om zich heen. 'Je had het zeker wel gezegd als er patiënten zaten te wachten?'

'Kinderen,' zei ze. 'Devon heeft ze opgepikt en hierheen gebracht. Ze zijn in de wachtkamer aan het spelen.'

'Dat is wel de laatste plaats waar ik ze wil zien met al die virussen die daar rondzweven...'

'De meeste virussen zijn op scholen te vinden, Scott. Ik denk dat ze hier beter af zijn; hier nemen we elke dag alles af met een desinfecterend middel en we wassen onze handen wel vijftig keer per dag. Maar als jij de kliniek wilt afsluiten, dan neem ik ze mee naar huis en begin met de soep.' Haar ogen twinkelden. 'We hebben chocoladepudding als toetje.'

'Geef dat maar aan de kinderen. Ik wil jou als toetje.'

Seth haalde schone kleren op en bleef daarna in de stad. Hij at een hapje bij de cafetaria. Zijn surveillanceauto parkeerde hij pal voor de deur zodat iedereen die hem nodig had hem kon vinden. Op de deur van het bureau had hij het gebruikelijke briefje gehangen dat hij altijd gebruikte wanneer hij afsloot en waarop het alarmnummer vermeld stond. Pas om een uur of negen ging hij naar zijn ouderlijk huis. Zijn vader was al naar bed maar Seth troostte zichzelf met de gedachte dat hij niet op tijd naar bed was gegaan om zijn zoon te ontlopen. Norm ging altijd vroeg naar bed en stond ook altijd vroeg op.

Hij zag dat er een zwak licht brandde bij Iris, maar dat wilde natuurlijk niet zeggen dat ze wakker was. Tien tegen een dat ze op de bank lag te doezelen. Hoewel hij zelf ook liefst op tijd naar bed ging en op tijd weer opstond, kon hij deze avond de slaap niet vatten. Er krioelden te veel gedachten door zijn hoofd om te kunnen slapen. Hij dacht aan de keer dat Iris was geconfronteerd met een harde levensles, die keer dat ze hoorde hoe het met haar vader zat.

Al vanaf haar elfde of misschien nog wel eerder had ze geweten waar baby's vandaan kwamen, maar om een of andere reden had ze dat niet in verband gebracht met haar ouders. Toen ze heel klein was en gevraagd had waar haar papa was, had Rose simpelweg gezegd: 'Die is niet meer bij ons, schat.' Iris had daaruit opgemaakt dat hij dood was. Maar in de puberteit kwamen gedetailleerde vragen op. Hoe hij heette bijvoorbeeld, waar hij gewoond had en wie zijn ouders waren.

Ook al waren ze toen beste vrienden geweest, Seth had niet het flauwste idee gehad dat Iris geplaagd werd door dat soort nieuwsgierigheid. Wat de bloemetjes en de bijtjes betrof, was Seth al veel eerder op de hoogte gebracht door zijn twee oudere broers. Nick en Boomer hadden geen detail achterwege gelaten; vanaf de puberteit waren ze geobsedeerd geweest door meisjes en seks, niet noodzakelijkerwijs in die volgorde.

Toen Iris veertien was en maar vragen bleef stellen, had Rose haar eindelijk de waarheid over haar vader verteld. Het was een duister familiegeheim, had ze gezegd. Als meisje was Rose secretaresse geweest en wanhopig verliefd geworden op haar baas, die getrouwd was. Na verloop van tijd hadden ze een verhouding gekregen. De baas van Iris' moeder was een stuk ouder en had al kinderen in de tienerleeftijd. Rose raakte zwanger en dat betekende het begin van het einde. Rose' baas was een zeer geslaagd zakenman die gerespecteerd werd in de kerk en de diverse clubs. En zijn vrouw was razend.

Rose werd uiteindelijk afgekocht met een flink bedrag, genoeg om elders overnieuw te beginnen met háár kind. Ze kende in het begin een paar moeilijke jaren; ze moest haar kind alleen opvoeden, zonder steun van familie. Uiteindelijk streek ze neer in Thunder Point, waar ze een oude drukkerij omtoverde tot een bloemenwinkel. Dat alleen al verklaarde waarom Rose moeite had haar kostje bij elkaar te scharrelen – ze wist niets van ondernemen en van bloemschikken had ze ook weinig verstand, in het begin tenminste.

Toen Iris de waarheid hoorde over haar biologische vader, was ze in tranen uitgebarsten. En natuurlijk was Seth degene tot wie ze zich wendde. In die tijd, toen Norm apetrots op hem was, kon hij zich niet voorstellen wat het was om door je vader in de steek gelaten te worden.

Maar Iris zou Iris niet zijn als ze zich er niet met een paar dagen overheen had gezet. 'Hij kan de pot op. Ik heb hem echt niet nodig, hoor. Wat mij betreft is hij dood. Dat heb ik tot nu toe trouwens altijd gedacht, dus veel verschil maakt het niet.'

Pas toen Rose ziek werd, vertelde ze Iris de naam van een zakenman in Wichita, Kansas. Iris zei er natuurlijk niets over tegen Seth; ze waren inmiddels geen vrienden meer. Maar toen Seth zijn moeder begeleidde naar Rose' begrafenis en een paar dagen bleef logeren in het huis waar hij geboren was, stelde hij vragen over Iris. Zijn moeder vertrouwde hem op fluistertoon de feiten toe en liet hem beloven dat hij het nooit zou doorvertellen. 'Heeft ze hem opgezocht?' had Seth gevraagd. 'Nee,' had zijn moeder gezegd. 'Iris zei tegen Rose dat het zijn verlies was.'

Seth dacht aan dat deel van Iris' levensgeschiedenis. Die Iris... ze was zo sterk, zo onafhankelijk, zo onverschrokken. Er was een flinke griep voor nodig om haar emotioneel te maken, om haar te laten zeggen dat ze zo alleen was.

Zelf was hij van mening dat het tijdverspilling geweest zou zijn als ze op zoek was gegaan naar haar biologische vader. Als hij de afgelopen vierendertig jaar niet was opgedoken, zou hij dat nu ook niet doen, ook niet als hij nog leefde. Misschien had ze halfbroers en -zussen, maar zouden die haar paracetamol en edelzalf komen brengen wanneer ze geveld was door griep? Om de dooie dood niet!

En dus kwam het op hem neer. Híj zou haar familie zijn.

Als ze dat toeliet.

Het was geen enkel probleem om een tijdje bij zijn moeder te logeren, dicht bij Iris. Hij had een goed excuus. Steve Pritkus was nog steeds niet beter en hoestte de longen uit zijn lijf. Hij stelde wel voor om weer aan het werk te gaan en hij was volgens eigen zeggen niet meer besmettelijk, maar Seth zei dat hij beter thuis kon blijven omdat niemand zin had om tegen zijn waterige oogjes en loopneus aan te kijken, om nog maar te zwijgen over zijn constante gehoest. Bovendien kon hij zijn tijd op deze manier gebruiken om een oogje op Iris te houden. Zijn andere assistent, Charlie Adams, nam de nachtdienst waar en de derde, Rusty Sellers, had net iets opgelopen – een verkoudheid, griep, wat dan ook. Het kwam neer op Seth en Charlie. En een stad waar het lekker rustig was.

'Betaal je eigenlijk nog huur voor dat huis van je in Bandon?' vroeg Norm.

Seth grijnsde naar zijn vader. 'Heb je nu al genoeg van mijn grapjes?'

Norm bromde iets onverstaanbaars.

Toen Seth zijn moeder vroeg of ze wat extra avondeten wilde maken zodat hij dat naar Iris kon brengen zolang ze nog ziek was, drukte ze haar handen tegen haar borst. 'Ja, natúúrlijk.'

'Haal je nou niets in je hoofd. Goede buren doen dat voor elkaar,' zei hij.

'Dat is een prachtig begin!'

Gwen vond het heerlijk om haar zoon aan tafel te hebben, maar de gedachte dat Seth het avondmaal deelde met zijn vriendinnetje van vroeger deed haar nog meer plezier. Ook al was Iris te ziek om ook maar ergens interesse in te hebben, ze brachten wel tijd met elkaar door. Elke dag nam Seth avondeten mee naar Iris en at dat samen met haar op. Stoofvlees, worteltjes, aardappelen en Gwens favoriete komkommersalade, in wezen niets anders dan komkommer met ui met een dressing van azijn. Of haar spaghetti met gehaktballetjes, iets wat Norm graag eens per week wilde eten. Of haar karbonaadjes in selderiesaus met aardappelpuree en erwtjes. Ook nam hij yahtzee en scrabble mee, twee spellen die hij nog van vroeger had. Na het eten speelden ze een paar spelletjes tot ze moe begon te worden.

Seth realiseerde zich dat hij veel aan zijn moeder te danken had. Maar dat zei hij nog even niet tegen haar.

Hoofdstuk 10

Na een paar dagen van warme douches en zelfmedicatie voelde Iris zich stukken beter. Ondanks het feit dat op school het werk zich opstapelde, had ze weinig keus dan de hele week thuis te blijven in plaats van collega's en leerlingen de stuipen op het lijf te jagen met haar scheurende hoest. Dag in dag uit deed ze de deur open voor Seth en zijn moeders eten. 'Dit hoef je echt niet te doen, Seth,' zei ze. Maar diep in haar hart vond ze het heerlijk. Niet alleen de maaltijd, die altijd lekker was op een troostrijke, huiselijke manier. Het was ook Seth zelf, die gezellig mee kwam eten.

Seth was trouwens niet de enige die op ziekenbezoek kwam. Ook leerlingen kwamen haar opzoeken. Krista, de bovenbouwleerlinge die haar assisteerde, kwam koekjes brengen die haar moeder had gebakken. 'Wat ben ik blij jou te zien,' zei Iris. 'Ik ben benieuwd hoe het op school gaat en of Misty zich een beetje redt met het werk.'

'Prima, voor zover ik weet,' antwoordde Krista. 'Maakt u zich ergens zorgen over?'

'Je bedoelt behalve over die vijftien ton papierwerk op mijn bureau?' vroeg Iris lachend, wat ze moest bekopen met een nieuwe hoestbui. Toen ze zichzelf weer onder controle had, bracht ze Krista op de hoogte. 'Ik was bang dat Misty zich misschien niet zo op haar gemak zou voelen, omdat ze nieuw is en zo. In het algemeen, bedoel ik, niet alleen met dit werk. Mocht je kans zien om haar te vragen hoe het gaat of dat ze hulp nodig heeft, zou je dat dan willen doen? Ik heb nog niet eens de kans gehad om haar een beetje wegwijs te maken.'

'Natuurlijk, Ms. McKinley. Mijn lunchpauze valt samen met die van Misty. Ik informeer wel even hoe het gaat.'

'O, dat zou geweldig zijn. En bedankt voor de koekjes! Ik zou je wel een knuffel willen geven maar –'

Lachend deed Krista een stapje naar achteren. 'Laat maar, ik voel de liefde zo ook wel!'

'Gelukkig.'

Ook andere leerlingen kwamen langs – eentje nam gehaakte sloffen mee. Een van de secretaresses van de administratie kwam brownies brengen. Troy kwam langs en ze vroeg of hij haar de volgende dag na schooltijd het trainingsmateriaal voor de cursus voor de toelatingstest wilde brengen. 'Ik durf me nog niet op school te vertonen met dit hoofd en die hoest,' zei ze. 'Ik loop te blaffen als een hond.'

'Je ziet er geweldig uit,' zei hij. 'Kan ik verder nog iets voor je meenemen? Heb je eten in huis? Sap? Soep? Andere dingen die je nodig hebt?'

'Ik ben helemaal voorzien,' zei ze met een lach. 'Ik krijg elke avond eten van mijn buren.'

'Lijkt me lastig voor die mensen,' zei hij. 'Zal ik anders iets meebrengen van Cliff's of Carrie's?'

Ze schudde haar hoofd. 'Gwen vind het juist fijn dat ze iets kan doen. Ze was mijn moeders beste vriendin en ze heeft me onder haar hoede genomen toen die er niet meer was.' Ze had het nog niet gezegd of Seth kwam door de tuin aanlopen, met ovenwanten, waarmee hij een ovenschotel vasthield. Zijn surveillancewagen stond voor zijn moeders huis geparkeerd en hij was in uniform.

'Ha, Troy,' zei hij opgewekt.

'Seth,' zei Troy. 'Dinerservice?'

'Iets met kip,' zei hij. 'Eet je een hapje met ons mee?'

'Eet jij hier ook dan?'

'Tja, ik zou natuurlijk thuis hetzelfde kunnen eten met mijn moeder en Norm, maar eerlijk gezegd is Iris beter gezelschap.' Hij glimlachte. 'Zelfs in haar huidige conditie.'

'Leuk hoor,' zei ze, waarna ze natuurlijk prompt weer een hoestbui kreeg.

'Ik ben verdoemd,' zei Seth tegen Troy. 'Pritkus is samen met zijn halve gezin geveld door de griep, mijn andere assistent heeft een of andere nieuwe variant van het virus, Iris heeft me ongetwijfeld al besmet, de halve stad loopt te hoesten en te niezen en iedereen die naar de dokter gaat, loopt even bij mij binnen om me te vertellen wat voor symptomen ze precies hebben. Ik ben toch zo dankbaar.'

'Ik kreeg even de neiging om een mondmasker te dragen op school,' zei Troy.

'Eet je een hapje iets met kip met ons mee?' vroeg Iris.

'Ik weet niet...'

'Neem een beslissing, kerel,' zei Seth. 'Ik heb maar een halfuur etenspauze.'

'Ik denk dat ik de uitnodiging maar afsla,' zei Troy tegen Iris. 'Jij hebt de pest en Seth draagt vast allerlei ziekteverwekkers met zich mee. Het lijkt me beter om maar naar de pizzaboer te gaan. Morgen neem ik het materiaal voor die toelatingstraining voor je mee. Mocht je verder nog iets nodig hebben, dan sms je me maar.'

Als oude kamergenoten zetten Iris en Seth borden en bestek klaar en legden er servetjes naast. De ovenschaal stond midden op de keukentafel. Iris haalde een restje salade, over van de lunch van de vorige dag, uit de koelkast en Seth viste twee in huishoudfolie verpakte broodjes uit zijn jaszak, iets waar ze om moest lachen. Ze zei dat het 'iets met kip' heerlijk was en hij merkte op dat ze stukken beter klonk. Net als de afgelopen avonden praatten ze over van alles en nog wat. Ze vertelde hem wat meer over moeilijke kwesties met bepaalde leerlingen, uiteraard zonder namen te noemen. Hij vroeg haar hoe ze Thanksgiving sinds de dood van haar moeder doorbracht.

'Met vrienden,' zei ze. 'Vorig jaar hebben Grace en ik samen kalkoenfilet uit een potje gegeten, maar het jaar ervoor ben ik naar Eureka gegaan en heb ik drie dagen gelogeerd bij een vroegere studievriendin en haar gezin. En wat doe jij?'

'Ik ben al zolang ik me kan herinneren bij de politie en dus werk ik bijna altijd op feestdagen. De paar keer dat ik wel vrij ben, ga ik doorgaans naar Boomer in North Bend. Die heeft inmiddels twee kinderen.'

'Noemen ze hem nog steeds Boomer?'

'Iedereen noemt hem Boomer, zelfs zijn vrouw en kinderen. Volgens mij wil hij dat zelf.'

'En Nick?'

'Die heeft elke keer dat ik hem zie een nieuwe vriendin. Ik vraag me af of hij er ooit aan eentje blijft plakken.'

'Meen je dat? Het is al een hele tijd geleden dat ik hem heb gezien, maar jee, wat is die man knap en wat heeft hij een glimlach!'

Seth glimlachte. 'Beter dan deze?'

'Veel beter,' zei ze. 'Gek eigenlijk dat jullie alle drie zo'n superlach hebben terwijl ouwe Norm een paar jaar geleden voor het laatst lachte...'

'Zo kort geleden nog? Jammer dat niemand dat op een foto heeft vereeuwigd. Maar goed, aangezien ik momenteel in Thunder Point ben gestationeerd, komt Boomer met zijn gezin dit jaar Thanksgiving hier vieren. Ik moet wel werken, maar we hebben de uren verdeeld om iedereen die dienst heeft de kans te geven kalkoen te eten. Zelf heb ik een extra lange middagpauze zodat de hele familie samen kan eten. Heb jij ook zin om te komen?' vroeg hij. 'Dat zou mijn moeder geweldig vinden. En Nick en Boomer ook.'

'Och, ik weet het niet, Seth. Dat is heel aardig van je, maar ik wil geen verkeerde indruk wekken. En Grace is er ook nog. En Troy. Troy heeft familie in San Diego maar hij heeft niets gezegd over daarheen gaan.'

'Dan neem je ze toch mee?' zei hij. 'Mijn moeder zou het heerlijk vinden om ze in te pakken met haar feestmaal. Ze zal het nooit toegeven, maar ze vindt het vreselijk wanneer haar schoondochter het voor het zeggen heeft – ze wil zélf bepalen hoe de maaltijd eruitziet. En het kan me niks schelen wat voor indruk het wekt –

vroeger vierden we Thanksgiving altijd met elkaar.'

'Toen ging het om Rose en mij. En dat is al heel lang niet meer zo.'

'Het is lang geleden dat ik in Thunder Point was,' zei hij. Hij raakte haar hand aan.

'Je bent hier al anderhalf uur,' merkte ze op.

'Echt waar? Wat vliegt de tijd toch...'

'Je zei tegen Troy dat je een halfuur had.'

'Ik heb gelogen,' gaf hij schouderophalend toe. 'Ik ben de baas. Ik heb altijd dienst. Mijn telefoon staat aan. Als die gaat, moet ik meteen weg en de rest van die kip huppeldepup laten staan.'

'Ik geloof dat het kip tetrazinni was.'

'Geweldige smaakpapillen heb je.' Hij glimlachte haar toe. 'Wat dacht je van een potje scrabble?'

'Moet je niet weer aan het werk?'

'Tja, wat zal ik zeggen,' zei hij. 'Ik heb dit uniform sinds zes uur vanochtend aan. Ze krijgen echt wel waar voor hun geld. Wanneer deze griepgolf voorbij is, leer ik je schaken. Als je dat wilt...'

'Kun jij schaken?'

'Geleerd tijdens de revalidatie van mijn been. Ik had weinig conditie en na een inspannende oefensessie was dat helemaal huilen met de pet op. Maar ik moest mijn geest bezighouden, vandaar dat ik het geleerd heb.'

Ze glimlachte vriendelijk. 'Je bent heel erg veranderd.'

'Dat hoop ik wel. Al hoop ik ook dat ik wat mijn goede kanten betreft nog de Seth van vroeger ben.'

Met Halloween belde Seth Iris op. 'Heb je iets te eten in huis? Ik kan vanavond pas laat die kant op komen en mijn moeder heeft niet gekookt. Ik was eerlijk gezegd vergeten dat het met Halloween altijd een tikje anders gaat.'

'Geen zorgen,' zei ze. 'Ik hou het vanavond bij snacks. Er kunnen elk moment koboldjes aanbellen.'

'En ik moet een oogje houden op de grote kobolden die vanavond over straat zwerven.'

'Doe dat.'

Seth had sinds zijn laatste schooljaar geen Halloween meer meegemaakt in Thunder Point. In zijn herinnering was dat toen helemaal niet zo'n groot gebeuren geweest, maar dat was het kennelijk nu wel. Hij keek zijn ogen uit. De hele stad zinderde van vertier op deze koude en heldere avond. De huizen waren versierd met maïskolven en pompoenen; in de bomen hingen heksen en spoken, ramen waren verlicht met oranje en zwarte kaarsen. Er waren drie wijken met een spookhuis of een kerkhof met spoken die nietsvermoedende kinderen besprongen. Seths moeder was verkleed als vogelverschrikker; ze stond doodstil aan het eind van haar tuinpad tot er kinderen langskwamen, waarna ze opeens tot leven kwam en ze aan het schrikken maakte, waarna ze gillend en lachend zo hard mogelijk wegrenden.

Seth deed langzaam rijdend de ronde door de stad en liet zo nu en dan zijn schijnwerper op wat Halloweenlopers schijnen. Af en toe zette hij onverwacht de sirene even aan om mensen te laten schrikken. Zodra de schemering was ingevallen, gingen ouders de straat op met de kleintjes. Hij zag vaders en moeders op het trottoir met elkaar staan kletsen terwijl prinsesjes, buitenaardse wezentjes, ruimtevaardertjes, dieren, robots en zwervertjes van deur naar deur renden. De menigte kleintjes had een dikke jas aan over hun kostuums. Kleine meisjes waren opgemaakt in alle kleuren van de regenboog en hadden glitterstenen en gekleurde lokken in hun haar; jongens droegen helmen en maskers.

De winkels in het centrum waren helemaal opgedoft; overal hingen slingers, lichtsnoeren, passende versieringen en oranje lampions. Ondernemers zoals Stu van de cafetaria en Carrie van de delicatessenzaak en diverse winkeliers deelden suikerappels en koekjes uit. Rawley Goode hielp Carrie en hoewel hij geen kostuum droeg, afgezien van zijn spijkerjack een honkbalpet, kwam hij toch wat griezelig over. Verderop in de straat stond een wilde en woeste heks te kakelen op het trottoir; ze had zwarte schoenen met omgekrulde tenen aan, rood met wit gestreepte kousen, een zwarte jurk met kleine belletjes erop genaaid, een woeste grijze pruik en een hoge zwarte punthoed. Vanwege haar puntige kin, een enorme wrat en drie pikzwarte tanden, duurde het even voordat Seth besefte dat hij naar Grace zat te kijken.

Hij stopte even om een foto van haar te maken met zijn telefoon. Toen besloot hij er wat meer te maken, van Stu die als piraat was verkleed en van Carrie als zigeunerin, en van alle kinderen die het maar al te leuk vonden om even te poseren voor oom agent. Thunder Point was weliswaar klein, maar de kinderen konden nooit bij alle huizen langs en zijn moeder en Iris zouden het enig vinden om foto's te zien van de grote verkleedpartij.

Een drie turven hoge Spiderman trok aan zijn broekspijp en vroeg of dat een politiepak was. Ariel, de kleine zeemeermin, vroeg of ze een stukje mee mocht rijden in de politieauto. Waylan, verkleed als een bebloede slachter, voor de deur van zijn bar met een kom snoep in zijn hand, nodigde hem uit om er eentje van de zaak te komen drinken. Seth weigerde met een lach en een tik op zijn sirene.

Hij was vreemd geroerd door het hele gebeuren, door de vele kinderen, door de ouders die gezellig een praatje met elkaar maakten terwijl hun kroost zich uitleefde. Hij wist hoe het ging: de ene ouder ging naar buiten met de kinderen terwijl de andere thuisbleef met de bak met snoep. Dit was niet het eerste kleine stadje waar hij gestationeerd was. Zijn laatste post was geweest in een zeshonderd zielen tellend stadje iets ten noordoosten van Thunder Point, en ook daar had hij op Halloweenavond de ronde gedaan, gezorgd dat alles een vreedzaam feest van spoken en heksen was. Maar hier, in zijn geboortestadje, leek het een gevoelige snaar te raken. Hij herinnerde zich jaren dat zijn moeder zich verkleedde, dat zijn buren de kleintjes de stuipen op het lijf joegen, al het snoep. Toen hij elf of twaalf was, had hij met zijn vriendjes kattenkwaad uitgehaald – een paar vuilnisbakken omgeschopt, hier en daar wat ramen ingezeept, een paar pompoenen kapotgeslagen. Kwajongensstreken. Geen dingen die niet op te lossen waren met een bezem en stofblik of wat glassex, maar als ze betrapt waren, zouden ze nog niet jarig zijn geweest.

Hij zou de uitdaging van al die dingen best willen aangaan, besefte hij. Kinderen. Een vrouw. Een huis waarin hij oud wilde worden. Het zou hem niets verbazen als hij er goed in zou zijn.

Hij reed de heuvel op en parkeerde de auto op een rustig plekje waar hij een goed uitzicht op de buurt had. Naarmate het later en donkerder werd, verdwenen de kleine kinderen met hun ouders naar binnen en kwamen de wat oudere kinderen naar buiten. Het was inmiddels halfnegen en hij zag de kostuums veranderen naarmate de kinderen ouder werden – er waren nu bijlen die schedels kliefden, bloederige messen die uit borstkassen staken, zombies en monsters zonder hoofd. Ook dat herinnerde hij zich – de ontwikkeling van de kostuums. Hij herinnerde zich dat zijn broers al rondliepen als bloedige beesten en moordenaars terwijl hij nog een piraatje was. Vol verlangen had hij uitgekeken naar de dag dat hij zijn gezicht wit kon schilderen en bloed uit zijn mond kon laten lopen in plaats van rond te lopen als een suffe cowboy of piraat.

Er kwamen een paar kinderen zijn kant op – een mummie en een karateka in een wit pak. Hij schatte ze op een jaar of elf. Hooguit twaalf. Hij kon zich voorstellen dat ze flink hadden moeten smeken om zonder pa en ma de straat op te mogen. Dat was altijd een beetje een probleem, maar Mac had hem verzekerd dat eventuele serieuze problemen met Halloween zich eerder in een kroeg of op een feest bij mensen thuis zouden voordoen. De kinderen waren hier veilig genoeg. Niettemin hadden ze de gebruikelijke waarschuwingen aan de inwoners gegeven: bij elkaar blijven, geen onverpakt snoep eten, niet bij andere mensen in de auto stappen en bij niemand naar binnen gaan.

Een stel ninja's naderde de mummie en zijn vriendje van achteren. Dat hoefde niets te zijn natuurlijk. Niettemin stapte Seth uit en ging iets verderop staan, uit het zicht. De Halloweenlopers waren misschien nog vijf meter bij hem vandaan toen een van de in het zwart geklede ninja's naar voren spurtte, de zakken met snoep weggriste en er als een speer vandoor ging.

Seth stak in een drafje de straat over en kon de vluchtende ninja nog net in zijn kraag grijpen. Hij rammelde hem even door elkaar en prompt liet het joch de zakken met snoep vallen. Om zich heen kijkend, zag hij nog net de andere ninja koers zetten naar een tuin om vervolgens achter de huizen te verdwijnen. De mummie en zijn vriendje stonden als aan de grond genageld te kijken.

Hij trok zijn gevangene aan zijn kraag omhoog. 'Dat zag ik,' zei hij.

'Laat me los! Ik heb niks gedaan!'

'Leuk geprobeerd.' Seth trok hem weg van de zakken met snoep op de grond. 'Hé, jullie daar,' riep hij naar de slachtoffers. 'Willen jullie je snoep terug?'

Aarzelend kwamen ze dichterbij. Seth trok de tegenspartelende ninja een eindje achteruit zodat de kleinere jochies ruimte genoeg hadden om hun snoep op te rapen. Hij zag hoe nerveus ze waren. Ze gooiden het op de grond gevallen snoep haastig in de zak zonder er echt naar te kijken.

'Kennen jullie deze knaap?' Hij trok de nauwe kap van het hoofd van de ninja. De jongens, een paar jaar jonger, schudden zwijgend hun hoofd. 'Jullie weten wat het betekent als iemand je in een donkere straat van je Halloweenbuit berooft?' Opnieuw een zwijgend hoofdschudden. 'Dat betekent dat het tijd is om naar huis te gaan. Het betekent dat het feest voorbij is. Zal ik achter jullie aan rijden om te zorgen dat er niet meer ninja's jullie op staan te wachten?' Weer een hoofdschudden. 'Maak dan dat je wegkomt,' zei hij. 'Vlug een beetje.'

Als de gesmeerde bliksem gingen de jongens ervandoor.

Seth sleepte zijn ninja mee naar zijn auto en zette hem ertegenaan. 'Oké. Ik wil een paar dingen van je weten,' zei hij. 'Je volledige naam, je adres, de naam van je mededader en diens adres.'

Het joch, een knaapje van twaalf met een sproetengezicht, zelf nog een kind, keek Seth een moment lang vol afschuw aan. Toen dook hij onder Seths arm door en zette het op een lopen. Seth had hem met een paar passen van zijn lange benen ingehaald en greep hem weer in de kraag. 'Sorry, maat. Dat gaat niet lukken. Heb je liever handboeien om?'

De jongen schudde zijn hoofd en begon toen te huilen.

Dat is beter, dacht hij. 'Hoe heet je?'

'Robert,' zei hij. 'Bobby.'

'En verder?'

'Delaney,' zei de jongen, zijn neus aan zijn mouw afvegend.

Ik ben vervloekt, dacht Seth. Hij zuchtte. 'Zijn je ouders thuis?'

'Alleen mijn moeder.'

Daar zat ik echt op te wachten, dacht Seth. 'Goed, dan gaan we je moeder maar eens opzoeken. Wat is het adres?'

'Moet dat echt?'

Seth zette hem op de passagiersstoel en waarschuwde dat hij nergens aan mocht komen, wilde hij zijn arm nog langer houden.

Charlie Adams' dienst was om vijf uur begonnen en hij zou ongetwijfeld ergens op straat te vinden zijn, bezig met hetzelfde als Seth tot het Halloweenlopen gedaan was voor de avond. Seth belde hem liever met zijn mobiel dan dat hij de portofoon gebruikte. 'Ik moet een klein boefje bij zijn ouders afleveren dus ik ben even niet bereikbaar.'

'Het is er toch niet eentje van mij, hoop ik?' vroeg Charlie, verwijzend naar zijn eigen tienerzoons.

'Nee, ik heb tot nu toe geen problemen met een Adams gehad. Het gaat om een Delaney. Ik denk niet dat hij veel tijd nodig heeft om zijn moeder uit te leggen dat hij snoep steelt van jongere kinderen.'

Bobby Delaney zakte kreunend dieper weg in zijn stoel.

'Moge de Kracht met je zijn,' zei Charlie.

Seth reed de acht of tien blokken die hem scheidden van Bobby's huis. Het was niet zo'n groot huis. Het had maar één verdieping en een portiek. Hij had gehoord dat ze er met zijn achten woonden: Sue en haar drie kinderen, Sue's zus, haar zwager en hun twee kinderen. Veel ruimte zouden ze niet hebben. Het oogde tamelijk verlaten. In de woonkamer brandde licht, maar verder was alles donker.

Bobby liep voor hem uit naar de portiek en opende de voordeur. Seth hoorde Sassy roepen: 'Wie is dat?'

'Ma?' riep Bobby.

Sassy kwam de trap af lopen. Hoewel ze helemaal opgemaakt was, had ze nog twee dikke krulspelden in haar witblonde haar met de roze punten. Ze droeg een superstrakke zwarte broek met hooggehakte knielaarzen erover, een dun, laag uitgesneden topje dat haar decolleté accentueerde met een glimmend vestje erover. Ze fronste haar wenkbrauwen toen ze Bobby en Seth bij de deur zag staan. 'Seth?' zei ze.

'Vertel je moeder maar waarom ik je naar huis heb gebracht,' zei hij tegen de jongen.

'Ik heb snoep van een klein jochie gepikt,' zei hij zacht.

Sassy kwam dichterbij. 'Heb jij snoep gestolen van iemand anders?' vroeg ze. 'Van een klein kind?'

'Nou, zo klein was hij nou ook weer niet,' zei Bobby defensief.

'Twee kinderen,' zei Seth. 'En allebei jonger dan Bobby. Hij rukte de tassen met snoep uit hun hand en ging ervandoor, maar raad eens wie hem nog net te pakken kreeg? De lange arm der wet.'

Sassy keek haar zoon nijdig aan. 'Naar je kamer jij.' Toen richtte ze haar aandacht op Seth. 'En nu dan? Moet ik een boete betalen of zo?'

'Je zou hem huisarrest kunnen geven om zijn zonden

te overdenken. Je zou hem zijn excuses kunnen laten aanbieden aan de slachtoffertjes en hun ouders.'

'Prima. Je zegt het maar.'

Hij fronste zijn wenkbrauwen. 'Ga je uit?'

'Misschien. Ik zie nog wel.'

'Ik zou willen voorstellen om hier iets aan te doen. Je zoon had die jochies wel kunnen verwonden.'

'Hij is soms een lastpak, maar hij zou nooit iemand pijn doen,' zei ze.

'Ik weet niet waar je naartoe wilt, maar je was toch niet van plan om de auto te nemen, hè?'

'Wat? Waar slaat dat nu weer op?'

'Aan je adem te ruiken heb je alcohol gedronken.' Hij snoof. 'Wijn, denk ik. En niet zo weinig ook.'

'Ik heb maar één glaasje wijn gehad! En ik ben meerderjarig!'

'Is dat jouw auto die op de oprit staat?'

'Ja, hoezo?'

Hij haalde zijn schouders op. 'Ik wilde alleen weten waar ik naar uit moet kijken. Hoor eens, misschien moet je Bobby's vader erbij betrekken en hem duidelijk maken dat zijn zoon niet alleen de wet heeft overtreden, maar zich bovendien schuldig heeft gemaakt aan een ernstige vorm van pesterij en diefstal. De jongen moet niet de indruk krijgen dat dat oké is. Want dat is het niet. Als ik er niet geweest was, was het misschien heel anders afgelopen met die jochies. Bovendien was hij niet alleen – hij was met een vriendje dat er vandoor is gegaan. Als ik dit niet zo ernstig opvatte, zou ik hem niet thuis hebben gebracht. Is dat duidelijk?'

'Het is me duidelijk dat je nog steeds een wrok tegen me koestert,' zei ze, haar haren naar achteren schuddend.

'Sorry, wat bedoel je?'

'Dat weet je best, Seth. We hadden verkering, we waren de eerste voor elkaar, we kregen ruzie, wat waarschijnlijk mijn schuld was en daar ben je nooit overheen gekomen. Dat verklaart de manier waarop je je gedraagt.'

Hij fronste zijn wenkbrauwen. 'Hoe gedraag ik me dan?'

'Alsof het je niets kan schelen. Alsof je het niet nog een keer met me durft te proberen, al zijn we nu stukken ouder.'

Hij schudde zijn hoofd terwijl hij haar bleef aankijken. 'Ik geloof dat je de verkeerde indruk hebt gekregen, Sue. Goed, nog even over Bobby –'

'Er is niks aan de hand met Bobby,' snauwde ze. 'Dit gaat over jou en mij, dat weet jij heel goed!'

'Er is geen jou en mij,' zei hij met al het geduld dat hij kon opbrengen.

'Dat zeg je steeds, maar je eerste keer vergeet je nooit...'

'Volgens mij heb je te veel gedronken. Dus autorijden is er vanavond niet bij. En als je slim bent, bel je Bobby's vader en zeg je tegen hem dat de jongen dringend een sturende hand nodig heeft.'

'Wat je zegt.'

'Sue, luister even naar me. Luister even heel goed. Als tieners hebben we een poosje verkering met elkaar gehad. Dat is een hele tijd geleden. Jij was de eerste niet voor mij en ik was zéker de eerste niet voor jou. De afgelopen zeventien jaar heb ik niet één keer aan je gedacht. Ik wist niet eens dat je met Robbie Delaney was getrouwd omdat niemand de moeite nam me dat te vertellen en het mij niet genoeg kon schelen om ernaar te vragen. Er is niks tussen ons en dat zal er ook nooit komen. Laat het los, vergeet het. En als je ook maar íéts om die jongen van je geeft, probeer dan een goeie moeder voor hem te zijn.'

Hij draaide zich om en vertrok. Zijn laarzen bonkten luid op het hout van de portiek en de trap. Hij stapte in zijn auto en belde Charlie voordat hij wegreed. 'Ik ben hier klaar,' zei hij. 'Hoe gaat het?'

'Het is rustig. Volgens mij was er maar één georganiseerd feest en dat loopt inmiddels ten einde. De meeste bezoekers zijn te voet. Weinig kinderen meer op straat. Ik heb een klacht over geluidsoverlast gekregen; de muziek stond te hard, dat is alles, en die mensen hebben excuses gemaakt en het volume zachter gezet. Het spookhuis van de Knudsons is nog open, maar de afgelopen twintig minuten zijn er geen kinderen meer geweest.'

'En in het centrum?'

'Alles onder controle toen ik er de laatste keer rondreed. Een paar volwassenen en wat tieners zijn bezig de boel op te ruimen.'

Seth keek op zijn horloge. Het was negen uur geweest. 'Als je me niet meer nodig hebt, dan hou ik het voor gezien voor vandaag en ga een hapje eten.'

'Prima, baas. Mocht zich een incident voordoen, dan bel ik, maar ik denk dat alles rustig blijft.'

Seth reed langzaam de straat uit in de richting van de pizzaboer, waar het inmiddels krioelde van de tieners. Hij bestelde vanuit zijn auto per telefoon een grote pizza en moest er ongeveer een kwartier op wachten. Die tijd bracht hij voor de pizzeria door, kletsend met andere klanten en passanten. Toen ging hij naar binnen om de pizza op te halen, stapte weer in zijn auto en reed naar Iris. Hij wilde haar zien om de nare smaak die hij aan de ontmoeting met Sassy had overgehouden weg te halen.

Toch vreemd, dat van Sassy. Hij had gedacht dat zij zijn eerste was, tot Iris hem had verteld over de bewuste nacht een paar dagen voor het examenfeest, toen hij zijn maagdelijkheid in een dronken bui was kwijtgeraakt. Natuurlijk had hij geweten dat Sassy een slechte naam had; hij kende de verhalen die over haar de ronde deden. Het had hem weinig kunnen schelen dat ze voor hem al met jongens naar bed was geweest. Ze had verscheidene keren met nadruk beweerd dat ze nog maagd was, en hij had dat maar zo gelaten. Ze was zijn eigendom immers niet. Wat er gebeurd was voordat ze verkering kregen, was zijn probleem niet. Bovendien had hun relatie maar kort geduurd en had zich vooral gekenmerkt door problemen.

Hij belde de centrale en meldde zich af. Toen belde hij Iris en toen ze opnam, zei hij: 'Ik hoop dat je nog op bent.'

'Jazeker. Wat is er dan?'

'Ik ben sinds vanmorgen vroeg aan het werk geweest. Ik heb foto's gemaakt van kobolden en prinsessen en heksen. En ik heb een pizza bij me omdat ik verrek van de honger. Mijn dienst voor vandaag zit erop.'

'Nou, waar blijf je met die pizza!'

Alleen daardoor al voelde hij zich stukken beter. Hij wist niet hoe snel hij naar binnen moest. Hij parkeerde zijn patrouillewagen op haar oprit en stapte uit.

Hoofdstuk 11

Troy werkte op de avond van Halloween in Cooper's bar. Cooper zelf was door zijn vrouw gerekruteerd om samen wat huizen langs te gaan met hun drie maanden oude dochtertje, dat verkleed was als eendje en geen idee had hoe ze haar hoge schattigheidsfactor uitbuitten. Rawley was de stad in gegaan om Carrie een handje te helpen met het uitdelen van snoep. Maar het zou wel niet druk in het café worden vanavond, niet nu het zo koud was en alle actie toch in de stad plaatsvond.

Halloween was geen feest dat hem bijzonder aansprak, maar hij moest toegeven dat hij de verkleedpartijen soms hilarisch vond. De kinderen van de dokter kwamen hun outfit even showen voordat ze op snoepjacht gingen met Devon, de coach en hun kinderen Mercy en Austin. De kleine meisjes waren natuurlijk verkleed als prinsesjes. Austin was een zombie en Will van vijf stal de show in een commandopak.

Om zeven uur was Cooper weer terug en om halfacht hielden de coach en zijn kinderen het voor gezien. Het was nog niet eens negen uur toen Troy de zaak had geveegd, opgeruimd en gedweild. Op zoek naar wat vertier zette hij koers naar de stad. Omdat het droog was besloot hij te gaan lopen. Op zijn route over het strand passeerde hij een groot vreugdevuur met leerlingen die elkaar achternazaten. Toen ze hem zagen, begonnen ze te joelen en te schreeuwen. 'Hé, Troy!' Ze voelden zich zo cool omdat ze hem buiten schooltijd bij zijn voornaam noemden als er geen andere leraren in de buurt waren. Ze gaven hem zoveel energie. Hij voelde zich verplicht om zich volwassen te gedragen en zei dat ze voorzichtig moesten doen bij dat vuur.

Troy woonde in een kleine tweekamerappartement in een nogal haveloos en goedkoop complex in de stad – een slaapkamer om te slapen, de andere om zijn speeltjes op te bergen. Behalve behoorlijk meubilair neerzetten had hij alleen betere sloten laten aanbrengen; zijn sportuitrusting was kostbaar.

Hij liep de straat waar hij woonde voorbij, de heuvel op naar Iris' huis. Op haar oprit stond een surveillancewagen geparkeerd. Behoorlijk schaamteloos. Doorgaans had Seth tenminste nog het fatsoen om zijn auto op de oprit van zijn ouders neer te zetten, wat overigens net zo dicht bij Iris' achterdeur was als haar eigen oprit. Ook al hielden ze vol dat ze jeugdvrienden waren en verder niet, Troy voelde dat er meer was. Niet dat Iris of Seth dat zo snel zouden toegeven, maar hij zag gewoon wat er gebeurde. Er was een chemie tussen die twee die intenser was dan louter vriendschap.

Hij draaide zich om en liep de heuvel weer af. Misschien dat hij even naar Cliff's moest gaan of naar Waylan's. Hij had zin in een biertje. Beetje afleiding misschien. Hij had waarschijnlijk beter moeten nadenken voordat hij een baan aannam in een klein stadje waar loslopende vrouwen zo dun gezaaid waren. De kans dat hij geluk had op een vrijdagavond was niet echt groot. Misschien dat er sneeuw lag op Mount Hood; na een dagje skiën waren er meestal vrouwen genoeg om mee te flirten.

Kort nadat hij naar Thunder Point was verhuisd had hij Iris ontmoet, en zichzelf gefeliciteerd met zijn goede smaak en wijsheid: ze was knap, intelligent, geestig en sexy. Het duurde niet lang voordat hij haar mee uit vroeg. In de overtuiging dat hij het heel lang kon uithouden met iemand als Iris, had het hem geen moeite gekost in de kleine gemeenschap te aarden. Maar het bleek niet te werken tussen hen. Dat had hij eerder meegemaakt – dat kon gebeuren. Hij was teleurgesteld, maar hij zei tegen zichzelf dat dat wel weer over zou gaan.

Doelloos slenterde hij over straat. De deur van Waylan's stond open en het blikkerige geluid van muziek uit een oude jukebox dreef naar buiten. Waylan's was oké, maar geen kroeg waar je naartoe ging als je gezellig wilde kletsen. De drank was er goedkoop en aan het eind van de middag waren er daarom altijd wel klanten die na het werk een neut kwamen drinken. Maar 's avonds waren er gewoonlijk alleen eenzelvige en zwijgzame mensen te vinden die in alle rust wat wilden drinken, verder niet. Hij besloot om te kijken of de supermarkt nog open was en een sixpack te kopen voor thuis.

Toen kreeg hij de heks in het oog die haar stoepje veegde en haar versiering opruimde. 'Hallo,' riep hij.

Ze draaide zich om en begon kakelend te lachen, haar zwarte tanden tonend.

Hij schoot in de lach. 'Ik dacht dat jij je dit jaar zou verkleden,' zei hij.

'Grappig hoor. Pas maar op dat ik je niet beheks. Als je morgenochtend opstaat om te plassen moet je niet schrikken van het maatje pink dat je dan hebt.'

'Vals kreng dat je bent.'

'Je moet een heks ook nooit uitlachen. Daar zijn we heel gevoelig voor.'

'Maar heb je ook dorst, dat is de vraag.'

Ze leunde op haar bezem. 'Ik weet het niet. Ik ben doodmoe... ik heb de hele avond mensen lopen beheksen...'

'Dus de hele stad loopt rond met kleine pielemuisjes?'

Ze grijnsde. 'Sommige zijn juist heel groot.'

'Wauw! Wat moet je doen om een grote te krijgen?'

'Soms hoef je alleen maar een verdorven meisje te zijn. Dat is genoeg.'

'Wat ben jij een slechte, slechte heks. Straks word je nog uit de heksenbond gegooid. Kom op, dan help ik je alles op te ruimen en dan gaan we een koud biertje drinken bij Waylan's. Daar valt niemand op dat je verkleed bent.'

'En dat is een pluspunt?' vroeg ze. 'Zou jij dit misschien binnen willen zetten terwijl ik mijn tanden poets? Ik ben zo terug.'

'Kleed je niet om, Dillon,' zei hij, haar bij haar achternaam noemend. 'Bij nader inzien wil ik vanavond een heks op een drankje trakteren. Daar ben ik echt voor in de stemming.'

'Ik ben nog nooit in Waylan's geweest,' zei ze.

'Dat is hier aan de overkant!'

'Het ziet er wat... louche uit.'

'Het ís ook louche. En niks bijzonders. Maar het bier is er koud, dus schiet nou maar op.'

Troy deed wat Grace had gevraagd en bracht de bloemen, de lampions en de andere versieringen naar de werkplaats achter de winkel. Hij keek waarderend om zich heen – zowel de winkel als de werkplaats zagen eruit om door een ringetje te halen. Opgeruimd en stijlvol. Een koelelement met een voorzijde van glas strekte zich over de hele breedte van de werkruimte uit, gevuld met bloemen. Aan de andere kant bevond zich een kantoortje en een toiletruimte. De houten vloer had een zachte glans, de wanden waren vrolijk geel geverfd en de schappen erlangs waren gevuld met netjes gesorteerde benodigdheden.

Hij hoorde wat gestommel en even later ging de achterdeur open. Grace kwam binnen en draaide de deur achter zich in het slot.

'Waar kom jij nou vandaan?' vroeg hij.

'Van boven. De trap zit in het steegje achter de winkel.'

'Wat is daar dan?' wilde hij weten.

'Ik,' antwoordde ze. 'Het is er heel klein. Piepklein. Rose gebruikte het als opslag. Ze verhuurde trouwens ook opslagruimte aan andere winkeliers uit de buurt. Ik heb het schoongemaakt, een paar verbeteringen aangebracht en nu woon ik er.' Ze lachte haar nu weer witte tanden bloot.

Hij zou die zwarte gaten nog missen, dacht hij. 'Kom mee, heksje, dan gaan we aan de overkant wat drinken.'

Het was warm en donker in de kroeg en het rook er

naar jarenlang verschaald bier en oude rook uit de tijd dat mensen nog mochten roken in cafés. Dat was de echte reden dat Waylan de deur altijd open had staan, tenzij het vroor dat het kraakte of het buiten stormde. Er brandde nauwelijks licht en verspreid langs de bar zaten maar drie mensen. Aan een tafeltje achterin zat een stelletje dicht tegen elkaar aan gekropen te zoenen en te fluisteren. Verder waren er alleen mannen, en kennelijk allemaal alleen. De ruimte was eigenlijk een smerig zootje. Maar de bar zelf was mooi en de schappen met spiegels achter de bar hadden iets stijlvols.

'Wauw,' zei Grace.

Troy hield een kruk voor haar klaar. Zodra ze erop was gaan zitten en hij naast haar zat, boog ze zich naar hem toe en fluisterde: 'Mijn schoenen plakten aan de vloer.'

Hij schoot in de lach. 'Geen zorgen. We bestellen geen bier van de tap.'

'Pak van mijn hart.'

Hij vroeg de stuurs kijkende Waylan om twee flesjes koud bier en wat pinda's.

'Ik heb hier net geveegd,' zei Waylan.

'Geef er dan een lege schaal bij waar we de doppen in kunnen doen.'

'Vooruit dan maar,' zei hij. 'Maar zorg dat je niet knoeit. Ik heb geen zin om straks weer te vegen.' Hij legde twee viltjes op de bar en zette er met een klap twee flesjes bier op.

Troy liet een elleboog op de bar rusten, pakte zijn biertje en grijnsde. 'Goed. Kom je hier vaak?'

Grace draaide een paar plukken van haar grijze heksenpruik om haar vinger. 'Volgens mij heb ik dezelfde kapper als Waylan. Kom jíj hier trouwens vaak? Want dat zou een minpuntje kunnen zijn.'

'Je kunt hier op drie plekken een koud biertje krijgen, en in eentje daarvan werk ik. Als je zin heb ik een koud biertje, kun je dat maar beter vóór elf uur hebben.'

'Weet je wat me opvalt aan deze tent?' zei Grace. 'Dat niemand naar me kijkt. En ik ben de enige heks hier, toch?'

'Je valt hier helemaal niet op.'

'Ik heb eigenlijk best wel trek en volgens mij is Waylan de pinda's vergeten.'

'Wil je liever naar de pizzeria gaan?'

'Weet je wat? Bier heb ik thuis niet, maar ik heb wel eten. Als jij nou een paar biertjes loskrijgt om mee te nemen, dan maak ik kaastosti's voor ons.'

'Kaastosti's?'

'Met bacon en tomaat? En patat erbij?'

'Waylan!' brulde Troy. 'Nog twee flesjes bier graag. Laat de dop er maar op. We nemen ze mee naar huis.' Hij stond op en haalde zijn portefeuille uit zijn zak. Hij legde net een paar biljetten op de bar toen Waylan de gevraagde flesjes op de bar zette. Troy pakte de flesjes en liep achter Grace aan naar buiten, door de bloemenwinkel heen naar de achterdeur die uitkwam op het steegje met de trap.

'Behoorlijk donker hier,' merkte hij op.

'Ik kijk altijd goed om me heen voor ik afsluit. Nooit iets verdachts gezien.'

'Stel dat iemand zich heeft verstopt achter de vuilcontainer?'

Op de trap bleef ze staan en draaide zich naar hem om. 'Hartelijk dank, Headly. Daar gaat mijn nachtrust.'

'Je bent hier vast en zeker veilig,' zei hij. 'Vooral hier.'

Ze haalde haar neus op en ging hem voor naar een kleine zolder. Ze kwamen binnen in een keukentje dat overging in een woongedeelte. Alles wat een mens nodig had, stond er: een bankje, een luie stoel, twee smalle sidetables, een bescheiden wandmeubel met een televisietoestel en schappen voor boeken en foto's. Zoekend keek hij om zich heen. 'Waar is de badkamer?'

'Die deur daar. Ga je gang,' zei ze, de ongeopende biertjes in de koelkast zettend.

Hij hoefde geen gebruik te maken van de badkamer; hij wilde alleen zien hoe de rest van de zolder eruitzag. Nadat hij haar de twee open flesjes, nog halfvol, had overhandigd, liep hij naar de deur, die in feite eerder een boog dan een deur was. Hij kwam terecht in een bijzonder kleine kamer met een neergeklapt en netjes opgemaakt opklapbed en een badkamertje met een wastafel, toilet, douche en een kastje. In de slaapkamer zelf zag hij nog een kleine ladekast en een vrijstaande garderobekast.

Hij slenterde terug naar de keuken. Grace had al eten neergezet op de kleine tweepersoonstafel en een koekenpan op het tweepitsfornuis. De overige apparatuur bestond uit een minikoelkast en een magnetron. 'Dit is eigenlijk heel... leuk,' zei hij.

'Dank je.'

'Zit er boven alle winkels zo'n ruimte?'

'Ja, maar allemaal ongebruikt. Geen appartementen voor zover ik weet. Dit zag er ook heel anders uit, maar ik zag de mogelijkheden gelukkig. Er moesten leidingen worden aangelegd en het moest geverfd worden. De ramen naar de straat bevinden zich in het slaapkamertje. Het is heel klein allemaal, maar ik ben maar alleen. En beneden heb ik een kantoortje.'

'Dat is wel een heel klein koelkastje,' merkte hij op.

'Ik zet wel eens een paar flessen wijn koud in de bloemenkoeling,' zei ze. 'Zou jij misschien deze tomaat in plakjes willen snijden en de bacon in de magnetron uitbakken terwijl ik mezelf even excuseer?'

'Natuurlijk. Mijn specialiteit: snijden en de magnetron aanzetten.'

Onder het snijden van de tomaat bedacht hij dat dit de eerste keer was dat hij nieuwsgierig was naar Grace. Hij was precies twee keer in haar winkel geweest; een keer om een boeket voor Moederdag voor zijn moeder te bestellen, en een keer om bloemen voor Iris te kopen, al had hij dat er niet bij gezegd. Hij was Grace een paar keer tegengekomen in de stad, meestal samen met Iris; ze waren per slot van rekening vriendinnen. Hij had geen idee gehad dat ze deze opslagruimte had veranderd in een gezellig appartementje, wist niet wie haar vrienden waren. Hij had de laatste tijd wat vaker met haar gepraat omdat ze toevallig op dezelfde tijd op dezelfde plaats waren geweest en kennelijk allebei alleen waren. En ze was een goede tweede nu Iris de band zo radicaal doorgesneden leek te hebben.

Bij terugkeer naar de keuken, bleek ze haar heksenoutfit te hebben omgewisseld voor een spijkerbroek met een T-shirt, sokken en een paardenstaart. 'Dat is beter,' zei ze. 'Ik was nu wel klaar met mijn heksenrol.'

'Je was een goede heks, maar ik zal morgenochtend toch voor de zekerheid even checken of je me niet hebt vervloekt.'

'Je zou raar opkijken...'

'Woon je hier alleen?' vroeg hij.

'Ja, natuurlijk! Er is toch geen ruimte voor meer mensen.'

'Waarom is het hier zo netjes?'

'Ik hou van netjes,' zei ze. 'Jij niet?'

Hij schudde zijn hoofd. 'Ik ben een sloddervos. Ik leef tussen stapels. Dat maakt me niets uit. Ski je ook?'

Ze wendde haar ogen af en begon te rommelen met brood, boter, plakjes kaas. 'Niet echt,' zei ze. 'Het is al jaren geleden. Hoezo?'

'Nou, ik zat erover te denken om in mijn volgende lange weekend te gaan skiën. Een beetje in de buurt – Mount Hood. Je zou mee kunnen gaan,' stelde hij voor.

'Ik heb geen ski's.'

'Die zijn daar te huur. Skischoenen ook. Je zou wel zelf een ski-jack en zo moeten hebben...'

'Dat zit er op dit moment niet in,' zei ze. 'Helemaal niet voor een enkel keertje skiën.'

'Ik heb heel lang in een spijkerbroek met een parka geskied. Mijn vader was onderhoudsmonteur bij de gemeente en mijn moeder was schooljuf – we hadden het geld niet voor alles wat ik wilde doen. Dus thermo-ondergoed, spijkerbroek, geleende handschoenen...'

'Ja,' zei ze. 'Dat zou nog wel lukken, denk ik...'

'Voorlopig is het nog niet zo ver. Misschien dat ik over een maand pas weer een lang weekend vrijaf heb. Maar denk erover na. Het zou heel leuk kunnen zijn.'

'Wie weet. Wil je augurkjes bij je tosti?'

'Eigenlijk wil ik er tomatensoep bij,' zei hij. 'Dat heb je vast niet in huis, maar vroeger doopte ik mijn tosti altijd in tomaten–'

Ze trok een kastje open waarin iets van twintig blikken stonden. Eentje daarvan bevatte tomatensoep. Ze lachte naar hem en opeens viel het hem op hoe knap ze eigenlijk was.

Gek dat hij dat nooit eerder had gezien.

Seth verorberde de pizza terwijl Iris de foto's op zijn telefoon bekeek. Ze moest lachen om de kostuums van de winkeliers van Thunder Point, vooral om dat van Grace, en keek vertederd naar de verklede kleintjes. 'Ik heb helemaal geen foto's gemaakt,' bekende ze. 'Het kostte me al moeite genoeg om bij de deur te komen voordat ze begonnen te schreeuwen. Halloween is leuk, maar ik word er eerlijk gezegd bekaf van!'

Ze pakte een punt van de pizza, nam een hap en legde toen het stuk weer neer om de foto's nog een keer te bekijken. Tegen de tijd dat ze eindelijk zover was dat ze haar aandacht op de pizza kon richten, was hij al half op. Ze gaf hem zijn telefoon terug.

'Nou zitten er allemaal vette vingers op.' Hij veegde hem schoon met een servetje.

'Je bent zo stil vanavond,' zei ze.

'Echt? Het spijt me, was er dan ruimte voor mij om iets te zeggen?'

'Heel grappig,' zei ze. 'Het is een rustige avond geweest, hè?'

Hij haalde zijn schouders op en nam nog een hap, al was zijn trek opeens grotendeels verdwenen. 'Heb je een biertje voor me?'

Ze hield haar hoofd schuin. 'Onder diensttijd?' vroeg ze. Niettemin pakte ze een biertje voor hem uit de koelkast.

'Ik heb me afgemeld voor de rest van de avond. Ik heb me alleen nog niet omgekleed.' Hij wipte de dop van het flesje en nam een lange teug. 'Dat is beter,' zei hij. Toen keek hij haar aan. 'Ik moest vanavond een jongen van twaalf bij zijn moeder afleveren. Sassy.'

'O?'

'Hij had het snoep van een paar jongere jongens afgepakt. Er is verder niets gebeurd, maar ik zag het toevallig en ik heb hem in de kraag gevat. Ik hou mezelf voor dat hij ze geen pijn gedaan zou hebben, maar zeker weten zal ik dat nooit. Dat is pestgedrag. Daar heb ik een ontzettende hekel aan.'

'Dat heeft je plezier in het hele feest wel wat verziekt, denk ik.'

'Ja, maar dat komt vooral door Sassy. De dingen die ze zegt. Ze gelooft echt dat er iets serieus gaande was tussen haar en mij.' Hij schudde zijn hoofd. 'Dat snap ik niet. Ik herinner me onze verkering als kort en pijnlijk. Kort en pijnlijk en snel vergeten.'

Ze bleef zwijgen. De hele tijd die hij nodig had om

zijn handen af te vegen, nog een teug bier te nemen en zijn mond met het servetje te betten. Toen keek hij haar aan. 'Wat is er?'

'Ik was ervan overtuigd dat je op die manier over ons dacht,' zei ze.

'Iris, ik wist niet dat er een ons wás. Of in elk geval niet wat voor soort ons. Ik treurde om een verloren vriendschap zonder te weten dat er meer aan vastzat. Je had alle reden om zo boos en gekwetst te zijn. Maar met Sassy is het totaal iets anders. Die is sinds de middelbare school minstens drie keer getrouwd geweest en ze doet nog steeds alsof we het nog maar een keer moeten proberen.'

'Zo voelt ze dat, denk ik,' zei Iris. 'Misschien al wel jarenlang.'

'Als dat zo is, moet ze zich laten nakijken. Hoor eens,' zei hij, waarna hij een lange pauze inlaste alsof hij ergens over nadacht. 'Ik verpest dit natuurlijk weer grandioos. Ik was een idioot en een klootzak. Ik was een tiener. Ik dacht dat ik een heer was; mijn moeder heeft me goed gedrag tegenover meisjes met de paplepel ingegoten. En zo af en toe deed ik ook wel iets galants. Maar eerlijk gezegd voelde ik me alleen tot Sassy aangetrokken omdat er een aura van seks en bereidwilligheid om haar heen hing. Ik had dat toen niet zo kunnen verwoorden, maar daar kwam het op neer. En verder was het een bedroevende ervaring waar ik de vieze smaak van schaamte en jaloezie en frustratie aan heb overgehouden.'

'En een gebroken hart,' voegde ze eraan toe.

'Ja, ongeveer een kwartier lang, tot ik de volgende knappe meid in het vizier kreeg. Die trouwens mijn hart ook gebroken heeft. Pas veel later kwam ik erachter wat echt belangrijk was, wat echt was. Sassy is nooit een vriendin geweest, nooit een meisje dat ik kon vertrouwen. Dat is niet goed, Iris, maar meer had ik niet in die tijd. En raad eens? Meer is het ook nooit geworden. Ik heb geen moment wakker gelegen van haar.'

'Dat wil nog niet zeggen dat zij er nu geen verdriet meer van heeft,' merkte ze op.

'Daar kan ik haar niet mee helpen. Het is de hoogste tijd dat we allemaal volwassen worden en verder gaan. Ze mag het dan misschien nog niet willen toegeven, maar ze heeft grotere problemen dan de vraag of een van haar vroegere vriendjes misschien met haar uit wil. Als ze niet meer aandacht aan haar kinderen besteedt, kan in elk geval een daarvan voor galg en rad opgroeien. Hij is groot voor zijn leeftijd en voor je het weet, gebeurt er echt iets.'

Iris ging wat rechter op zitten. 'Eh, zullen we er even een officieel gesprek van maken? Van schooldecaan tot politieagent? Vertrouwelijk en zo?'

'Prima, maar wat –'

'Er is een meisje op school over wie ik me wat zorgen maak. Het kan zijn dat ze gewoon onhandig is. Voor elke blauwe plek heeft ze wel een plausibele verklaring. Er zit alleen een luchtje aan en ik... Niet alleen ik, maar ook sommige docenten vragen zich af wat er aan de hand is. Ik heb er nooit aan gedacht dat een jonger broertje verantwoordelijk voor haar letsel zou kunnen zijn, maar wat als ze met elkaar vechten? Als haar broer haar stompt en slaat?'

Seth haalde zijn schouders op. 'Mijn broers en ik waren altijd aan het knokken. Nick en Boomer hadden het zwaar te verduren – mijn moeder zat ze achterna met een bezem en mepte erop los tot ze ophielden. Maar meer dan blauwe plekken hielden we er niet aan over. Soms een blauw oog. Ik beschouw ze niet als ruziezoekers. Alleen als stommelingen. En broers. Trouwens, wij knokten ook wel met elkaar. Je hebt me zelfs in elkaar geslagen!'

'Dat was meer dan verdiend,' wierp ze tegen. 'Bovendien had je mij best kunnen hebben. Waarom deed je niks terug? Nu ik erover nadenk, als jij Robbie Delaney kon hebben, dan kon je mij zeker hebben, en toch deed je dat niet...'

'Ik mocht geen meisjes slaan,' zei hij. 'En we waren toen nog klein. Toen we ouder waren, later op de middelbare school, gebeurde dat niet meer.'

'En hier gaat het wel om een tiener op de middelbare school,' zei Iris. 'Een lief meisje. Ze is geen vechtersbaas, niet iemand die ruzie zoekt en vervolgens letsel oploopt.'

'Wat voor letsel?'

'Blauwe plekken in haar hals. Schouder. Tand door de lip en een blauw oog. Hoe vaak loop je iets op bij de cheerleadertraining of loop je tegen een muur op?'

Seth fronste zijn wenkbrauwen. 'Blauw oog? Blauwe plekken in haar hals?'

Iris knikte. 'Troy attendeerde me erop en sindsdien

hou ik haar in het oog. Seth, het gaat om de dochter van Sassy. En die blijkt nu een broertje te hebben dat een potentiële pestkop is.'
'Shit,' zei Seth.

Hoofdstuk 12

Toen Iris op de middelbare school zat en John Garvey er nog de decaan was, zat er een meisje bij haar in de klas dat Laura heette. Ze was populair, maar niet megapopulair zoals sommige andere meisjes. Ze zat in het cheerleaderteam, was lid van allerlei clubjes en verzette veel werk voor schoolprojecten zoals de schoolbals. Als Iris het zich goed herinnerde, ging ze niet veel uit. Dat was misschien een van de redenen dat ze met elkaar optrokken; het leek wel of het vaak op Laura en Iris neerkwam om de papieren slingers en ballonnen op te hangen voor feesten waar ze zelf niet naartoe gingen.

Op een dag kwam Laura huilend de klas in. Ze was zo overstuur dat ze de eerste les niet kon bijwonen. Ze verstopte zich in het toilet naast de gymzaal, een plek waar niemand haar zou vinden aangezien er eigenlijk niemand meer kwam zodra de lessen eenmaal begonnen waren.

John Garvey, de meest hopeloze decaan ooit, liet haar bij zich komen en informeerde wat er aan de hand was. Hij weigerde haar te laten gaan voordat ze het hem had verteld; hij zei dat hij haar zo nodig de hele dag op zijn kamer zou laten zitten. Ze zei tegen hem dat ze het zou vertellen als hij beloofde het niet door te vertellen aan haar ouders.

Later vertelde Laura het aan Iris. Ze waren niet echt

dikke vriendinnen, geen meisjes die samen naar de volgende les liepen of uren met elkaar aan de telefoon hingen, maar ze mochten elkaar gewoon. Mr. Garvey had beloofd het tegen niemand te zeggen en dus had Laura hem verteld dat haar vader die ochtend een woedeaanval had gekregen. Waarschijnlijk had hij een kater, zei ze. Hij was kwaad op alles en iedereen. Hij zat al een paar maanden zonder werk en was boos in het algemeen. Die ochtend had hij tegen haar lopen schreeuwen, haar bij haar haren gepakt en haar zo hard met haar hoofd tegen de voordeur gesmeten dat het glas in het ruitvormige raampje gebroken was. Dat maakte hem nog kwader en hij smeet haar boeken op het grasveldje voor het huis, dat kletsnat en modderig was. Hij schreeuwde tegen haar dat ze een waardeloos stuk vreten was en vervolgens was ze zonder jas naar school gelopen omdat ze voor geen goud weer naar binnen durfde.

Mr. Garvey hoorde haar verhaal geduldig aan, zei Laura. Hij troostte haar en toen ze een halfuur later voldoende bijgekomen was, ging ze terug naar de les met een door Mr. Garvey ondertekend excuusbriefje. Toen ze die middag thuiskwam, liep ze recht tegen een vuist aan. 'Dus ik heb jou geslagen, hè?' bulderde haar vader. 'Wat denk je hiervan dan, klein achterbaks loeder!'

Toen Laura de volgende dag met een dikke lip op school verscheen, zei ze dat ze tegen een kastdeurtje was opgelopen dat haar kleine zusje per ongeluk open had laten staan. En tegen Iris zei ze: 'Je moet die stomme hufter van een Garvey nooit vertrouwen, hoor.'

Toen Iris dat verhaal aan Seth vertelde, kon hij zijn oren bijna niet geloven. 'Mijn hemel, hebben jullie decanen dan geen zwijgplicht of zo?'

'Als iemand een gevaar is voor zichzelf of voor anderen, moeten we natuurlijk ingrijpen, maar de dader tippen hoort daar uiteraard niet bij. John Garvey dacht dat hij alles wist en heeft daardoor een hoop schade aangericht. Ik vraag me af wat er van Laura is geworden. Ik hoop dat ze enorm succesvol is en zielsgelukkig en elke dag een naald in een John Garveypop steekt.'

'Weet jij toevallig hoeveel tijd Robbie Delaney met de kinderen doorbrengt?' vroeg hij.

Ze schudde haar hoofd. 'Hij woont al jaren niet meer in Thunder Point. Ik heb geen idee wanneer hij is vertrokken – na het eindexamen ben ik zelf weggegaan om te gaan studeren. Ik heb gehoord dat Sassy weggegaan was, weer terugkwam, weer wegging en weer terugkwam. Haar zus en haar ouders woonden hier en toen ze de laatste keer terugkwam, is ze bij haar zus ingetrokken. Tenminste, dat is wat ik gehoord heb.'

'Ik zou kunnen proberen om een gesprek te hebben met Robbie, tenzij jij dat een slecht plan vindt,' zei Seth.

'Pak het voorzichtig aan,' zei ze. 'We willen niet dat hij zich afreageert op de kinderen omdat...' Ze haalde diep adem. 'Want stel dat hij de dader is?'

'Ik kan in elk geval niet met Sassy praten, Iris,' zei hij. 'Die vat alles wat ik zeg verkeerd op.'

Het was om allerlei redenen fijn om iemand als Seth te hebben om mee te praten. Om te beginnen zaten ze bij elkaar in een team wat hun werk betrof; ze waren allebei even alert op misbruik en verwaarlozing en allerlei vormen van geweld. Ook was het fijn om een vriend te hebben met wie ze over van alles en nog wat kon praten, van alledaagse onbenulligheden tot grote wereldproblemen. Het enige wat haar zorgen baarde, was dat ze zich nog steeds gevaarlijk tot hem aangetrokken voelde. Ze was bang dat het pijn zou doen wanneer hij haar uiteindelijk de waarheid zou vertellen, dat hij toch alleen weer vrienden wilde zijn maar niet meer dan dat. Erg veel pijn.

Maar voorlopig zette ze dat probleem van zich af; het was nu eerst zaak een manier te vinden om de situatie met Sassy's dochter op te lossen.

Ze wachtte op een volgende melding en helaas hoefde ze daar niet lang op te wachten. De gymlerares berichtte dat Rachel Delaney donkere plekken op haar bovenarmen had die de indruk wekten dat iemand haar hardhandig had vastgepakt. Het was niet te zeggen of het om een mannelijke of vrouwelijke dader ging, maar de afdrukken van vier vingers en een duim op beide bovenarmen vielen niet te ontkennen.

Iris kwam in actie. Ze besloot Cammie Manson op te roepen. Ze stuurde haar een briefje waarin ze vroeg of ze tijdens haar studie-uur of na de lessen even bij haar op kantoor wilde komen. Cammie meldde zich rond de middag.

'U wilde me spreken, Ms. McKinley?' vroeg ze beleefd.

'Ja, fijn dat je even langskomt. Ga zitten,' zei ze, terwijl ze opstond om beide deuren – de deur naar de overige kantoorruimtes en de deur naar de gang – te sluiten. Wanneer die laatste dichtging, floepte er automatisch een niet-storenbordje aan. 'Ik heb de resultaten van de toelatingstest bekeken en je hebt het geweldig gedaan. Ben je er zelf ook tevreden mee of wil je nog een poging wagen je score te verbeteren?'

Cammie zuchtte. 'Dat weet ik niet,' zei ze vermoeid. 'Waarschijnlijk zou ik mijn score nog wat op kunnen krikken, maar waarom zou ik? Ik bedoel, met het resultaat dat ik nu heb gehaald kan ik terecht op elke universiteit in Oregon, toch? Want weer al dat oefenen en weer een hele dag opgaven maken... God, ik weet niet of ik dat op kan brengen.'

Iris moest onwillekeurig glimlachen. 'Dat begrijp ik volkomen. Tenzij je graag een gooi wilt doen naar een extra beurs voor een universiteit in een andere staat.'

Cammie schudde haar hoofd. 'Geen haar op mijn hoofd die daaraan denkt,' zei ze. 'Het zal al moeilijk genoeg zijn om een universiteit hier in Oregon te betalen. We hebben weinig geld. Ik ben van plan een aanvraag voor financiële ondersteuning bij de staat in te dienen.'

'Dat begrijp ik helemaal,' zei Iris. 'Ik heb mijn studie kunnen doen dankzij leningen en giften. Gelukkig kon ik daarna in Oregon aan de slag. Dat scheelt een stuk in het bedrag dat je moet terugbetalen. Je lost je schuld dan mede in met het werk dat je verricht.'

'Echt? Dat wist ik niet,' zei Cammie, zich geïnteresseerd naar voren buigend. 'Want ik ben niet van plan om weg te gaan uit Oregon. Nou ja, misschien voor een vakantie, maar meer ook niet.'

'Dus dat is dan geregeld?' vroeg Iris.

'Ik denk het wel,' zei ze. 'Nu alleen nog een plek in het cheerleaderteam van de Ducks, maar ik heb gehoord dat het erg moeilijk is om daarin te komen.'

'O, maar ik heb je gezien en je bent echt erg goed. Volgens mij maak je een goede kans.'

'Bedankt, Ms. McKinley, erg aardig van u om dat te zeggen.'

'Ik zei het niet om aardig te zijn, Cammie – ik denk dat je voor veel dingen echt talent hebt. Goed, we hebben wat tijd over, dus ik wilde het nog even ergens anders met je over hebben. Je beste vriendin is Rachel Delaney, is het niet?'

'Dat klopt.'

'Jullie zouden zussen kunnen zijn, zoveel lijken jullie op elkaar. Ik wil graag van jou weten waarom jij denkt dat ze zoveel ongelukjes heeft,' zei Iris, meteen het punt ter sprake brengend waar het haar om ging.

Cammie wist even niet wat ze moest zeggen. 'Ik begrijp niet wat u bedoelt,' zei ze uiteindelijk.

'Ik denk dat je dat wel weet, Cammie. Ze heeft voortdurend wat. Blauwe plekken, een blauw oog, gekneusde plekken, een keer een tand door de lip. Hoe zit dat precies?'

'Geen idee,' zei Cammie schouderophalend, maar ze keek Iris niet aan. 'Bij de training kreeg ze een knietje...'

'Weet je, Cammie, ik denk dat we in actie moeten komen voordat er echt iets gebeurt. Als ze hulp nodig heeft, dan kan ik haar die geven zonder dat jij erbij betrokken wordt. Als ze mishandeld wordt, dan moet daar een einde aan gemaakt worden, en als ze werkelijk zo onhandig is, dan moet ze naar een neuroloog om uit te zoeken of ze soms een evenwichtsstoornis heeft als gevolg van multiple sclerose of hersenletsel. Zelf heb ik het vermoeden dat iemand haar pijn doet. En als ik gelijk heb, kan ik haar een paar ideeën aan de hand doen waarop we daar een einde aan kunnen maken zonder dat iemand kwaad op haar wordt. Oké?'

Nauwelijks verstaanbaar fluisterde Cammie: 'Maar ik heb het beloofd...'

'En ik beloof jou, Cammie, dat ik nooit zal vertellen dat ik het van jou heb.'

'Maar als ik de enige ben die het weet –'

'Dat is vast niet zo. Daar kom je later nog wel achter: geheimen bestaan niet. Niet echt. Maar daar gaat het nu niet om. Als iemand haar pijn doet, is het belangrijker dat ik haar uit die situatie kan helpen dan dat jij je aan je belofte houdt.'

Cammie schudde haar hoofd en haar mooie blonde haar zwierde mee. 'Dat denk ik niet. Ik denk niet dat u dat kunt. Ik kan er echt niet over praten.'

'Laten we het volgende afspreken. Denk er een paar dagen over na. Denk na over wat belangrijker is – het aan mij vertellen zodat Rachel geholpen wordt, of het geheim bewaren tot er werkelijk iets ergs gebeurt. En denk ook over het volgende na: het hoort bij mijn werk om nader onderzoek in te stellen als ik denk dat er iets ernstigs aan de hand is. Ik heb geen keus. Ik moet erachter proberen te komen wat er precies aan de hand is.'

'Nee!' zei Cammie, plotseling in paniek.

'Ja,' zei Iris. 'Ja... en dat is beter dan dat er ergere dingen gebeuren. Je kunt het gerust aan Rachel vertellen als je dat nodig vindt – zeg maar tegen haar dat ik me zorgen maak over al die ongelukjes en dat ik wil weten wie haar dat aandoet. Zeg tegen haar dat ze naar mij toe kan komen. Dat ze me kan vertrouwen.'

'Dat doet ze echt niet.'

'Laat deze situatie niet op zijn beloop, Cammie. Wil je er op zijn minst over nadenken?'

Het meisje knikte aarzelend, zichtbaar overweldigd door twijfel.

'Kom morgen of overmorgen nog even bij me langs. Het is in Rachels belang dat we zo snel mogelijk een einde maken aan deze situatie. Rachel is een lieve, geweldige meid met een glanzende toekomst voor zich, net als jij. Het is zo belangrijk dat jullie alle kansen krijgen die er zijn. Een goede opleiding, nu en later aan de universiteit, een goed leven, vriendschap en geluk.'

Cammie ging staan. 'U snapt het gewoon niet. Als ik het vertel, als iemand dat te weten komt, dan wordt het nog veel, veel erger dan het nu is.'

'Dat hoeft niet. Soms wordt er juist dan een oplossing gevonden. Het zou je verbazen.'

'Zal ik de deur open laten staan?' vroeg Cammie.

'Ja, bedankt,' antwoordde ze.

Ze bleef achter haar bureau zitten nadenken. Ze was niet helemaal eerlijk geweest tegen Cammie. Vaak was het heel goed mogelijk om een kind dat thuis werd mishandeld te helpen, maar even vaak gebeurde dat tegen zo'n hoge prijs dat je vraagtekens kon zetten bij de gevonden oplossing. Vaak werden gezinnen uit elkaar gerukt, kwam er politie aan te pas, jeugdzorg, allerlei inmengingen van buitenaf waardoor het middel, zeker in het begin, erger leek dan de kwaal. Pas jaren later zouden betrokkenen misschien terugkijken en blij zijn dat iemand moedig genoeg was om in te grijpen. Maar voor het zover was, zouden de pijn en het verdriet alleen maar groter worden. Of tenminste, zo leek het.

Als Rachels broertje van twaalf haar zo hard aanpakte dat het blauwe plekken en andere sporen achterliet, dan zouden de kinderen uit elkaar gehaald moeten worden. Misschien dat zowel slachtoffer als dader geholpen konden worden door therapeuten. Konden ze zo op het rechte spoor worden gezet.

Natuurlijk was niet gezegd dat Bobby de dader was. Misschien was het Sassy, of Rachels vader of een van de andere leden van de familie bij wie ze in huis woonden. Maar één ding stond nu wel vast wat haar betrof: Rachel werd wel degelijk mishandeld. En dat was iets wat nooit vanzelf ophield.

Toen het gelach van een stel meiden haar gedachten verstoorde, was dat geluid als balsem voor haar bezorgde ziel. Ze deed de andere deur open, de deur naar de kantoorruimtes, waar de leerling-assistenten een plekje hadden gevonden. In een verborgen hoekje waren Krista en Misty snikkend van de lach papieren aan het sorteren en vastnieten.

Iris keek over het lage scheidingswandje heen. 'Wat heb ik gemist?' vroeg ze.

Krista keek op terwijl de tranen haar over de wangen

liepen. 'O, Ms. McKinley, het was om je te bescheuren!'

'Kent u Butch Sandler?' vroeg Misty. 'Dat is toch al zo'n enorme smeerkees, maar deze keer liet hij melk uit zijn neus lopen! Zo smerig!'

'We hebben hem niet in zijn gezicht uitgelachen, hoor,' zei Krista. 'Dat zou hem alleen maar aanmoedigen.'

'Maar we zijn snel hierheen gegaan met ons ijs want in de kantine konden we geen hap meer door de keel krijgen na dat gore gedoe. Echt, ik had het niet meer.'

'Dus jullie zijn net klaar met de lunch?'

'Dit is mijn studie-uur en Misty's lunchpauze, en daarom heb ik tijdens mijn lunchpauze doorgewerkt en heb ik tijdens mijn studie-uur lunchpauze genomen, zodat we samen konden eten. Met een stel vriendinnen van me die dezelfde lunchtijd hebben als Misty. Dat is toch wel goed, hè? Want u zei –'

'Ja, natuurlijk is dat goed,' zei Iris. 'Je bent mans genoeg om je eigen tijd in te delen. Jullie doen allebei zoveel voor me en dat stel ik enorm op prijs.' Ze keek Misty onderzoekend aan. 'Nieuw kapsel?'

Misty straalde. 'Vindt u het leuk?'

'Enig!' zei Iris. Misty leek een ander meisje. Geen spoortje triestheid of stress meer te bekennen. Ze leek zelfs ouder.

'O, ik heb me trouwens aangemeld voor de proeftest maar niet voor de voorbereidende training. Ik wil gewoon zien hoe ik het er zonder speciale voorbereiding vanaf breng. Dat heeft Krista ook gedaan en dat heeft goed uitgepakt.'

'Ik vond het ideaal,' zei Krista. 'Ik heb de test een jaar

later weer gedaan en een geweldige score behaald.'

'Mooi zo,' zei Iris. 'Even een vraagje... is de syllabus voor de training klaar om uit te reiken? De cursus begint namelijk al gauw.'

'Helemaal klaar,' zei Misty, naar een nette stapel op de boekenplank wijzend.

'Jullie zijn geweldig. Ik hoop dat ik jullie genoeg betaal voor al dat harde werken.'

De meisjes kregen opnieuw de slappe lach.

Dat had ik niet beter kunnen plannen als ik het gepland had, dacht Iris tevreden.

Seth kon het aantal mensen dat contact met hem had gehouden na het ongeluk op de vingers van één hand tellen, en Robbie Delaney hoorde daar niet bij. Natuurlijk waren ze bijna hun hele leven, van de kleuterschool tot en met de middelbare school, net zo goed rivalen als vrienden geweest. Robbie had gevonden dat Seth altijd aan het langste eind trok, daar had hij geen misverstand over laten bestaan.

Nu, al die jaren later, probeerde Seth wat meer aan de weet te komen over Robbie. Hij werd geregeld in de stad gezien, bezocht nu en dan een wedstrijd, maar hij had een bedrijfje in North Bend en daar woonde hij dan ook al jaren. Hij werkte veel voor de gemeente; trok kalkstrepen op parkeerterreinen en hakte bomen om. Zijn mobiele nummer stond op zijn visitekaartje en was ook op internet te vinden.

Seth belde hem. 'Hallo, Robbie, je spreekt met Seth Sileski. Uit Thunder Point. Hoe gaat het?'

'Prima. Wou je een boom laten kappen?'

'Nee. Maar ik moet even met je praten. Kunnen we ergens afspreken?'

'Waar gaat het over?'

'Het gaat over je zoon. Niets om je echt zorgen over te maken, maar... heeft Sassy je niet verteld dat ik Bobby laatst thuis heb gebracht?'

Robbie slaakte een diepe zucht. 'Nee, daar heeft niemand iets over gezegd. Wat is er gebeurd?'

'Als je een halfuur kunt missen, dan kom ik even langs.'

'Eerlijk gezegd heb ik het nogal druk vandaag. Ik probeer zoveel mogelijk te doen in de uren dat het licht is. Waarom vertel je het me nu niet? Zit hij in de problemen?'

Seth gaf geen antwoord. 'In je lunchpauze dan?'

Robbie gaf toe. 'Kom maar naar het casino dan. Ik ben de man die witte lijnen aan het trekken is op het parkeerterrein. Veel tijd heb ik niet, Seth, maar als je me niet via de telefoon wilt vertellen wat er met mijn jongen is, dan moet het maar op deze manier.'

Seth reed langs de broodjeszaak, kocht een paar belegde broodjes en wat te drinken en reed met een slakkengangetje naar het casino. Het was meteen duidelijk waar Robbie precies bezig was – een heel stuk van het parkeerterrein was afgezet met oranje pylons en tape. De lijnentrekker was een apparaat ter grootte van een flinke grasmaaier, en Robbie liep er met gebogen hoofd achter, verdiept in zijn werk.

Seth parkeerde buiten het afgezette gedeelte en liep

op Robbie af, de natte verf zorgvuldig ontwijkend. Toen Seth vlak bij hem was, keek Robbie op, deed zijn veiligheidsbril af en zette de machine uit. Het viel Seth op hoeveel Robbie op zijn vader leek – groot en een beetje te dik. Met een scheef glimlachje zette hij ten slotte zijn cap af, een hand over zijn kalende hoofd halend.

'Ik heb lunch bij me,' zei Seth. 'Omdat je zei dat je eigenlijk geen tijd had.'

'Ik moet hier binnen een bepaalde tijd klaar zijn.'

'Lekker, zo buiten in de zon werken,' zei Seth. 'Er zijn mindere klussen.' Hij reikte hem de zak met broodjes aan.

'Nou ja, ik draag er geen wapen bij of zo,' zei Robbie mat.

'Dat zou wel kunnen, als je dat zou willen. Al zou je het waarschijnlijk nooit gebruiken. Ik heb dat van mij nog nooit gebruikt en dat wil ik graag zo houden. Zullen we even onder die boom gaan zitten? Het is misschien wel een van de laatste mooie en warme dagen van het jaar.'

Ze zaten nog maar net toen Robbie zijn mond opendeed. 'Moeilijk te geloven dat Bobby iets verkeerd heeft gedaan.' Hij maakte de zak open en haalde er een dik belegd broodje uit. 'Het is echt een goeie jongen. Hij helpt me in het weekend en hij is niet vervelend. Heel anders dan ik was op die leeftijd. Hij is aardig, snap je? En altijd vrolijk.'

'Ik denk ook dat het allemaal wel meevalt,' zei Seth, eveneens een broodje pakkend. 'Maar misschien is het iets waar je het toch even met hem over wilt hebben, gewoon voor de zekerheid. Met Halloween stond ik 's avonds op straat om een oogje in het zeil te houden en toen zag ik een jongen die helemaal in het zwart gekleed was een paar kleinere kinderen van achteren aanvallen en hun snoep afpakken. Hij was samen met een andere jongen, die ook helemaal in het zwart was. Bobby kreeg ik nog net te pakken; zijn kameraad ging er vandoor. Ik heb hem het snoep laten teruggeven en hem vervolgens naar huis gebracht.' Hij nam een hap van zijn broodje, kauwde en slikte. 'Ik heb tegen Sassy gezegd dat ze jou op de hoogte moest brengen, dat jij even met hem moest praten om te zorgen dat hij op het rechte pad blijft.'

'Daar heeft Sue Marie helemaal niets over gezegd,' zei Robbie, Seth eraan herinnerend dat Sassy er de voorkeur aan gaf bij haar echte naam genoemd te worden. 'Niet dat we veel contact hebben, maar toch.'

'Zijn jullie gescheiden?'

'Niet officieel, maar het komt er wel op neer. Ze is een paar jaar geleden weggegaan. Ze werkt trouwens hier.' Hij wees naar het casino. 'Als serveerster. Hard werken.'

'Dat wist ik niet,' zei Seth. 'Ik heb wel gehoord dat ze bij haar zus inwoont. Klopt dat?'

Robbie knikte. 'Goed, ik zal met Bobby praten. Ik zie de kinderen vaak genoeg. Rachel wat minder – die is inmiddels zestien, heeft een vriendje, is veel aan het babysitten, zit bij de cheerleaders en meer van die dingen. Maar de jongens zijn bijna elk weekend bij mij en het zijn prima kinderen. De jongste, Sam, die is pas negen en hij kan een echte lastpak zijn, maar hij heeft een hart van goud. Ik ben geen omhooggevallen smeris of zo, maar ik doe mijn best en die kinderen zijn goede kinderen.'

Seth schoot in de lach. 'Omhooggevallen smeris? Ik ben een onbeduidend agentje in een klein stadje, Robbie. Het stelt niet veel voor, al heeft het me vier jaar gekost om aangenomen te worden. Maar het is wel mijn stadje en zo af en toe heb ik het gevoel dat ik verschil kan maken. Zoals Bobby naar huis brengen voordat hij echt in de problemen komt.'

'Hm,' zei Robbie. 'Wat zei Sue Marie toen jij hem thuisbracht?'

'Ze stuurde hem naar zijn kamer. Ik hoopte dat ze van plan was om hem later de les te lezen en hem te straffen voor wat hij heeft gedaan. Maar ik geloof dat ze op het punt stond om uit te gaan of zo en ze leek een beetje... Ze leek afgeleid. Snap je?'

'Had ze gedronken?'

Seth dacht even na voor hij antwoord gaf. Ze had niet dronken geleken en voor zover hij wist had ze niets verkeerds gedaan. 'Nou...'

'Dat heeft voor problemen tussen ons gezorgd,' zei Robbie. 'We waren zo jong toen we trouwden, en Sue Marie is nog steeds jong en mooi. Ze gaat graag uit. En soms kijkt ze dan wat te diep in het glaasje.' Hij nam een hap van zijn broodje. 'Was ze van plan om met jou uit te gaan?'

'Met mij?' vroeg Seth verbaasd. 'Nee. Waarom zou ze met mij uitgaan?'

Robbie haalde zijn schouders op. 'Ze heeft zich ongeveer tien keer laten ontvallen dat jij terug was en ze zei dat jullie elkaar hadden gezien en dat ze dacht... Ik denk dat ze dacht dat jullie al heel snel weer bij elkaar zouden zijn en dat ze mij dat goed duidelijk wilde maken.'

'Ik weet niet waar ze dat idee vandaan heeft. Ik kwam haar op een avond tegen bij Cliff's, waar ze eten afhaalde, maar nee, dat is alles. Die avond dat ik haar tegenkwam, had ik met iemand anders afgesproken. Er is al iemand anders.'

'Echt waar?' vroeg Robbie, iets geïnteresseerder en ook iets vriendelijker nu. 'Wie dan?'

'Dat kan ik beter nog niet zeggen. Het is allemaal nog heel pril. En ik denk dat ze het zelf nog niet eens weet, al zoek ik haar bijna elke dag op.'

Robbie lachte. 'Wie is dat dan?' vroeg hij. 'Iemand uit Thunder Point?'

'Dat kan ik je eigenlijk nog niet vertellen,' zei Seth weer. 'In elk geval niet voordat ik mijn terrein heb afgebakend. Jij hebt een slechte reputatie waar het andermans vriendinnen betreft.'

'Dat is niet waar, dat weet je best. Alleen Sue Marie maar en dat was zo lang geleden. Ben je ooit een ander meisje aan mij kwijtgeraakt dan? Bovendien heb ik mijn beste tijd wel gehad. Ik ben getrouwd en ik heb drie kinderen, al schijn ik de enige te zijn die dat weet.'

'Wanneer zijn Sue Marie en jij eigenlijk getrouwd?' wilde Seth weten.

'Zodra we van school kwamen. Ze was zwanger van Rachel. Niet lang daarna zijn we met onze studie gestopt. Dat was allemaal niet gepland, maar ik vond het oké.' Hij kreeg een weemoedige blik in zijn ogen. 'Die kleine meid, Rachel, was het beste wat me ooit is overkomen. Heb je haar gezien? Ze is knap en pienter en ontzettend lief. Iedereen vindt haar aardig. Sinds Sue Marie en ik niet meer bij elkaar zijn, zie ik haar niet zo vaak meer, maar we zijn nog steeds heel close. Ze vertelt me wat ze meemaakt, waar ze naartoe gaat, als ze iets nodig heeft, belt ze me. Ze is alles voor me. Ik moet eerlijk toegeven dat ik niet veel aan hun opvoeding heb bijgedragen, maar mijn kinderen zijn alles voor me. En Sue Marie ook. Dat gelooft ze misschien niet, maar het is wel zo.'

Hij houdt echt van haar, dacht Seth een tikje verbaasd.

'Je zou haar toch nooit slaan of zo, hè?' vroeg hij. 'Of haar onzacht vastpakken en door elkaar rammelen als ze niet luistert?'

'Waar heb je het over? Dat is toch geen manier om een vrouw te behandelen, man! Hoe vaak heeft Iris ons niet alle hoeken van de kamer laten zien terwijl wij niks terug mochten doen? Jezus, Sileski, jíj hebt haar toch ook nooit een dreun verkocht?'

Ondanks zichzelf schoot hij in de lach. 'Nee, daar kreeg ik de kans niet voor. Maar Sue Marie heeft niet zulke losse handjes als Iris, toch?'

'Nee, die heeft alleen een drankprobleem. Ai, dat had ik niet moeten zeggen.'

'Dat blijft onder ons, maat. En trouwens, het is Iris. Iris is de vrouw op wie ik een oogje heb. Maar vertel dat alsjeblieft niet verder, want Iris wil er nog weinig van weten en ik moet een tandje bijzetten.'

'Wauw,' zei Robbie. 'Iris? Jullie trokken veel met elkaar op, maar ik had nooit gedacht... Nou ja, je snapt me wel.'

'Jawel. Indertijd zag ik de dingen wat anders. Maar goed, jij hebt dus een gesprekje met Bobby?'

'Absoluut,' zei Robbie. 'Ik wil niet hebben dat hij kleinere kinderen koeioneert – dat is gewoon niet oké. En nog iets... misschien klonk het alsof ik vind dat Sue Marie een slechte moeder of zo is. Ze drinkt misschien dan wat te veel, maar ze is een goede moeder. Misschien bedenkt ze zich nog eens en... Maar laat ik niet op de zaken vooruitlopen. Ik zal in elk geval met Bobby praten.'

'Zeg maar tegen hem dat hij mij kan vertrouwen,' zei Seth. 'Dat als hij ergens mee zit en jij bent er niet, dat hij mij dan kan bellen.'

'Dat is goed om te horen,' zei Robbie. 'Verdomd goed. Nou, bedankt voor de lunch. En goed om je weer eens te zien. Even bij te praten.'

'Insgelijks,' zei Seth. Hij schudde hem de hand. 'Bel me als ik ergens mee kan helpen.'

Hoofdstuk 13

Nadat Seth had gebeld om verslag te doen van zijn gesprek met Robbie, had Iris eigenlijk nog maar één optie, en dat was bij Rachel zelf te informeren naar haar veelvuldige ongelukjes, haar blauwe plekken. Cammie was niet meer op de kwestie teruggekomen en Iris was niet van plan haar nog verder lastig te vallen.

Aanvankelijk was Rachel heel overtuigend; ze vertelde Iris dat haar frequente letsel absoluut niets te maken had met mishandeling of een neurologische stoornis. Nee, ze had zichzelf nooit beschouwd als iemand die gauw blauwe plekken had of eeuwig en altijd problemen had met haar evenwicht. Ze verzekerde Iris dat juist de meiden die veel aan sport deden voortdurend onder de schrammen, blauwe plekken en kneuzingen zaten.

En toen viel ze opnieuw en liep daarbij een hersenschudding op. Iris hoorde naderhand wat er was gebeurd – Rachels tante maakte zich zorgen omdat het meisje op haar hoofd terecht was gekomen bij een val op een gladde trap, daarna klaagde over hoofdpijn en moest overgeven. Ze nam haar mee naar dokter Grant, die haar meteen doorstuurde naar het ziekenhuis. Maar Rachel was al onderzocht, een nacht in observatie gehouden en weer ontslagen voordat Iris ervan hoorde.

'Het is overduidelijk dat er iets niet klopt,' zei ze tegen Seth. 'Er is iets mis met dat meisje. Dat heeft of een medische oorzaak of ze wordt mishandeld. Dat vóél ik gewoon.'

Seth was het met haar eens. 'Blijf haar in de gaten houden. Dring niet te veel aan; zo maak je haar alleen maar kopschuw. Desnoods kun je de kinderbescherming bellen,' zei hij. 'Alleen heb ik uit mijn gesprek met Robbie niet op kunnen maken dat iemand in haar familie haar mogelijk mishandelt. Robbie is er trouwens veel aardiger op geworden – hij is niet meer de Robbie met wie ik vroeger altijd aan het vechten was.'

'Sassy niet,' zei Iris. 'Maar ze lijkt apetrots op Rachel en Rachel is een bijzonder aardig meisje. Ze beschermt iemand. Haar oom? Tante?'

'Hoe eindigde het gesprek dat je met haar had?'

'Positief, hoop ik,' antwoordde ze. 'Ik wil dat ze weet dat ik er niet ben om haar het leven zuur te maken. Ik ben er om haar te helpen. Daarom heb ik haar mijn mobiele nummer ook gegeven.'

Het schoolfootballteam van Thunder Point haalde de play-offs, al kwamen ze niet ver. Ze stonden als een van de favorieten te boek, maar verloren de tweede wedstrijd. De hele stad was in mineur, al hadden enkele spelers zo'n goed seizoen achter de rug dat een beurs bijna niet kon uitblijven.

Toen Iris van de griep hersteld was, keerde ze terug naar school voor een van de drukste tijden van het jaar. Leerlingen die zich hadden opgegeven voor de toelatingstest kregen een dag vrij om zich voor te bereiden plus een dag vrij voor het maken van de eigenlijke test. Na de kerst zou er een herkansing zijn, en in juni nog een. De meeste onderbouwleerlingen legden de test liever af aan het einde van hun eerste jaar en het begin van hun tweede. Ze had het er druk mee gehad vanaf het begin van het schooljaar en ze zag zich gedwongen werk mee naar huis te nemen.

Seth had er een gewoonte van gemaakt om even aan te wippen met iets lekkers zoals ijs, soms een flesje wijn. Iris maakte een einde aan de maaltijdservice van zijn moeder, maar leek hem niet kwijt te kunnen raken. Dat was des te lastiger omdat ze genoot van elke seconde dat hij er was.

Na een paar drukke weken liep ze op een vrijdagmiddag de bloemenwinkel binnen om even bij te kletsen met Grace. 'In mijn herinnering was dit de beste tijd van het jaar, maar mijn moeder vond het juist de slechtste tijd,' zei ze. 'De zaken lagen op hun gat, maar dat betekende ook dat ik niet zo vaak hoefde te helpen en dus meer vrij had.'

'Tot Thanksgiving is het behoorlijk druk, en dan is er een hele tijd niets tot iets van de tweede week van december. Als ik er even tussenuit wilde, zou dit een goede tijd zijn,' zei Grace.

'Denk je er ooit over om terug te gaan naar Portland? Om vrienden op te zoeken?'

'Ik weet dat ik daar altijd welkom ben, maar ik heb het hier erg naar mijn zin.'

'Zou je het leuk vinden om Thanksgiving bij mij te komen vieren?' vroeg Iris. 'Net als vorig jaar?'

'Nou, het kan zijn dat ik weg ben. Ik weet het alleen nog niet zeker. Troy gaat skiën in Mount Hood en hij zei dat ik welkom was om mee te gaan, al heb ik geen ski's en ook geen goede kleding. Jij zou ook mee kunnen gaan. Delen we met zijn drieën een kamer.'

'Dus je gaat?'

'Ik heb nog geen ja gezegd. Ski's en schoenen kan ik wel huren, maar ik zou in spijkerbroek moeten skiën.'

'Ik heb een skipak. Dat mag je wel lenen,' zei Iris. 'En handschoenen en een muts en zo heb ik ook voor je.'

'Maar dan zou je zelf niet mee kunnen gaan. Ik wil niet dat je met Thanksgiving alleen bent. Dan blijf ik liever thuis om het samen met jou te vieren.'

'Tja, je zet me mooi voor het blok. Seth heeft me uitgenodigd om het bij zijn moeder te komen vieren – zijn broers komen geloof ik ook en het wordt dus een echt familiegebeuren. Troy en jij zijn trouwens ook uitgenodigd. Maar ik heb er een beetje een probleem mee. Ik denk niet dat het een goed idee is.'

'Waarom niet? Je kent de familie Sileski je hele leven al. Je bent dol op Gwen. Ze is een tweede moeder voor je.'

'Klopt, ik ben dol op Gwen,' zei Iris. 'Sinds ik griep heb gehad, is Seth vrijwel constant bij zijn moeder en komt hij praktisch elke avond langs. Volgens mij brengt hij alleen nog bliksembezoekjes aan zijn huis in Bandon en wat ik ook doe om er een einde aan te maken, hij geeft niet op.'

Grace boog zich over haar werktafel heen. Ze lachte. 'Heb je zin om een hapje mee te eten? Ik heb chili gemaakt.'

'Ik weet het eigenlijk niet...'

'Wijn heb ik ook. En het doet je vast goed om er even uit te zijn.'

Ze dacht er iets van drie seconden over na. 'Ja,' zei ze toen. 'Dat klopt. Goed.'

'Dan kun je me meteen vertellen waarom je zo graag verlost wilt zijn van een man die je overduidelijk zo graag mag.'

Grace deed de winkeldeur op slot en ging Iris voor naar haar zoldertje. Toen ze eenmaal goed en wel zaten met een lekker glas wijn, was het niet meer dan natuurlijk om haar beste vriendin alles te vertellen over haar dilemma.

'Ik wou dat hij wat meer tijd doorbracht met zijn familie, met zijn andere vrienden, met zijn collega's. Ik bedoel, ik vind het fijn om hem te zien en ik geef toe dat ik echt blij ben dat we het hebben bijgelegd. Maar hij komt nu al wekenlang bijna elke dag langs. Toen ik griep had en hij verpleegstertje kwam spelen was dat prima, maar nu ben ik weer beter. Ik ben niet gewend om zo vaak iemand om me heen te hebben.'

'Heb je meer ruimte voor jezelf nodig?'

'Ik begin aan hem te wennen,' zei ze. 'En dat is niet goed. Hij snapt het niet... ik heb gevoelens voor hem. En dat zal waarschijnlijk altijd zo blijven. Ik kan er niets aan doen. Ruzie maken met hem hielp niet, dus er zit niets anders op dan het maar te accepteren. Maar als hij langs blijft komen tot de dag dat hij weer vertrekt, dan zal ik me gekwetst voelen. Ik wil geen verdriet om hem hebben, Grace. Vrienden moeten positief tegenover elkaar staan.'

Ze had het nog niet gezegd of haar telefoon ging. Seth.

'Hallo?'

'Ha, Iris. Ben je vanavond thuis?'

'Ja, maar wat later dan anders. Ik eet een hapje bij Grace.'

'Prima, dan heb ik mooi de tijd om even naar huis te gaan om te douchen en me om te kleden. Dan zie ik je straks.'

Iris wachtte even. 'Oké, tot straks dan.'

Ze verbrak de verbinding en keek naar Grace. 'Nu ga jij zeker zeggen dat ik het aan Seth moet proberen uit te leggen, hè?'

'Ik kan niet wachten om te horen wat hij te vertellen heeft.'

'Wat moet ik in vredesnaam tegen hem zeggen?'

Grace zuchtte en schepte twee kommen vol met chili. Die zette ze samen met een pak crackers en een klein kommetje met geraspte kaas op de bescheiden tafel. Toen ging ze weer zitten. 'Iris, van alle mensen die ik ken, heb jij niet alleen de grootste afkeer van liegen, maar weet jij ook het beste hoe je de waarheid op een vriendelijke en diplomatieke manier duidelijk kunt maken. Jij bent de enige persoon die ik ken die tegen een meisje van vijftien kan zeggen dat ze zich niet flatteus kleedt en haar tegelijk het gevoel geven dat ze een compliment heeft gekregen terwijl je haar motiveert om haar lichaam wat meer te bedekken. Zo ben jij, Iris. Jij brengt de waarheid op een aardige, open, eerlijke manier. Dat is je werk en dat beheers je tot in de puntjes.'

'Ik heb minder vertrouwen in mezelf dan jij me toedicht.'

'Je houdt van Seth. Je wilt niet teleurgesteld worden, niet misbruikt worden. Je hebt behoefte aan grenzen – vrienden zijn vrienden, geen bedpartners, en wanneer de lijn daartussen niet duidelijk is, worden mensen gekwetst en gekwetst worden staat niet op het programma. Kom op, Iris,' zei Grace. 'Het is alleen maar fair wat je tegen hem wilt zeggen.'

'Dat is waar,' beaamde ze. 'Maar stel dat hij het niet begrijpt?'

'Hij hóéft het niet te begrijpen, hij moet zich er alleen in schikken. Zeg tegen hem dat je een vriend wilt, geen vriendje. Zeg tegen hem wat je tegen Troy hebt gezegd om die op afstand te houden.'

'Daar weet je van?'

'Ik weet niet wat ik weet. Ik zei tegen hem dat ik dacht dat hij nog steeds een manier zocht om jou mee uit te vragen en hij zei dat je hem uit de droom had geholpen, dat jullie vrienden waren, verder niet, en dat hij zich geen illusies moest maken. Dus? Ik weet het niet.'

'Dat heb ik inderdaad gedaan. En weet je waarom dit moeilijker is? Omdat ik geen gevoelens voor Troy heb. Ik bedoel, ik mag hem heel graag en ik wou dat ik van hem kon houden want het is zo'n fantastische vent. Maar ik hou niet van hem. En met Seth is het allemaal zo verwarrend.'

'Ik zou hem gewoon vertellen hoe het zit. Op de manier waarop je altijd de waarheid vertelt. En niet terugkrabbelen.'

Het was een koude avond maar dat maakte Iris niets uit – ze liep van Grace' appartementje naar huis. Haar auto stond in de carport, maar alles was donker en het was duidelijk dat er niemand thuis was. Niettemin stond Seths surveillancewagen achter haar auto geparkeerd en zat hij achter het stuur te wachten.

Ze liep erheen en tikte op het raampje. 'Wat doe jíj hier?'

'Ik zat te wachten tot je thuiskwam.'

'Waarom ben je niet naar je moeder gegaan?'

'Dat wilde ik niet,' zei hij. 'Daar voor het raam zitten wachten tot hier het licht aanging, en je misschien sms'jes sturen en zo. En ik had eigenlijk ook geen zin om samen met mijn moeder televisie te kijken. Ik wilde alleen jou even zien.'

'Waarom?'

'Dezelfde reden als altijd wanneer ik je kom opzoeken. Omdat je leuker bent dan mijn moeder. Ik heb trouwens wijn meegenomen.'

'Ik heb al twee wijntjes gehad.'

'Maar goed dat je dan niet meer hoefde te rijden.' Hij stapte uit. 'Mijn moeder zou vast weer naar een of ander knutselprogramma hebben willen kijken. Ze vind het heerlijk om daarbij uitleg te geven. Nee, ik bleef veel liever in de auto wachten.'

'Seth, waarom kom je eigenlijk elke dag langs?'

'Ik probeer vriendelijk, behulpzaam en opgewekt te zijn.'

'O, hemel.' Ze schudde haar hoofd. 'Kom mee. Je kunt wel een wijntje gebruiken.'

'Heb je ook bier?'

'Waarom neem je wijn mee als je trek in bier hebt?'

'Omdat jij misschien wel een wijntje wilt en ik je graag tegemoet wil komen.'

'Soms begrijp ik niets van je. Ja, ik heb bier. Dus kom mee, want ik denk dat we even moeten praten.'

'Is dat nodig?'

'Ik vind van wel.' Ze ontsloot de voordeur en ging hem voor naar binnen. 'Keukentafel,' instrueerde ze, waarna ze een biertje voor hem pakte en tegenover hem aan de tafel ging zitten. Ze keek naar hem. Hij glimlachte geduldig terug. Ze was dol op zijn lichtbruine haar, al waren het niet meer de lange gouden lokken van vroeger.

Hij nam een teug van zijn bier. 'En?'

'Ik hoop dat je naar me luistert.'

'Natuurlijk, Iris. Ik luister altijd naar je.'

'Goed dan. Ik zit ergens mee. Allereerst, ik ben blij dat we weer vrienden zijn. Dat we de kwesties die speelden hebben uitgepraat en weer met elkaar door een deur kunnen. We hebben echt een bewogen verleden, jij en ik. Terugkijkend denk ik dat de kans niet groot was dat we het zouden bijleggen. Positief is dat we dat toch hebben gedaan... we hebben het bijgelegd. De vriendschap is er weer. Maar die vriendschap heeft grenzen.'

'Wat je zegt, Iris.' Hij zette het flesje weer aan zijn lippen.

'Je kunt niet elke avond langskomen.'

'Nee? Waarom niet? Heb je het druk?'

'Ik neem bijna elke avond werk mee naar huis.'

'Dat weet ik. En ik werk de meeste avonden tot laat door. Of ik loop een eind hard of train. Maar ik pas me graag aan. We zouden samen kunnen eten voordat je aan je meegebrachte werk begint of ik zou wat later kunnen komen. Maar we hebben altijd zoveel te bespreken en het is altijd leuk samen.'

'Seth...' Ze zette haar ellebogen op tafel en boog zich voorover. 'Ik kan dit niet. Ik kan je niet elke dag over de vloer hebben als mijn maatje, mijn kameraad. Ik wil niet gewend raken aan je gezelschap, ik wil niet naar je bezoekjes uitkijken. Want op een dag kom je me vertellen dat je een fantastische vrouw hebt leren kennen. En dat je haar aan me wilt voorstellen. Je zult aandringen dat ik een date versier zodat we met zijn vieren uit kunnen gaan. Je wilt de godganse tijd over haar praten en je zult niet anders verwachten dan dat ik dolblij voor je ben dat je de ware hebt gevonden. Het eind van het liedje zal zijn dat ik weer alleen ben, net als daarvoor. Ik zal weer alleen voor de televisie zitten en verslagen van school lezen terwijl jij met de vrouw van je dromen in bed ligt. Snap je dat dan niet, Seth?'

'Ik snap het wel, alleen gaat dat niet gebeuren. Ik ben geen jongen van zestien meer.'

'Diep in je hart ben je dat nog steeds. Alleen ben ik dat meisje niet meer dat altijd je maatje is geweest. Want zie je, ik zou teleurgesteld zijn. Ik zou me min of meer in de steek gelaten voelen. Ik heb niet meer vrienden nodig, Seth. Die heb ik al. Troy bijvoorbeeld.'

'Troy lijkt een aardige kerel. Het is dus niets geworden?'

'Troy is een vríénd! Dat betekent dat we elkaar op het werk zien en elke week wel een keer een avond, soms met collega's. Ik wil niet dat mijn band met Troy uitgroeit tot meer omdat er iets mist. Ik heb voor Troy dezelfde gevoelens die jij denk ik voor mij hebt – ik ben gek op hem, maar niet op die manier.'

'Denk jij dat ik op die manier voor jou voel? En je wilt niet dat de band tussen ons uitgroeit tot meer?' vroeg hij.

'Ik zie dat gewoon niet gebeuren. Begrijp me niet verkeerd, Seth. Ik moet toegeven dat ik het echt waardeer dat je wat er vroeger is gebeurd wilde rechtzetten, dat je je excuses wilde maken en weer vrienden wilde zijn, net als vroeger. En dat kan ook, Seth. We kunnen vrienden zijn. Maar je moet niet zo vaak langskomen. Ik heb nog steeds gevoelens voor je. Als je zoveel aandacht aan me blijft besteden, zit ik straks met een gebroken hart. O, verdomme, moeilijk om dat toe te geven. Laat me dat niet nog een keer hoeven zeggen.'

Hij luisterde niet. 'Heb je gevoelens voor me? Wat voor gevoelens dan?'

'Op dit moment heb ik het gevoel dat ik je het liefst achter het behang wil plakken! Hoor je niet wat ik zeg? Ik was smoorverliefd op je, nou goed? En je hebt me laten zitten. Ik weet wel dat het lang geleden was en ik weet ook dat je er spijt van hebt en ik heb je excuses geaccepteerd, maar al met al heb ik geen zin om dat allemaal nog een keer te moeten doormaken. Dus we kunnen vrienden zijn. Prima. Maar niet elke verdomde dag – dat wordt een regelrechte catastrofe. En ik wil vrij zijn! Hoe moet ik ooit mijn grote liefde vinden als jij maar door mijn hoofd spookt?'

'Doe ik dat?'

'Ja, dat doe je! Je bent geen vriendjesmateriaal. Jij hoort thuis in de categorie Maatjes en dat is alles.'

Hij nam nog een slok uit het flesje. 'Dat begrijp ik, Iris,' zei hij toen. 'Ik zal er beter op letten.' Hij stond op. 'Bedankt voor het biertje.' En toen vertrok hij via de keukendeur naar buiten.

Ze hoorde zijn auto starten.

'Dat ging lekker,' zei ze hardop. 'Bedankt voor het advies, Grace!'

Seth reed de vier blokken die hem scheidden van de steeg achter de bloemenwinkel. Hij liet de motor van zijn auto draaien terwijl hij de trap op rende en op Grace' deur bonsde. Ze deed hem op haar hoede op een kiertje open; ze was al in pyjama.

'Ik moet bloemen hebben,' zei hij.

'Wat voor bloemen?'

'Maakt niet uit, maar ik heb ze nú nodig. Ze zijn voor Iris.'

Grace trok haar wenkbrauwen op. 'Echt waar?'

'Zou je alsjeblieft een beetje op kunnen schieten?'

'Iris houdt van calla's. Ik meen dat ik wel wat in de koeling heb...'

'Vandaag nog, Grace?'

'Ik pak even de sleutels.'

Ze deed de deur achter zich op slot, haastte zich naar beneden en liet zichzelf binnen in de winkel. Het kostte haar vijf minuten om bloemen bij elkaar te zoeken, ze in een vaas te zetten, er een lint omheen te binden en terug te gaan naar de steeg, waar Seth stond te wachten.

'Hoeveel ben ik je schuldig?' vroeg hij, naar zijn portefeuille grijpend.

'Dat moet ik nog uitrekenen, maar daar heb ik nu geen zin in. Maar goedkoop zal het niet zijn.'

'Ik kom morgen of maandag wel even langs om te betalen.'

'Prima,' zei ze. 'Ik hoop dat ze in de smaak vallen.'

Ik hoop dat ík in de smaak val, dacht hij toen hij terugreed naar Iris' huis, zijn auto op haar oprit parkeerde en haastig naar de voordeur liep. Ze was gewend dat hij achterom kwam, maar deze keer belde hij aan en klopte op de deur.

Ze deed open. In haar ene hand had ze zijn flesje bier en in de andere een tissue. 'Wat moet –'

Hij deed een stap naar voren en sloeg een arm om haar taille. Toen boog hij zijn hoofd en liet zijn voorhoofd tegen het hare rusten.

'Daar ben ik weer,' zei hij. 'Ik wil niet alleen je kameraad zijn. Ik wil meer zijn. Veel meer.'

'Niet liegen,' zei ze met een snik.

Hij kuste haar. Eerst voelde dat vreemd en ongemakkelijk. Ze veerde even iets naar achteren en toen naar voren. Hij voelde het aanvankelijke verzet wegebben en plaatsmaken voor overgave. Hij kuste haar hartstochtelijk en fluisterde toen met zijn lippen tegen de hare: 'Je gaat me binnenlaten, me vertrouwen, me een kans geven en uiteindelijk zul je mij net zo liefhebben als ik jou liefheb.'

'Wat... Liefhebben?'

'Ja, Iris. Ik heb altijd van je gehouden, alleen wist ik niet wat liefde was. Nu wel, denk ik.' Hij draaide zich half om, zette de vaas met bloemen op het tafeltje achter de voordeur en sloeg toen beide armen om haar heen. 'Ik kwam niet zomaar elke avond langs. Ik wilde jou de kans geven om weer aan me te wennen. Ik heb je zo gemist. Ik denk dat we voor elkaar gemaakt zijn.'

Ze kreeg tranen in haar ogen. 'Waarom heb je niet eerder iets gezegd, Seth?'

'Ik probeerde het je duidelijk te maken zonder een dreun te krijgen,' zei hij. 'Ik kom elke dag langs en niet om je maatje te zijn. Je moet me een kans geven.'

'O, god.' Ze sloeg haar armen om zijn nek om hem naar zich toe te trekken. Prompt goot ze het bier dat nog in het flesje zat in zijn nek.

Hij slaakte een kreet en kromde zijn rug.

'O, god!' zei ze weer, het flesje gauw rechtop houdend. Ze wilde zich van hem losmaken maar hij trok haar terug.

'Iris, hoelang laat je deze kwelling nog duren?' vroeg hij. 'Kunnen we de strijdbijl niet begraven en gewoon verkering met elkaar hebben?'

'Dat denk ik wel... dan kun je meteen dat natte overhemd uittrekken.'

Hij lachte, trok suggestief een wenkbrauw op, pakte de vaas met calla's en goot die leeg over de voorkant van haar blouse. Ze hapte naar adem, veerde naar achteren en barstte toen in lachen uit. Ze goot de rest van het flesje bier over hen heen terwijl ze haar lippen op de zijne drukte. Prompt gooit hij nog wat water over haar rug.

En toen verstomde hun gelach en laaide het vuur hoger op. Het kussen werd intenser. Dieper. Heter.

'Neem me mee naar bed, Iris,' fluisterde hij. 'Dat is het enige wat ik ooit van je zal vragen.'

Hoofdstuk 14

Het was net als vroeger en tegelijk was het helemaal nieuw. Het was lang leve de lol en tegelijk was het immens serieus, dacht ze. Het eerste wat hij deed, was het flesje uit haar hand nemen. 'Ben je hier klaar mee?'
'Ik geloof het wel.'
'Zat je te huilen en mijn bier op te drinken?'
'Vlei jezelf maar niet, hoor, zo erg heb ik nou ook weer niet gehuild. Maar ik heb wel wat van je biertje gedronken.'
Hij kuste haar. 'Goed idee,' zei hij, waarna hij zachtjes haar lippen likte. 'Je hebt zulke heerlijke lippen, Iris. Perfect gewoon.'
Op weg naar de slaapkamer trok hij eerst haar natte blouse uit en vervolgens zijn overhemd, die hij beide achteloos op de grond liet vallen. Hij kuste haar, maakte haar jeans los en schoof die over haar heupen naar beneden; dat alles zonder haar los te laten. 'Zit,' zei hij, zelf ook op de rand van haar bed plaatsnemend. Terwijl zij haar broek uitschopte, trok hij haastig zijn schoenen uit en gespte de geheime enkelholster los. Hij wilde het al op het nachtkastje leggen, maar wierp haar toen een argwanende blik toe, trok een wenkbrauw op en stond op om het op de toilettafel aan de andere kant van de kamer te leggen.
'Ik kan het nog steeds gewoon pakken,' zei ze met een lach in haar stem.

'Met jou moet ik oppassen. Als mijn prestaties onder de maat blijven, zou je me zomaar kunnen neerschieten.'

Hij trok zijn broek uit en stond toen voor haar in zijn geruite boxer.

'Sexy,' zei ze.

'Spot er maar niet mee. Dit is onze familietartan.'

'Ik wist niet dat de Sileskiclan een eigen tartan had.'

'Ik had niet verwacht dat ik dit vanavond zou doen. Ik had ook niet verwacht dat ik eruit gegooid zou worden. Met jou moet een man op alles voorbereid zijn, Iris.' Hij sloeg het bed een eindje open. 'En dat ben ik. Kom erin.'

Hij kroop snel naast haar in bed en trok haar in zijn armen. Ze lagen dicht tegen elkaar aan, neus tegen neus, voorhoofd tegen voorhoofd. Zijn handen gleden over haar rug, haar heupen. 'Je hebt mooie lingerie aan,' zei hij.

'Ik draag altijd mooie lingerie. Soms op het sletterige af...'

'Heerlijk,' verzuchtte hij. 'Iris, je hebt geen idee hoelang ik dit al heb willen doen. Je zo dicht tegen me aan wilde voelen.' Hij schoof haar slipje naar beneden en maakte haar beha los. 'Mmm. Zo is het zelfs nog beter.' Hij trok haar tegen zich aan, genietend van haar naakte lichaam in zijn armen. 'Zeg alsjeblieft dat je aan de pil bent.'

'Dat ben ik, maar hoe zit het met jou?'

'Zo schoon als wat dus je hebt niks te vrezen. Ik heb condooms bij me als je dat liever hebt.'

'Kan ik je vertrouwen?'

'Het is niet alleen heel lang geleden voor me, maar ik ben ook pas geleden nog getest. Helemaal ziekte- en virusvrij. Maar pas op, ik zou zomaar heel potent kunnen zijn.' Hij glimlachte tegen haar lippen. 'Ik wil je. Ik wil dingen met je doen.'

Haar handen langen op de band van zijn boxer. 'In de familietartan?'

Hij liet haar net lang genoeg los om de boxer kwijt te raken. 'Je hebt gelijk. Er hoeft niets tussen ons te zijn.'

'Mocht je morgenochtend vergeten zijn...'

'Schat, ik ben die nacht misschien nog wel meer kwijtgeraakt dan jij. Alles zou zo anders zijn verlopen als ik het me had herinnerd. Ik weet niet hoe, maar ik weet wel dat alles anders zou zijn geweest. Wil je nu iets voor me doen, Iris? Een tijdje je mond houden?' Na die woorden kuste hij haar wild en klemde haar stijf tegen zich aan. Hij boog zijn knie om haar benen uit elkaar te duwen en begon met tedere vingers de binnenkant van haar dijen te strelen, haar onderbuik, haar zachte billen, haar vochtige kern. En op het moment dat zijn vingers wat brutaler werden, sloten zijn lippen zich om haar tepel.

Ze kreunde, welfde haar rug, wilde meer. Met zijn mond om haar overgevoelige tepel en zijn vingers in haar kronkelde ze wild heen en weer van genot. Zijn liefkozingen waren zo zoet, zo machtig.

Hij bewoog zijn lichaam tot hij boven haar zweefde. Zijn mond was weer op de hare, zijn tong ver in haar mond op hetzelfde moment dat hij bij haar binnenging.

Hij drukte zich omhoog, keek haar diep in de ogen en fluisterde: 'God... Iris...'

Toen was zijn mond weer op de hare en begon hij te bewegen, langzaam en diep. Ze raakte van de wereld terwijl ze zich aan hem vastklampte – elke vezel van haar lichaam was gericht op dit samenkomen en ze duwde haar heupen omhoog terwijl hij harder begon te stoten. Zijn mond was overal... op haar lippen, op haar keel, haar borsten en weer terug op haar mond. Ze begon sneller te hijgen, op weg naar de climax. Lang hoefde ze daar niet op te wachten; ze voelde gesmolten hitte groeien in haar kern en toen was daar opeens dat verrukkelijke verkrampen en kloppen waar ze naar op zoek was geweest. Hij begroef zich dieper in haar en verstijfde, haar dicht tegen zich aan houdend, mond tegen mond, heup tegen heup. Hij gromde zachtjes terwijl zij sterren zag.

Toen voelde ze zijn ontlading diep in haar.

Het duurde lang voordat ze op aarde terug waren. Het leek een eeuwigheid te duren. En het was zo goed.

Ze vonden elkaar terug, voorhoofd tegen voorhoofd, neus tegen neus, elkaar zachtjes kussend, tederder nu, nog nahijgend en elkaars warme adem inademend. Hij probeerde niet te zwaar op haar te drukken terwijl hij zo dicht bij haar bleef dat er zelfs geen zucht tussen kon komen. Zo bleven ze een hele tijd liggen zonder zich te bewegen.

'Iris, ik hou van je,' zei hij.

'Hoe weet je dat?' vroeg ze met een klein stemmetje.

'Ik weet het al een hele tijd.' Hij liet zich op zijn rug

rollen en trok haar mee in zijn armen, zodat ze met haar hoofd op zijn schouder rustte. 'Ik dacht na over het feit dat ik mezelf nooit heb vergeven dat ik je al die jaren geleden zo heb gekwetst. Ik wist niet eens hoe diep die pijn bij jou zat, en toch kon ik er niet overheen komen. Toen liet ik een paar jaar geleden enkele mensen op het bureau weten dat ik geïnteresseerd was in een aanstelling in Thunder Point. Ik zei dat ik daar was geboren en getogen, dat mijn ouders daar nog steeds wonen. Ik dacht niet dat het zou helpen als ik erbij zei dat er een meisje in Thunder Point was dat ik maar niet kon vergeten, maar jij was wel degelijk een van de redenen dat ik terug hierheen wilde. Hierheen, naar jou, waar ik je elke dag kon zien terwijl ik een manier bedacht om je weer in mijn leven te krijgen.'

'Wat als ik je had gehaat?'

'Eerlijk gezegd dacht ik dat je dat deed. Ik wist niet dat je vroeger verliefd op me was – hoe zou ik dat moeten weten? Maar het punt was dat je eens om me gegeven had. Ik dacht niet dat je om me gaf op de manier die ik wilde, maar dat deed er niet toe... het was een begin. Ik kon je namelijk niet vergeten, Iris. Ik dacht voortdurend aan je. Ik droomde zelfs van je.'

Ze duwde zich een eindje omhoog om in zijn ogen te kunnen kijken. 'Ja, wat dat betreft...'

'Die dromen. Ik droom wel vaker over vrouwen – soms vrouwen die ik niet ken, soms een of andere beroemdheid, soms een willekeurige vrouw die ik ergens had gezien, maar jij was de enige die steeds terugkeerde in mijn dromen. Ik droomde zelfs dat we seks hadden in de bestelbus van je moeder! Misschien herinnerde ik me in mijn slaap wat ik was vergeten wanneer ik wakker was.' Hij glimlachte. 'Voor mij was het stukken beter dan voor jou.'

'Dat deel van je herinnering klopt in elk geval,' zei ze.

Hij bromde wat beschaamd en plantte een kus in haar hals. 'Hoe heb je me ooit kunnen vergeven?'

'Het werd me later duidelijk hoe het zat. Je was geen drinker, Seth. Tenminste, toen niet. Je slaapwandelde praktisch. En toen verloor je het bewustzijn. Het was een rare samenloop van omstandigheden, maar ik geloof niet dat ik het mis had en ik geloof niet dat jij misbruik van me wilde maken. Ik denk dat we in verschillende realiteiten leefden. Ik vraag me af hoe het gegaan zou zijn als ik het je de volgende dag had verteld, zodra me duidelijk werd dat jij het je niet herinnerde.'

'Ik weet het niet,' zei hij. 'Ik wil graag geloven dat we dan bij elkaar zouden zijn gebleven. Maar waren we daar volwassen genoeg voor? Jij was verliefd – kon jij toen een jongen van zeventien aan wiens leven om sport draaide? Die zo egoïstisch en arrogant was om te denken dat hij het middelpunt van de wereld was? Dat is me nogal wat voor een jong meisje. En al gaf ik nog zoveel om je, was ik volwassen genoeg om de verantwoordelijkheid daarvoor te nemen? Ik weet het niet, Iris. Ik weet dat alles anders zou zijn geweest, maar ik heb geen idee hoe dan precies.'

Hij hield haar vast terwijl hij omrolde, zodat hij haar weer onder zich had. 'Ik weet wel dat we, na alles wat we hebben meegemaakt en na al die jaren, het nu zouden moeten weten. Wat denk jij?'

'Ik denk dat ik van je hou,' zei ze. 'Ik heb altijd van je gehouden, maar ik denk dat we het zeventien jaar geleden grandioos zouden hebben verknald. Misschien waren we ook dan nu hier geweest – elkaar plechtig belovend om het deze keer beter te doen. Of misschien zouden we helemaal van elkaar vervreemd zijn.'

'Ik ga het deze keer beter doen, Iris,' zei hij. 'Ik zeg niet dat ik perfect ben, ik weet wel beter. Maar één ding staat vast: ik ben je nooit vergeten. Heb nooit over je heen kunnen komen. Dat moet iets betekenen.' Hij liet een hand over haar lichaam glijden. 'Heel veel zelfs.'

Voor ze wist wat er gebeurde, lag ze weer te zuchten en te kronkelen. Toen explodeerde ze in een wolk van sterren terwijl ze hem in zich voelde pulseren. Daarna het hijgen, het zuchten, de dankbaarheid waar ze niet over spraken. En die zo kostbare intimiteit. Lange tijd bleven ze in het donker zwijgend liggen.

'Ga je nu weg?' vroeg ze ten slotte.

'Als je dat wilt, dan ga ik. Maar niet voor je me belooft dat we elkaar morgen weer zien en dat alles oké is.'

'Hoef je dan niet weg? Je auto staat bij mij op de oprit en het is...' Ze keek op de wekker. 'Het is al na twaalven. Mensen zullen weten dat je hier vannacht bent gebleven.'

'Ik wil ook dat mensen weten dat ik hier de nacht heb doorgebracht. Ik hoef niet stiekem te doen; ik ben een volwassen man en dit was met wederzijdse instemming.

En het was fantastisch. Echt fantastisch. Maar als jij je er niet prettig bij voelt, ga ik gewoon weg. Dan moeten we wat discreter zijn. Je bent per slot van rekening decaan op een middelbare school.'

'Ik ben ook volwassen,' zei ze. 'Ik weet dat het geen verrassing voor je zal zijn dat jij niet de eerste man in mijn leven bent. En ook niet de eerste die hier de nacht doorbrengt.'

'Dat geloof ik meteen.'

'Maar je moeder woont hiernaast,' zei ze, alsof ze dacht dat hij dat misschien was vergeten.

'Reden te meer. Mijn moeder zal wel net als de meeste moeders moeite hebben zich te herinneren dat haar kinderen geen twaalf meer zijn. En je dacht toch niet dat ze er niet achter zou komen, hè, al woonde je kilometers verderop. En lang zal het niet duren. Ze is erg nieuwsgierig. Een schat van een moeder, maar zo nieuwsgierig als de pest.'

Iris giechelde. 'Ik moet iets bekennen. Ik heb nog maar een paar keer een hele nacht bij een man in bed geslapen. Tijdens mijn studie en later nog een keer. En lekker geslapen heb ik niet.'

'Ik denk dat je er even aan moet wennen.'

'Denk je?'

'Ik heb een paar vriendinnen gehad, maar nooit samengewoond. Het waren stuk voor stuk geweldig leuke meiden, maar het waren nooit serieuze relaties. We bleven niet bij elkaar slapen. Daar had ik geen zin in.'

'Mooi stel zijn we,' zei ze.

'Hoe bedoel je?'

'Vierendertig, nooit getrouwd geweest, nooit bij iemand blijven slapen, nooit een serieuze relatie gehad...'

Hij nestelde zich dichter tegen haar aan. 'Misschien dat het deze keer goed uitpakt,' zei hij. 'Dus zeg het maar.'

'Ik waag het erop,' zei ze. 'Blijf bij me.'

Voor Seth was het geen enkel probleem. Hij sliep als een roos. Ergens halverwege de nacht voelde hij Iris onrustig worden en opstaan. Toen ze even later terugkeerde, had ze een glas water voor hem meegenomen. Toen trok ze hem naar zich toe, kuste zijn schouder, zijn oor, zijn keel. Hij nam haar zachte naakte lichaam in zijn armen en rolde boven op haar, verlustigde zich weer helemaal opnieuw aan haar, beminde haar weer tot ze het uitschreeuwde. Toen wiegde hij haar in zijn armen en hield haar vast tot hij haar diep en regelmatig hoorde ademen. Hij drukte zijn gezicht tegen haar geurige huid en sliep verder. Zo bleven ze de rest van de nacht doorslapen, dicht tegen elkaar aan, de armen om elkaar heen.

Nog nooit had hij zich zo thuis gevoeld, zo vredig.

Een paar keer had hij gedacht dat hij verliefd was, of misschien was het accurater om te zeggen dat hij verliefd wílde zijn, hoopte te zijn. Maar dit was zo anders. Niemand had hem hierop kunnen voorbereiden. Hij voelde zijn liefde voor Iris tot in zijn botten. Hij voelde het in zijn ziel. Zijn leven zou niet compleet zijn zonder haar. Hij wilde alles samen met haar. Het was alsof hij altijd had gewacht op een vrouw als zij. Hij vroeg zich af of het haar zou afschrikken als ze wist hoeveel hij wilde. Hij was helemaal klaar om zich aan haar te binden, om met haar een gezin te stichten. Om voor altijd bij haar te zijn. Het zou moeilijk worden om het rustig aan te doen.

Hij werd gelijk met Iris wakker. Er was iemand aan de deur. Hij keek op de wekker en zag dat het zeven uur was. Meestal was hij al wakker om deze tijd. De schuld van de vrouw naast hem; zij had hem helemaal uitgeput met haar passie. Ze bromde iets en maakte aanstalten om uit bed te komen. 'Nee, ik ga wel,' zei hij. 'Blijf jij nog maar even liggen.'

Hij trok de familietartan aan en liep op blote voeten naar de deur. Zonder schoenen met de steun in de rechterschoen trok hij wat opvallender met zijn been. Toen hij door het raampje in de deur keek, zag hij de bovenkant van iemands hoofd. Een grijze krullenbos.

De bezoekster slaakte een geschrokken kreetje zodra de deur openging. 'Seth!' zei ze.

'Wie had je dan verwacht?'

'Nou, dat weet ik niet precies, maar ik zag je auto staan en je was niet thuisgekomen en –'

'Omdat ik hier was,' zei hij.

'Maar... waar is Iris dan?'

'Wat denk je, ma?'

'O! O, lieve hemel.'

'Het lijkt me beter dat je voortaan eerst even belt wanneer je langs wilt komen. Wat denk je zelf?'

'Ik, eh... ik...'

'Precies, ma. Je hebt het nummer dus je kunt altijd

bellen als je iets nodig hebt. Of bel me anders mobiel –
dan kan ik tegen je zeggen dat alles in orde is. Goed?'

'Ja! Natuurlijk! Maar ik...' Ze schudde haar hoofd.
'O, wat maakt het ook uit. Je had het wel even kunnen
zeggen! Ik liep naar buiten om de krant te pakken en
zag je auto staan, maar ik kon je nergens vinden!'

'Beschouw het als een aangename verrassing, zeg
maar niets meer en ga naar huis. Ik bel je later nog
wel.'

'Ja,' zei ze. 'Ja, doe dat.'

Toen draaide ze zich om, liep het tuinpad af, de tuinen door naar haar eigen voordeur. Grinnikend ging hij
naar binnen, waar hij weer in bed kroop en Iris tegen
zich aan trok. 'Raad eens wie dat was? Gwen heeft ons
betrapt.'

'O, Seth!'

'Nou en? Dat was te verwachten. Nou ja, dat hebben
we in elk geval gehad. Misschien dat we nu nog even
kunnen slapen. Nu ik erover nadenk, zou jij wel eens
slecht voor mijn carrière kunnen zijn. Ik lig anders nooit
zo lang in bed.'

'O, god, dat was je moeder bij de deur! Wat een
nachtmerrie! Die denkt natuurlijk dat ik haar kleine
jongen op het slechte pad heb gebracht.'

'Zou het helpen als ik tegen haar zei dat ik jou twee
keer op het slechte pad heb gebracht en jij mij maar één
keer?'

Ze gaf een stomp tegen zijn arm. 'Dat was je móéder!'

'Ja, klopt. Ik heb haar weggestuurd en gezegd dat ze

de volgende keer eerst even moet bellen. Ze is oud genoeg om beter te weten.'

'Ik moet iets tegen haar zeggen,' zei Iris. 'Wat moet ik in godsnaam tegen haar zeggen?'

'Zeg dat het je spijt dat je niet aan de deur kon komen, maar dat je naakt en warm in bed lag en hoopte voor het ontbijt nog een keer gepakt te worden.'

'Seth!'

'Ik heb trouwens geslapen als een roos. Tot ik opeens die gretige handjes van je voelde die me wakker maakten. Letterlijk.' Hij lachte. 'Beste logeerpartij van mijn hele leven. Ik kom graag nog een keer terug.'

'Je zit er helemaal niet mee dat ze hier voor de deur stond, hè?'

Hij schudde zijn hoofd. 'Nee, helemaal niet.'

'En nu dan?'

'Ik vind dat we nu op zijn minst verkering moeten hebben, maar daar houdt het wat mijn geduld betreft ook wel mee op. Voor een paar centen neem ik je nu meteen mee naar de magistraat om een claim op je te leggen. Ik hou van je, Iris. En jij hebt heerlijk geslapen.'

'Is dat allemaal niet wat overhaast?'

'Waarschijnlijk wel. Het spijt me. Neem rustig de tijd, Iris. Laat je niet door me opjagen.'

'Wat wil je dan precies?'

'Alles. Ik wil jou helemaal. Voor eeuwig en altijd. Ik wil kinderen, een thuis, ik wil 's ochtends samen wakker worden, ruzie maken over wie moet opstaan om ontbijt voor de kinderen te maken, kibbelen over klusjes en het huishoudgeld en dan goedmaakseks hebben en vervolgens weer helemaal opnieuw beginnen. Ik wil degene zijn van wie je het allermeest houdt, op wie je het vaakste boos bent en het dan weer goedmaakt omdat je er niets aan kunt doen. Ik wil de man zijn met wie je lacht, op wie je bouwt, bij wie je uithuilt, die je de huid vol scheldt, bij wie je altijd terugkomt. Die man kan ik zijn, Iris. Ik kan de ware voor je zijn.'

'Iedereen zal ons voor gek verklaren dat we ons er zo halsoverkop in storten.'

'Maakt mij wat uit. Ook al tel je de afgelopen dertig jaar niet mee, dan nog hebben we de laatste paar maanden keihard gewerkt om weer tot elkaar te komen. Niemand kent me zoals jij me kent, en er is geen vrouw op aarde die ik ooit zo goed zou kennen als ik jou ken. Neem de tijd, Iris. Ik zal er zijn wanneer je zover bent.'

'Stel dat ik tot de conclusie kom dat het niet is wat ik wil?'

'Na vannacht? Onmogelijk.'

Ze nestelde zich dichter tegen hem aan. 'Ik geloof dat ik nog niet helemaal overtuigd ben. Misschien moet je nog een keer proberen me over te halen. Dan gaan we daarna douchen en ontbijten. Hopelijk heb ik dan bedacht wat ik tegen je moeder moet zeggen.'

Zijn hand gleed naar haar borst. 'Alsjeblieft, praat niet over mijn moeder terwijl ik met je vrij. Ik wil me van mijn beste kant laten zien.'

Ze lachte en bleef lachen tot hij zorgde dat het lachen haar verging.

Iris kwam erachter dat het een kwestie van minuten en

niet van weken was om aan de nieuwe situatie te wennen. Seth nam haar mee naar de cafetaria om te ontbijten. Ze zaten samen aan de bar en niemand keek vreemd op dat ze daar samen zaten te ontbijten op een zaterdagochtend.

Ze kwamen dokter Grant en zijn zoontje tegen, die hetzelfde idee hadden gehad, en kregen te horen dat Scott en Peyton een datum hadden geprikt en dat er in het voorjaar een grote Baskische bruiloft op de boerderij van Peytons familie zou plaatsvinden. Mac wipte even aan om hallo tegen Gina te zeggen en een boodschappenbriefje te halen zodat hij de weekendboodschappen kon doen, waarna hij even een kop koffie bleef drinken. Eric van de benzinepomp kwam binnen voor een laat ontbijt en er ontspon zich een gesprek over de klassieke auto's die binnenkort een plek zouden vinden in zijn carrosseriebedrijf. Toen zei Seth dat hij nog wat papierwerk te doen had en dat Iris maar moest laten weten wanneer ze een lift naar huis wilde.

'Doe niet zo gek,' zei ze. 'Ik ga lopen. Misschien ga ik zelfs wel een lange strandwandeling maken.'

'Dan zie ik je later wel.' Hij kuste haar op de wang en vertrok.

'Dat was aardig,' zei Gina toen hij weg was.

'Híj is aardig.'

'Jullie zijn samen?'

'Min of meer, sinds pas. Alleen kennen we elkaar natuurlijk al vanaf ons vierde. Dus echt een blind date was het niet.'

Gina lachte. 'Het heeft heel wat voordelen als oude

vrienden elkaar vinden. Mac en ik waren jarenlang goede vrienden voor we Mr. en Mrs. Mac werden.'

'Dat is ook zo,' zei Iris. 'Dat was ik helemaal vergeten.'

'Nooit gedacht dat iemand in Thunder Point dat ooit zou vergeten,' zei Gina. 'Er liepen allerlei weddenschappen terwijl wij onhandig om elkaar heen draaiden.'

'Ik vraag me af of er veel zijn die Seth en mij in de gaten hebben gehouden...'

'Heel wat, denk ik. Je ziet er niet bepaald ongelukkig uit.'

'Ik ben wel wat nerveus,' bekende Iris. 'Zijn moeder wil vast een verklaring waarom zijn auto vanmorgen op mijn oprit stond.'

'Dat is niets,' verzekerde Gina haar. 'Wij hadden met twee meiden van zestien te maken. Over nerveus zijn gesproken.'

'Met meiden van zestien heb ik ervaring genoeg. Maar dat geldt absoluut niet voor moeders van vijfenzestig.'

'Het principe blijft hetzelfde volgens mij,' besloot Gina.

Iris wipte even langs bij de bloemisterij en stond oog in oog met een grijnzende Grace. 'Hebben die calla's hun werk gedaan?'

'Nou en of. Nooit geweten dat jij zo'n koppelaarster was.'

'Ik heb er niets mee te maken. Ik had mijn pyjama al aan en ik was net begonnen in een spannend romannetje toen er een wanhopige man op de deur klopte die eiste dat ik hem bloemen meegaf voor jou. Wat heb je hem in godsnaam aangedaan?'

'Tegen hem gezegd dat hij weg moest gaan.'

'Dat moet ik onthouden,' zei Grace lachend. 'Weet je wat, ik ga Sam Worthington nu meteen bellen en zeggen dat hij me met rust moet laten. En dat hij me hier kan vinden als hij daar een probleem mee heeft.'

Bij Carries delicatessenwinkel kocht Iris een heerlijk uitziende wortelcake, waarna ze de heuvel op huiswaarts liep. Ze ging echter niet naar haar eigen huis, maar liep om het buurhuis heen en klopte op de achterdeur. Toen Gwen opendeed, voelde ze haar gezicht rood worden. 'Hallo,' zei ze, de wortelcake in Gwens handen duwend.

'Kom verder, Iris. Kom binnen. Je kwam me iets lekkers geven?'

'En misschien nadere uitleg,' antwoordde ze een tikje timide. 'Over vanmorgen.'

'Sst. Seth zou een rolberoerte krijgen als hij wist dat je hier was om een en ander uit te leggen. Bovendien hoop ik al jaren dat jullie elkaar eindelijk vinden. Ik weet niet wat er indertijd is voorgevallen, maar jullie hebben een hoop tijd verprutst.'

'Ik was kwaad op hem, Gwen. In ons laatste schooljaar hebben we ruzie gekregen. Achteraf bleek het allemaal een groot misverstand. Dat was uiteraard voornamelijk zijn schuld...'

'Uiteraard,' zei Gwen.

'Maar goed, ik heb een cake voor je meegenomen. Voor vanavond, na het eten. Norm vindt hem vast heerlijk. Ik weet dat jij zelf een minstens zo lekkere cake kunt bakken, maar nu heb je er geen werk van en kun je leuk iets anders gaan doen. En nog even over vannacht...'

'Sst,' zei Gwen weer. 'Ik brand van verlangen om alles te horen, maar het is beter als je dat voor jezelf houdt. Laten we het er maar op houden dat ik denk dat de reservekleren die hij hier heeft liggen de langste tijd hier hebben gelegen.'

Iris bloosde weer en voelde zich onvolwassener dan ooit. 'Wie weet.'

'Ik snap niet waarom ik vanmorgen bij jou aanklopte. Seth hamert er altijd zo op dat jullie alleen maar vrienden zijn dat ik me afvroeg of er soms iets mis was toen ik zijn auto bij jou op de oprit zag staan. Ik heb geen moment nagedacht. Ik wilde alleen maar weten of alles goed was.'

'Dat is volkomen begrijpelijk.'

'Nee, helemaal niet! Het is volkomen idioot! Ik weet wel dat jullie denken dat ik op dat gebied achterlijk ben, maar zo is het niet. Ik ben een kind van de jaren zestig. Vrije liefde, Woodstock, Vietnam, make love not war... Kom nou toch, we waren wild en we deden alles wat God verboden had. Ik ben getrouwd met een man die zeven jaar ouder was dan ik – ik dacht dat mijn ouders het bestierven! Hij had geen nagel om zijn gat te krabben, maar hij pakte me helemaal in en ik viel als een blok voor hem.'

Norm? Iris maakte ter plekke een nieuwe regel voor Seth: hij mocht onder geen beding veranderen in een knorrige ouwe zak die geen enkele aandacht aan haar schonk.

'Seth en jij hebben tenminste wat dingen mee. Jullie hebben een goede opleiding, een goede baan en jullie kennen elkaar al een eeuwigheid,' zei Gwen.

'Ik was altijd al verliefd op Seth,' zei Iris. 'Maar afgelopen nacht hebben we voor het eerst open kaart gespeeld wat betreft onze gevoelens. Toch... stel dat het niets wordt, Gwen? Weer niet?'

'Het heeft geen zin om op de zaken vooruit te lopen – als het zo moet zijn, dan komt het goed. Zo niet, breek je gewoon het hart van een oude vrouw en laat het achter je.'

Iris barstte in lachen uit. 'Je hebt een heel vals kantje.'

'Dat is wel vaker gezegd. Maar goed, ik wil gewoon dat jullie gelukkig zijn, met of zonder elkaar. Hij is mijn oogappel en jij bent als een dochter voor me. Ik hoopte al zo lang dat dit zou gebeuren. En nog iets – ik beloof dat ik aan mijn kant van de schutting zal blijven.'

De tranen sprongen Iris tot haar eigen verbazing in de ogen. Ze snifte.

'Iris, wat is er?'

Ze klemde haar lippen op elkaar en schudde haar hoofd, probeerde haar emoties de baas te worden. 'Ik mis mijn moeder op de gekste momenten,' zei ze. 'Ik wou dat jullie hier samen zaten te luisteren naar mijn halfslachtige verklaringen en slappe excuses en... en me lieten vertellen hoeveel hij altijd al voor me betekende. Ik heb hem zo gemist, Gwen. Seth is een goede kerel.'

'Dat weet ik, lieverd, dat weet ik toch. En het is goed dat je dat eindelijk inziet. Hij heeft echt iemand nodig die hem helpt fatsoenlijk ondergoed uit te kiezen.'

Iris lachte. 'Ja, dat is wel nodig, hè?'

'Ik wil wedden dat hij die dingen in de uitverkoop heeft gekocht. Hij is een goeie jongen, maar wel een beetje krenterig, net als zijn vader.'

Aan het begin van de middag belde Seth Iris op. 'Waarom maak je niet gauw af wat je altijd op zaterdag doet en kom je dan hierheen? Ik zal voor je koken en dan kun je zien waar ik bivakkeerde voordat ik een manier vond om mijn obsessie in Thunder Point te stalken.'

'Probeer je je moeder te ontlopen? Want ik heb met haar gepraat en ze heeft er helemaal geen problemen mee als jij bij mij bent.'

'Nee, mijn moeder kun je niet ontlopen. Die zou zien dat mijn auto bij jouw huis staat en ze zou ook zien dat jouw auto de hele nacht weg is. Ik hoop eigenlijk dat dat laatste het geval is. Nee, ik wil je gewoon verwennen. Ik ben helemaal geen slechte kok.'

Klokslag zes uur liep ze een eenvoudige maar stijlvolle woning in een leuk wooncomplex iets ten noorden van Bandon binnen. Er hoorde een tuintje zo groot als een postzegel bij, een terras waarop twee mensen comfortabel konden zitten, een woonkamer, eetkamer, keuken en boven twee slaapkamers. Na het zien van de geruite boxer was ze niet echt gerust op de inrichting, maar zijn smaak op het gebied van woninginrichting was beter dan op het gebied van ondergoed.

Er was nergens iets van vrouwelijke inbreng te bekennen. En Seth leek bereid om zuurverdiend geld te spenderen aan dingen als meubilair en bedden, maar daar stond tegenover dat zijn handdoeken en borden duidelijk weer uitverkoopjes waren.

Ze schopte haar schoenen uit en ging aan de kleine eettafel zitten om zich te laten bedienen. Hij hield zijn schoenen natuurlijk wel aan. Een grote tederheid voor hem welde in haar op; hij had schoenen nodig om goed in balans te blijven.

Ze hadden ieder een glas wijn en ze tikte met haar glas tegen het zijne. 'We hebben een hoop overwonnen in ons leven, hè? We hebben verliezen geleden en ons moeten aanpassen,' zei ze. Hij was dingen kwijtgeraakt, had zijn toekomstplannen moeten bijstellen, moeten leren leven met een lichte handicap. Wat haarzelf betrof, zij was als enig kind opgevoed door een alleenstaande moeder die ze had moeten begraven, waardoor ze erg alleen was komen te staan.

'Ik denk dat we die verliezen kunnen halveren door samen verder te gaan,' zei hij. 'Wat denk jij?'

'Ik denk dat ik het heel moeilijk zou vinden om nu alleen verder te gaan.'

'Mooi zo. Dat is precies wat ik wilde horen.'

Hoofdstuk 15

Maandagochtend reed Iris met haar hoofd in de wolken naar school. Pas toen ze op de gang stond voor haar kamer, de leerlingen die langs liepen begroetend, realiseerde ze zich een tikje beschaamd dat ze het hele weekend niet aan Troy had gedacht. Nou ja, ze was op huwelijksreis geweest! En het was niet dat ze iets met hem had of hem had bedrogen of zo. Maar toch…

Ze kende Troys gevoelens voor haar, wist hoe hij erop hoopte dat ze van gedachten zou veranderen en het nog een keer met hem wilde proberen. Dat was nogal irrationeel van hem en ze had zichzelf ervan overtuigd dat het eigenlijk vooral te maken had met het feit dat er weinig meer te daten viel in Thunder Point zodra je van school was. Zo was hun eerste date ook begonnen – ze waren collega's, allebei ongebonden, en hij had haar gevraagd of ze zin had om een trektocht door de bergen te maken. Vervolgens waren ze een paar keer samen een biertje gaan drinken en waren gaan raften. Toen hadden ze elkaar gekust en daarbij had ze gedacht: dat was fijn. Een paar weken later waren ze samen in bed beland en ook dat was meer dan prettig geweest. Iris was weliswaar op zoek naar de ware, maar een non was ze niet.

Al heel snel was ze erachter dat ze het heerlijk vond om samen met Troy dingen te doen – snorkelen, raften, trektochten maken. En ook van de seks genoot ze, dat kon ze niet ontkennen. Maar verlángen naar hem deed ze niet. Ze probeerde dat ontbrekende schakeltje te negeren, wat aardig lukte tot het moment dat Troy voorstelde om samen te gaan wonen.

Toen had ze op de rem getrapt. De decaan en de geschiedenisdocent? Samenwonen?

Thunder Point was niet het meest conservatieve stadje dat er bestond en ook op de middelbare school ging men tamelijk relaxed om met zulke dingen. Alleen... wanneer twee docenten een relatie kregen en gingen samenwonen, werd wel verwacht dat het serieus was en de betrokkenen uiteindelijk ook in het huwelijksbootje zouden stappen. Discreet een nachtje bij elkaar doorbrengen was iets heel anders dan onder hetzelfde dak leven. Dat laatste veronderstelde plannen die geen slecht voorbeeld voor de leerlingen zouden zijn. Per slot van rekening was een van haar taken om leerlingen te leren dat seks tussen twee mensen die elkaar liefhadden iets heel positiefs kon zijn, en seks om de seks onvermoede gevaren met zich kon meebrengen.

Ze wist meteen dat een relatie met Troy voor haar een plezierig intermezzo was en voor hem een serieuze zaak. Dat was het moment waarop ze hem de waarheid had verteld. 'Het spijt me, Troy, maar ik geloof dat we veel te hard van stapel lopen.'

Ze wilde Troy vertellen hoe het met Seth en haar zat voordat hij het van iemand anders hoorde. Ze vroeg een van de leerling-assistentes of die hem tijdens het tweede uur een briefje wilde geven.

Zullen we vandaag of morgen samen lunchen in mijn werkkamer?

Er kwam geen antwoord. Toen, vlak voor de lunchpauze, stond hij onverwacht in de deuropening. Op zijn knappe gezicht lag de bekende vrolijke grijns en hij had zijn handen ontspannen in zijn zakken. Daar stond de reden dat alle meisjes zíjn lessen wilden bijwonen. Vervolgens zaten ze hem het hele lesuur dromerig aan te staren, fantaserend dat hij vol ongeduld wachtte tot ze achttien waren zodat ze met elkaar konden trouwen. Deze keer vroeg ze zich niet vertwijfeld af waarom ze toch niet van hem kon houden. Ze wist inmiddels waarom.

'Maak je geen zorgen, Iris. Ik weet het al. Je hoeft het nieuws niet voorzichtig te brengen.'

'Wat weet je?'

'Dat je het met Seth hebt aangelegd. Dat is wat je wilt en ik ben blij voor je dat je gelukkig bent.'

'Heeft Grace het verteld?'

'Ik geloof dat ik het het eerst hoorde bij Lucky's toen ik daar tankte. Vervolgens in de cafetaria. Toen bij Cooper's. Vervolgens heb ik aan Grace gevraagd hoe het zat en die bevestigde het. Ik hoop dat het serieus is, want iedereen schijnt op de hoogte.'

'Kom even binnen,' zei ze.

Hij keek op zijn horloge. 'Ik ga nu lunchen. Je bent me geen verklaring schuldig. Echt niet. Je bent duidelijk tegen me geweest. En het verrast me niet.'

'En als ik het nu wíl uitleggen?'

'Kunnen we dat misschien overslaan? Door je behoefte om het uit te leggen voel ik me een idioot en daar zit ik niet op te wachten.'

'Troy, ik wil dat je het begrijpt hoe het tussen Seth en mij zit. We hebben een lang en turbulent verleden samen, een goed verleden met een paar enorme hindernissen. Maar –'

'Hoor eens, ik begrijp het. Je bent altijd eerlijk geweest. Nou ja, behalve over Seth dan, maar dat is oké. Ik geloof dat ik zelfs dat begrijp.'

'Ik had niet gedacht dat het ooit wat zou worden met Seth. Ik heb het met niemand over mijn gevoelens voor hem gehad. Nooit gedacht dat we de problemen konden uitpraten. Maar het is heel belangrijk voor me dat jij en ik nog steeds vrienden zijn. Goede vrienden.'

'Daar moet je geen seconde over inzitten, Iris. We zijn ook vrienden. We lachen om dezelfde dingen, kunnen uitstekend samenwerken, stellen dezelfde prioriteiten wat werk betreft, zien elkaar regelmatig – natuurlijk zijn we vrienden. Ik zie je later.'

En weg was hij. Ze herkende zijn woorden. Die had ze zelf gebruikt tegenover Seth. Prima, we zijn vrienden, probeer er niet meer van te maken.

Het was gewoon niet eerlijk, dacht ze. Ze had hem niet misleid. Integendeel zelfs, zodra ze besefte dat het haar geen ernst was en hem wel, had ze geprobeerd een einde aan de romance te maken zonder de vriendschap op te offeren. Kennelijk was dat niet gelukt. Volwassen relaties waren zo'n mijnenveld. Ze vond het heel erg dat een goeie vent als Troy zich gekwetst voelde. Bovendien had ze hem nodig in haar leven.

Die avond besprak ze haar gevoelens met Seth en realiseerde zich dat ze dit nooit eerder had gekend, een man in haar leven op wie ze kon bouwen, die geïnteresseerd was in elk aspect van haar leven, zelfs als het om een andere man ging. Hij steunde haar, begreep haar. Alleen niet waar het Troy betrof. 'Die redt zich wel, Iris. Iedereen krijgt wel eens de bons. Hij komt er wel overheen. Laat hem liever met rust.'

'Maar ik wilde hem geen verdriet doen.'

'Zo wordt het juist een kwelling voor hem. Daarom moet je hem met rust laten.'

'Ik heb hem nodig in mijn werk!'

'Dan zorg je dat jullie contact zakelijk blijft.'

'Dat is gemakkelijker gezegd dan gedaan.'

'Vertel mij wat. Ik moest vanwege mijn werk contact hebben met Sassy. Dat is niet makkelijk. Helemaal niet.'

Uiteindelijk bleek het wel heel simpel. En heel beangstigend. Het gebeurde wat later die week, toen Iris zoals altijd op de gang stond om de leerlingen te begroeten die de school binnen kwamen. Ze stond minstens twintig minuten voor haar deur, tot na de eerste bel. De stroom kinderen werd minder naarmate de tweede bel voor het eerste uur dichterbij kwam. Haar oog viel op een tweetal laatkomers een eindje achter de drukte; kennelijk waren ze te laat voor hun klas en hadden zo'n haast dat ze haar niet eens zagen.

Rachel Delaney en Brett Davis haastten zich door de gang vanaf het parkeerterrein. Brett had Rachel bij haar bovenarm vast en trok haar mee terwijl hij zich naar haar toeboog en opgewonden, boos, tegen haar fluisterde. Zijn gezicht stond verbeten. Het stel passeerde Iris en bleef staan toen ze haar net voorbij waren. De jongen pakte Rachel bij haar andere arm vast en schudde haar door elkaar, haar met een woedend gezicht iets toebijtend. Toen gaf hij haar een harde duw en liep met grote passen weg.

Rachel zei niets. Deed niets. Ze keek hem na. Met hangende schouders en gebogen hoofd slofte ze naar haar klas, in de tegenovergestelde richting waarin Brett was verdwenen.

Dat is hem, dacht Iris.

Natuurlijk was dat hem! De populairste jongen van de hele school. Misschien ook wel de knapste, met zijn lange, gespierde lichaam. Rachel was minstens een kop kleiner en woog amper de helft van wat hij moest wegen.

Iris voelde het bloed uit haar gezicht wegtrekken. Het hart klopte haar in de keel. Waarom had ze niet aan het vriendje gedacht? Het was zo vaak het vriendje, en toch had ze nooit aan hem gedacht. Elke keer dat ze hen samen zag, leek hij zo beschermend tegenover haar. Dat had ze alleen maar romantisch gevonden.

Daar kwam bij dat er op deze school extra veel aandacht werd besteed aan pestgedrag, vooral sinds er zich een paar jaar geleden een zwaar geval had voorgedaan. Het ging om een jongen die niet alleen elke jongen die jonger en kleiner was dan hij treiterde, maar van wie uiteindelijk ook was gebleken dat hij zijn ouders mishandelde en die zelfs beschuldigd werd van het vermoorden van een man met wie hij een conflict had.

Hem werd weliswaar doodslag en geen moord ten laste gelegd, maar zijn hele gedrag kwam voort uit dezelfde kwesties van dominantie en mishandeling.

Iris werkte nauw samen met Lawson, de coach van het footballteam, en die hield zijn spelers zowel op als buiten het veld nauwlettend in de gaten. Brett Davis had nooit problemen gehad en stond bekend als een prima, sportieve jongen.

Natuurlijk kon een jongen heel goed een charmant en aardig vriendje zijn tot het meisje iets deed wat hem niet zinde, waarop hij haar vervolgens hardhandig tot de orde meende te moeten roepen. En het bange meisje wilde niets zeggen of doen om hem boos te maken. Dat gedrag kwam vaker voor bij jongens die hun vader geweld zagen gebruiken tegen hun moeder, en het uitte zich alleen in relaties met meisjes, niet met hun vrienden.

Er waren zoveel andere logische verdachten in haar buurt geweest – een parttimevader, een forse en dominante jongere broer, een moeder die ongetwijfeld onder grote druk stond, een tante en een oom die een heel gezin in huis hadden genomen.

Een vriendje met losse handjes. Hoe had ze dat kunnen missen – het was immers zo vaak het geval. Puberjongens waren per definitie onvolwassen, bezitterig, opvliegend, egocentrisch; ze hadden een kort lontje en achtten zichzelf onkwetsbaar.

Ze wist niet wat ze moest doen, ook al wist ze dat heel goed. Ze was verplicht haar verdenkingen te rapporteren. Maar dat was een weg die ze nog nooit eerder had bewandeld. Ze sloot haar kamer af en liep haastig naar de andere kant van het gebouw, waar ze een ongeduldige roffel op de deur van Troys lokaal gaf. Toen hij opendeed, schrok hij kennelijk van de manier waarop ze keek, want hij vroeg meteen op ongeruste fluistertoon: 'Wat is er aan de hand, Iris?'

'Hij is het,' fluisterde ze terug. 'Haar vriendje! Brett Davis! De populairste jongen van de school.'

'Weet je dat zeker?'

'Ik zag dat hij haar vastpakte en door elkaar rammelde. Hij was razend om iets en zij reageerde helemaal niet. Ze was zo passief! Hoe kan het dat ik dat niet gezien heb? Dat geen van ons het gezien heeft?'

Troy trok de deur van het lokaal achter zich dicht. 'Verdomme,' zei hij. 'Dit wordt een nare zaak. Ik sta achter je. Doe wat je moet doen.'

Ze schudde haar hoofd. 'Ik moet het echt absoluut zeker weten. Het kan heel verkeerd uitpakken. Dat arme kind, ze is vast helemaal in de war. Ze zal wel doodsbang voor hem zijn.'

'Ach, jezus,' zei hij. 'Je moet Seth ook op de hoogte brengen. Hij moet ook weten wat er speelt. Het kind heeft ook al een hersenschudding gehad.'

'O, Troy,' zei ze, bijna in tranen. 'Hoe kan het dat niemand het wist?'

Hij fronste zijn wenkbrauwen. 'Ik wil wedden dat er aardig wat mensen zijn die het wel weten. De kinderen weten het. Cammie weet het. Je weet hoe die kinderen de gelederen kunnen sluiten. Zijn populariteit geeft hem heel wat macht.' Hij legde een hand op haar schouder. 'Toe maar, ga het maar rapporteren. Je kunt zeggen dat ik de hele zaak onder je aandacht heb gebracht en dat je nader onderzoek hebt gedaan. Je staat er echt niet alleen voor.'

'Bedankt, maar dat is niet waar ik over in zit. Ik ben een grote meid. Rachel is degene die in de problemen zit.'

Voordat ze het telefoontje pleegde dat ze moest plegen, liep ze naar de kamer van Phil Anderson. Hij was na de directeur de hoogste in rang. Ze had linea recta naar de directeur kunnen stappen, dat zou niet ongepast geweest zijn, maar als adjunct behandelde Phil de meeste problemen ten aanzien van gedrag van leerlingen.

En natuurlijk had Phil het druk. Te druk. Hij had een miljoen dingen te doen en die waren allemaal even urgent. 'Tja, ik zal officieel melding moeten doen van vermeende mishandeling, dus wanneer denk je even tijd voor me te hebben?' vroeg ze.

'Nu,' zei hij, waarna hij een paar coördinators zijn kamer uit bonjourde en achter zijn bureau plaatsnam. 'Ik hoop van harte dat dit tijdverspilling is.'

'Ik ben bang van niet. Ik had dezelfde gedachte als jij, en ik was echt niet op zoek naar een reden om de officiële instanties te bellen. Maar ik heb het gevoel dat ik niet anders kan.'

'Oké, wat is er aan de hand?'

Ze deed haar verhaal. Ze noemde Troy niet bij naam, al had hij gezegd dat ze dat moest doen. 'Een van de docenten bracht de zaak onder mijn aandacht en ik heb de voorgeschreven procedure gevolgd – ik ben in de zaak gedoken en heb de hulp ingeroepen van de docente lichamelijke opvoeding. Die is in een positie om de meisjes te bekijken bij het omkleden voor en na de gymles. Ze ziet niet alleen meer onbedekte huid, maar ze ziet de meiden ook bij elkaar en kan dus zien of een van hen ongewoon veel zichtbaar letsel heeft.'

Vervolgens beschreef ze de verdachte plekken, haar gesprekken met Cammie en met Rachel zelf, en tot slot de gewelddadige confrontatie tussen Brett en Rachel waar ze zelf die ochtend getuige van was geweest. Phil luisterde zwijgend, schudde alleen af en toe zijn hoofd.

Toen ze was uitgesproken, zei hij: 'Fuck.'

Ze schraapte haar keel. 'Dat betekent vier uur nablijven, Phil.'

'Op dit moment zou ik daar graag twaalf uur van maken. Goed, je gaat het melden. En dan?'

'Ik weet niet wat er besloten wordt. Als ze denken dat mijn melding legitiem is, stellen ze een onderzoek in. Ze gaan vragen stellen, medische gegevens opvragen, wie weet wat allemaal? Maar ik ben verplicht om het te rapporteren. Doe ik dat niet, dan kan ik niet alleen mijn kwalificatie kwijtraken, maar zou ik de school mogelijk ook in de problemen brengen. Maar begrijp me niet verkeerd, Phil. Dit rapporteren stelt ons in staat om het meisje te beschermen en dat heeft de hoogste prioriteit. Ik wil dat ze veilig is. Ik denk dat ze flink in de nesten zit.'

'In dat geval heb je geen keus,' zei Phil. 'Goed. Dan doen we een interventie.'

'Waarom heb ik dit probleem niet aangepakt? Zo gek

is dat toch niet? Overal hebben we speciale programma's voor opgezet. Om veilig te rijden, om ziekten te herkennen, om op de gevaren van drugs te wijzen, om voorlichting over veilig vrijen te geven, om pestgedrag te herkennen en te melden, om fraude bij tentamens en tests tegen te gaan, voor wat al niet! Er zijn zelfs overlevingscursussen – wat je moet doen als je afdrijft in zee of verdwaalt in de bossen. Waarom hebben we geen aandacht besteed aan onveilig daten? Wat staat boven aan het lijstje van al die jonge jongens en meiden die hier op school zitten, Phil? Nou? Dat is afspraakjes versieren met elkaar!'

'We doen heus goed werk hier op school, Iris. Als ons verweten wordt dat we niet aan alles onder de zon hebben gedacht, neem ik de schuld op me.'

'God, het gaat niet om schuld. Het gaat om je ógen openhouden. Het spijt me, Phil. Ik had beter op moeten letten.'

Hij glimlachte vriendelijk naar haar. 'Ik ben trots op wat jij hier allemaal doet, Iris. Goed, ga nu maar bellen en laat mij weten hoe het verder gaat. Laten we blij zijn dat we tot nu toe geen toevlucht hebben hoeven nemen tot deze hele procedure. Tenminste in de tijd dat jij en ik hier de supervisie hebben.'

'Ik laat het je weten,' zei ze.

'O, Iris, nog één ding. Wie was die docent?'

Ze aarzelde. 'Hij zei dat ik zijn naam rustig kon noemen, maar voorlopig neem ik liever de verantwoording op me. Als we hem nodig hebben om de melding te bevestigen...'

'Ach, Troy dus,' zei Phil. 'Weet je dat het een haar had gescheeld of ik had hem niet aangenomen? Zijn cv vertoonde nogal wat lege plekken – paar jaar in Irak gediend, paar jaar lesgegeven op een particuliere school waar ze niet al te moeilijk doen over kwalificaties, en de wens om ergens te wonen waar de lucht schoon is en je volop kunt raften en skiën. Een jongen nog.' Hij lachte en schudde zijn hoofd. 'Ik had nooit gedacht dat hij lesgeven zo serieus zou nemen. En toch is hij een van de beste docenten die ik heb. Ondanks al zijn verhalen over zijn avonturen buiten de school, is hij een van de meest toegewijde leraren hier.'

Dat bracht een glimlach op Iris' gezicht. 'Ik weet het. Hij is onbetaalbaar. Ik wil dat hij zijn decaanpapieren haalt en bij mij komt werken.'

Phil lachte. 'Ik wens je geluk daarbij. Volgens mij brengt hij zijn vrije tijd liever in de sneeuw door dan achter de boeken. Wat is zijn ding? Snowboarden of skiën?'

'Ik zou het echt niet weten.'

'Nou, ik prijs de dag nog steeds gelukkig dat ik zoveel mensen te kort kwam dat ik hem aannam zonder al te goed naar hem te kijken. Goed, ga dan nu dat telefoontje maar plegen. Ik ben benieuwd wat de volgende stap zal zijn.'

Iris was enigszins teleurgesteld door de reactie die ze kreeg, al had ze die ergens ook wel verwacht. Ze sprak met een medewerkster die gespecialiseerd was in deze vorm van mishandeling. Om te beginnen gaf ze Iris de statistieken, die weinig goeds lieten zien. Vervolgens zette ze de procedure uiteen – het onderzoek en de gesprekken die zouden volgen, niet alleen met de tieners zelf maar ook met hun familie. Ze noemde enkele wetenschappelijke publicaties over het onderwerp; Iris herinnerde zich een groot aantal daarvan uit haar studietijd. En tot slot bracht ze haar het slechte nieuws.

'Dit is een drukke tijd en ik ben maar in mijn eentje,' zei Connie Franklin. 'Ik ga ermee aan de slag zodra ik maar even tijd heb, al moet ik erbij zeggen dat de feestdagen naderen. En die tijd is voor sommige gezinnen moeilijker dan voor andere en er wordt dan ook vaker een beroep op me gedaan. Maar ik ga ermee aan de gang en ik zal jouw naam er zo veel mogelijk buiten houden.'

'Ze zullen het meteen weten,' zei Iris. 'Zoals ik al zei, heb ik een gesprek gehad met het meisje in kwestie en haar beste vriendin. Dus ze weten direct dat ik het was.'

'Dat zijn nu eenmaal de risico's van ons vak,' zei Connie.

'Nog een tip – bel dokter Scott Grant. Het meisje had een hersenschudding die het gevolg zou zijn van een val op een gladde trap. Ik kan me niet herinneren dat we al vorst hebben gehad in Thunder Point. Dat wil niet zeggen dat dat trapje niet glad geweest kan zijn, maar het loont de moeite om dat uit te zoeken. Dokter Grant heeft haar doorverwezen naar het ziekenhuis. Ik neem aan dat personeel van de Spoedeisende Hulp ook een meldingsplicht heeft en is nagegaan of mishandeling een mogelijke oorzaak zou kunnen zijn.'

'Dat zal ik doen. Mochten er ondertussen nieuwe ontwikkelingen zijn, bel me dan. Wanneer zulke zaken escaleren tot een noodgeval, kan deze instantie bergen verzetten.'

'Ik weet eigenlijk niet of ik dat wel zou willen,' zei Iris.

'Dat begrijp ik volkomen.'

'Hoe hou je dit vol? Elke dag weer dit soort meldingen aanhoren en actie ondernemen?'

'Net zoals jij dat doet, Iris. Een voor een.'

Genesteld in Seths armen laat die avond, vertelde Iris hem wat er gebeurd was.

'Dit is compleet nieuw voor mij,' zei ze. 'Ik heb nog nooit een minnaar gehad die geïnteresseerd was in mijn dagelijkse werk.'

'Daar ben ik eigenlijk wel blij om.'

'Er is iets wat me de hele dag al dwarszit. Het zijn niet alleen meisjes die mishandeld worden. Jongens worden voortdurend emotioneel mishandeld door meisjes, en soms hebben ze dat zelf niet eens door. En er zijn ook vrouwen die lichamelijk geweld gebruiken.'

'Je hebt het over mij,' zei hij lachend.

'Seth, ik heb je een dreun verkocht! Ik heb je gevloerd! Je had me een boete kunnen geven, me achter de tralies zetten. Ik heb je geslagen!'

'Hoeveel mannen heb je in je leven geslagen?'

'Ik geloof alleen jou. Na mijn tiende tenminste. Maar het is verkeerd. Ik deed mijn beklag bij Phil over het feit dat ik geen programma over mishandeling heb opgezet en wat we daaraan konden doen en toen realiseerde ik me wat een afschuwelijk kind ik zelf was.'

'Dat valt wel mee. Je hebt een hele tijd gedacht dat je een jongen was. Maar goed, kinderen krijgen ruzie, delen een mep uit. Daar krijgen ze straf voor en op die manier leren ze dat je problemen niet met je vuisten oplost. Als ze het goede voorbeeld maar krijgen, wordt het ze duidelijk dat geweld nooit het antwoord is. Dat het verkeerd is.'

'Ik heb je anders een paar maanden geleden nog een dreun verkocht.'

'En een beste ook. Maar dat was wel voor het laatst. Ik laat me niet nog een keer slaan.'

'Ik had je pijn kunnen doen.'

'Sorry dat ik het zeg, Iris, maar je slaat als een meisje.'

'Wij zouden het goede voorbeeld moeten geven. Ik zou van iedereen toch het beste moeten weten dat slaan altijd uit den boze is.'

Hij liefkoosde haar nek. 'Ik geef toe dat het me echt verrast dat je ook maar een mens bent. Welkom bij de club.'

'Heb jij eigenlijk iemand om mee te praten, Seth? Om je hart uit te storten? Om tegen te klagen? Iemand die naar je luistert?'

'Wat?' vroeg hij.

Ze haalde diep adem. 'Jongens zijn vaak veel meer alleen dan meiden. Die bespreken alles wat hun bezighoudt met vriendinnen, met hun moeder, soms met leraressen. Maar er moet heel wat gebeuren voor een jongen toegeeft dat hij zich zorgen maakt of bang is of wat dan ook.'

'Dat hoort denk ik niet bij onze opvoeding. Wij leren al jong dat we sterk moeten zijn, onze gevoelens moeten verbergen.'

'Tijdens mijn studie heb ik een tijdje stage gelopen bij een crisisopvang. Op een keer belde er een man. Hij zei dat hij de volgende ochtend de reis van zijn leven zou gaan maken, dat dan de vakantie zou beginnen waar hij zijn hele leven al naar had uitgekeken. Hij zei dat hij zo opgewonden was dat hij niet kon slapen. Het was al na middernacht. De leider van het crisisteam luisterde mee en we waren het er allemaal over eens dat er meer achter dat telefoontje zat. We hielden de man twee uur aan de telefoon, stelden hem sleutelvragen en waren er eigenlijk behoorlijk zeker van dat hij suïcidaal was of zo. Wie belt nu midden in de nacht de crisisopvang om te vertellen dat hij op vakantie gaat? Goed, uiteindelijk bleek dat hij werkelijk gewoon iemand was die op het punt stond een lange reis te maken waar hij jarenlang voor gespaard had. En hij belde ons omdat hij niemand anders had om zijn gevoelens mee te delen. Hij had niemand om erover te praten.'

Seth duwde zich op een elleboog omhoog en keek op haar neer. 'Donderdag is het Thanksgiving. Ik neem een deel van de dag vrij – dit wordt de eerste keer in jaren dat de hele familie met Thanksgiving bij elkaar is. Ik verheug me erop omdat jij er ook bij zult zijn. We regelen het op het werk zo dat iedereen tijd met zijn familie kan doorbrengen. Maar het weekend daarna heb ik vrij genomen. Ik wil je ergens mee naartoe nemen. Ik wil je aan iemand voorstellen.'

'Aan wie dan?'

'Aan iemand met wie ik veel praat. En nu niet verder vragen. Laat je verrassen.'

Iris kon zich niet herinneren wanneer ze voor het laatst zo nerveus of opgewonden was geweest voor Thanksgiving. Ze had die dag de afgelopen zestien jaar wel vaker doorgebracht bij de familie Sileski; Seth was het gros van die keren niet aanwezig geweest omdat hij moest werken of bezigheden elders had. Ze kende de hele familie goed. Maar deze keer was ze een gast met een nieuwe status. Deze keer kwam ze als de partner van Seth.

Ze besprak met Gwen waaruit haar bijdrage aan de maaltijd zou kunnen bestaan en kreeg de opdracht een pastei van zoete aardappelen te maken, wat nog een hele uitdaging bleek. Gwens schoondochter, Sandy, zou de sperziebonen voor haar rekening nemen, verder iets met paddenstoelen dat niemand lekker vond maar dat volgens Sandy niet mocht ontbreken, en een taart met een bodem van cranberry en sinaasappel, gevuld met noten en marshmallows. Gwen zelf zou zich ontfermen over de kalkoen, de aardappelen en het garnituur.

Iris ging er al op tijd heen om te kijken of ze kon helpen met andere dingen die gedaan moesten worden, zoals de tafel dekken, serviesgoed afwassen dat normaal niet werd gebruikt of zoiets. Seth was er uiteraard nog niet. Die waakte over de stad. Gwen wel; die liep nerveus door het huis te draven. Ze wilde dat alles perfect was.

'Volgens mij heb je het perfect voor elkaar, Gwen. Kan ik nog ergens mee helpen?' vroeg Iris.

'Nee, alles is klaar. Ik ben niet meer zo zenuwachtig geweest voor Thanksgiving sinds Boomer Sandy voor het eerst meenam. En dat is minstens vijftien jaar geleden.' Ze keek Iris bijna handenwringend aan. 'Alles moet gewoon perfect zijn!'

'Als jij nu even de laatste hand aan je haar gaat leggen,' stelde Iris voor. 'Dan let ik op het eten. En maak je geen zorgen; het is immers altijd perfect.'

Twintig minuten later arriveerden ze allemaal bijna gelijktijdig. Toen Iris stemmen buiten hoorde, maakte ze de deur open. Boomers SUV stond langs het trottoir voor het huis en zijn vrouw en kinderen stapten uit; allemaal hadden ze iets in hun handen voor het eten. Nick had zijn auto achter die van zijn broer geparkeerd, alsof hij achter hen aan was gereden naar Thunder Point. Norm was net bezig zijn auto op de oprit te parkeren; hij droeg nog steeds het blauwe jasje met zijn naam erop, alsof hij net van zijn werk kwam. En toen zag ze Seth. Hij liep van haar huis naar het huis van zijn moeder, door de tuin. Hij had het niet duidelijker kunnen zeggen. Zijn surveillancewagen stond op haar oprit en hij had zijn uniform omgeruild voor gewone kleren.

Norm schudde Boomer de hand, kuste Sandy, woelde door het haar van zijn kleinkinderen, schudde Nick de hand, schudde Seth de hand, en vervolgens liepen ze met zijn allen naar de deur.

'Iris,' zei Norm met een knikje.

'Het was alleen een kwestie van tijd,' zei Boomer, waarna hij haar op de wang zoende.

'Hij is eindelijk wakker geworden,' zei Nick, die haar met een brede grijns een dikke knuffel gaf.

Sandy hield een grote ovenschaal met beide handen vast. 'Ik ben zo blij voor jullie, Iris,' zei ze.

'Ha die Iris.' Sonny van twaalf schoof langs haar heen omdat hij gauw naar binnen wilde.

'Hoi Iris,' zei Sylvie van negen met een verlegen lachje, waarna ze zich naar de keuken van haar oma haastte.

Seth was de laatste. Glimlachend keek hij haar in de ogen. 'Hoe was je dag, schat?' Hij bukte zich om een tedere kus op haar lippen te drukken.

'Nu in elk geval goed.'

'En voortaan zijn alle dagen goed,' zei hij. 'Kan ik je ergens mee helpen?'

'Zorg dat je broers me niet plagen.'

'Lieverd, dat is iets waar ik geen invloed op heb. Ik heb het geprobeerd, geloof me.'

Dit was de Sileskiclan. Binnen een halfuur zaten ze aan tafel. Ondanks het aandringen van zijn vrouw, kleedde Norm zich niet om. Hij had zich wel opgefrist, maar hij droeg nog steeds zijn blauwe overhemd met zijn naam geborduurd op het borstzakje. De kinderen konden niet wachten tot het dankgebed was gezegd en doken op het voedsel af, al zei hun moeder nog zo dat ze dat zouden betreuren. Het duurde lang voordat ook Gwen aan tafel zat – ze liep maar om de tafel heen om toch vooral te zorgen dat het iedereen aan niets ontbrak. Norm sneed de kalkoen aan, Boomer gaf volle borden door, Sandy mopperde op de tafelmanieren van de kinderen, Nick grijnsde zijn beste grijnslach en Gwen ging pas zitten toen Norm zei: 'Vrouw, ik word duizelig van je.'

'Als er een bruiloft komt, moeten we dat op tijd weten,' zei Boomer tegen Iris. 'Ik moet mijn pak laten uitleggen en Sandy moet vijf kilo kwijt.'

'Boomer!' zei Sandy verontwaardigd.

'Wat is er, schat? Ik word dikker en dikker en jij zegt altijd dat er vijf kilo af moet. Ik zeg het alleen maar even...'

Het was perfect.

Later die avond, toen ze eindelijk samen in bed lagen, verklaarde Seth de dag tot een succes. Zelfs Norm had zich koest gehouden.

'Volgens mij heeft vandaag tien jaar van je moeders leven gekost,' zei Iris. 'Ik weet best waarom ik zenuwachtig was... per slot van rekening was het mijn introductie in de familie als jouw vriendin. Ik begrijp alleen niet waar haar zenuwen vandaan kwamen.'

'Al zolang als ik me kan herinneren heeft mijn moeder het perfecte gezin willen hebben. In plaats daarvan kreeg ze een chagrijnige vent en drie kleine vechtersbaasjes. Ze verdient beter.'

'Je hebt een leuke familie,' zei ze. 'En ik heb Norm twee keer zien glimlachen.'

'Waarschijnlijk had hij last van winderigheid.'

Vrijdagochtend vertrok Seth naar zijn werk, maar Iris had vrij. Het was moeilijk om uit bed te komen. Het voelde nog steeds als een wonder om naast hem wakker te worden, en het was te verleidelijk om lekker in bed te blijven en over hem te dagdromen. Bijna elke dag moest ze zichzelf even knijpen om zeker te weten dat dit echt was. Dat de man van wie ze haar hele leven had gehouden echt de hare was.

Lang kon ze niet onder de warme dekens blijven liggen – het was een drukke dag voor de stad, een dag waar ze altijd naar uit had gekeken toen haar moeder nog leefde. Deze dag zette iedereen zich in, met name in het centrum met de vele winkels, om de stad mooi aan te kleden. En zo te zien was het er een prachtige dag voor die veel zon beloofde.

Het was nog vroeg toen ze de stad in liep, maar ze was lang niet de eerste die daar aankwam. Er waren tientallen mensen op straat en de meeste versiering was al van zolders en uit schuurtjes, garages en kelders gehaald. Mac stond samen met Seth voor de cafetaria een kop koffie te drinken terwijl Gina de versiering uitzocht. Een hoogwerker stond paraat, slingers, kransen en rode plastic kaarsen waren klaargezet aan de voet van de lantaarnpalen.

Tot haar verrassing was Grace bezig haar versieringen door de winkel naar buiten te slepen.

Iris begroette Mac en Gina, accepteerde een schouderkneepje van Seth en liep toen door naar de bloemenwinkel. 'Wat doe jij hier nou?' zei ze tegen Grace. 'Ik dacht dat je was gaan skiën!'

'Ik heb me bedacht. Ik wilde decoratiedag niet missen.'

'Maar wat heb je gisteren dan gedaan? Waar heb je Thanksgiving gevierd? Waarom ben je niet meegegaan naar Seths ouders?'

'Nou ja, dat was een echt familiegebeuren en het was al spannend genoeg voor jou... voor het eerst in je nieuwe rol als Seths seksslavin...'

'Sst!' zei Iris geschrokken, om zich heen kijkend om te zien of niemand het had gehoord.

Grace lachte. 'Ik had voor mezelf een superluie dag gepland, maar ik werd min of meer gekidnapt. Woensdagavond liep ik nog even bij Carrie's binnen om te zien of ze ook iets feestelijks had om mee te nemen, iets met veel dressing en saus, en toen onderwierp ze me aan een kruisverhoor. Toen ik haar vertelde dat ik van plan was de hele dag in pyjama rond te lopen, lekkere dingetjes te eten en vrouwenfilms te kijken, werd ze boos. Ze stond erop dat ik met haar meeging naar de McCains. Ze kwam me zelfs ophalen; ik denk dat ze zeker wilde zijn dat ik geen verstek liet gaan. Ze had Rawley bij zich. Die lijkt ze altijd bij zich te hebben. De meeste bijgerechten had ze al gemaakt. Ze moest al op tijd bij de McCains zijn om de kalkoen te braden en ze heeft me daar toch een feestmaal geserveerd dat ze me praktisch naar buiten moesten róllen. En dat voor zestien personen! Al van de benzinepomp, Ray Anne en de drie jongens, Macs tante Lou en haar man Joe waren er ook. Het was een geweldig feest. Gelukkig konden Lou en Joe ontsnappen voordat de charades begonnen en die hebben me een lift naar huis gegeven. Goddank. Ik heb nog net twee films kunnen kijken.'

'En Troy dan?'

'Die zal wel zijn gaan skiën. Toen ik zei dat ik niet meeging, zei hij dat dat mijn pech was en dat ik bofte als hij me nog een keer vroeg. Maar hij zei het wel op een aardige manier.'

'Nou ja, mocht je nog een kans krijgen, laat me dat dan even weten. Je kunt mijn skikleding altijd lenen.' Ze bestudeerde Grace. 'Weet je, jij en Troy zijn een knap stel samen.'

'Iris,' zei Grace. 'Als ik hulp van je wil, dan vraag ik daar wel om.'

'Nou, wou je hulp bij het versieren van de winkel?'

'Dat sla ik niet af.'

Hoofdstuk 16

'Je bent een kanjer,' zei Seth tegen Iris toen ze om vijf uur 's ochtends in de auto stapten voor de lange rit naar Seattle. 'Ik schat dat we er een uur of zeven over doen. Wat mij betreft, ga je gewoon slapen. Ik rij dit stuk graag.'

'Hoe vaak ga je naar Seattle?'

'Een keer of zes per jaar. Ik maak van deze rit gebruik om alle diepe gedachten te overdenken waar ik anders nooit tijd voor heb. Dat vind ik ontspannend.'

'Dat moet een bijzondere vriend zijn.'

'Als we zo de stad uit zijn en op de snelweg rijden, zal ik je wat meer over hem vertellen.'

Eenmaal goed en wel onderweg vertelde Seth haar het hele verhaal. 'Oscar was de andere bestuurder bij dat ongeluk dat ik kreeg toen ik twintig was. Dat ongeluk heeft niet alleen mijn leven veranderd, maar ook het zijne, en nog veel ingrijpender. Hij zit sindsdien in een rolstoel. Toen ik hem de eerste keer opzocht, was hij niet bepaald blij me te zien. Ik weet eigenlijk zelf niet waarom ik erheen ging. Misschien om mezelf te straffen. Na verloop van tijd bleek dat we meer gemeen hadden dan je voor mogelijk zou houden. Meer dan onze verwondingen. Natuurlijk ben ik pas naar zijn huis gegaan toen ik weer kon lopen. Met behulp van een stok en een orthopedische schoen met een lift in de hak. Toen we op elkaar knalden, was hij vijfenveertig en had een stel kinderen. En allebei waren we een beetje boos.' Hij glimlachte. 'Hij was bozer, en dat snap ik ook wel – hij was slechter af. Ik mocht dan een footballcarrière zijn misgelopen, hij heeft veel meer verloren. En in de loop der tijd bleek dat we veel te bespreken hadden.'

'Over het ongeluk? Jullie verwondingen en handicaps?'

'Nee, niet speciaal,' zei Seth. 'We hebben het meer over het leven, over filosofische kwesties, over geloof, de dood. En we schaken.'

'Schaken?'

'Nou, al snel bleek dat het alleen lukte om met elkaar te praten terwijl we iets anders aan het doen waren. In het begin was dat dammen, maar al snel stapten we over op schaken. Ik weet niet hoe dat bij vrouwen gaat, maar mannen zitten niet tegenover elkaar om gewoon... te praten.'

'Vrouwen wel,' zei ze. 'Maar veel vrouwen breien of haken erbij, of drinken thee of wijn. Als een vrouw iemand heeft die ze vertrouwt, kan ze wel naar die persoon gaan om te praten. Alleen maar praten. Als dat nodig is.'

'Wie is die persoon voor jou?'

'Grace,' zei ze. 'Ik ken haar al sinds ze de bloemenwinkel heeft overgenomen, maar pas afgelopen jaar zijn we veel intiemer met elkaar geworden.'

'Heb je Grace over mij verteld?'

'Ja. Met stukjes en beetjes. Eerst heb ik haar verteld over het eindexamenfeest, toen over het feest en die keer in de auto, toen dat ik jou maar niet kon vergeten en tot slot dat de calla's gewerkt hebben.'

'Ik ga je hele slaapkamer vol zetten met calla's.'

'Nergens voor nodig. Nog even over Oscar... ben je hem gaan opzoeken omdat hij gewond was geraakt?'

'We waren allebei gewond geraakt. Hij het ergste. En hij had rekening te houden met een gezin. Dat zat me helemaal niet lekker.'

'Was het ongeluk jouw schuld dan?'

Hij schudde zijn hoofd. 'Nee, in feite was hij de schuldige. Hij was in slaap gevallen achter het stuur. Maar ik ging ook niet vrijuit; ik had te hard gereden. En niet zo weinig ook. Ik had van mijn eerste geld een blitse sportwagen gekocht en ik ging als een speer. Als ik niet zo hard had gereden had ik hem misschien nog kunnen ontwijken. Of zou hij de kruising al over zijn geweest voordat ik op dat punt arriveerde. Natuurlijk weet niemand wat er daarna gebeurd zou kunnen zijn. Misschien zou hij dan tegen een boom zijn gereden of zou hij een andere auto hebben geraakt of noem maar op. Of zou hij wakker geschrokken zijn door mijn claxon. Maar feit is dat mijn snelheid en de kracht van de klap waarschijnlijk de oorzaak zijn van de ernst van het letsel. Er is geen rechtszaak geweest, maar zijn familie heeft me wel aangeklaagd voor te hard rijden.'

'Serieus? En toch zijn jullie vrienden?'

'Dat heeft wel even geduurd,' zei hij. 'Oscar was niet alleen behoorlijk knorrig, maar had ook nog eens vrouw en kinderen die mij de schuld gaven.'

'En jij bent naar hem toe gegaan omdat je je schuldig

voelde over het ongeluk? Over het letsel dat hij had opgelopen?'

'Ik voelde me inderdaad schuldig,' zei hij. 'Ik weet niet precies waarom ik erheen ging. Ik wilde zien hoe het met hem ging. Ik wilde erover praten met iemand die geen professionele hulpverlener was. Ik wilde weten hoe hij met zijn handicap omging omdat mij dat zelf niet erg goed lukte.' Hij haalde zijn schouders op. 'Ik had er geen speciale bedoeling mee. Ik bleef maar terugkomen en ik weet zelf niet waarom. In het begin accepteerde alleen Oscar mijn bezoekjes. Daarna zijn vrouw, en uiteindelijk zijn kinderen ook. Wat je ook nog moet weten is dat ik Oscar over jou heb verteld. Ik heb hem verteld hoe belangrijk het voor me was om jou weer terug te hebben in mijn leven. Dat was nog voordat ik durfde hopen dat we elkaar op deze manier zouden vinden.'

'Ik durf het bijna niet te vragen, maar hoeveel heb je hem verteld sinds wij samen, nou ja, je weet wel...'

'Daarover heb ik hem helemaal niets verteld,' zei hij met een glimlach. 'Maar je zult straks wel merken dat Oscar een van die mensen is die veel dingen weten zonder dat die hen verteld zijn. Toen ik een paar jaar geleden worstelde met mijn opleiding en steeds weer probeerde om bij de politie te komen, wat steeds maar weer mislukte, heeft het alle verschil van de wereld gemaakt dat ik Oscar had om mee te praten. We bellen elkaar niet en ook al heeft hij een hele reeks onlinevrienden, we mailen elkaar ook nauwelijks. Ik ga gewoon eens in de paar maanden graag een dagje naar hem toe.'

'Wel een heel lange rit voor een bezoekje,' merkte ze op.

'Maar het voelt altijd de moeite waard. Ik geniet van de rust en de eenzaamheid van de rit, van een paar uur met Oscar en Flora, van de tijd om na te denken. Ik durf rustig te stellen dat deze bezoekjes sinds mijn twintigste een van de hoogtepunten van mijn leven vormen.'

De rest van de rit praatten ze over van alles en nog wat, van loopbaan tot familie tot het stadje waarmee ze zich allebei zo verbonden voelden. Een paar keer stopten ze om wat te eten en te drinken, maar nooit lang. Seth beloofde haar later mee te nemen naar een comfortabel hotel, waar ze de volgende ochtend lekker uit konden slapen. Bijna zeven uur waren ze onderweg geweest toen Seth de auto parkeerde voor een eenvoudig bakstenen huis. Het hellende pad naar de voordeur en het busje met de sticker voor gehandicapten zeiden genoeg: dit was het huis van Oscar Spellman.

Flora deed open en leek blij hen te zien. In plaats van Iris de hand te schudden, omhelsde ze haar. 'Ik ben toch zo blij dat Seth je meegenomen heeft,' zei ze. 'Hij heeft ons al een en ander over je verteld.'

'Ik ben blij dat ik mee ben gegaan. Ik weet pas sinds kort dat jullie al heel wat jaartjes zulke goede vrienden van Seth zijn.'

'Ja, dat kun je wel zeggen,' zei Flora. 'Ik heb een paar dingen klaargemaakt. Soms wippen de kinderen of de kleinkinderen even aan. Hebben jullie onderweg een hapje gegeten? Heb je zin in een snack? Koffie? Thee?'

'Een kop koffie zou heerlijk zijn,' zei Iris.

Toen kondigde het gezoem van Oscars elektrische rolstoel zijn komst aan. Iris was niet voorbereid op het feit dat hij totaal verlamd was. Toen Seth had verteld dat Oscar in een rolstoel zat, was ze ervan uitgegaan dat hij zijn benen niet kon gebruiken, maar dit was veel ingrijpender, veel moeilijker voor de familie. En toch had deze man van zestig een brede grijns op zijn gezicht.

Ze zaten een tijdje met zijn allen rond de keukentafel koffie te drinken, om elkaar wat beter te leren kennen. Het duurde niet lang voordat Iris hoorde dat Oscar zijn ene arm en hand gedeeltelijk kon gebruiken, maar vierentwintig uur per dag zorg nodig had, een taak die grotendeels op Flora neerkwam. Een fysiotherapeut en een wijkverpleegkundige kwamen regelmatig langs om haar met de moeilijkste taken te helpen, maar niettemin lag de verantwoordelijkheid grotendeels bij haar. Nu de kinderen het huis uit waren, was er van die kant weinig hulp meer, maar Oscar noch Flora wilde hun kinderen opzadelen met de zorg voor hun vader.

'Het allerergste is het feit dat ik zo afhankelijk ben,' zei Oscar. 'Daar raak ik soms echt in een pesthumeur door. Maar voor de rest kunnen we aardig met elkaar opschieten.'

'Zijn er trouwens nog dingen waar ik mee moet helpen, nu ik hier toch ben?' vroeg Seth. 'Iets wat voor jullie te zwaar of te moeilijk is?'

'Nou, er is inderdaad iets,' zei Flora. Ze keek naar Iris. 'Ik vind het vreselijk om Seth klusjes te laten doen. Meestal laat ik hem alleen met Oscar en dan heb ik een paar uurtjes vrijaf.' Toen keek ze weer naar Seth. 'Mark is bijna klaar met het aanbrengen van de voorzetramen. Er hoeven nog maar een paar gedaan te worden, allemaal op de begane grond, dus geen gedoe met een ladder. Als Iris Oscar even gezelschap wil houden, dan kan ik je assisteren.'

'Dat hoeft niet, Flora.' Seth kwam overeind. 'Dus als je liever iets anders wilt doen...'

'Ik wil heel graag met jou naar buiten om een luchtje te scheppen. Het lukt me wel om je de ramen een voor een aan te geven, maar vastzetten is een ander verhaal. Het is bijna winter en zonder die ramen is het huis niet goed genoeg geïsoleerd tegen de kou. Oscar, heb je nog iets nodig voordat Seth en ik die laatste ramen gaan plaatsen?'

'Ik heb niks nodig,' zei hij. 'Draai het gas uit of vraag Iris of zij erop wil letten.'

'Ik zorg wel dat er niets aanbrandt,' zei Iris. 'Wat ben je aan het maken?'

'Een van Oscars lievelingsmaaltijden die ik niet zo vaak maak – groenten met maïsbrood, karbonade, aardappelen en vruchtentaart. Als jij ervoor wilt zorgen dat die karbonades niet aanbranden en de groente niet droogkookt, ben ik tevreden.'

'Dat zal wel lukken.'

Flora en Seth waren nog niet naar buiten gegaan of Oscar deed zijn mond al open. 'Seth is apetrots op je, Iris. Hij heeft het een paar keer over je gehad.'

'Echt waar?'

'Jazeker. Voordat hij terugging naar Thunder Point om aan zijn nieuwe baan te beginnen, begon hij over jou. Hij vertelde dat jullie vroeger een echt team waren. Ik vraag me af hoe hij was als jongen.'

'Hij was overactief, denk ik. Als klein jochie had hij witblond haar dat om een of andere reden altijd veel te lang was en nogal slordig geknipt. Hij deed me altijd denken aan een soort Peter Pan met een wilde bos haar.'

'Is hij altijd goed in sport geweest?'

'Volgens mij wel. Maar niemand besteedde daar veel aandacht aan tot de middelbare school, waar hij al snel de populaire jongen was.'

Oscar lachte diep in zijn keel. 'Ik zie het bijna voor me.'

'Zal ik het schaakbord even pakken? Of iets anders?'

'Misschien wil je die koffie even wat opwarmen,' zei hij, met zijn ogen de mok aanwijzend die in zijn bekerhouder stond. 'Graag half melk half koffie, zodat ik mijn keel niet verbrand.'

Ze sprong op, maar hij hield haar tegen. 'Je hoeft je echt niet te haasten, meisje, ik ga nergens naartoe. Trouwens, Iris, had jíj misschien een potje willen schaken of zo?'

Ze warmde de koffie op en zette hem terug in de bekerhouder. 'Nee, ik vind het goed zo. Maar volgens Seth kunnen mannen alleen praten als ze er iets anders bij doen.'

'Dat geldt voor hem in ieder geval,' zei Oscar met een lach. 'Maar sommigen van ons hebben geleerd om stil te zitten. Die jongen kan niet stilzitten. Ik hoop dat je daarop voorbereid bent.'

'Om je de waarheid te zeggen, Oscar, weet ik eigenlijk niet zo goed wat ik kan verwachten. Hij is dezelfde jongen met wie ik ben opgegroeid, en toch is hij ook heel anders.'

'In welk opzicht dan? Kun je me dat uitleggen?'

'Hij is wat serieuzer,' zei ze. 'En hij heeft veel meer geduld. Hij neemt nu dingen voor lief waar een jongere Seth tegenaan geschopt zou hebben. Neem zijn vader nu bijvoorbeeld. Heeft hij over hem verteld?'

Oscar knikte. 'Humeurig, heb ik gehoord.'

'Dat klopt. Ik weet niet waarom. Ik weet wel dat hij teleurgesteld is dat Seth niet de grote sportheld is geworden, maar je zou toch denken dat hij daar inmiddels wel overheen is.'

'Weet je, Iris, sommige mensen zijn nu eenmaal zo. Ik denk dat ze de goede wendingen in hun leven net zo verafschuwen als de slechte. Zo was ik ook een beetje toen ik jonger was.'

'Echt waar?'

Hij knikte en boog zijn hoofd om met behulp van het rietje wat koffie uit zijn mok te zuigen. 'Ik maakte me altijd druk over dingen die ik niet kon veranderen. Ik werkte altijd te hard, sliep te weinig, liep de godganse dag te piekeren. Ik denk dat dat een gewoonte kan worden. Vlak na het ongeluk was dat in elk geval zo. Ik kon alleen maar boos zijn omdat ik niet wist hoe ik me anders moest voelen.'

'Kennelijk ben je daar later achter gekomen.'

'Inderdaad. En Flora heeft me daar geweldig bij geholpen.'

'Echt waar?'

'Jazeker,' zei hij met een brede lach. 'Flora is een zachte vrouw. Er komt zelden een onvertogen woord over haar lippen. Vroeger werd ik er horendol van dat ze te lief voor de kinderen was terwijl ik vond dat ze wel wat strenger aangepakt mochten worden. Maar toen ze na het ongeluk met mij en mijn slechte humeur zat opgescheept, vertelde ze me op de allervriendelijkste manier dat ze geen zin meer had om ook nog maar iets voor me te doen als ik niet vriendelijk en beleefd en vooral dankbaar kon zijn. Ze zei: "Ik heb het helemaal gehad met die houding van je, Oscar Spellman. Voortaan gedraag je je als een engel of anders bekijk je het maar. En dat betekent dat je heel erge honger zult krijgen!"' Hij lachte. 'Ik heb denk ik altijd wel geweten dat ze het in zich had.'

Iris glimlachte. 'Heeft dat je wakker geschud?'

'Reken maar! Ik twijfelde er geen moment aan dat ze meende wat ze zei. Toch duurde het nog even voordat ik leerde om wat beter te luisteren. Ik beweeg me nu een stuk langzamer, maar ik heb nu dingen die ik eerder niet zag omdat ik me te snel bewoog. Ik heb een veel betere relatie met mijn vrouw en kinderen, ik heb mijn kleinzoon leren schaken. Mijn kleinzoon denkt dat ik veel slimmer ben dan ik in feite ben.' Hij begon weer om zichzelf te lachen.

'Je lijkt bijna dankbaar voor sommige veranderingen die in je leven hebben plaatsgevonden.'

'Dat gaat misschien wat ver,' zei hij, maar nog steeds met een glimlach. 'Die jongeman van je, ik weet niet hoe hij op het idee kwam, maar als ik in zijn schoenen had gestaan zou ik mezelf niet eens één keer hebben opgezocht, laat staan vaker.'

'Ik kreeg de indruk dat dat ongeluk hem heel erg dwarszat.'

'Vast. Maar hij had ook één keer kunnen komen, zijn spijt hebben betuigd en het verder voor gezien houden. Hij is een sterke man, maar met een hart van goud. Hij kwam steeds weer terug, ook al heetten Flora en de kinderen hem niet bepaald hartelijk welkom. Waarom zou een man dat doen, vraag ik me af.'

'Ik weet het niet. Maar ik heb er veel bewondering voor.'

'Hij heeft een gul hart. Zonder zijn hulp zouden we het misschien niet hebben gered.'

'Hij komt toch maar eens in de paar maanden langs?'

Oscar knikte. 'Klopt. Het duurde minstens een jaar voordat ik met hem wilde praten. Ik heb het die jongen niet gemakkelijk gemaakt. We hebben hem zelfs een proces aangedaan. Al dat geld dat hij ons heeft gegeven.'

'Hij heeft zijn verantwoordelijkheid natuurlijk willen nemen nadat hij dat proces verloren had.'

'Verloren? Nee, meisje, hij won! Wij hebben dat proces verloren. Seth reed weliswaar te hard, maar er was natuurlijk geen jury die vond dat hij schuld had aan dat ongeluk. Wie weet hoe het anders gegaan zou zijn.'

Iris fronste haar wenkbrauwen. 'Hij heeft gewonnen? En welk geld?'

'Weet je dat niet?'

Ze schudde haar hoofd.

'Hij heeft een trustfonds voor ons opgericht. Daar heeft hij al zijn geld in gestort.'

Ze ging rechtop zitten. 'Welk geld?'

'Als professionele footballspeler had hij een prima verzekering, dus hij kreeg alles vergoed; operaties, revalidatie, noem naar op. Zijn salaris werd al die tijd gewoon doorbetaald. En hij had geld opzijgezet. Een flink bedrag dat hij had ontvangen toen hij zijn contract tekende. Ik denk dat hij dat geld zelf ook goed had kunnen gebruiken om van te leven, zijn studie te betalen, dat soort dingen. Misschien is zijn vader daar wel kwaad over – dat hij dat geld heeft weggegeven. Ik zei tegen Seth dat we niet op zijn liefdadigheid zaten te wachten en hij zei dat het niet alleen liefdadigheid was. Dat ik dat geld elke dag zou moeten verdienen. Geen idee hoe hij zich dat had voorgesteld. Maar goed, hij heeft dat trustfonds opgezet zodat er geld zou zijn wanneer bepaalde uitkeringen ophielden. Hij zei: "Pas goed op dat geld, Oscar, want het is alles wat ik heb en meer is er niet".'

Iris was sprakeloos.

'Heeft hij je dat niet verteld?'

'Ik wil wedden dat hij dat aan niemand heeft verteld.'

'Die jongen heeft een groot hart. En vergeet niet dat hij toen nog bijna een kind was. Geen oudere man die wijzer was geworden, maar een jongen wiens dromen in rook waren opgegaan. Een jongen die heel hard zou moeten werken om rond te komen.' Hij schudde zijn hoofd. 'Hij zal een geweldige vader zijn.'

'Heeft hij het daarover gehad? Dat hij vader wil worden?'

'Min of meer. Hij liet zich ontvallen dat een stel kinderen met de juiste vrouw zijn hele leven meer betekenis zou geven.'

Iris voelde tranen opwellen in haar ogen. 'Ook toevallig. Dat gevoel heb ik nou ook.'

Het kostte Seth niet veel tijd om de voorzetramen op te hangen en daarna pakte hij het schaakbord om een potje te schaken met Oscar. Flora controleerde haar potten en pannen en nam Iris toen mee naar boven om haar wat quilts en borduurwerk te tonen – handwerken was haar grote passie. En hoewel de verzorging van Oscar en het huishouden de nodige tijd vroegen, kon ze zichzelf daar tussendoor helemaal in uitleven. Oscar kon natuurlijk niet boven komen en dat had haar de kans gegeven een van de slaapkamers te bestemmen voor haar quilten. Wanneer ze 's avonds samen met Oscar televisie keek, was ze meestal aan het borduren. 'Nu de kinderen het huis uit zijn heb ik heel wat verloren ogenblikken voor mezelf... en dat vind ik heerlijk. De kinderen zijn bang dat ik te hard werk en eenzaam ben en ik geloof dat ik dat maar zo laat. Zo komen ze tenminste regelmatig langs om hun vader te helpen.'

Het eten was heerlijk, al klaagde Oscar dat hij gevoerd moest worden, wat hij niet graag had als er andere mensen bij waren. Maar Flora zei dat hij stil moest zijn. Ze deelden samen een bord en voor elk hapje dat ze hem voerde, nam ze er zelf ook een. Na het eten hield ze zijn hand vast en praatten en lachten ze.

Het was al negen uur voordat Iris en Seth afscheid

namen en naar hun hotel vertrokken.

'Je hebt een goed hotel uitgekozen,' zei ze.

'Ik heb gekeken naar eentje waar ze een uitgebreid ontbijt serveren. Dan kunnen we rustig aan doen voordat we aan die lange rit naar huis beginnen. Bedankt dat je bent meegegaan, schat.'

'Ik ben nu al dol op Oscar,' zei ze. 'En op Flora.'

Seth knikte. 'Nogal een ongewone manier om nieuwe vrienden te maken, vind je niet?'

'Ze zijn je enorm dankbaar.'

'Niet zo dankbaar als ik hen ben. Wat ons is overkomen, heeft alles veranderd. Het is soms moeilijk te geloven dat een kleine daad grote gevolgen kan hebben. Uiteindelijk heb ik het gevoel dat ik nu beter af ben dan wanneer het anders was gelopen. Ik denk dat ik nu ben waar ik hoor te zijn.' Hij glimlachte. 'En dat geldt helemaal als we straks samen in bed liggen.'

'Seth, Oscar heeft me verteld van dat geld. Het trustfonds dat je voor hen hebt opgezet.'

'De man praat te veel. Dat zal de reden wel zijn dat ik nog nooit iemand heb meegenomen om kennis met hem te maken.'

'Weten je ouders eigenlijk wat je hebt gedaan?'

Hij haalde zijn schouders op. 'Ik heb het ze niet verteld. Ik weet niet aan wie de Spellmans het hebben verteld. Het doet er niet toe, Iris. Het maakt niet uit wat er in het proces-verbaal van het ongeluk stond of wat de jury heeft gezegd, Oscar en ik waren er samen bij betrokken. Het was ons ongeluk. Ik heb geholpen omdat ik toevallig in die positie was, meer niet.'

Toen Iris die maandagochtend op school kwam, zag ze wat ze verwacht had te zien. Veel van de docenten waren tijdens het weekend in het schoolgebouw geweest om een begin te maken met de kerstversiering. Er hingen kransen en slingers, kerstmannen en rendieren, er waren afbeeldingen van feestelijk verpakte cadeaus op deuren en kerstbomen op ramen.

Zelf had ze haar twee dozen met kerstversiering meegenomen van huis en die bij gebrek aan beter in het hokje gezet dat haar leerling-assistenten gebruikten. De gang waar de schoolverpleegkundige, de decaan, de adjunct-directeur en de schooladministratie huisden, kon wel wat feestelijke aankleding gebruiken. Maar voorlopig had ze het daar te druk voor; het zou moeten wachten tot na schooltijd. Ze moest diverse telefoontjes plegen, vergaderingen bijwonen, papierwerk afhandelen en met een paar docenten een gesprek voeren over speciale presentaties voor leerlingen.

Toen ze na een korte lunch weer terugkeerde naar haar kamer, hoorde ze de meiden giechelen. Ze stak haar hoofd om de hoek van het hokje. 'Was er weer iemand die melk uit zijn neus liet spuiten?' vroeg ze.

Krista viste een rommelige bos sfeerlichtjes uit een van Iris' dozen. 'Nee, dat niet. Ik hoop van harte dat u mij dit jaar laat helpen om de versiering op te bergen, zodat Misty volgend jaar deze puinhoop niet uit de knoop hoeft te halen.'

'Je bent meteen aangenomen. Ik wil er alleen wel iets bij zeggen. Ik berg die lichtjes altijd heel netjes op. Ze moeten vanzelf in de knoop zijn geraakt in de elf maanden dat ik niet naar ze heb omgekeken. Ik denk dat ze zich verveelden...'

'Juist, ja,' zei Krista. 'Wij gaan u na schooltijd helpen om ze op te hangen. U hebt nooit genoeg tijd om deze zooi te ontwarren en ook nog de boel te versieren. Heus, Ms. McKinley.'

'Ik zei toch dat het mijn schuld niet is? Ik ben echt supernetjes!'

'Ja ja,' zeiden ze in koor.

Even later vertrok Krista naar haar volgende klas en bleef Misty alleen achter in het hokje. Toen Iris een uur later haar hoofd om de hoek stak, leek ze de wirwar van snoeren aardig op orde te hebben. 'Wauw, Misty. Bedankt.'

'Graag gedaan,' zei ze. 'Het was echt een enorme warboel.'

'Ik weet het. Sorry. Maar op andere vlakken ben ik echt heel netjes. Zal ik je iets vertellen? Ik heb thuis ook nog lichtjes. Ik durf de doos niet eens open te maken.'

'Daar moet u dan maar iemand anders voor zoeken.'

'Het gaat goed met je geloof ik, hè?'

'Ik denk dat hier werken me goed heeft gedaan,' antwoordde Misty. 'Ik mag Krista graag. O, u hebt toch niet tegen haar gezegd dat we vriendinnen moesten worden, hè?'

'Natuurlijk niet! Ik heb haar gevraagd of ze je hier een beetje wegwijs wilde maken – zij werkt hier al een paar jaar. Het is een erg leuke meid, maar ik denk dat ze haar eigen vriendinnen uitkiest.'

'Ze is aardig. En ze heeft een leuke vriendenkring,

ook allemaal aardige mensen. Ik lunch wel eens met ze. Drie van hen gaan dezelfde studie doen. Ze zijn van plan bij elkaar te gaan wonen.'

'Je zult haar volgend jaar wel missen.'

'We gaan skypen,' zei Misty met een glimlach. 'Stephanie vroeg laatst of ze met ons mocht lunchen en ik wilde al zeggen dat ze moest ophoepelen, maar Krista zei dat het goed was. Ik vroeg wie haar nieuwe beste vriendin was... Nee, dat is niet waar, zo ging het niet. Ik vroeg haar waar Tiffany was en ze zei dat die algebra had. Alleen had Tiffany ook haar lunchuur op die tijd. Waar ik toen niet bij mocht zijn. Er klopt iets niet.'

'Vriendschappen veranderen vaak,' zei Iris.

'Krista zei tegen me dat ik altijd moet proberen om aardig te zijn, al is dat soms nog zo moeilijk. Toen zei ze dat dat niet betekende dat je weer beste vriendinnen moet worden. Weet u dat Krista hetzelfde is overkomen? Dat is al een tijd geleden, maar precies hetzelfde! Krista, die cheerleader was en in de feestcommissie zat voor het grote bal? Dat geloof je toch niet?'

'Dat zei ik nog tegen je, Misty. Het overkomt echt iedereen.'

'Nou ja, in elk geval was ik blij dat Stephanie nu een koekje van eigen deeg had gekregen. Ik weet wel dat dat niet mooi van me is, maar het is wel zo.'

'We zijn allemaal menselijk,' zei Iris. 'Trouwens, voel je niet verplicht om na schooltijd te blijven helpen, hoor.'

'O, maar dat vind ik juist leuk. Krista is vandaag met de auto en ze geeft me straks een lift naar huis. Mijn broertje gaat vandaag met de bus. En nog iets... het duurt nog een hele tijd voordat ik mijn lesrooster voor volgend jaar krijg, maar mag ik hier dan weer komen werken? Zolang mijn cijfers goed blijven?'

'Dat zou ik een eer vinden. En ik zal je er niet op aankijken als in de tussentijd blijkt dat je in die uren toch andere bezigheden hebt.'

'Nou, het heeft aardig wat voordelen om hier te werken. Het levert me zelfs extra punten op bij de docenten.'

Iris trok nieuwsgierig een wenkbrauw op. 'Goed te weten dat ik macht bezit.'

Het was pas een paar maanden geleden en Misty leek helemaal over het verlies van haar voormalige beste vriendin heen. Iris wenste dat ze zelf op die leeftijd ook zo sterk was geweest. Seth was niet de enige goeie vriend die ze onderweg was kwijtgeraakt. Er waren ook vriendinnen geweest. Het was nooit gemakkelijk om ze te laten gaan, om alleen verder te gaan. Ja, het was waar wat ze had gezegd: echt iedereen maakt het mee en het is hartverscheurend.

Ze gaf zichzelf een schouderklopje voor het feit dat ze iets goeds had gedaan, ook al was dat min of meer een schot voor de boeg geweest. Het versieren van de gang met de hulp van de meisjes en een paar vriendinnen van Krista die geen bijbaantje hadden als assistent, bleek een flinke klus en Iris kwam in tijdnood. Ze had al twee telefoontjes van Seth gehad en ze hadden afgesproken dat hij vanavond zou koken bij haar thuis. Ze wist dat hij het eenvoudig zou houden, maar was niettemin blij dat ze straks zelf niet meer hoefde te koken.

Tegen zessen was ze eindelijk klaar met opruimen van haar bureau. De school was donker en verlaten; het enige geluid kwam vanuit de andere kant van de gang, waar de gymzaal was en de basketbaltraining net ten einde liep.

'Hoe dúrft u,' zei een stem in de deuropening. 'Hoe durft u mensen te beschuldigen dat ze iets verkéérds hebben gedaan!'

Ze herkende de stem meteen, al had ze Rachel nog nooit zo boos horen spreken. Langzaam stond ze op. 'Rachel?'

'Er wordt een onderzoek ingesteld! Tegen mijn familie, tegen Bretts familie, zelfs tegen een paar vriendinnen. En dat allemaal omdat iemand me zou mishandelen? Daar hebben we het toch over gehad? U bent gek! Niemand slaat me! Niemand doet me pijn!'

'Ik weet niet of ik precies begrijp wat er gebeurt, maar als er niets mis is, dan blijkt dat snel genoeg.'

'Maar u was het! Ontken het maar niet!'

'Ik ben misschien wel niet de enige die zich zorgen maakt over jouw veiligheid,' zei Iris kalm.

'Jawel, er is er maar een... en dat bent u. Waarom bemoeit u zich niet met uw eigen zaken? Het gaat goed met me, ik ben gelukkig, ik wil met rust gelaten worden.'

'Rachel, als iemand vragen stelt, dat beantwoord je die toch gewoon? Vertel de waarheid en ga door. Wie is degene die een onderzoek naar je familie instelt?'

'Weet ik veel – een of andere trien van de jeugdzorg. En ik ben geen kind meer! Ik ben zestien. Ik ben oud genoeg om te trouwen als ik dat wil. U verpest mijn leven! Iedereen is boos. Mijn familie is overstuur. Bretts ouders zijn laaiend. Het is één grote puinzooi.'

'Ga anders even zitten, Rachel. Laten we er even over praten.'

Rachel lachte smalend. 'Het laatste wat ik wil, is nog een keer met u praten!'

'Rustig nou maar. Je weet dat ik me zorgen maakte over die blauwe plekken en zo, maar hoe weet je zo zeker dat ik de enige was?'

'Dat weet ik gewoon! U was het!'

En met die woorden draaide ze zich om en vertrok. Iris hoorde haar wegrennen door de gang.

Wauw, dacht ze. De dag na het vrije Thanksgivingweekend? Na haar gesprek met Connie, toen ze hoorde hoe druk het daar was, had ze nooit verwacht dat deze zaak zo voortvarend zou worden opgepakt. Connie had eigenlijk min of meer laten doorschemeren dat het wel maanden kon duren voor er actie werd ondernomen. Als dat al gebeurde.

Tenzij er meer meldingen waren geweest. Maar hoe dan? Troy zou het haar hebben verteld en verder kon ze niemand bedenken. Ze keek op haar horloge. Het was inmiddels te laat om Connie nog te bereiken.

Hoofdstuk 17

Het fijne van de paar weken na Thanksgiving was dat Grace zich niet te pletter hoefde te werken. Afgezien van een paar grafkransen en een tafelstuk werd er niet vaak een beroep op haar gedaan. Er waren in december weinig bruiloften en dit jaar had ze geen daarvan binnen weten te slepen. De weken voor kerst zouden natuurlijk een gekkenhuis zijn; kransen maken, tafelstukken, feestelijke boeketten en bestellingen vanuit de hele stad.

Ze deed de winkel wat eerder dicht en reed naar Cooper's. Even had ze overwogen om daarheen te lopen, maar na de hele dag in de winkel gestaan te hebben om te verkopen en bloemstukken te maken, had ze het eigenlijk wel gehad en pakte ze liever de auto. Ze ging via de zijdeur naar binnen en klom op een barkruk.

Troy glimlachte naar haar. 'Hoe is het?'

'Goed. Hoe was je Thanksgiving?'

'Eigenlijk heel erg leuk.'

'Hoe ging het skiën?'

'Ik ben niet gegaan. De weersverwachting was niet al te best en een paar vrienden van me zaten ergens in een dorpje in de bergen van Californië. Daar ben ik naartoe geweest om te jagen. Daarna ben ik teruggereden.'

'Ach, dus je hebt het Thanksgivingdiner gemist?'

'Nee, ik heb juist heerlijk gegeten. Er is een kroegje in

dat dorp – ik ken de eigenaar wel en mijn vriend werkt daar parttime. Ze hadden een waar feestmaal bereid. En wat heb jij gedaan?'

'Nou, ik was van plan geweest om de hele dag in mijn pyjama rond te lopen, maar Carrie kwam erachter. Uiteindelijk ben ik bij de McCains beland. De hele familie was er.'

'Ik dacht dat je naar de familie Sileski zou gaan.'

'Nou, ik was inderdaad uitgenodigd,' zei ze, 'net als jij trouwens. Maar uiteindelijk kende ik daar eigenlijk alleen Seth en Iris en ik vond dat ik best wel een lange dag film kijken had verdiend. Plus de parade natuurlijk. Die mis ik nooit.'

Troy haalde een doekje over de bar. 'Wat wil je drinken?'

'Heb je merlot?'

Hij schonk een glas wijn voor haar in en zette het voor haar neer. 'Wat ga je met de kerst doen?'

'Dat weet ik nog niet. Ik heb vrienden in Portland bij wie ik altijd welkom ben, maar ik vind het ook niet erg om alleen te zijn. Eigenlijk ben ik wel graag alleen. En jij?'

'Ik zit aan mijn familie vast. Mijn vader en moeder wonen in San Diego, maar mijn zus, haar man en hun drie rekels wonen in Morro Bay, aan de kust van Californië. Daar vieren we het dit jaar met zijn allen.'

'Klinkt leuk. Grote familie?'

'Een jongere broer en een zus. Zij is getrouwd, hij studeert. En jij? Heb jij veel familie?'

'Nee, eigenlijk niet. Mijn ouders zijn al overleden en

ik heb een paar tantes, ooms en neven en nichten die over het hele land verspreid wonen. Geen broers of zussen, wel neven en nichten die ik als zodanig beschouw. Ik ben zo slecht in het onderhouden van contacten sinds ik de bloemenwinkel heb. Mijn schuld. Ik kan meer tijd voor ze maken. Dat zou ik moeten doen.'

'Ik weet precies wat je bedoelt,' zei hij. 'Ik ben er ook niet goed in. Ze klagen er altijd over.'

'Ik wilde nog tegen je zeggen dat ik heel graag een keertje mee wil skiën. Ik ben er niet echt goed in, dus misschien moet je nog eens over die uitnodiging nadenken. Vroeger was ik best sportief, maar het is al heel lang geleden dat ik op ski's heb gestaan.'

'In dat geval gaan we snowboarden,' zei hij meteen, met een gemeen grijnsje. 'Dat is moeilijker.'

'Ik heb een heel goed evenwichtsgevoel,' zei ze rustig. 'En van Iris kan ik spullen lenen. Dan hoef ik alleen nog maar ski's of een snowboard te huren, afhankelijk wat de kwelling van de dag is. Trouwens, als je wilt, kun je altijd nog op de uitnodiging terugkomen, want ik ben vast een blok aan je been. Onervaren skiër, nieuweling op het snowboard, ik hou je alleen maar op. Maar goed, met kerst is het altijd rustig. Er zijn weekenden en jij hebt vrije dagen...'

'We zien wel,' zei hij.

Ze moest zich al heel erg vergissen als hij niets in haar voorstel zag. 'Hoelang snowboard jij al?'

'Ik denk al sinds mijn achtste. Ik ben opgegroeid in San Diego en daar kon je alles doen: surfen, skiën, duiken, klimmen. Ik heb er leren zeilen en parazeilen. Het enige dat hier stukken beter is, is raften.' Hij floot zachtjes. 'Deze staat heeft een paar rivieren waar je je leven aan je voorbij ziet flitsen.'

'En dat vind je leuk?'

'Dat vind ik leuk.'

'Heb je ooit geschaatst? Aan ijshockey of kunstschaatsen gedaan?'

'Dat heeft me nooit zo getrokken, maar ik kijk wel graag naar ijshockey.'

'Mooi zo. Verneder jij mij maar op de piste, dan maak ik gehakt van je op de ijsbaan.'

'Dus jij schaatst?'

'Vroeger,' zei ze. 'Toen ik jonger was. Ik heb zelfs les gehad. De afgelopen jaren heb ik me nog maar in één ding verdiept: bloemen.' Ze hief haar glas. 'Maar ik zit erover te denken om een cursus wijnproeven te volgen.'

Het duurde twee dagen voordat Connie Iris terugbelde. Ja, ze had een afspraak gemaakt met de familie Delaney en de familie Davis voor het eind van de week. 'Er kwam onverwacht wat ruimte in mijn agenda en het leek me het beste om zo snel mogelijk helderheid proberen te krijgen in deze zaak. En nee, ik heb niemand verteld wie deze zaak heeft gemeld, maar als er vragen komen, dan moet ik dat misschien wel doen. Dat begrijp je vast wel.'

'Dat begrijp ik inderdaad,' zei Iris. 'Het is iets waar ik mee kan leven. Ik deed gewoon mijn werk en dit is onderdeel van dat werk.'

'En we zijn blij dat je het hebt gedaan,' zei Connie.

Iris haalde diep adem en probeerde het uit haar hoofd te zetten. In haar korte bestaan als decaan had ze nog niet veel van zulke delicate situaties meegemaakt, maar het hoorde er nu eenmaal bij.

Het was rustig deze ochtend en ze bladerde de nieuwsbrief van het departement van Onderwijs door. Ze las een artikel over mishandeling waarin aanbevelingen werden gedaan voor readers, videomateriaal, speciale programma's, gastsprekers en computerhulp voor zowel docenten als leerlingen. Ze hield haar ogen open voor elk soort programma dat geweld tussen datende tieners behandelde. Misschien was dat iets om in de gezondheidslessen op te nemen, dacht ze. Ze had inmiddels online al een paar lezingen en rollenspellen gevonden, maar die leken nogal gedateerd en dus bleef ze uitkijken naar iets beters.

Haar ogen gingen over de lijst met aanbevelingen en bleven abrupt hangen bij een video over veilig rijgedrag waar de naam Sileski achter stond. Hoeveel Sileski's waren er nu helemaal? De video was getiteld Het bonnenquotum van de politieman, en hij was te vinden op YouTube. Ze tikte de naam in in de zoekmachine, klikte op Enter en daar was hij. Nou ja, hij had inderdaad gezegd dat hij een paar dingen voor leerlingen van middelbare scholen had gedaan.

Het leek om een bijeenkomst te gaan. Seth stond op een spreekgestoelte met achter hem een groot scherm. Hij introduceerde zichzelf als agent Seth Sileski en zei dat hij uit de doeken ging doen wat de drie beste manieren waren om onder een bon uit te komen.

'Maar eerst wil ik jullie kennis laten maken met mijzelf op de leeftijd van achttien,' zei hij. Op het scherm verscheen de foto van een knappe jonge footballspeler in het shirt van de Ducks, poserend als de winnaar van de wereldbeker. 'Op mijn negentiende.' Daar was hij in het shirt van de Seahawks. 'Op mijn negentiende had ik zo'n beetje alles. Mijn familie was apetrots op me. Vooral mijn pa. Hij was de enige vader in de hele stad wiens zoon proffootball speelde.' Er volgde een foto van hem in gewone kleren, leunend tegen een zilverkleurige Ferrari. 'Ik was gek op die auto. Ik had nooit gedacht dat ik ooit zo'n auto zou bezitten,' zei hij tegen het lachende publiek. 'De meeste jongens hier zouden hun linker... eh, oor willen geven voor zo'n auto.' Nog meer gelach.

Toen kwam hij achter het spreekgestoelte vandaan en liep naar de andere kant van het podium. Iris zag dat hij sterker met zijn been trok dan anders.

'En dit is mijn beste vriend Oscar. We hebben samen een paar heftige dingen meegemaakt en zijn nog steeds bevriend.'

Er verscheen een foto van Oscar op het scherm. Hij lachte zijn prijswinnende lach, maar zijn nek werd gesteund door een brace die zijn hoofd omhoog moest houden, iets wat hij inmiddels kennelijk niet meer nodig had. Hij leek allesbehalve ongelukkig. Iedereen in de zaal die Seth in zijn footballshirt had gezien zou Oscar misschien hebben gehouden voor een speler die gewond was geraakt tijdens het spelen. Sterker nog, dit was geen publiek uit Thunder Point en aangezien Seths dagen als wonderkind reeds lang achter hem lagen, zouden ze wellicht gedacht hebben dat zijn manke been iets te maken had met football.

'Maar ik sta hier niet om jullie te vervelen met de details van mijn opwindende jeugd; ik ben nu een smeris en we hebben de pest aan smerissen, toch?' Er werd opnieuw gelachen. 'Smerissen willen de pret altijd maar bederven, toch? En omdat ik het politieapparaat van binnenuit ken, weet ik ook hoe je ze te slim af kunt zijn. Smerissen zijn lang zo slim niet als ze zelf denken. Goed, het zit dus zo. Een smeris is altijd maar op zoek naar die ene soort automobilist – de automobilist die er gevaarlijk uitziet. Eerlijk gezegd kan het ons geen ruk schelen dat je tien kilometer te hard rijdt als er geen potentieel gevaar is. Als je tien kilometer te hard over de snelweg scheurt en er zijn geen andere auto's te bekennen, dan heeft je smeris waarschijnlijk wel wat beters te doen dan achter je aan te gaan. Maar als je om twee uur 's nachts over de weg slingert en niet op je eigen rijstrook kunt blijven, en je smeris is onderweg naar huis, dan zal hij je vervloeken want nu kan hij niet anders dan je aan de kant zetten om te checken of je wel helemaal nuchter bent voordat je jezelf doodrijdt.

Smerissen hebben niet echt een quotum. Nou ja, sommigen wel. We krijgen met kerst een bonus als we ons quotum halen, maar dat is een geheim dus vertel het niet verder.' Hij grinnikte even en werd toen bloedserieus. 'Wat we wel hebben, is de verantwoordelijkheid om ongelukken te voorkomen. Goed, er zijn dus drie belangrijke oorzaken dat mensen ongelukken krijgen. Ten eerste – ze zijn onbekwaam. Dat kan zijn door alcohol of drugs, maar het kan ook zijn dat ze in slaap zijn gevallen. Het kan ook een medische oorzaak zijn; iemand kan een hartaanval of beroerte hebben gekregen achter het stuur. Dat iemand onbekwaam is, dat zien we meteen; hij slingert over de weg. Soms zien we het niet op tijd, maar zien we het wel, dan zitten we er bovenop. Dat trekt de aandacht. Pas daar dus voor op.

Ten tweede – ze zijn afgeleid. Bel of sms je achter het stuur dan heb je een groot probleem. We zijn er heel alert op en we wachten echt niet af om te zien of je auto rare bewegingen maakt – we laten je stoppen voor je ergens op knalt. Maar niet alleen mobiele telefoons vormen een afleiding – wat dacht je van te veel passagiers, huilende baby's op de achterbank, een tros ballonnen voor je vriendin, een hond die over de achterbank stuitert? Dus wat doe je als je merkt dat je afgeleid wordt? Dan stop je en los je de zaak op voordat een van die irritante, quotumgeile smerissen de pret komt bederven. Ik zeg het eigenlijk liever niet omdat mijn kerstbonus hier in het geding is en ik niet blij ben als die lager uitvalt dan ik hoopte.' Hij laste een pauze in zodat de leerlingen konden lachen om het beeld dat hij schetste.

'Oorzaak nummer drie: te hard rijden. Oké, ik weet dat het niet meevalt om de overheid te vertrouwen. Wat, ik vertrouw de overheid niet eens, dus waarom jullie wel? Alleen weet ik nog van mijn opleiding dat de snelheidslimieten gebaseerd zijn op populatie, de conditie van de wegen, de verkeersdrukte, de weersomstandigheden en meer van die onnozele dingetjes. Er wordt rekening gehouden met van alles en nog wat. Stel we rijden door een rustige straat in een buitenwijk waar bijna geen auto's rijden. Er wordt nauwelijks op straat geparkeerd, er is geen school in de buurt, het wegdek is goed en de straat is breed; kortom, een soort van spookstraat waar je niet harder mag dan dertig. Wat? Dertig?'

Er verscheen een nieuw plaatje op het scherm, een diagram deze keer. De weg, de ver uit elkaar liggende huizen, hier en daar een boom en een oprit en een rode pijl wijzend naar een stokmannetje met een vuilnisbak. 'Met dertig kilometer per uur kun je op tijd remmen en knal je niet tegen Mr. Miller aan die net zijn vuilnis buiten zet.' Er verscheen een nieuw diagram. Deze keer waren er twee rode pijlen. Een ervan wees naar Mr. Miller en de andere naar een boom. 'Met vijftig kilometer per uur wordt het verhaal heel anders. Als je op de rem trapt zodra je Mr. Miller ziet, kun je niet meer op tijd stoppen. Als je het stuur omgooit om hem te ontwijken, knal je recht op die boom daar. Er valt hoe dan ook een dode.'

Het was stil geworden in de zaal. Er verscheen een derde diagram. Hierop waren alle objecten van de vorige twee te zien, maar er was een politieauto bijgekomen en die bevond zich links op het scherm, helemaal aan het begin van de pijl. 'Deze knaap houdt je aan als je vijftig rijdt. Hij is een smeris. Hij zal je leven redden. Hij redt jouw leven, dat van Mr. Milller én hij krijgt zijn kerstbonus.

Ik zou jullie een diagram kunnen laten zien voor elke straat of weg – zoals de verlaten snelweg, de lege straat of de weg door de woestijn of de bergen waar absoluut niemand is, waar geen Mr. Miller is en geen Preacher Smith in zijn gammele oude pick-up en waar geen enkele reden voor te bedenken is om die snelheidslimiet te handhaven.'

Hij liep weer naar de andere kant van het podium. 'Soms lijkt er geen logische reden voor een bepaalde snelheidslimiet te zijn. Afgezien van het feit dat de gemiddelde persoon bij een bepaalde snelheid een meer dan gemiddelde kans heeft om de controle over het voertuig te verliezen en een ongeluk te krijgen. Maar waar moet een man, of een vrouw, met een supergave auto dan naartoe om erachter te komen wat dat karretje kan? Ik bedoel, als je niet eens meer wat lol kunt hebben op een veilige, verlaten weg, waar moet je dan naartoe? De autorenbaan. Overal zijn circuits. Als je niet weet waar er een bij jou in de buurt is, dan bel je de politie. Die verwijst je naar een veilig stuk weg waar je je uit kunt leven.

En dat waren ze dan. De drie dingen die mij mijn kerstbonus zullen bezorgen. Je rijdt te hard, je bent afgeleid of je bent onbekwaam. Ik zie het, ik zet je aan de kant en ik haal mijn quotum.' Hij liet bewust een stilte vallen. 'En jij blijft in leven.'

Oscar verscheen weer op het scherm.

'Ik heb al verteld dat Oscar mijn beste vriend is. Ik ben nu bijna vijfendertig en hij is zestig. Vijftien jaar geleden, toen ik net een contract bij de Seahawks op zak had en hij in de fabriek werkte, reden we op dezelfde tijd op dezelfde weg. Ik was de topsnelheid van die Ferrari aan het testen en hij was na het werk op weg naar huis. De weg was goed en het zicht ook. Ik ging behoorlijk hard, maar die auto kleefde gewoon aan de weg. Het was een dunbevolkt gebied – vrijwel niemand op de weg en geen huis te bekennen. En toen reed Oscar door rood omdat hij achter het stuur in slaap gevallen was. Hij had een dubbele ploegendienst gedraaid en hij was doodop. Hij reed iets van dertig en ik iets van negentig, maar ik had de auto helemaal onder controle. Op één klein dingetje na: tegen de tijd dat ik zijn auto zag en op de rem trapte en de wielen blokkeerden en ik de controle verloor, ramde ik hem vol van opzij.

En hoe ironisch... ik kreeg een bekeuring voor te hard rijden. Ik had het ongeluk niet veroorzaakt – ik had voorrang. Maar door de combinatie van mijn snelheid met zijn onbekwame toestand belandde hij in een rolstoel en raakte ik mijn footballcarrière en een stukje van mijn been kwijt.'

Weer een nieuw beeld op het scherm. Een foto van Seth en Oscar met een schaakbord tussen hen in. 'Dat ik geen football meer kon spelen, vond ik heel erg. Ik was ook niet blij met al die schroeven, pennen en bouten die in mijn been werden gedraaid. Het deed ook pijn om naar Oscar te kijken – hij had een gezin en zou nooit meer beter worden. Maar het moeilijkste was misschien wel mijn eigen familie en wat het ongeluk voor hen betekende. Ze hebben me zo gesteund tijdens de vele operaties en de jarenlange fysiotherapie. Maar het ongeluk heeft iedereen veranderd – mij, Oscar en onze families en vrienden. En ik denk dat mijn vader daardoor niet langer trots op me was.' Hij gaf de leerlingen een moment de tijd om zijn boodschap te absorberen.

'Goed, nu wil ik jullie wat vragen. Beantwoord mijn vraag zo eerlijk als je kunt. Krijg ik dit jaar mijn kerstbonus?'

'Nee!' riepen ze luid.

'Wel, verdomme. Ik wist dat het een vergissing was om jullie die informatie te geven. Bedankt voor jullie tijd en rij voorzichtig!'

Iris moest de tranen van haar wangen vegen. Wat een showman was Seth. Hij had kennelijk de verhoging uit zijn schoen gehaald zodat zijn handicap duidelijker zichtbaar was. Hij was schitterend en wat hield ze van hem.

Ze keek op haar horloge. Het was nog geen vier uur. De laatste bel was gegaan. Er waren nog wat naschoolse activiteiten en een paar trainingen aan de gang, maar het was een heel stuk stiller geworden in het gebouw. Ze ruimde haar bureau op, sloot af en reed naar huis.

Ze parkeerde haar auto in de carport en liep door de tuin naar het huis van de buren. Gwen was zoals altijd druk bezig in de keuken, maar bood haar niettemin een kop koffie aan. 'Nee, bedankt. Ik heb vandaag iets ontdekt waar ik je over wilde vertellen. Wist jij dat Seth de afgelopen paar jaar lezingen voor middelbare scholieren heeft gegeven?'

'Hij heeft wel iets gezegd over een lezing over verkeersveiligheid of zo...'

'Maar verder heeft hij er niets over verteld?'

'Geen details, maar daar heb ik ook niet naar gevraagd,' zei Gwen. 'Hoezo dan?'

'Hij was fenomenaal,' zei Iris. 'Maar als hij het echt belangrijk had gevonden dat jij er meer over wist, had hij er wel meer over gezegd.'

'Heeft hij het wel aan jou verteld?'

'Ja en nee. Toen hij net terug was, heeft hij tegen me gezegd dat hij wilde helpen om speciale programma's voor tieners op te zetten en gevraagd of we daarbij konden samenwerken. We gingen toen nog niet weer met elkaar om en ik heb gezegd dat hij maar een voorstel op papier moest zetten. Vandaag bekeek ik een lijst met aanbevolen video's en daartussen zat eentje van Seth. Een lezing die hij voor een middelbare school heeft gehouden. Niet in Thunder Point, maar nu ik die video gezien heb, ga ik hem beslist vragen of hij die ook wil houden voor onze leerlingen. Hij is geweldig. En ik weet zeker dat zijn verhaal de leerlingen zal aanspreken. De video is openbaar, maar ik denk dat hij niet had verwacht dat iemand jou ooit op het bestaan ervan zou wijzen. En al helemaal niet dat ik dat zou zijn. Maar ik vind dat je hem echt moet bekijken, Gwen. Hij is niet lang. Vijftien, twintig minuten, zoiets. Ik werd er echt door ontroerd.'

'In dat geval wil ik hem beslist zien. Wil jij even helpen hem op te zoeken?'

'Natuurlijk. Waar staat je computer?'

'In de naaikamer. Ik gebruik hem alleen om recepten en patronen op te zoeken, rekeningen te betalen, van die dingen. Ik doe er geen spelletjes op, zoals sommige vriendinnen van me.'

'Kom mee, dan ga ik hem voor je ophalen.'

Ze liepen samen naar Gwens naaikamer. Iris ging

achter de oude computer zitten en bleek eerst de software te moeten updaten voor ze de video kon afspelen.
'Goed, dan ga ik nu naar huis.'

'Ga je aan Seth vertellen dat je mij de video hebt laten zien?'

'Ja, natuurlijk,' antwoordde Iris. 'Ik wil geen dingen voor hem achterhouden. Ik heb trouwens geen idee hoe hij zal reageren. In elk geval had ik zoiets als dit nooit verwacht. Het voelt alsof het belangrijk is.' Ze drukte een kus op Gwens wang. 'Ik zie je later.'

Norm kwam wat eerder thuis en hij was ook wat chagrijniger dan anders.

'O, fijn, je bent op tijd voor het eten thuis. Ik wil je iets laten zien. Het gaat over Seth en het is belangrijk.'

'Na het eten, Gwen,' zei hij. 'Ik heb flink veel last van maagzuur vandaag.'

'Wanneer begon dat? Wat heb je gegeten?'

'Een paar uur na de lunch. En ik heb niks verkeerds gegeten. Stu's broodje met varkensvlees en dat was beter te pruimen dan sommige andere keren. Toen voelde ik me nog goed.'

'Is het misschien voedselvergiftiging?'

'Nee, ik heb geen buikpijn of zo. Nee, het is gewoon brandend maagzuur.'

'Ik zal het drankje even halen.'

'Dat is zo goor,' bromde hij, in zijn favoriete stoel zakkend.

'Heb je liever last van maagzuur dan?' vroeg ze, terwijl ze naar de keuken verdween. Even later kwam ze terug met het flesje antacidum en een lepel. Ze goot wat van het drankje op de lepel en hield die voor zijn mond.

'Nee,' zei hij, hoofdschuddend.

'Ja,' zei ze. Ze duwde de lepel tegen zijn lippen. 'Doe wat ik zeg. Ik wil je een video laten zien op de computer. Een filmpje van Seth.'

Hij deed zijn mond open en slikte het drankje met veel uiterlijk misbaar door. Gwen negeerde hem. Ze liep weg om het drankje terug te zetten en toen ze terugkwam, was Norm nog knorriger dan eerst. 'Ik kijk het hier wel,' zei hij.

'Dat kan niet. Het staat op YouTube. Iris heeft het me laten zien en nu wil ik het aan jou laten zien. Nu.'

'Jezus,' snauwde hij, waarna hij met een hand tegen zijn maag gedrukt opstond. 'Waarom moet je mij het leven zo zuur maken.'

'Dat doe je zelf. Als je een keer naar de dokter ging, dan is er misschien een manier om van dat maagzuur en die hoofdpijn en al die andere klachten en kwaaltjes van je af te komen.'

'Ik ben toch naar de dokter geweest. Voor die verzekering.'

'Negentien jaar geleden!'

'Nee, dat was veel korter geleden.'

'Ga zitten. Ik zal het even voor je opstarten. En nou ophouden met dat geklaag en je mond houden. Ik wil dat je hiernaar kijkt want het gaat om onze jongste zoon en het is belangrijk.'

'Heeft hij een onderscheiding gekregen of zo?' wilde Norm weten.

'Niet dat ik weet,' zei Gwen. 'In elk geval niet van jou. Kijk nou maar gewoon.'

'Dat smerige drankje van je helpt voor geen meter!' zei hij boos.

'Ik maak wel iets lekkers te drinken voor je. Ga jij maar kijken.'

Hij sputterde nog wat na, maar deed niettemin wat ze zei. Gwen ging naar de keuken en schonk een met flink wat water verdund glas brandy voor hem in om zijn maag te kalmeren. Maar ze ging het hem niet meteen brengen. In plaats daarvan keek ze op haar horloge en sloop naar de deur van de naaikamer zodat ze Seths stem uit de computer kon horen. Ze hoorde Norm zo nu en dan een geluid maken – gebrom, gemompel, gesteun. Alleen Norm verwachtte dat een drankje binnen zestig seconden zou werken.

Te oordelen naar het geluid van de computer was het filmpje bijna uit. Ze vroeg zich af of het Norm net zo zou raken als het haar had geraakt. Ze had de tranen in haar ogen gehad. Jaren geleden had ze al tegen Norm gezegd dat hij met zijn zoons moest praten, ze moest laten weten wat ze voor hem betekenden, anders zou hij er later spijt van krijgen. Maar Norm luisterde niet naar zijn vrouw.

Nou, dat was niet helemaal waar, hij had een paar keer wel degelijk naar haar geluisterd, wat haar erg had verrast. Ze had borstkanker gekregen en was flink ziek geweest van de chemo; ze had versteld gestaan van Norms bezorgdheid en toewijding. Niet dat hij nou zo graag praatte, vooral niet over zijn gevoelens, maar hij was er wel. Elke keer dat ze zich omdraaide in bed was hij er, vroeg of ze naar de wc moest, of ze een glaasje water wilde, een pijnstiller, wat dan ook. Dat was een van de weinige keren geweest dat ze wist hoeveel hij van haar hield. Maar toen ze weer beter was geworden, was er een eind aan zijn zorgzaamheid gekomen. Dat was niet erg, dacht ze. Hij had zichzelf verraden.

Ze had al lang geleden geaccepteerd dat ze nooit meer het romantische stel van vroeger zouden zijn. Daar kon ze mee leven. Hij kuste haar nog steeds welterusten, gaf haar het geld dat hij verdiende, bedankte haar voor het ontbijt en zei dat het eten weer lekker was. Op hun leeftijd zou dat waarschijnlijk genoeg moeten zijn. Ze hoopte alleen dat zij als eerste dood zou gaan. Een zieke Norm verzorgen zou een helse taak zijn en ze dacht niet dat hij het zou kunnen opbrengen om haar te verzorgen wanneer ze een hulpbehoevende oude vrouw zou zijn.

'Gwen,' zei hij vanuit de naaikamer. Verbeeldde ze het zich of was zijn stem echt verstikt door tranen?

Ze haastte zich naar de keuken om de verdunde brandy te pakken en keerde op een holletje terug naar de naaikamer.

Norm zat dubbelgeklapt op de stoel met zijn handen tegen zijn borst gedrukt en een lijkbleek gezicht. 'Gwen, ik kan niet overeind komen,' bracht hij moeizaam uit. 'Bel Seth.'

Ze boog zich over hem heen. 'Norm! Wat is er?'

'Alles doet pijn... mijn maag, mijn borst, mijn rug... Ik kan niet overeind komen. Ik... Ik moet Seth zien voordat... Ik moet met Seth praten.'

Het zweet was hem uitgebroken en zijn voorhoofd was kletsnat. Zijn handen trilden en hij had zijn ogen stijf dichtgeknepen.

'Norm toch! Je krijgt toch geen hartaanval?'

Het duurde even voordat hij in staat was antwoord te geven. 'Misschien wel,' bracht hij uiteindelijk uit.

Gwen holde naar de keuken en belde het alarmnummer. Toen rende ze terug naar de naaikamer om haar man in zijn laatste momenten bij te staan.

Hoofdstuk 18

Seth stond voor het bureau te praten met Steve Pritkus. Steve was net gearriveerd om het stokje over te nemen van Seth. Opeens begonnen hun portofoons tegelijk te schetteren; er werd met spoed een ambulance naar een adres gestuurd in verband met een mogelijke hartaanval.

Seth en Steve keken elkaar geschrokken aan. Ze herkenden het adres allebei.

'Schiet op, erheen,' zei Pritkus. 'Ik ga kijken of dokter Grant nog in de praktijk is en kom dan meteen met hem die kant op.'

Seth sprong in zijn surveillancewagen en overbrugde met zwaailichten en sirene aan de korte afstand naar het huis van zijn ouders. Hij parkeerde de auto op het gras naast de oprit om de ambulance niet in de weg te staan en rende naar binnen.

'Ma? Pa?'

'We zijn hier, Seth!' riep Gwen.

Hij volgde haar stem naar de naaikamer, waar hij Norm dubbelgeklapt op een stoel aantrof, trillend, bleek, zwetend. Hij liet zich op een knie naast hem neerzakken. 'De ambulance is onderweg en dokter Grant kan hier ook elk moment zijn. Niet in paniek raken.'

'Doe ik ook niet,' zei Norm zwakjes. 'Stuur je moeder op een cruise als ik het niet haal.'

'Dat doe je zelf maar. En nu niet meer praten.' Hij pakte zijn vaders hand vast.

Het volgende wat hij hoorde, was de stem van Iris, die op een holletje naar binnen liep. 'O, mijn god. Wat is er aan de hand, Gwen?'

'Norm heeft een hartaanval,' zei ze.

'Dat is nog niet zeker,' zei Seth. 'Maar we hebben wel hulp nodig.'

Vlak daarna kwam Scott Grant binnen, niet zo zeer in paniek als wel in grote haast. Hij schoof Seth opzij, knielde naast Norms stoel neer, gaf hem een aspirine en nam zijn bloeddruk op. Daarna schudde hij een tabletje uit een buisje in zijn hand en zei tegen Norm dat hij dat onder zijn tong moest leggen. Hij stelde wat vragen over de pijn, keek in zijn ogen, oren, neus, nam zijn polsslag en temperatuur op, controleerde nogmaals zijn bloeddruk en informeerde opnieuw naar de pijn.

'Dit is mijn schuld,' zei Iris in tranen. 'Ik heb dit veroorzaakt.'

'Waar heb je het over?' vroeg Seth.

'Nee, het is jouw schuld niet,' zei Gwen. 'Toen hij thuiskwam, had hij last van brandend maagzuur en daar heb ik hem iets tegen gegeven voordat hij naar het filmpje ging kijken.'

'Welke filmpje?' wilde Seth weten.

'Ik vond op internet een filmpje over je presentatie en dat heb ik aan je moeder laten zien,' zei Iris.

'En ik heb het weer aan je vader laten zien,' zei Gwen.

'En nu heeft hij een hartaanval,' zei Iris huilend. 'O,

Seth, kun je me ooit vergeven? Zo gaat het nou altijd... ik doe iets en dan... God, het spijt me zo!'

'Dus jij vond die video en die heb je aan mijn ouders laten zien?'

'Ik ben een slecht mens, ik weet het. Ik had het eerst met jou moeten overleggen. Kijk nu wat ik gedaan heb!'

'Nee, lieverd,' zei Gwen weer. 'Het was al mis toen hij thuiskwam.'

'Waarom heb je dat gedaan?' wilde Seth weten.

'Omdat je zo geweldig was. Omdat het zo belangrijk was dat je ouders het zouden zien. Omdat ze zo trots op je zouden zijn en op alles wat je met je leven hebt gedaan!'

'Iris, wat als je iets op internet vindt dat gênant en vernederend is en waar ík een hartaanval van krijg?' vroeg Seth.

Scott kwam overeind, de stethoscoop om zijn nek. 'Ik denk niet dat het een hartaanval is. Ik weet niet precies hoe zijn hart eraan toe is omdat hij niet geregeld bij mij komt om dat te laten checken. Zijn bloeddruk is op dit moment te hoog, wat ongetwijfeld het gevolg is van de spanning en de pijn. Nee, volgens mij heb je hem een beste galblaasontsteking bezorgd. Hij zegt dat hij eerder last heeft gehad van indigestie en dat hij bij de lunch een dubbele sandwich met varkensvlees heeft gehad. Bovendien is het wit van zijn ogen wat gelig van kleur.'

'Je hebt mijn vader een galblaasontsteking gegeven, Iris,' zei Seth.

'Heb je nu een hekel aan me?' vroeg ze, terwijl de tranen haar over de wangen stroomden.

Hij lachte even. 'Ik hou van je, Iris. Maar je bent wel een ongeleid projectiel.'

De ambulancebroeders arriveerden, praatten even met dokter Grant, waarna in gezamenlijk overleg werd besloten om de patiënt naar het verderop gelegen streekziekenhuis te vervoeren. Scott belde de Spoedeisende Hulp om de procedure in werking te zetten. Norm vroeg aan Scott of het goed was dat Seth meereed in de ambulance.

'Wil je niet liever dat je vrouw meerijdt?' vroeg Scott.

'Gwen kan met mij meerijden,' zei Iris. 'Rij jij maar met je vader mee, Seth.'

'Prima,' zei hij, er met een blik op zijn moeder aan toevoegend: 'Vergeet je niet om het gas uit te zetten, ma?'

Het was behoorlijk krap in de ambulance, maar nog voordat ze de stad uit waren, ging het al beter met Norm doordat hij iets tegen de pijn had gehad. Met Seth aan de ene kant en een jonge ambulancebroeder aan de andere kant om zijn bloeddruk in de gaten te houden, deed Norm zijn ogen dicht en kwam geleidelijk wat tot rust.

Even later deed hij zijn ogen open en keek naar Seth. 'Als ik doodga, moet je Stu voor de rechter slepen vanwege dat broodje.'

'De kans dat je doodgaat, is niet zo groot, pa,' zei Seth. 'Ik geloof dat dierlijk vet nogal berucht is voor het veroorzaken van problemen met de galblaas.'

'Hij heeft anders nergens waarschuwingsbordjes hangen,' zei Norm. 'Sleep die vent voor het gerecht!'

'Daar hebben we het nog wel over wanneer je je beter voelt.'

'Ik zou best dood kunnen gaan, weet je dat? Het is iets heel anders om op je dertigste zo'n aanval van je gal te krijgen dan op mijn leeftijd...'

'Ik denk wel dat je het haalt.'

'Ik heb dat filmpje bekeken. Ik dacht dat ik een hartaanval kreeg maar ik heb toch gekeken. Je moeder zei dat het een hartaanval was, anders was er niets aan de hand geweest.'

'Je zou altijd om een second opinion moeten vragen wanneer ma een diagnose stelt.'

'Ik heb gekeken. Ik geloof dat Iris hem had meegenomen.'

'Iris is altijd al een lastpak geweest,' zei Seth. 'Je hoeft echt niet alles te doen wat ze zegt, weet je.'

'Jij volgens mij wel,' zei Norm.

'Dat is iets anders.'

De ambulancebroeder gniffelde.

'Er is iets wat ik moet zeggen omdat deze broekies volgens mij niks weten van galblazen en hartaanvallen en de kans bestaat dat ik wel degelijk doodga. Praten doe ik niet veel meer. Ik heb er geen zin meer in. Je moeder haalt me de woorden uit de mond en ik heb reumatiek in alle gewrichten. Maar hoe dan ook, ik was niet kwaad op je vanwege dat auto-ongeluk.'

Seths ogen werden groot.

'Nou ja, een tijdje wel misschien, maar niet lang. Ik dacht dat je kwaad op mij was omdat het mijn schuld was.'

'Jouw schuld? Hoezo dan?'

'Omdat ik je de hele tijd zat te pushen, tegen je zei dat je nooit meer zo'n kans zou krijgen. Om prof te worden. Ik had niet gedacht dat je je geld in een snelle auto zou steken. Daarom had ik een tijdlang de pest in, maar uiteindelijk heb ik me eroverheen gezet. Jij bent nooit naar me toe gekomen en daarom dacht ik dat je mij de schuld gaf.'

'Ik ben nooit naar je toe gekomen omdat het leek alsof je dan de pest in kreeg.'

'God, zoon, ik krijg de pest al in van ademhalen! Je had je studie af moeten maken voordat je een profcontract tekende. Maar hoe had ík dat moeten weten? Als er in mijn leven iets goed ging, dan was dat omdat ik mijn kans greep. Hoor je wat ik zeg? Ik was niet slim – ik had geluk. En jij, jij had geluk én je was slim. Ik heb je onder druk gezet en je was nog maar een kind en waarschijnlijk niet slim genoeg om beter te weten.'

'Weet je, pa, jij bent een van de slimste mannen die ik ken,' zei Seth. 'Jij hebt van een simpele benzinepomp een groot succes gemaakt en de zaak vervolgens met winst verkocht.'

'Geluk,' hield Norm vol. 'Voordat ik doodga...' Hij kromp ineen en trok een gezicht. 'Ik wil dat je weet dat ik trots op je was. Maar waarom zou ik dat zeggen. Je moeder houdt nooit lang genoeg haar mond om er een woord tussen te krijgen. Zeg dat ook tegen je broers wanneer ik doodga. Ze hebben dan wel nooit een profcontract gekregen, maar ik was net zo trots op ze. Ze hebben het goed gedaan.'

Seth glimlachte. 'Je gaat voorlopig niet dood. Maar voor het geval ik me vergis... is er nog iets wat ik tegen ma moet zeggen?'

'Ja.' Norm kromp weer ineen. 'Zeg dat ze plezier moet maken op die cruise. En Seth? Mocht je bij Iris blijven, dan kun je misschien proberen haar een beetje in het gareel te houden.'

'Ik zal eraan denken. Bedankt, pa.'

'En sleep Stu voor de rechter, begrepen?'

'Wat je wilt, pa.'

Norm ging niet dood. In plaats daarvan werd zijn galblaas vierentwintig uur later verwijderd, zodra die tot rust was gekomen en hij niets meer in zijn maag had. Het was een simpele ingreep die vrij weinig voorstelde... al dacht Norm zelf daar anders over.

'Het was afschuwelijk,' zei hij tegen Seth. 'Ik had het bijna niet overleefd. Nou, wanneer ga je die aanklacht tegen Stu indienen?'

'We gaan Stu niet vervolgen vanwege een broodje varkensvlees, pa.'

'Kan hij dan op zijn minst een bekeuring krijgen? Is er niet een of andere wet die hem verplicht om mensen te waarschuwen dat ze door zijn voedsel in het ziekenhuis kunnen belanden? Dat hij in elk geval een beste boete krijgt?'

'Ik zou maar wat oppassen met die beschuldigingen. Straks sleept hij jou nog voor de rechter,' adviseerde Seth.

'En waarvoor dan wel?'

'Geen idee. Smaad? Laster? Hoofdpijn?'

Een paar dagen later, toen Norm weer thuis was en misschien wel permanent in zijn luie stoel was geïnstalleerd, kwam Stu op bezoek. Hij had zijn schort nog voor en bracht een geschenk mee. Een broodje varkensvlees, nog warm. 'Ik hoorde dat je me voor de rechter wilt slepen,' zei Stu. 'Vandaar dat ik een broodje voor je heb meegenomen. Kijken of deze beter valt.'

'Je dacht toch niet dat ik nog een keer naar het ziekenhuis wilde?' vroeg Norm verontwaardigd.

'Hoezo? Je galblaas is er nu toch uit?' merkte Stu op. 'Ik heb trouwens bij dokter Grant geïnformeerd of je alles weer mocht eten. Dus toe maar, neem een hap. Ik heb alle registers opengetrokken voor dit exemplaar. Hij is perfect.'

Met een nijdig gezicht hapte Norm in het broodje. Hij kauwde nadenkend. 'Je broodjes worden er niet slechter op,' zei hij toen. 'Wil je ook een stuk?'

'Nee, dank je. Ik moet weer terug. Blij dat je je wat beter voelt. Wanneer ga je weer aan het werk?'

'Over een dag of tien, denk ik. Al zou ik natuurlijk best eerder kunnen.'

'Ja, natuurlijk,' zei Stu. 'Nou, hou je taai.'

Iris was opgelucht dat alles vergeven was; zelfs het feit dat ze ermee geplaagd werd, deed daar niets aan af. Wel beloofde ze Seth om voortaan even met hem te overleggen in het onwaarschijnlijke geval dat ze iets ontdekte wat hem kon kwetsen. 'Het valt ook niet mee, weet je, om alle regels te kennen wanneer ik onder het oog van je ouders met jou in zonde leef.'

'Dat in zonde leven bevalt me wel,' zei hij. 'Als je de rest maar even met mij afstemt.'

Een paar maanden eerder had Iris het onmogelijk geacht dat ze hun conflicten konden overwinnen en zelfs in elkaars armen belanden. Het was niet overdreven om te zeggen dat er tussen haar en Seth nooit eerder sprake was geweest van zo'n vertrouwen, zo'n bevrediging. Ze waren geen kinderen meer en het was zo'n opluchting om alles wat ze deelden te benaderen vanuit het perspectief van volwassenen die wisten wat ze wilden van het leven. Het schonk haar een gemoedsrust en een energie die ze nooit had verwacht.

Maar een relatie zonder uitdagingen was natuurlijk een illusie.

Ze was aan het werk toen ze een sms'je van Seth kreeg.

Bel me even. Zodra je tijd hebt.

Ze belde hem meteen. Ze had half en half verwacht dat hij haar wilde vragen wat ze 's avonds wilde eten en daar was ze dan ook met haar hoofd bij toen hij zei: 'Heb je vandaag of morgen een uurtje over om even langs te komen op het bureau? Robbie Delaney maakt zich zorgen over Rachel, over zijn familie, over het gesprek dat ze met jeugdzorg hebben gehad en hij wil graag even met jou praten, maar hij kan niet naar de school toe komen en hij kan je ook niet bij Sue Marie thuis uitnodigen. Kennelijk heeft hij advies nodig.'

Haar geest was meteen bij de les. Het probleem in

kwestie had haar de laatste tijd minder beziggehouden door wat er met Norm gebeurd was en bepaalde andere dingen, maar nu was het meteen in zijn volle omvang terug.

'Morgen heb ik twee vergaderingen, eentje om elf uur en een om drie uur. Voor de rest is mijn agenda leeg.'

'Mooi. Ik overleg even met hem en dan bel ik je terug. Bedankt, schatje. Fijn dat je dit wilt doen. Hij is behoorlijk van streek.'

Sinds de aanvaring met Rachel was Iris Rachel en Brett uit de weg gegaan. Ze had de zaak overgedragen aan de autoriteiten. Er waren geen incidenten meer geweest, ze had geen telefoontje meer gehad van Connie en jeugdzorg, ze was zalig onwetend van welk detail dan ook.

Drie uur later liep ze Seths kantoor binnen. Robbie Delaney zat op een hoek van Seths bureau. Ze was hem de afgelopen jaren hier en daar tegengekomen; het laatste jaar wat vaker, omdat zijn dochter een van de cheerleaders van het footballteam was. Ze had nooit veel aandacht aan hem besteed; ze groetten elkaar en gingen elk hun eigen weg weer. Maar daar zat een man die zich zorgen maakte, dat was wel duidelijk. Hij staarde in zijn koffiekop en toen hij opkeek, lag er een blik van angst en schaamte in zijn ogen.

Robbies haar begon al wat dunner te worden. Hij was wat zwaarder dan vroeger, de lijntjes bij zijn ogen waren wat dieper. En die winnende lach had zijn glans wat verloren.

'Hallo, Iris,' zei hij.

'Robbie. Hoe gaat het ermee?' Ze trok een stoel bij. Seth zat achter zijn bureau, Robbie balanceerde op een hoekje ervan en Iris zat min of meer tussen hen in.

'Niet zo geweldig eerlijk gezegd. Ik hoop dat jij kunt helpen. Volgens Rachel heb jij de maatschappelijk werkers ingeschakeld. Klopt dat?'

'Zou dat een probleem zijn? Als bleek dat ik die persoon was?'

'Nee, integendeel! Ik zou je juist dankbaar zijn. Het is echt een grote puinhoop.'

Ze haalde diep adem. 'Ik heb een gesprek met Rachel gehad over die vele blauwe plekken en zo. Ze had voor alles wel een verklaring. Maar toen zag ik iets wat me verdacht voorkwam; Brett pakte haar nogal ruw aan en was duidelijk laaiend. Echt laaiend. Dat kon ik niet gewoon laten passeren, Robbie. Het is mijn werk. Ik ben verplicht actie te ondernemen als ik dat soort dingen zie. Heeft Rachel het ontkend?'

'Ja, in dat gesprek met de maatschappelijk werkers heeft ze niets toegegeven. En ook daarna heeft ze dat nog een tijdje volgehouden. Maar moet je dit eens zien.' Hij haalde een mobiele telefoon uit zijn zak. Een roze telefoon. Hij klikte op Berichten en overhandigde de telefoon aan Iris.

Parkeerplaats. 3:15

Ik kan niet. Cheerleadertraining.

Ga later. 3:15. Toe nou schatje.

Kan niet! Al 3 x te laat gekomen!

Ga je moeilijk doen?

Alsjeblieft!

3:15. Ik meen het.

Sorry, schatje. Doet ut pijn? Ik hou van je, dat weet je. Waarom jaag je me zo op?

Rache? Rache? Ben je nu boos? Geef antwoord anders word ik boos!

Brett, ik was op training! Hou op!

Ben ik dan niet belangrijker?

Ik ben toch gekomen?

Je hebt me laten w88! Maar training kon niet w88, hè?

OMG, ik doe toch mijn best! Bel me later!

Er volgde nog een hele waterval van berichtjes, berichtjes die ze niet kon beantwoorden omdat haar telefoon nu in het bezit was van haar vader.

Iris liet de telefoon zakken en keek Robbie vragend aan. Haar mond stond verbaasd een eindje open.

'Dat was gisteren voordat de maatschappelijk werkers bij ons kwamen. Rachel was laaiend over de beschuldigingen. Toen de vrouwen weg waren, heb ik haar tas omgekeerd en haar telefoon gepakt. Ik betaal voor dat ding. Ik zag die sms'jes en las ze hardop voor en ze ging helemaal door het lint. Ze probeerde haar telefoon terug te pakken, maar ik bleef hem vasthouden en zei dat ik wilde weten wat er gaande was en uiteindelijk brak ze. Ze vond het allemaal niet eerlijk, zei ze. Hij deed haar niet écht pijn, het waren voornamelijk ongelukjes. Toen ik haar vroeg wat er om kwart over drie op het parkeerterrein stond te gebeuren, barstte ze in huilen uit. Ze heeft niet willen zeggen wat hij van haar moest, maar ik ben er ziek van. Misschien omdat ik ook zo'n jongen op het parkeerterrein ben geweest. Ik kan dit niet laten gebeuren, Iris. Zeg alsjeblieft wat ik moet doen.'

Ze haalde diep adem en gaf toen de telefoon door aan Seth zodat hij de uitwisseling van sms'jes ook kon lezen. 'Helaas kan ik Rachel niet bereiken. Dat heb ik geprobeerd. Ze is razend op me omdat ik haar naar haar blauwe plekken heb gevraagd. Ik zal je iets vertellen wat je moet weten over jongens die hun vriendin mishandelen. Het staat zelfs in die berichtjes. Hij houdt van haar. Hij wil haar en hij kan niet zonder haar. Als hij haar slaat, is dat haar eigen schuld, maar hij heeft er spijt van en hij zal het niet weer doen. Dat belooft hij. Hij houdt van haar. Hij heeft haar nodig. Dan slaat hij haar nog een keer en weer is dat haar schuld, maar hij heeft zo'n spijt en hij houdt echt van haar. Het is een vicieuze cirkel. Ze beschermt hem en zal hem niet zo gemakkelijk opgeven. En Robbie, het gaat niet alleen om lichamelijk geweld. Er zit een emotionele component bij. Het is erg ingewikkeld en heel uitdagend. Niet alleen degene die geweld gebruikt kopieert dat gedrag van ouders of andere familieleden, maar degene tegen wie geweld wordt gebruikt ook. Er is interventie en therapie voor nodig om de cyclus te doorbreken.'

Robbie keek haar lange tijd zwijgend aan. Toen sloot hij even zijn ogen. 'Ik moet er iets aan doen,' zei hij ten slotte.

Iris vroeg zich af of Robbie, die als jongen altijd zo fysiek en agressief reageerde, zich ook aan zulk gedrag schuldig had gemaakt. 'Waaraan?' vroeg ze.

'Aan deze cyclus van geweld. Ik moet Rachel daar weghalen. Ze moet bij mij komen wonen. Hier kan ze niet blijven. Ik kan haar niet helpen om te veranderen als ze in Thunder Point blijft wonen en hem elke dag op school ziet. Hoe moet ik zorgen dat ze veilig is?'

'Is dat een optie voor jou, Robbie? Kun je haar weghalen uit Thunder Point? Zou dat mogelijk zijn?'

'Ik heb mijn eigen bedrijf. Ik deel mijn eigen tijd in. Misschien moet ik 's ochtends wat later beginnen of moet ik tussendoor even naar huis om te kijken of alles goed gaat, maar dat lukt me wel. Sue Marie en ik hebben niets geregeld wat de voogdij betreft. Ik moet alleen zorgen dat ze akkoord gaat.'

'Denk je dat ze dat zal doen?'

Hij schudde vertwijfeld zijn hoofd. 'Ik weet het niet. Dat zou ze wel moeten doen. Ik bedoel, ze werkt 's avonds in het casino – ze kan de kinderen niet in de gaten houden. En wanneer ze niet werkt, gaat ze graag uit. Kinderen kunnen een last zijn. Maar ik vind het fijn als ze bij me zijn. Rachel is afgelopen jaar niet vaak geweest omdat ze het druk had met school en sport en haar vriendje. Ik had geen idee... geen idee...'

Hij schudde nogmaals zijn hoofd. 'Kun jij me hierbij helpen?' vroeg hij aan Iris. 'Kun jij met me mee om met Sue Marie te praten?'

'Ik ben bang dat dat er geen goed aan zou doen, Robbie,' zei Iris. 'Het heeft te maken met vroeger, weet je. Sue Marie en ik waren niet echt rivales, niet openlijk tenminste. Maar feit is wel dat we vaak een oogje hadden op dezelfde jongen.' Ze haalde haar schouders op. 'Ze probeerde wat met Seth te flirten...'

'Daar ben ik niet op ingegaan,' zei Seth, die zich nu voor het eerst liet horen en zijn handen afwerend omhoogstak. 'Ik heb haar uitnodiging om de kennismaking te hernieuwen afgeslagen. Er valt niets te hernieuwen. Ik heb geen moment meer aan haar gedacht toen we eenmaal van school waren. Geen moment meer.'

'Jíj kunt wel iets doen, Seth,' zei Iris. 'Jij kunt Robbie helpen met dat gesprek over waar de kinderen zouden moeten wonen. Ik denk niet dat Sue Marie erg van mij gediend is en ik weet dat Rachel boos op me is, maar voor Seth heeft ze respect.'

'Ach, Iris,' zei Seth met een zucht.

'Nou ja, het is het overwegen waard,' zei ze. 'Je bent getraind in huiselijk geweld. Je gaat erheen als er een melding komt. Je weet er veel vanaf. En nog wat, ik heb je die avond in het café in actie gezien.'

'Wie weet luistert ze naar je,' zei Robbie. 'Misschien niet om de juiste redenen, maar toch.'

'Iris,' zei Seth waarschuwend.

'Je kunt altijd nee zeggen, Seth,' antwoordde ze.

'Het maakt me niet uit wat ik moet doen,' zei Robbie. 'Ik moet zorgen dat ik mijn kinderen op een veiliger plek krijg waar ik ze in de gaten kan houden. En als ze op school zijn, lukt me dat niet.'

'Dat weet ik. Zolang Rachel nog op school zit, moeten we waakzaam zijn. Ik was niet de enige die zich zorgen over haar maakte. Ik zal haar gymjuf inseinen dat ze extra op haar let en dat zal ik zelf ook doen. Ik heb hun lesroosters. Ik kan zorgen dat ik in de buurt ben wanneer de bel gaat. Ik zal mijn uiterste best doen.'

'Jij komt dus mee om met Sue Marie te praten, Seth?' vroeg Robbie.

'Beter van niet eigenlijk...'

'Je hoeft niets te zeggen. Ik voer het woord wel.'

Seth dacht even na. 'Oké, dan zie ik je om halfzes bij Sue Marie. Dan is ze toch thuis, hè? En Rachel ook?'

'Sue Marie begint wat later. Ik heb tegen haar gezegd dat ik even langs wil komen. Ze weet ook dat ik de jongens mee terug wil nemen, maar Rachel wilde niet. Ik heb tegen Rachel gezegd dat ik haar straks van school haal en thuisbreng. Misschien dat ze nu wel wil luisteren.'

'Veel succes,' zei Iris.

'Bedankt.' Met zijn hoed in de hand liep hij naar de deur, waar hij zich nog even omdraaide. 'Misschien hebben Sue Marie en ik wel een van die gewelddadige relaties waar je het over had,' zei hij tegen Iris. 'Geen fysiek geweld, maar wel een hoop geschreeuw en ontrouw en uit elkaar gaan en het weer goedmaken waarna het hele liedje zich weer herhaalt.'

'Nee toch, Robbie,' zei Iris ontdaan.

'Ik niet,' zei hij. 'Ik heb Sue Marie altijd alleen maar gelukkig willen maken. Alleen lukte me dat nooit, tenminste niet voor lang. We zijn vaker opnieuw begonnen dan alle andere stellen die ik ken. Ik ben niet de beste vangst ter wereld, maar ik wilde praktisch alles wel voor haar doen. Sterker nog, als ze nu tegen me zei dat ze het nog een keer wilde proberen samen, dan zou ik dat denk ik nog doen ook.'

Iris keerde terug naar school. Het zou niet lang meer duren voor de laatste bel ging. Ze trof Spencer Lawson aan in zijn kantoortje in de kleedkamer van de jongens.

'Heb je even?' vroeg ze. Er was nog maar weinig tijd voordat de lessen afgelopen waren en de jongens van zijn teams binnen kwamen stuiven om zich om te kleden voor de training.

'Jazeker.' Hij keek op zijn horloge. 'We hebben nog tien minuten, en anders kunnen we beter op de gang gaan staan.'

'Misschien dat het in negen minuten lukt,' zei ze. 'Je weet hoe leerlingen de gelederen kunnen sluiten wanneer er iets aan de hand is? Eén front vormen tegen ons?'

'Dat weet ik maar al te goed.'

'We hebben momenteel te maken met een zeer delicate, potentieel explosieve situatie. Ik heb de jeugdzorg moeten inschakelen om vermoedelijk geweld te melden tussen ons populairste koppel – Brett en Rachel. Op dit moment wordt er een onderzoek naar ingesteld. Ik weet niet wat daaruit naar voren komt, maar ik ben er voor honderd procent van overtuigd dat er sprake is van geweld tussen die twee.'

Hij fronste zijn wenkbrauwen. 'Meen je dat? Wie van die twee maakt zich daar schuldig aan?'

'Brett lijkt degene met de losse handjes te zijn. Het meisje zit onder de blauwe plekken waar ik vraagtekens bij zet, al had ze overal wel een slimme verklaring voor. Maar inmiddels heeft ze tegenover haar vader toegegeven dat Brett behoorlijk ruw met haar omspringt en haar soms echt pijn doet, maar dat hij dat natuurlijk niet expres doet.'

Spencer schudde zijn hoofd. 'Ik heb het eerder gezien.'

'Ik niet. Wanneer was dat dan?'

'In mijn vak bewegen we ons tussen twee uitersten. Mijn jongens moeten op het veld meedogenloos zijn en voor de rest lief en aardig. Er zijn een paar goede rolmodellen voorhanden en ik ben altijd op zoek naar profspelers die op het veld door roeien en ruiten gaan en daarbuiten iedereen met respect behandelen. Ik neem elke mogelijke gelegenheid te baat om zulke jongens als voorbeeld te stellen. Maar net als overal hebben we ook te maken met jongens die maar één manier kennen, jongens die niet alleen op het veld de baas willen spelen, maar ook daarbuiten. Ik ben daar erg alert op. Alleen is

Brett een jongen achter wie ik dat nooit gezocht zou hebben. Hij is beleefd, haalt goede cijfers, werkt hard.' Hij schudde zijn hoofd. 'Zo zie je maar weer. Wil je dat ik met hem praat?'

'Er is al met hem gepraat. Hij heeft samen met zijn familie een gesprek gehad met de jeugdzorg, maar ik weet niet wat daaruit gekomen is en misschien krijg ik dat ook wel niet te horen. Misschien dat je anders gewoon een oogje in het zeil kunt houden? Ik heb hun lesroosters, mocht je die nodig hebben. Ik ben van plan om tijdens de leswisselingen in de buurt te zijn, maar ik ben bang dat dat alles is wat ik kan doen. Dus je hulp zou meer dan welkom zijn.'

'Prima. En mocht ik gelegenheid zien om iets te zeggen dan zal ik dat zeker doen.' Hij schudde zijn hoofd. 'De meeste docenten zijn bijzonder over Brett te spreken. Logisch, hij heeft goede manieren en is altijd beleefd. Zijn ouders lijken streng maar rechtvaardig. Kan me niet herinneren wat zijn vader voor werk doet, maar in elk geval iets op kantoor. Zo zie je maar weer hoe schijn kan bedriegen.'

'Laat het me alsjeblieft weten als er iets gebeurt. Mijn eerste zorg is nu alles doen wat ik kan om te zorgen dat Rachel niets overkomt. Of ze daar nu aan meewerkt of niet.'

'Wat zeg je nou, óf ze nu meewerkt?'

'Ze is verliefd op hem,' zei Iris. 'En het was natuurlijk nooit zijn bedoeling om haar pijn te doen.'

Hoofdstuk 19

Iris heeft wat goed te maken, dacht Seth toen hij weer buiten stond na het gesprek met Sue Marie. Ze hadden een klein succesje geboekt of op zijn minst een moeizaam compromis bereikt, maar prettig was het niet geweest. Ze had met hem geflirt, een hand op zijn arm gelegd en met haar grote blauwe ogen naar hem geknipperd terwijl ze een opmerking maakte of een vraag stelde. Rachel had er zwijgend bij gezeten, een en al vijandigheid uitstralend.

Robbies plan was om de kinderen mee te nemen naar het kleine huis in North Bend waar hij nog steeds woonde, waar ze destijds met zijn allen hadden gewoond voordat Sue Marie een paar jaar geleden was weggegaan. Hij wilde de voogdij hebben en ze op een andere school doen. Hij dacht dat hij het wel zou redden.

Sue Marie had heel wat in te brengen tegen zijn plannen. Vooral alimentatie en kinderbijslag waren een probleem. Ze waren nooit officieel gescheiden, maar niettemin betaalde Robbie alle rekeningen. Hoe hem dat lukte van zijn schamele inkomen was Seth een raadsel.

'Het gaat om het volgende, Sassy,' zei hij, alweer vergetend dat ze liever bij haar echte naam werd aangesproken. Hij ging meteen door, voordat ze hem kon onderbreken. 'Rachel heeft dringend hulp en toezicht nodig en aangezien Robbie zijn eigen tijd grotendeels kan indelen, is dat voor hem waarschijnlijk wat gemakkelijker.' Er waren nog veel meer redenen waarom dat de beste oplossing zou zijn, te beginnen met het feit dat ze hier met acht personen in een veel te klein huis woonden. En zo waren er nog wel meer argumenten aan te dragen.

Uiteindelijk stemde Sassy toe. De kinderen zouden voorlopig bij Robbie gaan wonen en Robbie zou ze elke dag naar school in Thunder Point brengen en ook weer ophalen. Seth dacht bij zichzelf dat Sue Marie, die ook een auto had, best kon aanbieden om een deel van het dagelijkse vervoer voor haar rekening te nemen, maar hij hield zijn mond. In de kerstvakantie zouden ze de kwestie van een andere school nader bespreken.

Rachel had maar één ding te zeggen. 'Ik wil mijn telefoon.'

'Daar hebben we het vanavond wel over. Wanneer we thuis zijn,' zei Robbie tegen haar.

Dat was het moment dat Seth vluchtte. Hij sms'te Iris dat hij klaar was bij Sassy maar nog een paar dingen moest doen voordat hij thuis was. Thuis, dat betekende nu haar huis. Ze sms'te terug dat ze bezig was iets voor het avondeten in elkaar te flansen en dat ze hem straks wel zag verschijnen.

Seth reed naar het huis van Brett. Het was na zessen. Hij had wat informatie ingewonnen over de familie. Sid Davis was werkzaam als officemanager op een advocatenkantoor in North Bend en Mrs. Davis was huisvrouw. Ze waren twee jaar geleden naar Thunder Point verhuisd, mogelijk vanwege de footballaspiraties van zoon Brett. Ze hadden vier kinderen van wie Brett de oudste was.

Sid Davis deed open. Hij had de bril die hij kennelijk net had afgezet in zijn hand en er lag een vriendelijke glimlach op zijn gezicht. 'Hallo, agent. Wat kan ik voor u doen?'

'Ik wil graag even met u praten, als dat schikt.'

'Waarover?'

'Over de situatie met uw zoon en een andere leerling. Ik meen dat het om zijn vriendin gaat...'

'Ach ja,' zei hij, zijn hoofd enigszins bedrukt schuddend, waarna hij de deur verder opendeed. 'Natuurlijk. Een onfortuinlijke en verwarrende ontwikkeling. Kom binnen. Ik roep Brett er even bij.'

'Dat is niet nodig. Ik wilde eigenlijk even alleen met u...'

Maar Sid liep al weg.

Seth keek om zich heen. Het huis was erg fraai ingericht, zeker voor Thunder Point. Net als veel andere huizen hier was het niet groot, maar het was er gezellig en ruim. Het was heel stil, zelfs het gedempte geluid van een televisie was nergens te horen. Ook was het er heel netjes; nergens rondslingerend speelgoed of tijdschriften. Een heerlijke etensgeur dreef de kamer in. Seth zag een luie stoel met een laptop op een laag tafeltje ernaast. Kennelijk had Sid daar gezeten toen hij werd gestoord.

Hij vroeg zich af waar de kinderen waren.

Sid kwam terug met zijn zoon. Ze waren even lang, al was Brett wat breder in de schouders. Ze leken niet heel veel op elkaar – Sid had een lange, spitse neus – maar hun glimlach was even gul en ze hadden allebei een flinke haardos. Brett had een lelijke blauwe plek op zijn ene wang; hij was wat gezwollen en bezig naar paars te verkleuren.

'Agent Sileski,' zei Brett beleefd.

'Hallo, Brett.'

'We weten waarom u hier bent, agent,' zei Sid, nog steeds met die vriendelijke glimlach op zijn gezicht. 'Gistermiddag hebben we bezoek gehad van een paar medewerkers van de jeugdzorg. We hebben alle details gehoord. Schokkend, ik kan niet anders zeggen. Ik moest speciaal eerder van mijn werk naar huis om bij dat gesprek te kunnen zijn. Ze stonden erop dat mijn vrouw en ik en Brett zelf aanwezig zouden zijn. Kennelijk zijn daar regels voor en de straf als je daar niet aan meewerkt, ook als je moeilijk vrij kunt nemen omdat je een veeleisende baan hebt, is een tijdelijke ontzetting uit de ouderlijke macht.'

'Echt waar?' vroeg Seth. Hij twijfelde er sterk aan of dat waar was. Het zou veel logischer zijn als de jeugdzorg een tijd afsprak die alle betrokkenen goed uitkwam. 'Dat is wel heel strikt. Ik had geen idee. Dan is het te hopen dat ze een schriftelijke verklaring afgeven waarmee u gedekt bent zodat uw chef niet in de gordijnen klimt.'

'Ik zou het niet weten,' zei Sid.

'Pardon? Dat begrijp ik even niet. Wat doet u voor werk, als ik vragen mag?'

'Ik heb de leiding over een overheidsinstelling voor juridische dienstverlening. Pro-Deoadvocaten.'

'Aha. Ik wist niet dat u advocaat was,' zei Seth.
Sid sprak het niet tegen. Interessant.
'Goed, waar wilde u ons over spreken?'
'Eigenlijk wilde ik alleen maar even weten hoe de stand van zaken momenteel is. Het gaat om vermoedelijk relationeel geweld, toch? Of zoiets?'
'Vertel agent Sileski wat je aan de vrouwen die hier waren hebt verteld, Brett.'
Bretts ogen vernauwden zich iets. 'Ze heeft het verzonnen, denk ik. Het klopt dat we verkering hadden, maar ik heb nooit iets gedaan om haar pijn te doen. Geen idee waarom ze dat gezegd heeft.'
Seth stak een hand uit naar de gekneusde wang van Brett, die instinctief terugdeinsde. 'Hoe kom je daaraan, jongen?' vroeg hij. 'Tegen een muur aan gelopen?'
'Ik zit op worstelen,' antwoordde hij. 'Ik weet het niet precies, maar ik denk dat het een voet was.'
'Dragen jullie geen helm? Ik dacht dat het team verplicht een helm moest dragen. Ik ben dol op worstelen. Kan niet wachten om deze winter een paar partijtjes te sparren.'
'Luister, ik heb echt geen idee wat er met Rachel aan de hand is. Ik weet niet waarom ze me zwart probeert te maken. Het slaat nergens op. Ik behandel haar als een prinses. Ik –'
'Nou, soms ben je ook behoorlijk veeleisend,' zei Seth, hem onderbrekend. 'Ik zag toevallig een paar sms'jes die je haar... Jee, was dat gisteren?' Hij wreef even over zijn nek. 'Haar vader had haar telefoon geconfisqueerd en liet ze me lezen. Je zei tegen haar dat ze

om kwart over drie op het parkeerterrein moest zijn en toen ze zei dat dat niet ging lukken, bedreigde je haar, zei je dat ze je slecht behandelde en waarschuwde je haar dat je kwaad zou worden. Het waren zeer intimiderende, boze en bedreigende sms'jes. Het leek er helemaal niet op dat ze je zwart probeerde te maken. Integendeel, het leek –'

'Ze had aantekeningen voor me die ik dringend nodig had! Ik had een les gemist en ze zei dat ze me ze om kwart over drie zou geven. Het is allemaal uit zijn verband gerukt, het is –'

'Ze moest je die aantekeningen op het parkeerterrein geven?' vroeg Seth. 'Sorry, maar ik volg het even niet meer. Waarom kon ze je die niet gewoon op de gang geven? Ik bedoel, er gingen heel wat berichtjes over en weer waarin jij erop stond dat ze naar het parkeerterrein zou komen en ik vraag me af waarom dat zo belangrijk was.'

'Wat is uw vraag precies, agent Sileski?' wilde Sid weten.

'Er is geen vraag, Mr. Davis,' zei Seth. 'Ik vond het nogal intimiderend klinken en ik maak me grote zorgen over het mogelijk gewelddadige karakter van de relatie tussen Brett en Rachel. U begrijpt dat ik me geroepen voel te waken over hun veiligheid. Vandaar dat ik even langskwam om te zien hoe de stand van zaken momenteel is.' Hij keek naar Brett. 'Ik neem aan dat Rachel en jij besloten hebben om even wat gas terug te nemen? Zoals Rachels ouders verzochten?'

'Rachels ouders hoeven ons helemaal nergens om te

verzoeken,' zei Sid. 'Brett heeft op eigen initiatief zijn relatie met haar met onmiddellijke ingang verbroken. Het meisje is kennelijk wat labiel. We zitten bepaald niet op dit soort ergernis te wachten. Brett al helemaal niet. Hij is een beleefde, sportieve jongeman die goede cijfers haalt en het leven is te kort om te verspillen aan laster en smaad.'

Set glimlachte. 'Goede beslissing. Jammer dat het op niets is uitgelopen tussen jullie, maar echt, het is op dit moment veel beter om uit haar buurt te blijven.' Hij stak zijn neus in de lucht en snoof. 'Mijn hemel, wat ruikt dat heerlijk! Volgens mij staat er iets heel lekkers op het menu vanavond, Mr. Davis.'

Sid glimlachte zelfgenoegzaam. 'Ik meen dat we kip met rijst eten. Niets bijzonders.'

'Maar de tafel is helemaal gedekt. Misschien krijgt u gasten vanavond?'

'Ik heb vier kinderen, agent Sileski. Was er verder nog iets?'

'Nee, ik geloof het niet. Ik denk dat alle neuzen nu wel in dezelfde richting staan. Het is veel beter voor de kinderen om een beetje afstand van elkaar te nemen. Klinkt dat niet als een goede oplossing, Brett?'

'Ze is gestoord. Ik weet niet waarom ze me dit aandoet. Ze heeft het verkloot, dat is het.'

'Wat je zegt,' zei Seth. 'Geef haar maar flink wat ruimte. Oké?'

'U meent het,' zei Brett bokkig.

'Goed, dan ga ik maar weer. Eet smakelijk.'

Hij liep naar buiten, deed drie grote passen in de richting van het trottoir, toen drie grote passen terug naar de voordeur, waar hij stilletjes bleef staan luisteren.

'Ik zei dat je je mond moest houden! En wanneer ik zeg dat je je smoel dichthoudt, dan doe je dat, begrepen? Wat een mietje ben je toch, met je gejammer over een meid die lelijke dingen over je zegt.'

'Hij vroeg ernaar! Ik heb alleen maar antwoord gegeven!'

'Ik had gezegd je smoel dicht te houden!'

'Au! Ik heb toch gezegd dat ik niks gedaan heb! Ze wil me gewoon te pakken nemen! Au!'

Seth zwaaide de deur open. Sid hield zijn zoon bij een arm vast en stond vlak voor hem, hem met een woedend gezicht aankijkend. 'Problemen, heren?' vroeg hij.

Sid liet niet los. Hij keek Seth boos aan. 'Wat nu weer?'

'Ik wil weten of alles hier in orde is.'

'U hebt het recht niet om zomaar mijn huis in te komen!'

'Daar vergist u zich in, Mr. Davis. Ik hoorde geschreeuw en geluiden die wezen op mogelijke dreiging van geweld, wat inderdaad blijkt te kloppen. Goed, eigenlijk zou ik u nu op uw rechten moeten wijzen, u in de boeien slaan en meenemen naar het bureau om proces-verbaal tegen u op te maken. Maar aangezien ik het alleen heb gehoord en niet heb gezien, blijft het bij vermoedens. Die overigens blijken te kloppen. Deze keer komt u er daarom met een waarschuwing vanaf. Mocht u enig lid van uw gezin ook maar een haar krenken, dan neem ik u met alle plezier mee naar het bureau. Brett, als je ooit klappen krijgt van je vader of ziet dat de rest van je familie mishandeld wordt, dan hoef je alleen maar te bellen. Begrepen?'

'U bemoeit zich met zaken die u niets aangaan. Eruit!' zei Sid.

'Hoe eerder hoe liever, moet ik zeggen.'

'Waar maak je je eigenlijk druk om, man,' zei Sid smalend.

'Sorry, maar me hier druk om maken staat boven aan mijn lijstje. Ik wil u aanraden wat te kalmeren en uzelf in de hand te krijgen voordat er ongelukken gebeuren.' Hij liep naar buiten en wilde de deur achter zich dichttrekken. 'Trouwens, u bent helemaal geen advocaat. U liet me bewust in die waan.'

'Dat gaat je goddomme niets aan!'

Ze keken elkaar vuil aan. 'Jawel, dat gaat het wel.'

Seth kwam via de achterdeur binnen, waar hij met zijn hoed in de hand naar het tafereeltje voor hem bleef staan kijken. Het rook lekker in de keuken en Iris zat aan de kleine keukentafel met haar laptop open; ze maakte aantekeningen in een notitieblok.

Nog nooit had hij dit gehad. Er was nog nooit een vrouw geweest om bij thuis te komen, geen warme, gezellige keuken, geen belofte van vervulling die hem rust bracht.

Ze keek op. 'Hé, hallo.'

Hij gooide zijn hoed op de tafel, trok een stoel bij en ging dicht naast haar zitten, waarop ze zich half omdraaide op haar stoel zodat haar knieën tussen zijn benen kwamen. Toen hij zich naar haar toe boog voor een kus, sloeg ze haar armen om zijn nek en drukte haar lippen op zijn mond.

Hij voelde zich als herboren.

'Wat ruikt het hier lekker,' zei hij.

'Het is iets met kip...'

Hij lachte tegen haar lippen. Hij was er inmiddels achter dat Iris niet vaak kookte, en zeker geen verfijnde gerechten. Maar hij ook niet, dus... 'Wat met kip?'

'Soort van enchilada of zo, maar dan anders.'

'Is het de bedoeling dat ik ga raden wat we weten?'

'Nou, nee. Het zijn een paar blikjes crèmesoep, een blik tomaten, een paar kipfilets, zure room, tacokruiden...'

Zijn lippen gleden naar haar nek en hij kuste haar huid. 'Klinkt heerlijk.'

'Toen ik studeerde, maakten we het vaak. Je doet alles bij elkaar in een ovenschaal en klaar.'

'Is het al klaar?'

'Bijna,' zei ze. 'Ga je me nog vertellen wat er aan de hand is, Seth?'

'Ik wil me niet bewegen,' zei hij. 'Word je boos als ik zeg dat ik je nodig heb? Want dat is zo, Iris. Ik heb je net zo hard nodig als ik zuurstof nodig heb.'

'Ik heb jou ook nodig.'

'Kunnen we zo voor altijd blijven?'

Ze schoot in de lach en liet haar vingers door het haar bij zijn slapen gaan. 'Met af en toe een plas- en eetpauze?'

'Samen,' zei hij. 'Ik bedoelde alleen of we voor altijd

samen kunnen blijven.'

'Ik hoop het. Ik hou mijn hele leven al van je. Behalve toen ik je haatte...'

'Goed dan.' Hij kuste haar hals en trok haar naar zich toe. 'Voor altijd dan. Misschien moesten we maar trouwen voordat ik weer iets stoms doe. Na dit schooljaar? Wanneer jij zover bent.'

'Wil je niet praten over wat je dwarszit?'

'Nee,' zei hij. 'Ik wil nu niet over verdrietige of nare of verkeerde dingen praten. Bij jou heb ik het gevoel dat alles goed is. Wanneer ik jou in mijn armen hou, is alles goed en zuiver en mooi.' Hij keek haar aan en glimlachte. 'En opwindend.'

'Dat hoor ik graag.'

'Eigenlijk moet ik even douchen voordat dat kipspul klaar is.'

'Ik eigenlijk ook,' zei ze.

'We zouden zuinig met water moeten zijn.'

'Daar heb je gelijk in. Misschien kan ik de oven maar beter even uitzetten, dan hoeven we ons niet zo te haasten tijdens het water besparen.'

'Goed idee. Zo'n trek heb ik nu ook weer niet. In eten, bedoel ik. Schat, ik hou toch zo van je. Jij zorgt dat alles goed komt.'

Later die avond, na het vrijen en een gerecht van kip uit de oven dat vaag iets weg had van enchilada, nestelde Iris zich in Seths armen en luisterde naar wat hij die dag had meegemaakt. Hij klaagde dat Sassy naar eau de wijngaard had geroken en met hem had zitten flirten terwijl Robbie zijn best deed om een of andere regeling te treffen om Rachel te beschermen. Rachel die helemaal niet op bescherming leek te zitten wachten. Daarna over zijn bezoek aan een van de grootste klootzakken in de stad, de vent die Brett Davis vermoedelijk persoonlijk had geleerd hoe je een vrouw moest mishandelen.

'Ik word 's ochtends wakker met het gevoel dat ik bof dat ik in een vriendelijk stadje woon waar de mensen aardig en meelevend zijn en om elkaar geven. Opeens word ik er dan aan herinnerd dat alle mensen problemen hebben, soms door eigen toedoen, en dat het mijn werk is om die te zien en te doen wat ik kan om de onschuldigen te beschermen,' zei hij.

'Als Thunder Point en de inwoners ervan net zo perfect waren als we soms graag geloven, dan hadden we helemaal geen politie nodig, Seth. Maar we zijn allemaal mensen. We maken voortdurend fouten. En uit wat jij me nu vertelt, maak ik op dat zelfs Brett in zekere zin onschuldig is.'

'Hoe dan ook, het feit dat hij er misschien niet echt iets aan kan doen, is nog geen vrijbrief om maar los te gaan. Hou je ogen open, Iris. En wees voorzichtig. Hij heeft kennelijk een kort lontje, al weet hij dat meestal goed te verbergen.'

'Maar zijn eigen vader! Ook al weet ik dat het veel voorkomt dat kinderen die mishandeld worden later ook zelf gaan mishandelen, ik sta er toch van te kijken.'

'Vandaag of morgen zal Brett beseffen dat hij groter en sterker is dan die hufter en dat zou wel eens tot een

gevaarlijke verschuiving van de machtsverhoudingen kunnen leiden. Ik mag het eigenlijk niet zeggen, maar ergens hoop ik dat dat gebeurt.'
'Seth!'
'Ja, ik weet het. Dat is geen oplossing...'

Toen Iris de volgende ochtend op school kwam en haar post voor de deur van haar kamer innam, voelde het weer als een vriendelijk stadje. De dagen erna verliepen gemoedelijk; de leerlingen verheugden zich op de vakantie die eraan zat te komen. Ze lachten en wuifden naar elkaar, bleven hangen om een praatje te maken, liepen hand in hand met hun vriendje of vriendinnetje, lachten nog meer en liepen door. Soms voelde ze zich zo oud vergeleken met hen. Bijvoorbeeld toen een paar wildebrassen een meisje in de gang in de sandwich namen en iedereen er omheen de slappe lach kreeg, het meisje in kwestie incluis. Opeens kregen ze in de gaten dat Iris er stond en was het meteen iets van: o, nee! Ms. McKinley! O, sorry, Ms. McKinley! En dan keek ze hen heel streng aan, zwaaide dreigend met haar vinger en weg waren ze, schaterlachend omdat ze net op tijd ontsnapt waren.

Er werd altijd van alles gegooid en gevangen op de gangen – een basketbal, een voetbal of dingen die daar helemaal niet voor bedoeld waren, zoals een telefoon, een boek of een tas. Dan placht ze naar de kinderen te roepen dat ze meteen op moesten houden, want anders werd het nablijven. Of een grote sterke jongen gooide een van de brugpiepers over zijn schouder en liep met hem weg, tot Iris ingreep en zei dat hij de jongen neer moest zetten. En altijd was het antwoord hetzelfde. Ja, Ms. McKinley.

Sommige leerlingen klemden hun boeken stevig tegen hun borst, andere liepen in groepjes over de gang, lachend en kletsend, weer andere schoven dicht langs de muren of paradeerden juist zelfverzekerd zo opvallend mogelijk door de gang.

Vaak verbaasde ze zich erover dat het nog maar zo kort geleden leek dat ze zelf zo oud was geweest. Maar dan kwam agent Sileski door de gang lopen en leek het maar weer al te echt. In dit gebouw hadden ze samen zoveel tijd doorgebracht. Toen was ze al bijna net zo gek op hem geweest als nu.

'Goeiemorgen, Ms. McKinley,' begroette Seth haar met een glimlach.

'Agent Sileski,' zei ze met een hoofdknikje.

'Alles rustig vanochtend?'

'Bijna hoopvol zelfs, zou ik willen zeggen. Ik zag Rachel met haar vriendinnen en ze liepen al giebelend en fluisterend naar hun kluisjes. Het zijn allemaal van die mooie meiden en ze hebben stuk voor stuk een cursus haardraperen gevolgd.' Ze demonstreerde hoe de meiden hun haren met een sierlijk handgebaar over hun schouder gooiden. 'Brett kwam langs met een van zijn vrienden en hij zei heel vriendelijk goeiemorgen tegen me. Robbie heeft me twee keer gebeld om te zeggen dat volgens hem het ergste achter de rug is – Rachel vindt ook dat verkering met Brett niet zo'n goed idee is en zegt dat ze echt uit elkaar zijn nu. En Robbie, de schat, zei dat er van alles geregeld kan worden zolang het er maar niet toe leidt dat ze mishandeld wordt door een of andere figuur. Ze gaat weer naar cheerleadertraining en Robbie komt haar halen en wacht dan binnen bij de kluisjes. Er is niet één keer iets vervelends gebeurd, zegt hij. Geen telefoontjes, geen sms'jes. Alles is rustig. Misschien loopt dit dan toch nog goed af.'

'Ik zou er niet te vast op rekenen,' zei Seth. 'Ik hoop het natuurlijk ook, maar blijf alsjeblieft alert.'

'Ja, natuurlijk. Altijd. In elk geval is dit Bretts laatste jaar en gaat hij volgend jaar van school.'

'Je weet dat er hierna weer andere uitdagingen komen, hè?'

'Misschien wel beter dan wie ook,' zei ze. 'Blijf je nog even?'

'Ik vind het eigenlijk wel leuk om door de gangen te patrouilleren.' Hij keek naar links en naar rechts om te zien of de kust veilig was, voordat hij haar een snelle kus gaf. Daarna draaide hij zich om en wandelde weg.

Hij was veel op school te vinden. Hij wipte een keer of drie, vier per dag langs, maakte een praatje met docenten, liep een eindje op met leerlingen.

Er ging een week voorbij waarin alles rustig bleef, en ook de week daarna bleef de situatie zo. Nog even en de school ging dicht voor de kerstvakantie. Iris had het gevoel dat er een last van haar schouders werd genomen. De leerlingen gingen van hun vrije dagen genieten, de school zou dicht zijn en het belangrijkste: ze kon haar waakzaamheid laten varen.

Het uur van de dag brak aan waar ze altijd het meest

van genoot. Het moment waarop de schooldag voorbij was. Ze pakte haar tas, sloot haar bureau af en liep de gang in. Vanuit de gymzaal klonk het geluid van de basketbaltraining, maar op de gang brandde slechts hier en daar nog een zwak lampje. Bijna iedereen was al weg, alleen in de gymzaal en de kleedkamers waren nog wat leerlingen aanwezig. Gezien het feit dat het de laatste dag voor de vakantie was, zou de training korter duren dan anders. Waarschijnlijk zat hier en daar nog een docent de laatste proefwerken na te kijken of het laatste telefoontje te plegen voordat hij of zij naar huis ging om te genieten van de vakantie. De deur van de kamer van de directeur stond open. Ze stak haar hoofd om de hoek en wenste het administratieve personeel een fijne vakantie. Ze wuifde naar de schoolverpleegkundige, die het gebouw verliet met een grote tas vol kleine cadeautjes die ze van leerlingen had gekregen.

Ze besloot een laatste ronde door het gebouw te doen om te zien wie nog aanwezig was. Troy was net bezig zijn lokaal af te sluiten. 'Hé,' zei ze. 'Wanneer ga je precies weg?'

'Over een paar dagen pas. Wat ga jij met de kerstdagen doen?'

'Niets bijzonders. Ik denk dat ik kerst vier bij Seths familie.'

'Ach ja, het nieuwe vriendje.'

'Zeg alsjeblieft dat je dat niet hatelijk bedoelt.'

'Nee,' zei hij. 'Ik had waarschijnlijk moeten weten dat er iemand anders was. Ik wil alleen dat je gelukkig bent.'

'Dat ben ik ook, Troy. En ik zou willen dat jij dat ook bent. En dat je het me niet kwalijk neemt.'

'Daar wordt aan gewerkt. Gelukkig zijn, bedoel ik. En ik ben niet kwaad op je, Iris. Jij kunt het ook niet helpen dat hij de juiste snaar bij je raakt.'

'Dus even goeie vrienden?'

'Ja, natuurlijk. Ik zou trouwens nooit kwaad op je kunnen zijn, wat je ook zou doen. En wat je vraag betreft, ik ga naar Morro Bay, kerst vieren met de familie en de kroegen afschuimen om grietjes op te pikken. Misschien neem ik mijn broertje wel mee – dat is een echte meidenmagneet.'

Ze schoot in de lach. 'Veel succes dan maar. En pas goed op jezelf!'

Hij omhelsde haar even. 'Fijne kerstdagen, Iris. Ik hoop dat komend jaar je beste jaar ooit zal zijn.'

'Dank je wel. Ik hoop voor jou hetzelfde.'

Ze liep door en sloeg aan het eind van de gang links af. De school was in wezen een groot vierkant. Ze kwam langs Louie, de conciërge, en wenste hem fijne feestdagen. Ze liep een andere gang in, vaag verlicht. Hier was geen leraar meer te bekennen. Waarschijnlijk waren ze allemaal al naar huis.

Opeens hoorde ze een geluid. Het leek alsof het een kat was. Met gespitste oren liep ze verder. Het duurde even voordat ze zich realiseerde dat het gepraat en gezucht en gemauw was wat ze hoorde. O shit, dacht ze. Ik loop zo tegen een paar tieners aan die het met elkaar doen! En dat zal ik altijd voor me blijven zien! Maar ze kon niet doen alsof ze niets had gehoord: leerlingen werden geacht alleen in het gebouw te zijn in groepen met toezicht of voor trainingen of vergaderingen.

Er waren zoveel lokalen aan deze gang en bij elke deur bleef ze staan om aan de deurkruk te morrelen. Ze waren allemaal op slot. Als ze de bron van de geluiden niet kon vinden, zou ze teruggaan naar haar kamer en een bewaker of de conciërge laten komen met de lopers. Het was heel goed mogelijk dat een verliefd stelletje een lokaal was binnen geslopen, de deur op slot had gedaan en daar nu lag te vrijen. Op zijn minst. Hopelijk zou het daarbij blijven.

Ze had leerlingen betrapt die spijbelden, rookten, bezig waren met hun mobieltjes die ze niet bij zich mochten hebben. Alle docenten kregen daarmee te maken. Ze had stelletjes in donkere hoekjes betrapt en ze met rooie koppen weg zien rennen. Die dingen gebeurden al voordat ze zelf de leeftijd ervoor had gehad.

Ze hoorde de pingel van haar telefoon ten teken dat er een sms'je binnenkwam. Ze haalde hem uit de zak van haar rok en keek op het schermpje. Hij was van Seth, zag ze met een glimlach.

> Ik ga vandaag wat eerder naar huis. Zal ik je op een etentje trakteren?

> Lijkt me heerlijk!

> Wanneer ben je klaar?

> Nog even rondje school doen. Iedereen hoort weg te

zijn maar ik hoor rare geluiden.

Haal er iemand bij!

Gaat wrschlk om leerlingen die roken/vrijen.

Iris! Assistentie!

Rustig. Ben met 5 min klaar.

Ze stopte haar telefoon weer weg en liep verder. Alle deuren waren op slot, het mauwende geluid werd luider en weer zachter. Seth kreeg zijn zin; ze ging terug naar haar kamer om te zien of ze iemand kon vinden die haar kon helpen zoeken, want ze kon de onverlaten niet vinden.

Toen hoorde ze een doffe plof en een gil, gevolgd door de kreet van een meisje. Waar zitten ze, dacht ze. Waar? En toen hoorde ze een ander geluid, een soort gekreun waardoor ze er zeker van was dat die kinderen geen kleren aan zouden hebben als ze hen vond. Ze huiverde even bij die gedachte.

Maar ze hád ze gevonden. Ze drukte haar oor tegen de deur van het jongenstoilet en hoorde zacht gepraat en gemompel. Meer doffe ploffen. En toen, onmiskenbaar, het geluid van een klap.

Ze pakte haastig haar telefoon en stuurde Seth een sms.

Help! Bel schoolbeveiliging! 911.

Ze duwde de deur open en zag haar ergste nachtmerrie bewaarheid worden. Brett Davis hield Rachel tegen de koude, groene tegels van de achterwand gedrukt terwijl hij bezig was haar te wurgen. Rachel leunde slap tegen de muur, haar armen hingen krachteloos langs haar zij. Brett kneep haar keel niet alleen dicht, maar bonkte ook nog eens haar hoofd tegen de muur. Heel even was Iris te geschrokken om een woord uit te brengen, maar toen schreeuwde ze: 'Stop!'

Brett draaide zich om. 'Wegwezen,' zei hij. 'Rot op!'

'Laat haar los.' Iris liep op hen af. 'Laat haar nú los.'

'Wegwezen,' herhaalde hij. 'Dit is iets tussen ons.'

'Ik heb de politie gebeld,' zei ze. 'Die is onderweg. Laat haar gaan.'

Hij wierp haar een laatste woedende blik toe en richtte zijn aandacht toen weer op Rachel. Met zijn handen nog steeds om haar keel zei hij tegen haar: 'Zeg het, Rachel. Zeg tegen haar dat we bij elkaar horen.'

Iris had geen keus; ze voelde dat hij het meisje ging vermoorden. Ze stoof op hem af, pakte zijn arm en rukte eraan. 'Laat haar los! Laat haar los!' schreeuwde ze, en toen, zo hard als ze kon, brulde ze: 'Help!' Daarna riep ze weer dat hij Rachel los moest laten.

Ze trok en trok, maar tevergeefs. Ze schoof zelfs een hand achter zijn riem om hem weg te trekken, maar ook dat lukte niet. Rachel bracht haar armen omhoog en deed een zwakke poging om hem weg te duwen. Hij leek groter dan ooit en gezien de houding waarin hij stond, het meisje tegen de muur drukkend, was er weinig wat ze kon doen. Ze stompte tegen zijn rug en ze probeerde haar handen om zijn keel te klemmen, net zoals hij bij Rachel deed; ze kneep hem en trok aan zijn haar. Ten slotte beet ze ten einde raad in zijn arm. Zo hard als ze kon.

Hij slaakte een kreet en ramde zijn elleboog naar achteren, waarbij hij haar vol op haar kin raakte. Ze viel achterwaarts en klapte tegen een van de wasbakken. Duizelig zakte ze in elkaar, haar hand tegen haar kin gedrukt. Brett liet Rachel los en wendde zich met moordzucht in zijn ogen tot Iris. Het meisje zakte ineen op de vloer. Met gebalde vuisten kwam hij op Iris af.

'Ik ben niet bang voor je!' schreeuwde ze. 'Je bent een pestkop en een doetje. Je slaat méísjes!'

Heel even aarzelde hij. Het was net alsof hij daarover nadacht. Toen grauwde hij, greep Iris bij haar keel, sleurde haar overeind en schudde haar door elkaar. Ze slaagde erin hem een knietje te geven, maar lang niet hard genoeg.

Opeens kwam de intercom tot leven.

'Attentie, attentie! Leraren, leerlingen, personeel, het gebouw wordt afgesloten!'

Brett hief zijn hoofd op als een hert dat de jager ruikt. Hij liet Iris los en keek om zich heen alsof hij nu pas besefte waar hij was. Hij keek zelfs naar zijn handen.

Vervolgens ging hij er als een speer vandoor, de gang op, alsof de duivel hem op de hielen zat.

Iris zakte in elkaar op de koude vloer. Ze haalde haar telefoon uit haar zak, maar ze trilde zo dat ze hem niet kon bedienen. Rachel begon huilend in haar richting te kruipen. Iris stak haar hand naar haar uit. Vanuit Rachels ene mondhoek liep een dun straaltje bloed; haar wang en keel waren rood maar verder waren er nog geen uiterlijke tekenen zichtbaar. Over een dag zou ze er afschrikwekkend uitzien. 'Kom maar,' zei Iris, het meisje in haar armen trekkend, met de telefoon nog steeds in haar hand.

'Het spijt me. Het spijt me zo. Hij wilde praten,' zei Rachel. 'Alleen even praten, meer niet. Hij smeekte me om een paar minuten met hem te komen praten omdat hij niet wilde dat we vijanden waren. Ik ben zo dom geweest. Ik geloofde hem...'

'Ik weet het,' zei Iris, een tikje schor en ademloos. Ze wiegde het meisje in haar armen, ondertussen haar haren strelend. Rachel snikte hartverscheurend. Iris kende het verhaal. Hij belde, zij ging, gevaar dreigde. En ze waren nog maar kinderen.

Troy liep nog even terug naar zijn lokaal om een boek te pakken dat hij in de vakantie wilde lezen. Hij was net bezig om het lokaal weer af te sluiten toen de melding kwam via het intercomsysteem. 'Attentie, attentie!'

Als je die melding hoorde, wist je niet of het om een gewapende man ging, een terrorist, een naakte gek of een invasie door buitenaardse wezens. Het enige wat duidelijk was, was dat er mogelijk gevaar dreigde voor leerlingen en docenten. De procedure schreef voor dat leraren en leerlingen zich in zo'n geval in hun lokaal verschansten en desnoods de deur barricadeerden met tafeltjes.

Er waren geen leerlingen die hij in veiligheid moest

brengen, maar er waren nog wel mensen in het gebouw. Hij was net Iris tegengekomen, die de ronde door het gebouw deed. Hij liet het boek op de vloer vallen, stopte de sleutels in zijn zak en luisterde. Enkele seconden later hoorde hij rennende voetstappen, hard en zwaar op de vloer dreunend. Toen kwam Brett Davis de hoek om. Op het moment dat hij Troy zag, kwam hij abrupt tot stilstand.

De jongen zag er verwilderd uit en leek bijna in paniek te zijn. 'Kom hier, Brett,' zei Troy.

Brett aarzelde even voordat hij zich omdraaide en er als de bliksem vandoor ging. Troy zette meteen de achtervolging in. Wat was dat joch snél! Troy slaagde erin de afstand die hen scheidde terug te brengen tot een meter of anderhalf en dook toen op hem af. Hij drukte hem met zijn gezicht tegen de grond en greep hem bij zijn polsen zodat hij geen kant meer op kon. En al die tijd was Brett aan het schreeuwen en tieren dat hij niets had gedaan, wat alleen maar duidelijk maakte dat hij dat wél had gedaan.

Troy hoorde rennende voetstappen en hoopte maar dat Brett geen medeplichtigen had bij wat hij dan ook had misdaan. Toen kwam Seth de hoek om. Onder het lopen pakte hij alvast de handboeien.

'Wat doe je?' vroeg hij aan Troy.

'Ik wil graag van je horen dat deze jongen niks te maken heeft met het afsluiten van de school.'

'Hij had wel gewapend kunnen zijn,' zei Seth. Hij deed Brett de handboeien om en wendde zich toen weer tot Troy. 'Waar zijn we?'

'Westvleugel. Wiskunde en natuurwetenschappen. Zeg, ik zag Iris nog vlak voor de intercommelding.'

'Weet ik.' Seth pakte zijn portofoon. 'Een aanhouding, westvleugel, natuurwetenschappen.' Ondertussen beklopte hij Brett van boven naar beneden om zich ervan te overtuigen dat die niets bij zich had wat als wapen zou kunnen dienen, nog geen pen. 'Kun jij even op hem letten? Pritkus is onderweg.'

'Geloof me, deze jongen gaat echt nergens heen,' zei Troy.

Seth draafde weg. 'Ik ga Iris zoeken.'

Hoofdstuk 20

Dat Thunder Point maar een klein kuststadje was en dat er zelden iets gebeurde, betekende nog niet dat dreigingen of potentiële gevaren er genegeerd werden. Toen Seth Iris' sms'je kreeg, deed hij wat hij had geleerd – de nodige voorzorgsmaatregelen treffen. Hij wist niet precies waar Iris op gestuit was. De lokale politie, de federale politie, de kustwacht en alle andere hulpdiensten waren goed getraind en namen geen enkel risico. Schietpartijen op scholen en meer van dat soort tragedies waren ook hier niet onbekend. In feite kwamen die zelfs vaak voor op de meest onverwachte plekken. Hij belde de school en zei: 'Sluit het gebouw af. De rest regel ik wel.'

Binnen enkele minuten was het schoolgebouw omsingeld door politie-eenheden. Kort daarna arriveerde de ME en de helikopter van het grote ziekenhuis verderop landde op een parkeerterrein naast de school. De docenten die nog in het gebouw waren, hadden zich verschanst in hun lokaal, secretaresses waren onder hun bureau gekropen, sporters hadden het gebouw verlaten via de nooduitgang in de kleedkamers. De politie was inmiddels het gebouw binnen gegaan om het te ontruimen.

Het gevaar bleek te bestaan uit een ongewapende jongen van zestien. Goddank.

Tegen de tijd dat Seth met Iris en Rachel naar buiten liep, had vrijwel de hele stad zich bij de school verzameld. De vrouwen werden afgeleverd bij de medische hulpdienst; Rachel stemde toe om naar het ziekenhuis gebracht te worden voor een controle. Ze had nogal wat recent letsel, waaronder een hersenschudding. Iris daarentegen besloot dat een bezoekje aan Scott Grant wel genoeg was; ze voelde zich weliswaar geradbraakt, maar had niet het idee dat ze ernstige verwondingen had opgelopen.

Brett kwam tussen een paar politiemannen naar buiten, op de voet gevolgd door Troy. Een van de dingen die de adjunct niet opgevallen waren in Troys sollicitatie was dat de dertigjarige geschiedenisdocent een ervaren marinier was die in Irak had gediend. Hij had zeer doelmatig gehandeld in de noodsituatie en hem kwam de eer toe de verdachte te hebben tegengehouden voor die kon ontsnappen.

Seth keek naar de school en alle mensen die er stonden te kijken. Hij was dankbaar dat het achteraf allemaal was meegevallen, maar dat deed niets af aan de impact ervan.

Mac McCain kwam naar hem toe. Hij was nog in burger, maar Seth zag dat zijn dienstauto achter aan de lange rij met hulpvoertuigen geparkeerd stond. 'Dus het ging om een jongen,' zei hij. 'Gelukkig maar.'

Seth schudde zijn hoofd. 'Wat je gelukkig noemt. Mac, ik wil mijn school nooit meer zo omsingeld zien. Nooit meer.'

'Dat begrijp ik. Aan de andere kant was het een verdomd goeie oefening. Uitstekende reactie, voortreffelijke prestatie. Altijd goed om te weten dat we op alles zijn voorbereid.'

Seth keek naar Brett, die achter in de wagen van Pritkus werd gezet. Hij zou naar het hoofdbureau in Coquille worden gebracht, waar hem elke mogelijke aanklacht die Seth kon verzinnen ten laste zou worden gelegd.

Robbie Delaney was een slimme jongen, concludeerde Seth. Hij was van het rechte pad afgedwaald toen Sue Marie in hun eerste collegejaar zwanger raakte. Hij wilde met haar trouwen, een gezin met haar stichten; hij hield van haar. Hij hield nog steeds van haar, maar hij realiseerde zich dat er iets niet goed zat. Hij had Seth verteld dat sommige problemen die Rachel had misschien wel veroorzaakt waren door de problematische relatie van haar ouders.

'Rachels ogen gaan inmiddels open waar het Brett betreft,' zei Robbie, 'maar dat betekent niet dat ze helemaal klaar is voor een gezonde relatie – daar zal ze wat hulp bij nodig hebben. Dat hebben we allemaal. Begin volgend jaar krijgt ze een plekje in een tienergroep, en de jongens en ik gaan in gezinstherapie. Sue Marie kan ook meedoen als ze dat wil, maar mocht ze iets beters te doen hebben, dan alleen de jongens en ik. We vieren kerst gewoon thuis. We zetten een kerstboom neer, bedenken een lekker menu en nodigen Sue Marie uit om mee te doen. Wat cadeaus betreft, houden we het dit jaar eenvoudig: iedereen krijgt veertig dollar om zelf iets te kopen. Maar zal ik je eens iets vertellen? Dit wordt misschien wel het beste kerstfeest ooit.'

'Zo te horen zit er schot in.'

'Ik denk wel dat ze allemaal naar een andere school gaan. Rachel wilde eerst niet, maar ze gaat nu liever naar een school waar geen Brett is. En als ze meteen na de kerst overstapt, kan ze in het voorjaar auditie doen voor het cheerleaderteam.'

Seth lachte. 'Zo te horen heb je een goede timing.'

'In het voorjaar moet alles geregeld zijn. Wanneer het weer opknapt en de dagen lengen, heb ik het smoordruk met het trekken van lijnen en het snoeien van bomen. Dan zou het echt te veel tijd kosten om steeds heen en weer te rijden naar Thunder Point. En als papa goed verdient, is er ook meer geld voor dingen als een computer en een niet te duur mobieltje!'

Papa. Seth glimlachte in zichzelf. Robbie mocht dan te kampen hebben met een paar serieuze problemen die hij moest zien op te lossen, maar hij was dol op zijn kinderen en hij deed zijn uiterste best. Er waren heel wat mannen die de moed eenvoudig opgaven wanneer de problemen groter leken dan ze waren. Robbie niet. Die had nooit zijn ogen gesloten voor de problemen, realiseerde hij zich. Niet dat hij volmaakt was, maar hij was in elk geval dol op zijn kinderen.

Brett Davis kreeg diverse aanklachten aan de broek. Hij moest dertig dagen zitten en dankzij de toegewijde medewerkers van de jeugdzorg werd alles op alles gezet om hem in een bepaald programma te krijgen, wat een van de eisen voor zijn voorwaardelijke invrijheidsstelling was. Of dat nu een programma was waarin hij leerde omgaan met zijn driftbuien of iets met huiselijk geweld, dat wist Seth niet. Hij wist alleen dat er nog hoop voor de jongen was. Hoeveel, dat hing af van een aantal dingen, vooral van zijn eigen wil om te veranderen.

De familie Davis, waar een gewelddadig man het voor het zeggen had, was minder gelukkig. Er kwam geen aanklacht, geen voorwaardelijke proeftijd of wat dan ook. Er werd bij Mrs. Davis op aangedrongen dat ze zou bellen als ze hulp nodig had, maar meer konden ze niet doen. Vlak voor kerst stond de woning onverwacht te koop. Seth wist heel goed hoe moeilijk het was om te zorgen dat mensen in deze situatie om hulp vroegen. Bretts geluk was een rechter geweest.

De rust keerde weer. Gezinnen maakten zich op om op hun eigen manier kerst te vieren. Carrie James nam al het kookwerk voor de gebruikelijke meute bij de McCains voor haar rekening. Rawley bracht het eerste deel van de dag daar door, het tweede deel bij Cooper en Sarah, Spencer en Devon en alle kinderen – twee gezinnen verbonden door de kinderen die ze samen hadden. Lucky's, de benzinepomp, was open maar niet de hele dag, omdat Al Michel, zijn drie pleegzoons, zijn vriendin, Ray Anne, de eigenaar van Lucky's, Eric, en zijn verloofde Laine allemaal kerstavond bij de McCains gingen vieren, en eerste kerstdag in het huisje van Ray Anne. Al kookte een overheerlijke maaltijd. Peyton Lacoumette, dokter Scott Grant en Scotts kinderen waren naar het noorden vertrokken; hij had de twee grootmoeders uitgenodigd om samen met iets van een miljoen andere mensen kerstmis te komen vieren op de familieboerderij van de Lacoumettes. Het was zo druk dat ze in ploegen moesten slapen, maar veel van de aanwezigen leverden een bijdrage aan de voorbereidingen van de aanstaande bruiloft.

Voor Seth en Iris waren de gebeurtenissen van de voorgaande week nogal traumatisch. Het hele drama had zich afgespeeld in hún stadje, al was het uiteindelijk dan ook goed afgelopen. Seth had zichzelf altijd beschouwd als een eenvoudige werknemer en Iris moest toegeven dat ze haar leven als nogal gewoontjes beschouwde, al konden de implicaties van het werken met kinderen nogal groot zijn. Nu was alles anders geworden.

Op kerstochtend, toen ze nog in bed lagen, maakte hij haar met liefkozingen wakker en overhandigde haar een klein pakje.

'Nou, dit had ik nooit verwacht,' zei ze. Ze scheurde het open. 'Ik dacht dat we hadden afgesproken dat we dit jaar elkaars cadeau zouden zijn.'

'Een klein detail dat niet mocht ontbreken.'

Het pakje bevatte een diamanten verlovingsring plus een gladde trouwring, een prachtige set van platina en diamanten. 'O, mijn god, hoe heb je zoiets perfects kunnen uitzoeken zonder zelfs maar te vragen wat ik mooi vind?'

'Dat weet ik eigenlijk niet,' zei hij. 'Als het om jou gaat, lijkt alles vanzelf te gaan.'

'In dat geval hebben we een lange weg afgelegd.' Ze

gaf hem het doosje terug. 'Wil jij hem om mijn vinger schuiven? En me nog een keer vragen?'

Hij schoof de verlovingsring om haar vinger. 'Iris, wil je alsjeblieft met me trouwen? Wees voor altijd de mijne dan ben ik voor altijd de jouwe.'

'Goed,' zei ze. 'Als je het zeker weet.'

'Ik zal van je houden tot de dag dat ik doodga. Ik denk minstens negentig jaar. Plus nog een paar jaar extra.'

'Ben je klaar voor vandaag?'

'Jazeker. Ik moet er wel even bij zeggen dat het niet meevalt om als nieuweling met de kerst vrij te krijgen.'

'Waarschijnlijk moest je met een goed excuus komen, hè?'

'Ik moest wel even nadenken, dat klopt.'

Die bewuste vrijdagavond na het incident op school hadden ze besloten dat ze niet langer zonder elkaar verder wilden. Ze konden niet langer wachten.

Grace ging over de bloemen, niet alleen voor de decoratie van het huis maar ook voor het bruidsboeket en haar eigen boeket. Ze maakte een paar fantastische arrangementen waarin ze het rood en groen van Kerstmis prachtig had gecombineerd met witte bloemen. Carrie maakte een kleine maar verfijnde bruidstaart. Seth had een kennis, een rechter in ruste die zijn vrouw enkele jaren geleden had verloren en die alleen was met kerst. Hij had de uitnodiging met beide handen aangenomen. Seths ouders hadden ermee ingestemd om het kerstdiner iets later dan gebruikelijk te laten beginnen, al had Norm bezorgd geïnformeerd hoeveel later dan precies.

Nu zijn galblaas eruit was, had hij veel meer trek. Seths beide broers en Boomers familie zouden naar Thunder Point komen. Het bleek achteraf eigenlijk heel gemakkelijk om iedereen bij elkaar te krijgen.

Dus die ochtend maakten ze zich op voor de grote dag. Iris' huis was helemaal op orde toen Grace met de bloemen arriveerde. De vrouwen legden de laatste hand aan hun kleding terwijl Seth naar Coquille reed om Joe Falsbrook op te halen, de vijfenzeventig jaar oude vredesrechter die weigerde om met slecht weer auto te rijden. Gwens eetkamer was ingericht voor een kerstdiner met veel gasten, terwijl het huis van Iris gedecoreerd was voor de bruiloft. Om precies twee uur had iedereen zich verzameld in Iris' woonkamer. Iedereen behalve de getuige.

'En nu?' vroeg Norm. 'Blijven we hier gewoon staan?'

'We wachten,' zei Seth.

'Ik zou wat hapjes kunnen gaan halen,' zei Gwen.

'Dan maak ik de champagne vast open,' zei Boomer. 'Dat brengt vast geen ongeluk of zo...'

De champagne was amper ingeschonken of er werd geclaxonneerd. 'Help je even, Boomer?' vroeg Seth.

Samen tilden ze Oscar met stoel en al naar binnen. Die liet meteen merken dat hij er was. 'Je dacht toch niet dat je dit zonder mij kon doen, hè?' Er zou vandaag nog heel wat vaker getild moeten worden, aangezien de huizen niet berekend waren op een rolstoel. Snel werd iedereen aan elkaar voorgesteld. Iris omhelsde Flora en kuste Oscar op de wang. Toen zetten Iris en Seth hun glas weg en gingen voor rechter Falsbrook staan, hand in hand, elkaar diep in de ogen kijkend. Oscar zat rechts van Seth en Grace stond naast Iris.

'Het heeft heel lang geduurd voordat ik mijn weg naar huis, naar jou had gevonden, Iris.'

'Je nam de tijd,' zei ze. 'Ik was hier al die tijd al.'

'Ik hou van je schat. Ik weet niet wat ik zonder jou zou moeten beginnen.'

'Dat geeft niet, want voortaan zal ik altijd bij je zijn. Het zal je niet lukken om er nog een keer vandoor te gaan.'

'Deze keer ben ik voorgoed thuis.'

De rechter schraapte zijn keel. 'Ja? Zijn we allemaal zover?'

Het bruidspaar was hem bijna vergeten. Ze schoten allebei in de lach en knikten.

'We zijn hier vandaag bijeen om deze man en deze vrouw in de echt te verbinden...